선생님이 권해주는
교과서 소설
중1

책은 한 권 한 권이 하나의 세계다 - W. 워즈워스 -

선생님이 권해주는
교과서 소설 중1

예스북

초판 1쇄 인쇄 2012년 1월 6일
1쇄 발행 2012년 1월 13일

엮은이 | 염남옥 · 양성룡 · 이혜영 · 장현선 · 주현선
펴낸이 | 양봉숙
편 집 | 김지연
디자인 | 김선희

일러스트 | 정미희

펴 낸 곳 | 예스북
출판등록 | 2005년 3월 21일 제320-2005-25호
주 소 | (151-868) 서울시 마포구 노고산동 57-46 아이스페이스 1107호
전 화 | (02) 337-3053
팩 스 | (02) 337-3054
E-mail | yesbooks@naver.com

ISBN 978-89-92197-57-1 43810

값 13,500원

책을 펴내며

"국어 공부를 잘 하려면 어떻게 해야 하나요?"

국어 교사인 제가 학생들에게 가장 많이 듣는 질문 중의 하나랍니다. 그럴 때마다 여러분에게 해주는 말은

"양서(良書)를 다독(多讀)할 것"

국어 공부를 잘 할 수 있는 비결로 좋은 책을 많이 읽어 기본을 충실히 쌓는 것만큼 좋은 방법도 없습니다.

그러면 양서란 어떤 책일까요? 사전에서는 양서를 '내용이 교훈적이고 건전한 책' 이라고 정의 내리고 있답니다. 말 그대로 작가의 건전한 생각이 담긴 책으로 교훈과 감동을 통해 여러분에게 깨달음을 주고, 삶을 올바른 방향으로 이끌어 주는 책이라고 할 수 있습니다. 그런데, 양서의 정의를 알고 있다고 해서 누구나 양서를 쉽게 구별할 수 있는 것은 아닙니다. 책을 즐겨 읽음으로써 양서를 고르는 안목을 기르는 것 또한 필요하겠지요.

그러면, 책을 고르는 것에 어려움을 느끼는 여러분에게 좋은 책을 소개해볼까요? 여러 선생님들과 전문가 선생님들께서 검증하고, 인정하신 책인데요. 바로 교과서랍니다. 국어교과서에 실려 있는 다양한 문학작품은 여러분들이 믿고 읽으며, 인생의 길잡이로 선택해도 좋은 작품들입니다.

특히 7차 교육과정이 개정되면서 한 권이던 국어 교과서가 23종으로 바뀌어 여러분들이 읽을 수 있는 문학 작품의 폭이 넓어지고 다양해졌지요. 그런데, 23권이나 되는 국어 교과서를 일일이 찾아 문학 작품을 읽기란 쉬운 일이 아니지요.

그래서 이 책에서는 23종 국어 교과서에 실려 있는 문학 작품 중 단편 소설과 동화를 한자리에 모았답니다. 또 국어 교육 과정에서 제시한 목표에 따라 작품을 분류해 놓음으로써 여러분들의 국어 공부에 조금이나마 보탬이 되고자 했습니다. 문학 작품 읽기를 통해 국어 공부도 하고, 재미와 감동도 느끼며, 두 마리의 토끼를 한꺼번에 잡는 즐거움을 경험해 보는 건 어떨까요?

자 그럼 이제 책장을 넘겨 새로운 세계로의 여행을 시작해 봅시다.

2011년 12월 엮은이

C O N T E N T S

Part 1 인물의 심리와 갈등

Part 2 작품의 정서와 분위기

Part 3 소설 속 역사적 상황

일러두기

1. 7차 교육과정 개정에 따라 선정된 국어교과서 23종에 실려 있는 단편 소설과 동화를 수록하였습니다.
2. 작품은 교과서와 여러 출판본을 참조하여 원문에 충실히 따르는 것을 원칙으로 하되 맞춤법과 띄어쓰기는 최대한 현행 표기법을 따랐습니다.
3. 한자는 원문 내용을 따랐으나 꼭 필요한 경우에만 괄호 안에 넣었습니다.

Part 1
인물의 심리와 갈등

현덕「나비를 잡는 아버지」• 현덕「하늘은 맑건만」
오정희「소음 공해」• 이효석「사냥」• 오영수「후조」
최나미「턱수염」• 이현주「육촌형」

"

우리는 살아가면서 참 많은 갈등을 겪게 되지요. 오늘 아침 풍경을 잠시 떠올려 볼까요? 알람시계가 울리면 달콤한 잠의 유혹이 시작되고 여러분은 잠을 더 잘 것인가 일어나서 학교 갈 준비를 할 것인가 갈등하게 됩니다. 혹시 갈등의 시간이 길어져 빨리 일어나지 않는다고 어머니께 잔소리를 들을지도 모르지요. 아침부터 잔소리를 듣고 기분이 상한 여러분은 아침밥을 먹지 않겠다고 투정을 부리고 아침밥을 먹기 전에는 학교에 보낼 수 없다는 어머니와 갈등을 겪지는 않았는지요. 이처럼 삶은 갈등의 연속입니다. 그리고 삶의 모습을 고스란히 반영하고 있는 문학작품 또한 다양한 갈등의 모습을 담게 되지요.

소설 속에서 갈등은 사건을 전개하는데 없어서는 안 되는 중요한 존재랍니다. 이야기 속에서 사건이 진행될수록 갈등은 점점 깊어지고 우리는 그 모습을 흥미진진하게 지켜보며 감동과 재미를 느끼지요. 또 갈등을 풀어나가는 모습 속에서 등장인물의 성격을 파악하기도 하고, 주제를 발견하기도 한답니다.

이제 문학 작품을 읽으며, 소설에서 갈등이 어떤 형태로 나타나는지 살펴보고 갈등의 해결 과정에서 인물의 성격이나 심리 상태가 어떻게 바뀌는지 찾아볼까요?

"

나비를 잡는 아버지

수록교과서 : 교학사(남),미래엔컬처(윤),웅진,창비

현덕 소설가. 아동문학가. 1909년 서울에서 태어났다. 1938년 《조선일보》 신춘문예에 소설 「남생이」가 당선되면서 이때부터 1940년까지 본격적으로 소설과 동화를 발표하였다. 한국 전쟁 당시 월북하였으며 대표작으로는 「집을 나간 소년」 「포도와 구슬」 「토끼 삼 형제」 등이 있다.

감상 길잡이

여러분은 부모님이나 선생님으로부터 자신이 잘못한 일이 아닌데 혼난 적이 있나요? 그럴 때면 억울해서 눈물이 나기도 하지요. 경환이와 다투어 부모님께 혼나고 사과까지 해야 하는 상황에 놓인 바우의 억울한 심정을 헤아리며 작품을 읽어보세요. 바우와 경환이, 바우와 부모님과의 갈등과, 갈등이 해결되는 과정도 파악해 보세요.

갈래	단편소설. 성장소설
시점	전지적 작가 시점
배경	일제 강점기, 어느 농촌 마을

성격	사실적, 향토적
제재	나비
주제	아버지와 아들의 갈등과 화해

바우
소작인의 아들로 그림에 관심이 많지만, 상급학교에 진학할 형편이 못 됨.
자존심이 강하고 고집이 셈

경환
마름의 아들로 서울에서 학교에 다님. 자신을 뽐내고 싶어 하고 허영심이 많음

아버지
바우를 사랑함.
가난하고 성실하며, 현실에 순응함

지난해 봄 바우와 경환은 함께 소학교를 졸업했지만, 마름 집 아들인 경환은 서울에 있는 상급학교에 진학하고 소작농의 아들인 바우는 집에서 일을 돕게 됩니다. 집안일을 도우며 틈나는 대로 그림을 그리던 바우는 하기휴가로 고향에 내려온 경환이를 만나는데 동물표본을 만들기 위해 나비를 잡는 경환의 모습이 못마땅하여 일부러 나비를 잡아 놓아줍니다.

그 일로 화가 난 경환은 나비를 잡는다는 핑계로 바우네 참외밭을 엉망으로 만들고, 바우와 한바탕 몸싸움을 하게 됩니다.

그 후 어머니는 경환이네 집에 불려 가고 아버지는 땅이 떨어질까 두려워 바우에게 나비를 잡아다 주고 용서를 빌라고 합니다. 그러나 바우는 그런 아버지를 야속해하며 산 아래로 내려갔다가 나비를 잡는 사람 그림자를 보게 됩니다. 처음에는 경환이가 제 집 머슴을 시켜 나비를 잡는 거라고 생각했지만, 자세히 보니 나비를 잡는 사람이 자신의 아버지임을 알고 아버지를 불쌍하고 정답게 여기게 됩니다.

나비를 잡는 아버지

황혼의 종로로 방향을 돌려서
버스는 떠난다. 경쾌하게.

건드러진* 노랫소리가 푸른 언덕을 넘어온다. 바우는 송아지를 뜯기며, 밤나무 그늘에 앉아 그림 그리는 책을 펴 들었다. 송아지가 움직이는 대로 자리를 옮겨 앉으며, 풀을 뜯는 송아지 모양을 그리느라 열심히 들여다보고 연필을 놀리고 하더니, 잠시 멈추고 귀를 기울인다. 그리고 "흥!" 하고 빈정거리는 웃음을 한 번 웃고는, 그 소리가 듣기 싫다는 듯 그편에 등을 대고 돌아앉는다.

'겨우 서울 가서 공부한다고 배워 가지고 온 것이 유행가 나부랭하고, 나비 잡는 것이냐.'

지난해 봄에 바우와 경환이는 한날에 그곳 소학교*를 졸업을 하였다. 경환이는 서울로 상급 학교를 가고, 바우 자기는 집에서 꾸벅꾸벅 땅이나 파고 있어야 했을 때, 바우는 무척 슬퍼하고 억울해하고, 따라서 경환이를 부러워도 하였다.

바우 자기가 값없이* 보내는 그 하루하루에 경환이는 좋은 학교와 훌륭한 선생 아래서 날마다 새로워 가고 높아 갈 것을 생각할 때, 바우는 가만히 있지 못했다. 그 상급 학교에 가지 못하는 벌충*을 여기

어휘정리

건드러지다 목소리나 맵시 따위가 아름다우며 멋들어지게 부드럽고 가늘다.
소학교 초등학교의 전 용어
값없다 보람이나 대가 따위가 없다.
벌충 손실이나 모자라는 것을 보태어 채움.

다 하려는 듯이 틈 있는 대로 그림을 그렸고, 그것으로 즐거움을 삼았다.

그리고 얼마 전에 그 경환이가 하기휴가를 하고 서울서 집에 돌아왔다. 그러나 전보다 얼굴빛이 희어지고, 바지통이 넓은 양복에 흰 테두리의 모자를 멋있게 쓴 것이 달라졌을 뿐, 하는 일이라고는 고작, 서울이 얼마나 좋고 자기 다니는 학교가 얼마나 훌륭한 곳인가를 자랑하는 것과 활동사진* 배우 중 누구는 어떻고 누구는 어쩌고, 그리고 잡된 유행가를 부르고, 동네 어린아이들을 몰고 다니며 나비를 잡는 것이 전부였다. 경환이는 그런 짓으로 전날 소학교 때 늘 바우에게 성적으로 머리를 눌려 오던 분풀이를 하려는 듯이 뻐기며 다녔다. 바우에게 그 꼴이 곱게 보일 리가 없었다.

꽃피는 남산으로 방향을 돌려서
버스는 떠난다, 가로수 그늘.

노랫소리는 점점 가까워 온다. 그리고 잠시 언덕 너머가 떠들썩하더니, 호랑나비 한 마리가 피로한 나래로 갈팡질팡 날아와 밤나무 가지에 야트막하게 앉는다.

바우는 그 나비를 쉽게 잡을 수 있었다. 그리고 잠깐, 그 호사스런 모양과 찬란한 빛깔을 들여다보다가 도로 날려 보내려 할 즈음, 언덕 위로 동네 아이들의 머리가 불쑥불쑥 나타나며, 곧이어 경환이가 나비 잡는 채를 휘두르며 뛰어 내려온다.

경환이는 바우가 앉아 있는 밤나무 그늘로 들어서며,

어휘정리

활동사진 영화의 옛 용어.

"너, 호랑나비 어디로 날아가는지 봤니?"

하더니, 바우 손에 잡혀 있는 나비를 보고는 반색*을 한다.

"나 다우."

하고, 으레 줄 것으로 알고 손을 내밀었으나, 바우는 그 손을 툭 쳐 버리고 몸을 돌린다.

"넌 무슨 까닭으로 어린애들을 몰고 다니며 애먼* 나비를 못살게 하는 거냐?"

"뭐?"

하고, 경환이는 뜻하지 않은 말에 잠시 멍하니 바라보다가,

"누가 장난으로 잡는 거냐? 학교서 숙제를 냈어. 동물 표본을 만들어 오라고."

"장난 아니믄, 벌써 너 나비 잡기 시작한 지가 며칠이냐? 그동안에 못 잡아도 백 마리는 잡았겠구나. 그것을 다 동물 표본 만들고도 모자라서 또 잡는 거냐?"

"모두 못 쓰게 잡았으니까 그렇지. 날개도 상하고."

하더니, 경환이는 변색*을 하고 한 발자국 다가서며,

"넌 남이 나비를 잡건 말건 무슨 상관이냐, 건방지게."

"나두 상관할 만해서 그런다."

"무슨 상관이냐?"

"너 때문에 나비 구경을 못 하게 되겠으니까 하는 말이다."하고, 바우는 경환이 얼굴을 마주 노려보다가,

어휘정리

반색 매우 반가워함. 또는 그런 기색.
앰하다 애매하다의 준말. 아무 잘못 없이 꾸중을 듣거나 벌을 받아 억울하다.
변색 놀라거나 화가 나서 얼굴빛이 달라짐.

"네가 동물 표본을 만들기 위해 나비가 필요하다면, 난 그림 그리는 데에 나비가 필요해. 너만을 위해서 생긴 나비는 아니지."

그러나 경환이는 "흥!" 하고 코웃음을 친다. 바우는 한층 음성을 높여 계속한다.

"그리고 어린아이들에게 잡된 유행가는 너 왜 가르치는 거냐? 부르고 싶으면 너나 부르지."

이 말엔 매우 괘씸한 모양인지, 경환이는 낯을 붉히며 대든다.

"이 동네에서 나한테 시비할 사람 없어. 건방지게 왜 이래?"

하는 그 말 속엔 분명 자기는 마름*집 외아들로서 지위가 높은 몸, 너같이 소나 뜯기는 놈에게 시비를 받을 몸이 아니라는 빈정거림이 있다.

바우는 썩 비위가 상해서,

"흥!"

하며 마주 코웃음을 치고, 좀 더 골*을 올리려고 두 손가락에 날개를 접어 쥔 나비를 이것 너 줄까, 하는 시늉으로 경환이 등을 향해 두어 번 겨누다가는 그대로 공중으로 날려 버린다.

나비는 방향이 없이 어지러이 한 바퀴 맴을 돌더니 언덕 아래로 높았다 낮았다 날아간다. 경환이는 갑자기 몸을 날려 그 나비를 쫓아간다. 그러다가 나비가 논 가운데로 날아가자 뒤돌아서 바우를 무섭게 한 번 눈을 흘겨보고, 돌 하나를 집어 근처에서 풀을 뜯고 있는 송아지를 때리고는 언덕 아래로 달아났다.

그러나 경환이의 심술은 이것만으로 그치지 않았다. 송아지한테 먹을 만치 풀을 뜯기고, 언덕 아

어휘정리

마름 지주를 대리하여 소작권을 관리하는 사람.
골 비위에 거슬리거나 언짢은 일을 당하여 벌컥 내는 화.

래로 몰고 내려와 수수밭 모퉁이를 돌아섰을 때, 바우는 다시금 놀랐다. 개울 건너 바우네 참외밭에서 경환이란 놈이 나비 잡는 채를 휘두르며 날뛰고 있다. 그까짓 송장나비를 잡으려고 그러는 것이 아닐 텐데, 경환이는 그 나비를 좇아 구두 신은 발로 지금 한창 참외가 익기 시작하는 넝쿨을 함부로 질경질경 밟으며, 이리 뛰고 저리 뛰고 한다. 일부러 그러는 것이 분명하다. 나비를 잡는 척 참외밭으로 몰아넣고, 참외 넝쿨을 결딴내는* 것이리라.

바우는 눈이 뒤집혔다. 더욱이 그 참외밭은 장차 햇곡식 나기 전까지의 바우 집 식구들의 식량을 책임질 땅이요, 바우 자기도 참외가 잘 열리면 책 한 권쯤 사 달라려고 벼르고 있던 터다. 바우는 나는 듯 개울을 건너 쫓아가 등줄기를 한 번 후리고는*,

"인마, 눈 없어? 이거 못 봐?"

하고, 낭자한 그 자취를 손으로 가리키며,

"넌 남의 집 농사 결딴내두 상관없니, 인마?"

그러나 경환이는,

"우리 집 땅 내가 밟았기로 무슨 상관이야."

하고, 기가 막히다는 듯 "피이!" 하며 고개를 옆으로 돌린다. 그러나 사실 기가 막히는 건 바우다.

"우리 집 땅?"

하고, "허, 참!" 하늘을 쳐다보고 탄식하고는,

"땅은 너희 집 거라두 참외 넝쿨은 우리 집 거 아니냐? 누가 너희 집 땅을 밟는다고 하는 말이냐? 우리 집 참외 넝쿨을 결딴내니까 말이지."

어휘정리

결딴나다 어떤 일이나 물건 따위가 아주 망가져서 도무지 손을 쓸 수 없는 상태가 되다.
후리다 휘둘러서 때리거나 치다.

그러자 경환이는 머리에 썼던 운동모자를 벗으며 한 발자국 다가선다.

"너희 집 참외 넝쿨 소중한 건 알면서, 어째 남의 나비 잡는 건 훼방을 놓는 거냐? 나두 장난으로 잡는 건 아냐."

"장난이 아닌지는 몰라도 넌 나비를 잡는 거고, 우리 집은 참외 농사로 양식도 팔고 그래야 할 것이거든. 그래, 나비가 중하냐, 사람 사는 게 소중하냐?"

바우가 팔을 저어 시늉하며 어느 것이 소중하냐고 턱을 대는데, 경환이는,

"나두 거기에 학교 성적이 달린 거야."

하고, "피이!" 하며 업신여기는 웃음을 짓더니,

"너희 집 집안 살림을 내가 알게 뭐냐."

하고, 같은 웃음으로 좌우를 돌아본다. 개울 건너 길가에 동네 아이들이 모여 섰고, 그 뒤로 지게를 진 어른들도 섰다. 바우는 낯이 화끈 달았다.

"뭐, 인마?"

대뜸 상대의 멱살을 잡고,

"그래서 남의 참외밭 결딴내는 거냐? 나비가 우리 집 참외밭에만 있구 다른 덴 없어, 인마?"

경환이는 멱살을 잡힌 채 이리저리 목을 내저으며,

"이게 유도 맛을 보지 못해 이래. 너, 다 그랬니, 다 그랬어?"

하고 어르다가 날래게 궁둥이를 들이대고 팔을 낚아 넘겨 치려 하나, 원체 나무통처럼 버티고 섰는 바우의 몸은 호리호리한 경환의 허릿심으로는 꺾이지 않았다.

도리어 바우가 슬쩍 딴죽*을 걸고 밀자 경환이 자신이 쿵 나둥그러졌다.

그러나 쓰러졌다가 다시 일어설 때, 경환이는 손에 돌을 집어 들고 얼굴에 울음을 만들고는,

"이 자식아. 나비 잡는 사람, 왜 때리고 훼방을 놓는 거야, 왜!"

하고, 비겁하게 돌 든 손을 머리 위로 쳐들어 겨누는 것이다.

결국 싸움은, 이때껏 아이들 등 뒤에 입을 벌리고 서서 보고만 있던 동네 어른 하나가 성큼성큼 개울을 건너와 사이를 뜯어 놓고, 경환이를 참외밭 밖으로 이끌어 나간 것으로 끝났으나, 경환이가 손목을 이끌려 가면서도 연해* 뒤를 돌아보며, 어디 두고 보자고 벼르던 그 말이 허사*가 아니었다.

바우가 자기 집 장독간 앞에서 벌통을 들여다보고 앉았는데, 경환이 집에서 부엌 심부름을 하는 계집아이가 왔다. 바우는 까닭 없이 가슴이 뜨끔했다.

"바우 어머니, 집에 있수?"

하고, 계집아이는 안방과 부엌을 기웃거리다가 마당에 서 있는 바우를 보고,

"너, 우리 집 서울 학생 때렸니?"

하고 쳐다보다가 대답이 없으니까,

"너 야단났다. 우리 집 아씨가 막 역정이 나서 너희 어머니 불러오래, 얘."

마침 우물에서 돌아오는 바우 어머니를 보고, 계집아이는 다시 한 번 그 말을 옮기고는 문밖으로 사라졌다.

어휘정리

딴죽 씨름이나 태껸에서, 발로 상대편의 다리를 옆으로 치거나 끌어당겨 넘어뜨리는 기술.
연해 행위나 현상이 끊이지 않고 계속 이어지다.
허사 거짓말.

'난 잘못한 거 없으니까.' 하면서도 바우는 가슴이 두근거렸다. 일없이 뒤꼍으로 갔다 마당으로 나왔다 하며, 어머니가 돌아올 때를 기다리면서 조마조마한다.

먼저, 아버지가 뒷밭에서 돌아왔다. 이맛살을 찌푸린 얼굴로, 아버지는 기색이 좋지 못하다. 호미를 마당 가운데 던지더니 아버지는 갑자기 큰 소리를 냈다.

"참외밭에서 누구하구 싸웠니?"

바우는 벌통 앞에 돌아앉아서 말이 없다.

"너두 눈 있거든 참외밭에 좀 가 봐. 넝쿨 하나 성한 게 있나. 인마, 그 밭에 도지*가 얼만지 아니? 벼루 열 말이야. 참외는 안 돼두 낼 것은 내야지. 그리고 허구한 날 먹을 건 먹어야지. 그런 걱정은 없구, 참외밭에서 싸움이 뭐냐, 싸움이."

바우는 벌통 앞에서 일어서며 볼멘소리로,

"누가 싸웠나. 경환이가 나비를 잡는다고 참외밭에서 막 넝쿨을 밟길래 말린 거지."

그러나 아버지의 음성은 한층 커졌다.

"내가 뭐랬어. 참외밭 근처서 멀리 떠나지 말고 지키랬지. 그놈의 그림책, 이리 내놔라. 그것만 잡고 앉아 있으면 정신없다가 참외밭을 결딴내는 것도 몰랐지, 인마."

하고, 그 그림책을 찾는 것처럼 두리번거리고 뒤꼍으로 가더니 아버지는 혼잣말로, 서울 가서 공부한 것이 나비 잡는다고 남의 집 참외밭 결딴내는 거냐고 중얼거리며 울타

어휘정리

도지 일정한 대가를 주고 빌려 쓰는 논밭이나 집터.

리에서 호박잎을 따고 있다. 아마 부러진 참외 넝쿨을 그것으로 이어 보려는 것이리라.

조금 후, 아버지는 호박잎을 따 가지고 나오며,

"너희 어머니 어디 갔니?"

그러나 바우는 경환이 집에서 어머니를 불러 갔다는 말은 나오지 않았다. 묵묵히 바우는 대답이 없다. 하지만 아버지는 더 묻지 않아도 좋았다. 바로 그 어머니가 상기* 된 얼굴로 대문을 들어섰기 때문이다.

어머니는 다짜고짜 바우에게로 달려가 등줄기를 후리고는,

"자식이 어떻게 했으면 어미 망신을 그렇게 시키니. 어서 나비 잡아 가지고 가서 빌어라, 빌어."

그리고 아버지를 향하고는,

"당신도 가 보우. 바깥사랑에서 부릅디다."

아버지는 어리둥절하여 바우와 어머니를 번갈아 쳐다보다가,

"어떻게 된 일이야, 응?"

그러나 어머니는 바우를 향해서만 또,

"남이 나비를 잡거나 말거나 내버려 두지, 어쭙잖게 왜 다니며 훼방을 놓는 거냐?"

"누가 훼방을 놓았나? 남의 참외밭에 들어가 그러기에 못 하게 말린 거지."

"아, 네가 밤나뭇골 언덕에서 손에 잡았던 나비까지 날려 보내며 뭐라구 그랬다는데, 그래."

그리고 어머니는 경환이 집 안주인이 꾸중꾸중

어휘정리

상기 흥분이나 부끄러움으로 얼굴이 붉어짐.

하더라는 것, 그리고 바우가 나비를 잡아 가지고 와서 경환이에게 빌지 않으면 내년부턴 땅 얻어 부칠* 생각을 말라더란 말을 옮기며 또 바우에게,

"어서 나비 잡아 가지고 가서 빌어라, 빌어."

아버지는 연해 끙끙 땅이 꺼지는 못마땅한 소리로 뒷짐을 지고 마당을 오락가락하며 무섭게 눈을 흘겨 바우를 본다. 그리고 바우는 어머니가 등을 미는 대로 부엌으로 뒤꼍으로 피하다가는 대문 밖으로 나갔다. 그러나 담 밑에 붙어서서 움직이지 않은 바우를 어머니는 쫓아와 다조진다*.

"이렇게 고집을 부리고 안 가면 어떡헐 셈이냐. 땅 떨어져도 좋겠니? 너두 소견*이 있지."

그러나 바우는 어슬렁어슬렁 길로 나가더니 우물 앞 정자나무 앞에 이르자 걸음을 멈추고, 동네 노인들이 장기를 두고 앉았는 것을 넋을 놓고 들여다보고 서 있다. 장기가 두 캐*가 나고, 세 캐가 나고, 모였던 사람이 헤어져도 바우는 자리를 뜨지 않는다. 바우는 자기가 조금도 잘못한 것이 없다는 것, 누구에게도 머리를 굽힐 까닭이 없다는 고집이 정자나무 통만큼 뻣뻣할 뿐이었다.

해가 저물었다. 지붕 너머로 바우 집 굴뚝에도 연기가 오르고, 그 연기가 잦아든 때에야 바우는 슬슬 눈치를 살피며 대문을 들어섰다.

그러나 건넌방 쪽에 눈이 갔을 때 바우는 크게 놀랐다. 아궁이* 앞에 그토록 아끼던 그림 그리는 책이 조각조각 찢기어 허옇게 흩어져 있다. 바우는 그 앞에 이르러 멍하니 내려다보고 서 있는데, 등

어휘정리

부치다 논밭을 이용하여 농사를 짓다.
다조지다 일이나 말을 바짝 재촉하다.
소견 어떤 일이나 사물을 살펴보고 가지게 되는 생각이나 의견.
캐 판의 의미.
아궁이 방이나 솥 따위에 불을 때기 위하여 만든 구멍.

뒤에서 아버지 음성이 났다.

"인마, 남은 서울 학교 다녀서 나비도 잡고 그러는 건데, 건방지게 왜 다니며 훼방을 놓는 거냐, 훼방을."

그리고 바우가 그림 그리는 것과 그것은 상관없는 일일 텐데 아버지는,

"담부터 내 눈앞에 그 그림 그리는 꼴 보이지 말어라. 네깐 놈이 그림 그걸루 남처럼 이름을 내겠니, 먹고살게 되겠니?"

하고, 돌아서 문밖으로 나가려다가 다시 돌아서며 아버지는,

"나비는 잡아 갔지?"

하고 다져* 묻는다.

바우는 고개를 숙인 채 묵묵하다. 아버지는 기가 막힌 듯 잠시 건너다보기만 하다가 언성을 높였다.

"이때껏 나가서 뭘 했어. 지난봄에 늙은 아비가 땅 얻어 부치느라고 갖은 애 다 쓰던 것을 네 눈으로도 보았지? 그런데 너까지 말썽일 게 뭐냐. 어서 가서 빌지 못하겠어?"

아버지는 담뱃대 끝으로 바우의 수그린 머리를 찌를 듯 겨눈다. 바우는 슬금슬금 피할 뿐, 조금도 걸음을 옮기려 하지 않는다.

"그래도 네 고집만 부릴 테냐? 그럴려거든 아주 나가거라. 아주 나가."
하고, 아버지는 빗자루를 들고 나섰다. 그때 어머니가 방에서 나와 그걸 빼앗아 던져 버리고,

"가서 빌기만 하면 뭘 하우. 나비를 잡아 가야지. 그리고 지금은 어두워서 잡겠수? 내일 잡아 가라지."

그리고 어머니는 바우의 등을 밀며,

어휘정리

다지다 단단히 강조하거나 확인하다.

"어서 올라가 저녁이나 먹어라."

하지만 아버지는 여전히 못마땅한 눈으로 흘겨보며,

"저런 놈 저녁은 먹여 뭘 해. 아주 내쫓으라니깐, 그래."

하고, 자기가 먼저 문밖으로 나간다.

어머니는 아버지가 들어오기 전에 어서 저녁을 먹으라고 권한다.

그러나 바우는 서 있는 자리에 그대로 고개를 숙인 채, 어머니가 달랠수록 더 짜증만 낸다. 한종일 아버지 어머니에게 애매한 미움을 받고, 그림책을 찢기운 그 억울한 심정이 가슴속에 벅차 다른 무엇이 들어갈 여지*가 없었다.

이튿날 아침이다. 건넌방 모퉁이에서 바우는 아버지와 얼굴이 마주쳤다. 아버지는 어제와 다름없는 그 얼굴과 그 음성으로 부엌에서 아침을 짓는 어머니를 향해 소리쳤다.

"오늘도 저놈이 제 고집만 세우고 나비를 잡아 가지 않거든, 밥 주지 말어."

그리고 바우를 향해서는,

"오늘은 나비를 잡아 가지고 가 봐야지. 그러지 않으려거든 영 집에 들어올 생각 말어라."

아버지가 보이지 않자, 어머니는 부엌에서 나와 작은 음성으로 바우를 달랜다.

"아버지 속상하시게 하지 말고, 오늘은 나비를 잡아 가지고 가 봐라. 땅이 떨어지거나 하면 너는 좋겠니? 생각해 봐라."

어휘정리

여지 어떤 일을 하거나 어떤 일이 일어날 가능성이나 희망.

바우는 여전히 말이 없다. 어머니는 그것을 바우가 순종하는 뜻으로 여기고, 부엌에서 아침을 차리기에 분주하였다.

"얼른 밥 차려 줄게, 먹고 나가 봐."

그러나 바우는 어머니가 밥상을 날라 오기 전에 자기가 먼저 슬며시 집 밖으로 나갔다. 밥을 열 끼를 굶는 한이 있더라도 그 경환이 앞에 나비를 잡아 가지고 가서 머리를 숙이기는 싫었다. 아들의 그만한 체면쯤 보아줄 줄 모르고 자기 요구만 고집하는 아버지가, 그리고 어머니까지 바우는 무척 야속했다. 노여웠다.

바우는 동구 밖 아랫마을로 가는 길가 축동*, 버드나무 그늘 밑에서 고개를 숙이고 생각에 잠겨 걷는다. 아침부터 요란스레 매미는 울고, 속상하게 눈에 보이는 것은 여기저기 풀 위로 너풀거리는 나비다.

바우는 그 나비를 피해 가는 듯 문득 걸음을 바꿔 뒷산으로 올라갔다. 거기서 바우는 일상 하던 버릇으로 풀을 베어 널고, 그 위에 벌렁 나둥그러져 하늘을 쳐다본다. 집에서보다 갑절 어버이에 대한 야속함과 노여움이 사무친다.

'아버지 말대로 정말 집을 나오고 말까? 그러면 아버지도 뉘우칠 때가 있겠지. 그리고 서울 같은 도회로 나가서 어떻게 고학*이라도 해 볼까?'

바우는 정말 그렇게 해 볼 것처럼 벌떡 일어선다. 그리고 산 아래로 내려간다. 산 중턱쯤 이르렀다. 건너다보이는 맞은편 언덕 너머 메밀밭 두덩*에 허연 사람의 그림자가 엎드러졌다 일어섰다 하며, 무엇을 쫓는 모양으로 움직인다.

어휘정리

축동 물을 막기 위하여 크게 둑을 쌓음. 또는 그 둑.
고학 학비를 스스로 벌어서 고생하며 배움.
두덩 우묵하게 들어간 땅의 가장자리에 약간 두두룩한 곳.

'흥! 경환이 저놈이 또 나비를 잡는구나.' 하고, 바우는 입가에 업신여기는 웃음을 짓는다. 산을 좀 더 내려와 봤을 때 경환이로 본 그것은 어른이 분명했다.

'흥! 경환이란 놈이 저희 집 머슴을 시켜 나비를 잡게 하는구나.'

그리고 바우는 또 한 번 같은 웃음을 웃는다.

바우는 산을 내려와 맞은편 언덕 위로 올라섰다. 그리고 가까운 거리에서 메밀밭을 내려다보았을 때, 그는 놀라 벌린 입을 다물지 못했다. 경환이 집 머슴으로 본 사람은 남 아닌 바로 아버지였다. 아버지는 농립*을 벗어 들고 나비를 쫓아 엎드렸다 일어섰다 하며, 그 똑똑지 못한 걸음으로 밭두덩을 지척지척* 돌고 있다.

바우는 머리를 얻어맞은 듯 멍하니 아래를 바라보고 서 있다. 그러다가 갑자기 언덕 모래 비탈을 지르르 미끄러져 내려가며 그렇게 빠른 속력으로 지금까지 잠기어 있던 어두운 마음에서 벗어나, 그 아버지가 무척 불쌍하고 정답고 그리고 그 아버지를 위하여서는 어떠한 어려운 일이든지 못할 것이 없을 것 같은 생각에, 바우는 울음이 되어 터져 나오려는 마음을 가슴 가득히 참으며 언덕 아래 메밀밭을 향해 소리쳤다.

"아버지!"

"아버지!"

"아버지!"

어휘정리

농립 여름에 농사일을 할 때 쓰는 모자.
지척지척 힘없이 다리를 끌면서 억지로 걷는 모양.

중요한 내용 쏙! 쏙! 쏙!

사건 전개에 따른 바우의 심리 변화

발단	전개	위기	절정	결말
서울서 공부하던 경환이가 돌아옴	바우가 나비를 놓아 주자 화가 난 경환이는 바우네 참외밭을 망치고, 둘은 몸싸움을 벌임	참외밭을 망쳤다고 부모님께 혼남	부칠 땅이 떼일 위기에 놓이자, 아버지가 고집 부리는 바우를 꾸짖어 용서를 빌라고 하지만 바우는 고집을 꺾지 않음	자기 대신 나비를 잡는 아버지를 보고 사랑과 연민을 느낌
부러움 못마땅함	못마땅함 화가남	섭섭함 화남	야속함 분노	아버지를 이해함 죄송스러움

갈등의 전개 과정

	경환과 바우	아버지, 어머니와 바우
원인	경환이가 잡으려던 나비를 바우가 날려 보냄	나비를 잡아 경환이에게 사과하러 가라고 함
전개	경환이가 바우네 참외밭을 망가뜨리고 바우와 몸싸움을 함	아버지는 바우를 꾸짖고 바우가 아끼던 그림책을 찢음
해결		나비를 잡는 아버지를 보며 아버지의 입장을 이해함

마름과 소작농의 관계

마름 (경환 부모)
- 소작농에 땅을 빌려줄 수 있는 권한을 지주로부터 위임받음
- 지위를 이용하여 소작농에게 부당한 요구를 하기도 함

소작농 (바우 부모)
- 마름에게 부당한 대우를 받아도 땅이 떼일까 봐 함부로 말하지 못함

1 바우와 경환이가 갈등을 겪는 근본 원인을 알아봅시다.

2 아버지에 대한 바우의 심리가 어떻게 변화는지 살펴봅시다.

- 그림 그리는 책을 찢으며 야단칠 때 :
- 나비를 잡는 아버지를 보았을 때 :

상상더하기 - 등장인물 인터뷰

경환이와 싸우고, 아버지께 혼나고, 오늘은 바우에게 운수가 사나운 날이지요. 여러분이 만약 바우라면 이런 일들을 겪으며 무슨 생각을 했을까요? 지금부터 바우가 되어, 속마음을 한 번 털어놔 볼까요?

기자 : 어제 바우씨네 참외밭에서 바우씨와 경환씨의 싸움이 있었다는데요. 이로 말미암아 바우씨네가 부치던 땅을 떼일 위기에 놓였다고 합니다. 이 자리에 함께한 바우씨로부터 이야기를 들어보도록 하겠습니다. 바우씨, 오늘 싸움은 왜 일어난 건가요?

바우 :

기자 : 평소 경환이에 대한 바우씨의 속마음을 한번 털어놓아 보시겠어요?

바우 :

기자 : 오늘 바우 아버님께서 바우씨를 대신해 나비를 잡았다고 하던데요.
지금 심정은 어떤가요? 경환씨에게 사과하라는 아버님께 화가 났었다고 들었는데요. 지금은 아버님에 대해 어떤 마음인지도 말씀해 주시지요.

바우 :

1. 마름의 아들인 경환이는 졸업 후 상급학교에 진학하지만, 소작농의 아들인 바우는 농사를 짓는 처지가 됩니다. 이런 상황이 바우의 마음에 응어리를 만들고 경환이와의 갈등으로 이어집니다. 즉 마름과 소작농이라는 계급 간의 갈등이 근본 원인이라고 볼 수 있습니다.
2. 그림 그리는 책을 찢으며 야단칠 때 : 억울함. 야속함. 충격적임
나비를 잡는 아버지를 보았을 때 : 놀람. 불쌍함. 미안함.

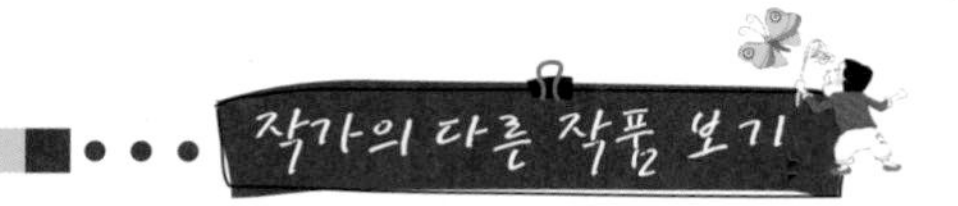

남생이 노마네 가족의 슬프고 비극적인 이야기를 한번 들어볼까요? 마름의 농간을 폭로하여 땅을 빼기고 항구에서 짐을 나르는 일을 하게 된 아버지는 큰 병을 얻어 더 이상 일을 할 수 없게 됩니다. 아버지를 대신하여 들병장수에 나선 어머니는 웃음과 정조를 팔아 생계를 꾸려가게 되지요. 어머니가 일하러 나가면 영이 할머니가 밥을 지어 주러 오시는데 어느 날은 나쁜 악귀를 쫓는다며 남생이와 부적을 아버지에게 건넵니다. 노마는 병든 아버지의 수발을 자신에게 맡기고 항구에서 희희낙락하는 어머니를 원망하며 양버들 나무에 오르는 연습을 합니다. 결국, 노마는 양버들 나무에 오르는데 성공하지만 그날 아버지가 돌아가시게 됩니다.

식민지 전후 시대를 배경으로 농민이 노무자로 전락하는 사회 현실이 안타깝게 그려진 이야기입니다.

고구마 혹시 주변에 가난하거나 장애를 가지고 있어 친구들로부터 따돌림을 당하는 사람이 있나요? 가난하다고, 장애를 가지고 있다고 마음의 상처를 받지 않는 건 아니랍니다.

〈고구마〉는 학교에서 실습시간에 심은 고구마밭이 파헤쳐지자 집안 형편이 어려워 도시락을 싸오지 못하는 수만이가 고구마 도둑으로 몰리는 이야기입니다. 수만이는 점심시간이면 몰래 교실을 빠져나가 아이들의 의심을 사게 된 것이지요. 결국, 친구들은 수만이가 점심 대신 누룽지를 먹기 위해 교실을 빠져나간다는 사실을 알게 되고 수만이와 화해를 하게 됩니다.

도시락을 싸기조차 어렵던 시절의 이야기지만 아직도 주위를 둘러보면 도움이 필요한 친구가 있을지도 모릅니다.

하늘은 맑건만

수록교과서 : 미래엔컬처(이),지학사(방)

현덕 소설가. 아동문학가. 1909년 서울에서 태어났다. 1938년 《조선일보》 신춘문예에 소설 「남생이」가 당선되면서 이때부터 1940년까지 본격적으로 소설과 동화를 발표하였다. 한국 전쟁 당시 월북하였으며 대표작으로는 「집을 나간 소년」 「포도와 구슬」 「토끼 삼 형제」 등이 있다.

감상 길잡이

혹시 유혹에 빠져 양심을 저버리는 행동을 해본 적이 있나요? 마음이 너무 무거워서 그런 행동을 한 것을 금방 후회하게 되지요. 그리고는 다시는 그러지 말아야겠다고 다짐합니다. 주인공 문기가 바로 이와 같은 경험을 했답니다. 문기가 겪은 사건을 정리해 가며 작품을 읽어봅시다. 또 사건이 진행됨에 따라 문기의 마음속에 일어나는 갈등의 모습도 파악해 보세요.

갈래	성장 소설, 단편소설, 순수소설
시점	전지적 작가 시점
배경	1930년대, 소도시

성격	교훈적
제재	거스름돈
주제	양심을 지키는 삶의 필요성

문기
순수하고
양심적인 아이

수만
문기를 꾀어 남의
돈을 함부로 씀.
영악하고 교활함

삼촌
조카를 사랑하며,
신중하고 책임감이
강함

며칠 전 문기는 숙모의 심부름으로 고기를 사러 갔다가 고깃간 주인으로부터 원래보다 거스름돈을 많이 받게 됩니다. 마침 돌아오는 길에 골목에서 동무 수만이를 만나 이 사실을 이야기하게 되는데, 수만이는 문기를 꾀어 그 돈으로 공과 쌍안경 등 물건을 이것저것 삽니다. 또, 나머지 돈으로 환등 기계를 사 아이들에게 보여주고 돈을 벌려는 즐거운 계획을 세웁니다. 그런데 문기는 공과 쌍안경을 그만 삼촌에게 들키고 수만이가 줬다고 거짓말을 하여 무사히 위기를 넘기지만 마음이 무겁습니다. 문기는 쌍안경과 공을 들고 나가서 버린 후, 나머지 돈을 고깃간 안마당에 던져놓습니다.

돌아오는 길에 문기는 또 수만이를 만나게 되고 수만이는 환등기를 사러 가자고 재촉합니다. 그러나 문기가 돈을 고깃간 마당에 던졌다고 하자, 돈을 혼자 쓰려고 한다며, 이튿날부터 낙서로 문기를 협박합니다. 참다못한 문기는 숙모의 돈을 몰래 가져와 수만에게 주고, 그 일로 아랫집 심부름하는 아이인 점순이가 도둑으로 몰려 집에서 쫓겨나게 됩니다.

이튿날 문기는 담임선생님을 찾아갔으나 사실을 말하지 못하고, 돌아오는 길에 자동차 사고를 당해 정신을 잃게 됩니다. 얼마 후 정신이 들자 삼촌에게 그동안에 있었던 사실을 모두 털어놓습니다.

하늘은 맑건만

중문* 안 안반* 뒤에 숨겨 둔 공이 간 데가 없다. 팔을 넣어 아무리 더듬어도 빈탕이다. 문기는 가슴이 두근거리기 시작하였다.

'혹 동네 아이들이 집어 갔을까?'

도리어 그랬으면 다행이다. 만일에 그 공이 숙모 손에 들어가기나 했으면 큰일이다.

문기는 아무 일 없는 태도로 전날과 다름없이 안마당에서 화초분에 물을 준다. 그러면서 계속해 숙모의 눈치를 살핀다. 숙모는 부엌에서 저녁을 짓는다. 마루로 부엌으로 오르고 내릴 때 얼굴이 마주치는 것이다. 문기는 자기를 보는 숙모 눈에 별다른 것이 없다 싶었다. 문기는 차츰 생각을 고친다.

'필시 공은 거지나 동네 아이들이 집어 갔기 쉽지. 그렇잖으면 작은 어머니가 알고 가만 있을 리 있나.'

조금 후 문기는 아랫방으로 내려갔다.

그리고 책상 서랍을 열어 보았을 때 문기는 또 좀 놀랐다. 서랍 속에 깊숙이 간직해 둔 쌍안경이 보이질 않는다. 그것뿐이 아니다. 서랍 안이 뒤죽박죽이고 누가 손을 댔음이 분명하다.

'인제 얼마 안 있으면 작은아버지가 회사에서 돌아오시겠지. 그리고 필시 일은 나고 말리라.'

문기는 책상 앞에 돌아앉아 책을 펴 들었다. 그러나 눈은 아물아물 가슴은 두근두근 도무지 글이

어휘정리

중문 대문 안에 또 세운 문.
안반 떡을 칠 때 쓰는 두껍고 넓은 나무 판.

읽어지질 않는다.

며칠 전 일이다. 문기는 저녁에 쓸 고기 한 근을 사 오라고 숙모에게 지전* 한 장을 받았다. 언제나 그맘때면 사람이 붐비는 삼거리 고깃간이다. 한참을 기다려서 문기 차례가 왔다. 문기는 지전을 내밀었다. 뚱뚱보 고깃간 주인은 그 돈을 받아 둥구미*에 넣고 천천히 고기를 베어 저울에 단 후 종이에 말아 내밀었다. 그리고 그 거스름돈으로 아, 지전 아홉 장과 그 위에 은전 몇 닢을 얹어 내주는 것이 아닌가. 문기는 어리둥절하였다. 처음 그 돈을 숙모에게 받을 때와 고깃간 주인에게 내밀 때까지도 1원짜리로만 알았던 것이다. 문기는 돈과 주인을 의심스레 쳐다보았다. 허나 그는 다음 사람의 고기를 베느라 분주하다. 문기는 주몃주몃*하는 사이 사람에게 밀려 뒷줄로 나오고 말았다. 그러나 다시 생각하면 정말 숙모가 1원짜리를 준 것인지 아닌지 모르겠다. 아니라면 도리어 큰일이 아닌가. 하여튼 먼저 숙모에게 알아볼 일이었다. 문기는 집을 향해 돌아가면서도 연해 고개를 기웃거리며 그 일을 생각하였다. 내가 잘못 본 것인가, 고깃간 주인이 잘못 본 것인가 하고.

골목 모퉁이를 꺾어 돌아섰다. 서너 칸 앞을 서서 동무 수만이가 간다. 문기는 쫓아가 그와 나란히 서며,

"너 집에 인제 가니?"

하고 어깨에 손을 걸고,

"이거 이상한 일 아냐?"

"뭐가 말야?"

"고길 사러 갔는데 말야. 난 일 원짜리로 알구

어휘정리

지전 종이돈. 지폐.
둥구미 짚으로 둥글고 깊게 엮어 만든 그릇.
주몃주몃 망설이며 머뭇거리는 모양. 주밋주밋.

냈는데 십 원으로 거슬러 주니 말야."

"정말야? 어디 봐."

문기는 손바닥을 펴 돈과 또 고기를 보였다. 수만이는 잠시 눈을 꿈벅꿈벅 무슨 궁리를 하는 듯 문기 얼굴을 보고 섰더니,

"너 이렇게 해 봐라."

"어떻게 말야?"

"먼저 잔돈만 너희 작은어머니에게 주는 거야."

"그리고 어떡해?"

"그리고 아무 말 없거든 내게로 나와. 헐 일이 있으니."

"무슨 헐 일?"

"글쎄 그러구만 나와. 다 좋은 일이 있으니."

마침내 문기는 수만이가 이르는 대로 잔돈만 양복 주머니에서 꺼내 놓았다. 숙모는 그 돈을 받아 두 번 자세히 세어 보고 주머니에 넣고는 아무 말없이 돌아서 고기를 씻는다. 그래도 문기는 한동안 머뭇머뭇 눈치를 보다가 슬며시 밖으로 나갔다. 그리고 문밖엔 수만이가 이상한 웃음으로 그를 맞이하였다.

수만이가 있다던 좋은 일이란 다른 것이 아니었다. 거리에서 보고 지내던 온갖, 가지고 싶고 해 보고 싶은 가지가지를 한번 모조리 돈으로 바꾸어 보자는 것이다. 그러나 문기는,

"돈을 쓰면 어떻게 되니?"

"염려 없어. 나 하는 대로만 해."

하고 머뭇거리는 문기 어깨에 팔을 걸고 수만이는 우쭐거리며 걸음을

옮긴다. 하긴 문기 역시 돈으로 바꾸고 싶은 것이 없지 않은 터, 그리고 수만이가 시키는 대로 끌려 하기만 하면 남이 하래서 하는 것이니까 어떻게 자기 책임은 없는 듯싶었다. 그리고 수만이는 수만이대로 돈은 문기가 만든 돈, 나중에 무슨 일이 난다 하여도 자기 책임은 없으니까 또 안심이었다. 이래서 두 소년은 마침내 손이 맞고* 말았다.

그래도 으슥한 골목을 걸을 때에는 알 수 없는 두려움에 가슴이 두근거리었으나, 밝은 큰 행길*로 나오자 차차 다른 기쁨으로 변했다. 길 좌우편 환한 상점 유리창 안의 온갖 것이 모두 제 것인 양, 손짓해 부르는 듯했다. 드디어 그들은 공을 샀다. 만년필을 샀다. 쌍안경을 샀다. 만화책을 샀다. 그리고 활동사진* 구경도 갔다. 다니며 이것저것 군것질도 했다.

그리고 그 나머지 돈으로 또 한 가지 즐거운 계획이 있었다. 조그만 환등 기계* 한 틀을 사자는 것이다. 이것을 놀려* 아이들에게 1전씩 받고 구경을 시킨다. 그리고 여기서 나오는 것으로 두고두고 용돈에 주리지* 않도록 하자는 계획이다. 하고 오늘 저녁부터 그 첫 착수*를 하자는 약조였다.

그러나 이 즐거운 계획을 앞두고 이내 올 것이 오고 말았다. 안방에서 저녁상을 받고 앉았던 삼촌은 문기를 불렀다. 두 번 세 번 문기야, 소리가 아랫방 창을 울린다. 방 안에서 문기는 못 들은 양 대답하지 않는다. 그러나 네 번째는 안방 미닫이*를 열고 삼촌은,

"문기 아랫방에 없니?"

댓돌 위에 신이 놓여 있는데 없는 양할 수는 없

어휘정리

손이 맞다 의견이 일치하다.
행길 사람들이 많이 다니는 큰 길.
활동사진 영화
환등 기계 강한 불빛을 사진 필름에 비추어서 확대경을 통해 영상이 크게 보이게 하는 장치.
놀리다 기구나 도구를 사용하다.
주리다 원하는 것을 얻지 못하여 몹시 아쉬워하다.
착수 어떤 일을 시작함.
미닫이 문이나 창 따위를 옆으로 밀어서 열고 닫는 방식. 또는 그런 문이나 창.

다. 기어이 문기는 그 삼촌 앞에 나가 무릎을 꿇고 앉지 않을 수 없었다. 삼촌은 잠잠히 식사를 계속한다. 그 상 밑에 안반 뒤에 숨겨 두었던 공이 와 있다. 상을 물릴 임시*에 삼촌은 입을 열었다.

"너 요새 학교에 매일 갔었니?"

"네."

삼촌은 상 밑에 그 공을 굴려 내며,

"이거 웬 공이냐?"

"수만이가 준 공예요."

"이것두?"

하고 삼촌은 무릎 밑에서 쌍안경을 꺼내 들었다.

"네."

"수만이란 뭣 하는 집 아이냐?"

문기는 고개를 숙이고 앉아 말이 없다. 삼촌은 숭늉을 마시고 상을 물렸다.

"네 입으로 수만이가 줬다니 네 말이 옳겠지. 설마 네가 날 속이기야 하겠니? 하지만 남이 준다고 아무것이고 덥적덥적* 받는다는 것두 좀 생각해 볼 일이거든."

삼촌은 다시 말을 계속한다.

"말 들으니 너 요샌 저녁두 가끔 나가 먹는다더구나. 그것두 수만이에게 얻어먹는 거냐?"

문기는 벌겋게 얼굴이 달아 수그리고 앉았다. 삼촌은 잠시 묵묵히 건너다만 보고 있더니 음성을

어휘정리

임시 정해진 시간에 이름. 또는 그 무렵.
덥적덥적 무슨 일이나 가리지 않고 행동하는 모양.

고쳐 엄한 어조로,

"어머님은 어려서 돌아가시구 아버지는 저 모양이시구 앞으로 집안을 일으킬 사람은 너 하나야. 성실치 못한 아이들하고 어울려 다니다 혹 나쁜 데 빠지거나 하면 첫째 네 꼴은 뭐구 내 모양은 뭐냐? 난 너 하나는 어디까지든지 공부도 시키구, 사람을 만들어 주려구 애를 쓰는데 너두 그 뜻을 받아 주어야 사람이 아니냐."

그리고 삼촌은 이렇게 뒤뚝* 맘 한번 잘못 가졌다가 영 신세를 망치고 마는 예를 이것저것 들어 말씀하고는 이후론 절대 이런 것 받아들이지 말라는 단단한 다짐을 받은 후 문기를 내 보냈다.

문기는 아랫방에 내려와 혼자 되자, 삼촌 앞에서보다 갑절* 얼굴이 달아올랐다. 지금까지 될 수 있는 대로 생각지 않으려고 힘을 써 오던 그편에 정면으로 제 몸을 세워 놓고 보지 않을 수 없었다. 그러나 자기라는 몸은 벌써 삼촌의 이른바 나쁜 데 빠지고 만 것이다. 그야 자기는 수만이가 시켜서 한 일이니까 잘못이 없다는 것이지만, 당초에 그것은 제 허물을 남에게 밀려는 얄미운 구실이 아니고 뭐냐. 그리고 문기는 이미 삼촌을 속이었다. 또 써서는 아니 될 돈을 쓰고 말았다. 아아, 일찍이 어머니를 여의고 아버지란 사람은 일상 천 냥 만 냥* 하고 허한* 소리만 하면서 남루*한 주제에 거처가 없이 시골, 서울로 돌아다니는 사람이고, 어려서부터 문기를 길러 낸 사람이 삼촌이었다. 그리고 조카의 장래를 자기의 그것보다 더 중히 알고 염려하며 잘되어 주기를 바라는 삼촌이었다. 그 삼촌의 기대에 어그러지지 않는 인

어휘정리

뒤뚝 몸이 중심을 잃고 한쪽으로 기울어지는 모양. 여기서는 '자칫'의 뜻.
갑절 어떤 수나 양을 두 번 합한 만큼.
천 냥 만 냥 '노름'을 달리 이르는 말.
허한 속이 빈. 참되지 않고 터무니없는.
남루하다 옷 따위가 낡아 해지고 차림새가 너저분하다.

물이 되어 보이겠다고 엊그제 주먹을 쥐고 결심하던 문기가 아니냐. 생각할수록 낯이 뜨거워지는 일이다. 마침내 문기는 공과 쌍안경을 집어 들고 문밖으로 나갔다. 어둑어둑 저물어 가는 행길이다. 문기는 골목으로 들어섰다. 대낮에 많은 사람 가운데에서 거리낌 없이 가지고 놀던 그 공이 지금은 사람이 드문 골목 안에서도 남이 볼까 두려워졌다. 컴컴해질수록 더 허옇게 드러나 보이는 커다란 공을 처치하기에 곤란해 문기는 옆으로 꼈다 뒤로 돌렸다 하며 사람의 눈을 피한다. 쌍안경이 든 불룩한 주머니가 또 성화*다. 골목 하나를 돌아서 나올 즈음 문기는 모르고 흘리는 것인 양 슬며시 쌍안경을 꺼내 길바닥에 떨어뜨렸다. 그리고 걸음을 빨리하여 건너편 골목으로 들어간다. 개천가 앞에 이르렀다. 거기서 문기는 커다란 공을 바지 앞에 품고 앉아서 길 가는 사람이 없기를 기다린다.

자전거가 가고 노인이 오고 동이 뜬* 그 중간을 타서 문기는 허옇게 흐르는 물 위로 공을 던져 버렸다. 이어 양복 안주머니에 간직해 두었던 나머지 돈을 꺼내 들었다. 그것도 마저 던져 버리려다가 문득 들었던 손을 멈춘다. 그리고 잠시 둥실둥실 물을 따라 떠나가는 공을 통쾌한 듯 바라보다가는 돌아서 걸음을 옮긴다.

문기는 삼거리 고깃간을 향해 갔다. 그리고 뒷골목으로 돌아가 나머지 돈을 종이에 싸서 담 너머로 그 집 안마당을 향해 던졌다.

그제야 문기는 무거운 짐을 풀어논 듯 어깨가 거뜬했다. 아까 물 위로 둥실둥실 떠 가던 그 공, 지금은 벌써 10리고 20리고 멀리 떠갔을 듯싶은 그 공과 함께 문기는 자기의 허물도 멀리 사라져 깨끗이 벗어난 듯 속이 후련했다. 그리고,

어휘정리

성화 몹시 귀찮게 구는 일.
동이 뜬 사이가 조금 생긴.

"다시는, 다시는……."

하고 문기는 두 번 다시 그런 허물을 범하지 않겠다고 백 번 다지며 집을 향해 돌아간다. 그러나 문기는 그것만으로는 도저히 자기 허물을 완전히 벗을 수 없었다. 그가 자기 집 어귀에 이르렀을 때 뜻하지 않은 것이 기다리고 있다 나타났다.

"너 어디 갔다 오니?"

하고 컴컴한 처마 밑에서 수만이가 튀어나오며 반긴다.

"지금 느이 집에 다녀오는 길이다."

그리고 문기 어깨에 팔 하나를 걸고 행길을 향해 돌아서며,

"어서 가자."

약조한 환등 틀을 사러 가자는 것이다. 극장 앞 장난감 가게에 있는 조그만 환등 틀을 오고 가는 길에 물건도 보고 가격도 보아 두었던 것이다. 그리고 오늘 낮에도 보고 온 것이었지만 수만이는,

"그새 팔리지나 않았을까?"

하고 걸음을 재촉한다. 문기는 생각 없이 몇 걸음 끌려가다가는 갑자기 그 팔을 쳐 내리며 물러선다.

"난 싫다."

수만이는 어리둥절해 쳐다본다.

"뭐 말야? 환등 틀 사기 싫단 말야?"

"난 인제 돈 가진 것 없다."

"뭐?"

하고 수만이는 의외라는 듯 눈이 둥그레지다가는 금세 능청스런 웃음을

지으며,

"너 혼자 두고 쓰잔 말이지. 그러지 말구 어서 가자."

"정말 없어. 지금 고깃간 집 안마당으로 던져 주고 오는 길야. 공두 쌍안경두 버리구."

하고 문기는 증거를 보이느라고 이쪽저쪽 주머니를 털어 보이는 것이나 수만이는 흥 하고 코웃음을 친다.

"누군 너만 못 약을 줄 아니?"

그리고 연실 빈정댄다.

"고깃간 집 마당으로 던졌다? 아주 핑계가 됐거든."

"거짓말 아니다. 참말야."

할 뿐, 문기는 어떻게 변명할 줄을 몰라 쳐다보기만 하다가 고개를 떨어뜨리고 울상을 한다.

"오늘 작은아버지에게 막 꾸중 듣구. 그리고 나두 인젠 그런 건 안헐 작정이다."

"그래도 나하구 약조*헌 건 실행해야지. 싫으면 너는 빠져도 좋아. 그럼 돈만 이리 내."

하고 턱밑에 손을 내민다.

"정말 없대두 그래."

수만이는 내밀었던 손으로 대뜸 멱살을 잡는다.

"이게 그래두 느물*거든."

이런 때 마침 기침을 하며 이웃집 사람이 골목으로 들어서자 수만이는 슬며시 물러선다. 그러나,

어휘정리

약조 조건을 붙여서 약속함.
느물 속으로는 엉큼한 마음을 숨기고 겉으로는 천연스럽게 구는 태도.

"낼은 안 만날 테냐. 어디 두고 보자!"

하고 피해 가는 문기 등을 향해 소리쳤다.

이튿날 아침이다. 학교를 가는 길에 문기가 큰 행길로 나오자 맞은편 판장*에 백묵으로 커다랗게 '김문기는' 하고 그 밑에 동그라미 셋을 쳐 '○○○했다' 하고 써 있다. 그리고 학교 어귀에 이르러 삼거리 잡화상 빈지판*에도 같은 것이 씌어 있는 것이다. 문기는 이번에도 무춤*하고 보다가는 얼른 모자를 벗어서 이름자만 지워 버렸다. 그러는 것을 건너편 길모퉁이에서 수만이가 일그러진 웃음으로 보고 섰다. 그리고 문기가 앞으로 지나가자,

"왜 겁이 나니? 지우게."

하고 뒤에 오면서 작은 소리로,

"그래, 정말 돈 너만 두고 쓸 테냐. 그럼 요건 약과다."

그리고 수만이는 추군추군*하게 쫓아다니며 은근히 골리었다.

철봉 틀 옆에 정신없이 선 문기를 불시에 다리오금*을 쳐 골탕을 먹게 하였다. 단거리 경주 연습을 하는 척 달음박질을 하다가는 일부러 문기 앞으로 달려들어 몸째 부딪는다.

그리고 으슥한 곳에서 단둘이 만나는 때면 수만이는,

"너 네 맘대루만 허지. 나두 내 맘대루 헐 테다. 내 안 풍길* 줄 아니, 풍길 테야."

하고 손을 들어 꼽는다. 풍기기만 하면 첫째 학교에서 쫓겨날 것이요, 둘째 너희 집에서 쫓겨날 것이요, 그리고 남의 걸 훔친 거나 일반이니까 또 그

어휘정리

판장 판판하고 넓게 켠 나뭇조각. 널빤지.
빈지판 여러 짝의 문을 차례로 맞추거나 뽑으면서 여닫게 된 문.
무춤하다 놀라거나 어색하여 동작을 갑자기 멈추다.
추군추군 몹시 끈질기다.
다리오금 무릎 뒤쪽의 오목한 부분.
풍기다 냄새가 나다. 또는 냄새를 퍼뜨리다. 여기서는 소문을 낸다는 뜻.

런 곳으로 붙들려 갈 것이요 하고는 또 풍길 테다.

사실 그 다음 시간 교실을 들어갔을 때 문기는 크게 놀랐다.

칠판 한가운데,

"김문기는 ○○○했다."

가 커다랗게 씌어있다. 뒤미처* 선생님이 들어왔다. 일은 간단히 선생님이 한번 쳐다보고 누구 장난이냐 하고 쓱쓱 지워 버리고는 고만이었지만 선생님이 들어오고 그것을 지우기까지의 그동안 문기는 실로 앞이 캄캄했다.

그러나 수만이는 그것으로 그만두지 않았다. 학교를 파해 거리로 나와서는 한층 심했다. 두어 칸 문기를 앞세워 놓고 따라오면서 연해 수만이는,

"앞에 가는 아이는 공공공했다지."

그리고 점점 더해 나중엔 도적질을 거꾸로 붙여서,

"앞에 가는 아이는 '질적도' 했다지."

하고 거리거리 외며 따라오는 것이다.

문기 집 가까이 이르렀다. 수만이는 문기 앞으로 다가서며 작은 음성으로 조졌다*.

"너 지금으로 가지고 나오지 않으면 낼은 가만 안 둔다. 도적질했다하구 똑바루 써 놀 테야."

문기는 여전히 못 들은 척 걸음만 옮긴다. 자기 집 마당엘 들어섰다. 숙모는 뒤꼍에서 화초 모종을 하는지,

"여기 심어라, 저기 심어라."

하고 아랫집 심부름하는 아이와 이야기하는 소리가 날 뿐 집 안엔 아무도 없다.

어휘정리

뒤미처 그 뒤에 곧 잇따라.
조지다 일이나 말이 허술하게 되지 않도록 단단히 단속하다.

그리고 눈앞에 보이는 붓장* 안 앞턱에 잔돈 얼마와 지전 몇 장이 놓여 있다. 그리고 문밖엔 지금 수만이가 돈을 가지고 나오기를 기다리고 섰다.

여기서 문기는 두 번째 허물을 범하고 말았다.

"진작 듣지."

하고 빙그레 웃는 수만이 얼굴에다 뺨을 때리듯 돈을 던져 주고 문기는 달아났다.

급한 걸음으로 문기는 네거리 하나를 지났다. 또 하나를 지났다. 또 하나를 지났다. 걸음은 차차 풀이 죽는다. 그리고 문기는 이런 생각을 하였다.

'나는 몰래 작은어머니 돈을 축냈다. 그러나 갚으면 고만 아니냐. 그 돈 값어치만큼 밥도 덜 먹고 학용품도 아껴 쓰고 옷도 조심해 입고 이렇게 갚으면 고만 아니냐.'

몇 번이고 이 소리를 속으로 되뇌며 문기는 떳떳이 얼굴을 들고 집으로 들어갈 수 있을 만한 뱃심*을 만들려 한다. 그러나 일없이* 공원으로 거리로 돌며 해를 보낸다.

날이 저물어서 문기는 풀이 죽어 집 마루에 걸터앉았다. 숙모가 방에서 나오다 보고,

"너 학교에서 인제 오니?"

그리고 이어,

"너 혹 붓장 안의 돈 봤니?"

하다가는 채 문기가 입을 열기 전에 숙모는,

"학교서 지금 오는 애가 알겠니, 참 점순이 고년 앙큼헌 년이드라, 낮에 내가 뒤꼍에서 화초 모종을

어휘정리

붓장 큰 장 옆에 보조로 놓고 물건을 보관하는 장의 한 가지.
뱃심 용기.
일없이 아무런 까닭이나 실속이 없이.

내고 있는데 집을 간다고 나가더니 글쎄 돈을 집어 갔구나."

문기는 잠잠히 듣기만 한다. 그러나 속으로는 갚으면 고만이지 소리를 또 한 번 외어 본다.

그날 밤이었다. 아랫방 들창* 밑에 훌쩍훌쩍 우는 어린아이 울음소리가 났다. 아랫집 심부름하는 아이 점순이 음성이었다. 숙모가 직접 그 집에 가서 무슨 말을 한 것은 아니로되 자연 그 말이 한 입 걸러 두 입 걸러 그 집에까지 들어갔고 그리고 그 집주인 여자는 점순이를 때려 쫓아낸 것이다. 먼저는 동네 아이들이 모여 지껄지껄하더니 차차 하나 가고 둘 가고 훌쩍훌쩍 우는 그 소리만 남는다. 방 안의 문기는 그 밤을 뜬눈으로 새웠다.

이튿날 아침이다. 문기는 밥을 두어 술 뜨다가는 고만둔다. 뭐 그 돈을 갚기 위한 그것이 아니다. 도시 입맛이 나지 않았다. 학교엘 갔다. 첫 시간은 수신* 시간, 그리고 공교로이 제목이 '정직'이다. 선생님은 뒷짐을 지고 교단 위를 왔다 갔다 하며 거짓이라는 것이 얼마나 악한 것이고 정직이 얼마나 귀하고 중한 것인가를 누누이 말씀한다. 그리고 안경 쓴 선생님의 그 눈이 번쩍 하고 문기 얼굴에 머물렀다 가고 가고 한다. 그럴 때마다 문기는 가슴이 뜨끔뜨끔해진다. 문기는 자기 한 사람에게만 들리기 위한 정직이요, 수신 시간인 듯싶었다. 그만치 선생님은 제 속을 다 들여다보고 하는 말인 듯싶었다.

운동장에서도 문기는 풀*이 없다. 사람 없는 교실 뒤 버드나무 옆 그런 데만 찾아다니며 고개를 숙이고 깊은 생각에 잠기거나 팔짱을 찌르고 왔다 갔다 하기도 한다. 그러다 누가 등을 치면 소스라쳐 깜짝 깜짝 놀란다.

어휘정리

들창 벽의 위쪽에 자그맣게 만든, 들어서 여는 창.
수신 일제강점기의 도덕.
풀 세찬 기세나 활발한 기운.

언제나 다름없이 하늘은 맑고 푸르건만 문기는 어쩐지 그 하늘조차 쳐다보기가 두려워졌다. 자기는 감히 떳떳한 얼굴로 그 하늘을 쳐다볼만한 사람이 못 된다 싶었다.

언제나 다름없이 여러 아이들은 넓은 운동장에서 마음대로 뛰고 마음대로 지껄이고 마음대로 즐기건만 문기 한 사람만은 어둠과 같이 컴컴하고 무거운 마음에 잠겨 고개를 들지 못한다. 무엇보다도 문기는 전일* 처럼 맑은 하늘 아래서 아무 거리낌 없이 즐길 수 있는 마음을 갖고 싶다. 떳떳이 하늘을 쳐다볼 수 있는, 떳떳이 남을 대할 수 있는 마음이 갖고 싶었다.

오후 해 저물녘이다. 문기는 책보* 를 흔들흔들 고개를 숙이고 담임선생님 집 앞을 왔다가는 무춤하고 섰다가 그대로 지나가고 그대로 지나가고 한다. 세 번째는 드디어 그 집 문 안을 들어서서 선생님을 찾았다. 선생님은 문기를 안방으로 맞아들였다. 학교에서 볼 때 엄하고 막막하던 선생님은 의외로 부드러이 웃는 낯으로 문기를 대한다. 문기는 선생님 앞에 엎드려 모든 것을 자백할 결심이었었다. 그런데 선생님의 부드러운 태도에 도리어 문기는 말문이 열리지 않았다. 다음은 건넌방* 에서 어린애가 울어 못 했다. 다음은 사모님이 들락날락하고 그리고 다음엔 손님이 왔다. 기어이 문기는 입을 열지 못한 채 물러 나오고 말았다.

먼저보다 갑절 무겁고 컴컴한 마음이었다. 도저히 문기의 약한 어깨로는 지탱하지 못할 무거운 눌림이다. 걸음은 집을 향해 가는 것이지만 반대로 마음은 멀어진다. 장차 집엘 가서 대할 숙모가 두려웠고 삼촌이 두려웠고 더욱이 점순이가 두려웠다.

어느덧 걸음은 삼거리를 지나고 있었다. 문기 등

어휘정리

전일 전날.
책보 책을 싸는 보자기.
건넌방 안방에서 대청을 건너 맞은편에 있는 방.

뒤에서 아주 멀리 뻥뻥 하고 자동차 소리와 비켜라 비켜라 하는 사람의 소리가 나는 듯하더니 갑자기 귀밑에서 크게 울린다. 언뜻 돌아다보니 바로 눈앞에 자동차 머리가 달려든다. 그리고 문기는 으쓱하고 높은 데서 아래로 떨어져 가는 듯싶은 감*과 함께 정신을 잃고 말았다.

얼마 동안을 지났는지 모른다. 문기가 어렴풋이 눈을 떴을 때 무섭게 전등불이 밝아 눈이 부시었다. 문기는 다시 눈을 감았다. 두 번째 문기는 눈을 뜨자 희미하게 삼촌의 얼굴이 나타나며 그것이 차차 똑똑해지더니 삼촌은,

"너 내가 누군 줄 알겠니?"

하고 웃지도 않고 내려다본다. 문기는 이것도 꿈인가 하고 한번 웃어 주려면서 그대로 맑은 정신이 났다. 문기는 병원 침대 위에 누워 있었다. 어디 아픈 데는 없으면서도 몸을 움직일 수는 없다. 삼촌은 근심스런 얼굴로 내려다본다.

"작은아버지."

하고 문기는 입을 열었다. 그리고,

"저는 마땅히 받아야 할 벌을 받은 거예요."

하고 문기는 눈을 감으며 한마디 한마디 그러나 똑똑하게 처음서부터 끝까지, 먼저 고깃간 주인이 1원을 10원으로 알고 거슬러 준 것, 그 돈을 써 버린 것, 그리고 또 붓장 안의 돈을 자기가 훔쳐 낸 것, 이렇게 하나하나 숨김없이 자백을 하자, 이때까지 겹겹으로 싸고 있던 허물이 한 꺼풀 한 꺼풀 벗어지면서 따라 마음속의 어둠도 차차 사라지며 맑아 가는 것을 문기는 확실히 깨달을 수 있었다. 내일도 해는 뜨고 하늘은 맑아지리라. 그리고 문기는 그 하늘을 떳떳이 마음껏 쳐다볼 수 있을 것이다.

어휘정리

감 느낌이나 생각.

중요한 내용 쏙!쏙!쏙!

갈등 전개 과정

갈등의 발생
숙모의 심부름으로 고깃간에 간 문기는 판매원의 계산 착오로 인해 많은 돈을 거스름으로 받게 됨

갈등의 심화
- 거스름돈을 수만이와 함께 쓰다 죄책감을 느껴 남은 돈을 돌려줌.
- 돈을 요구하는 수만이의 요구를 들어주려 숙모의 돈을 훔침.
- 점순이는 문기의 누명을 쓰고 문기는 이를 괴로워하다 교통사고를 당함

갈등의 해소
병원에 온 작은 아버지에게 사실을 털어놓고 마음이 편해짐

문기의 심리변화

수만이와 거스름돈을 마음껏 사용함(즐거움)
↓
삼촌과 대화를 나눔(후회)
↓
산 물건을 버리고 거스름돈을 놓고 옴(후련함)
↓
수만이와의 갈등(답답함)
↓
숙모의 돈을 훔쳐 수만이에게 줌(화가 남, 죄스러움)
↓
점순이가 누명을 쓰게 됨(미안함)
↓
선생님께 들렀다 돌아옴(부끄러움)
↓
작은아버지께 모든 사실을 고백함(후련함, 양심의 회복)

소재에 담긴 의미

- 거스름 돈 • 문기의 양심을 시험함
- 하늘 • 문기가 자신의 도덕성을 성찰하는 대상
- 공, 쌍안경 • 문기가 양심을 버리게 됨
- 숙모의 돈 • 문기가 두 번째 양심을 버리게 되는 계기

1 결말에서 '내일도 해는 뜨고 하늘은 맑아지리라' 라는 구절이 갖는 의미에 대해 생각해 봅시다.

2 이 소설의 주제를 '거짓말이 거짓말을 낳는다' 라는 속담과 관련지어 생각해 봅시다.

상상더하기 - 작품 소개하는 글쓰기

작품을 읽으며 문기의 거짓말이 탄로 날까 봐 가슴이 두근거리지는 않았나요? 마지막에 문기가 삼촌에게 모든 사실을 털어놓을 때 마치 나의 일처럼 가슴이 후련해지는 경험을 했을 거예요. 그리고 정직한 삶이 왜 필요한지도 느끼게 되지요. 만약 여러분이 이 작품을 다른 친구에게 소개해준다면 어떤 내용을 담게 될까요? 친구에게 이 소설을 소개하는 글을 한 번 써 봅시다.

제목

확인하기 정답

1. 정신적 성장 과정을 겪은 문기의 양심이 회복되어 떳떳해졌음을 하늘에 비추어 서술하고 있습니다.
2. 이 작품은 삶에서 양심을 지키는 일이 매우 중요한 것이라는 작가의 메시지를 담고 있습니다. 작품 속 문기 역시 뜻하지 않은 첫 번째 실수를 인정하고 양심을 회복하려 하지만, 어느새 자기도 모르게 두 번째 실수를 저지르고 맙니다. 이는 양심을 지키는 일은 어렵지만 잃어버리기는 쉬우며, 우리의 삶에서 양심과 정직이라는 것은 항상 연결고리와도 같이 연쇄적으로 작용하고 있음을 보여줍니다.

소음 공해

수록교과서 : 디딤돌(김),미래엔컬처(윤)

오정희 소설가. 1947년 서울에서 태어나 서라벌예대 문예창작과를 졸업했다. 1968년 《중앙일보》 신춘문예에 소설 「완구점 여인」이 당선되어 등단했다. 대표작으로는 「불의 강」「중국인 거리」「저녁의 게임」「유년의 뜰」 등이 있다.

감상 길잡이

여러분은 옆집에 누가 살고 있는지 혹시 알고 있나요? 맛있는 음식을 만들어 이웃과 나누는 정겨운 풍경이 사라져 가고 있는 현실이 참 안타까운 요즘입니다. 이웃과의 소통이 단절된 현대 사회 속에서 주인공이 겪는 갈등의 모습을 따라가며 작품을 감상해 봅시다.

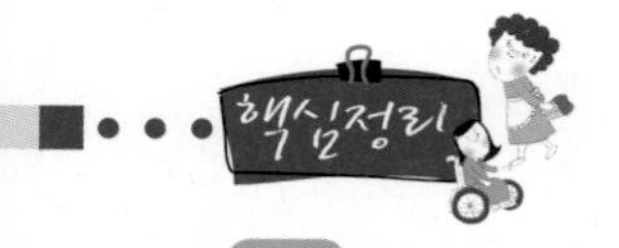

갈래	현대소설, 단편소설	성격	비판적, 고백적, 역설적
시점	1인칭 주인공 시점	제재	위층의 소음
배경	현대, 도시의 아파트	주제	이웃에 무관심한 도시인의 모습을 반성함

나

교양 있는 중년의 가정주부. 위층의 소음으로 고민하다 다양한 해결 방법들을 시도함. 이웃에 무관심한 도시인

주인공 '나'는 고등학생인 두 아들과 남편이 있는 평범한 가정주부입니다. 가족에게 헌신적인 면이 있고, 클래식 음악을 즐겨 들으며, 목요일에는 장애인 시설에서 봉사활동도 합니다. 그런데 아파트 위층 주인이 바뀐 뒤로 정체 모를 소음이 들려 나의 심기를 불편하게 합니다. 일주일을 참다가 품위와 예절을 지켜 경비원을 통해 조용히 해 달라고 부탁하지만, 위층의 소음은 멈추지 않습니다. 그래서 나는 위층 여자에게 직접 인터폰을 해 다시 이야기하지만, 충분히 주의하고 있다는 신경질적인 대답을 들을 뿐이었습니다. 화가 났지만 꾹 참고, 나는 소리를 죽이라는 메시지를 전달하기 위한 도구인 슬리퍼 선물을 들고 위층 여자를 찾아갑니다. 그런데 위층 여자가 휠체어에 앉아 있는 모습을 보고, 부끄러워 얼굴을 붉히며 슬리퍼를 등 뒤로 감추어버립니다.

소음 공해

집에 돌아오자마자, 뜨거운 물로 샤워를 하고 실내복으로 갈아입었다. 목요일, 심신장애자 시설에서 자원 봉사자로 일하는 날은 몸이 젖은 솜처럼 피곤하고 무거웠다. 그래도 뇌성마비*나 선천적 기능 장애로 사지가 뒤틀리고 정신마저 온전치 못한 아이들을 씻기고 함께 놀이를 하고 휠체어를 밀어 산책을 시키는 등 시중을 들다 보면 나를 요구하는 곳에서 시간과 힘을 내어 일한다는 뿌듯함이 있었다. 고등학생인 두 아들은 아침에 도시락을 두 개씩 싸들고 갔으니 밤 11시나 되어야 올 것이고, 남편은 3박 4일의 출장 중이니 저물어도 서둘 일이 없었다. 더욱이 나는 한나절 심신이 지치게 일을 한 뒤라 당당히 휴식을 즐길 권리가 있다. 아이들이 올 때까지의 서너 시간은 오로지 내 시간인 것이다. 아이들은 머리가 커져 치마폭에 감기거나 귀찮게 치대는* 일이 없이 "다녀왔습니다." 한 마디로 문 닫고 제 방에 들어앉게 마련이지만, 가족들이 집에 있을 때는 아무리 거실이나 방에 혼자 있어도 혼자 있다는 기분을 갖기 어려웠다. 사방 문 열린 방에서 두 손 모아 쥐고 전전긍긍* 24시간 대기하고 있는 형국*이었다.

거실 탁자의 갓등을 켜고 커피를 진하게 끓여 마시며 슈베르트의 아르페지오네 소나타를 틀었다. 첼로의 감미로운 선율이 흐르고, 나는 어슴푸레하고 아득한 공간, 먼 옛날로 돌아가는 듯한 기분에 잠겨 들었다. 몽상과 시와 꿈과 불투명한 미래가 약

어휘정리

뇌성마비 뇌가 손상되어 운동 기능이 마비된 상태.
치대다 상대방이 나에게 몸을 기대는 행동으로 귀찮게하다.
전전긍긍 몹시 두려워서 벌벌 떨며 조심함.
형국 어떤 일이 벌어진 형편이나 국면.

간 불안하게, 그러나 기대와 신비한 예감으로 존재하던 시절, 내가 이러한 모습으로 살아가리라는 것은 상상할 수도 없었던 시절로……. 사람이 단돈 몇 푼 잃는 것은 금세 알아도 본질적인 것을 잃어 가는 것에는 무감하다던가?

"드르륵 드르륵."

눈을 감고 하염없이 소나타의 음률에 따라 흐르던 나는 그 감미롭고 슬픔에 찬 흐름을 압도*하며 끼어든 불청객에 사납게 눈을 치떴다. 무거운 수레를 끄는 듯 둔탁한 그 소리는 중년 여자의 부질없는 회한*과 감상을 비웃듯 천장 위에서 쉼 없이 들려왔다. 십 분, 이십 분, 초침까지 헤아리며 천장을 노려보다가 나는 신경질적으로 전축을 껐다. 그 사실적이고 무지한 소리에 피아노와 첼로의 멜로디는 이미 소음에 지나지 않았다.

하루 이틀의 일이 아니었다. 위층 주인이 바뀐 이래 한 달 전부터 나는 그 정체 모를 소리에 밤낮없이 시달려 왔다. 진공청소기 소리인가? 운동 기구를 들여 놓았나, 가내 공장을 차렸나, 식구들마다 온갖 추측을 해 보았으나 도시* 알 수 없는 일이었다.

"도깨비가 사나 봐요. 롤러스케이트를 타는 도깨비."

아들 녀석이 머리에 뿔을 만들어 보이며 처음에는 히히덕거렸으나, 자정 넘도록 들려오는 그 소리에 나중에는 짜증을 내기 시작했다. 좀체 남의 험구*를 하지 않는 남편도

"한 지붕 아래 함께 못 살 사람들이군."

하는 말로 기본적인 수칙을 모르는 이웃을 나무랐다.

어휘정리

압도 눌러서 넘어뜨림.
회한 뉘우치고 한탄함.
도시 도무지.
험구 남의 흠을 들추어 헐뜯거나 험상궂은 욕을 함. 또는 그 욕.

일주일을 참다가 나는 인터폰을 들었다. 인터폰으로 직접 위층을 부르거나 면대하지 않고 경비원을 통해 이쪽 의사를 전달하는 간접적인 방법을 택하는 것은 나로서는 상대방과 자신에 대한 품위와 예절을 지키기 위해서였던 것이다. 나는 자주 경비실에 전화를 걸어, 한밤중에 조심성 없이 화장실 물을 내리는 옆집이나 때 없이 두들겨 대는 피아노 소리, 자정 넘어까지 조명등 켜들고 비디오 찍어 가며 고래고래 악을 써 삼동네*에 잠을 깨우는 함진아비*의 행태 따위가 얼마나 교양 없고 몰상식한 짓인가, 소음 공해와 공동생활의 수칙에 대해 주의를 줄 것을, 선의의 피해자들을 대변해서 말하곤 했었다.

위층의 소리는 멈추지 않았다. 드르륵거리는 소리에 머리털이 진저리를 치며 곤두서는 것 같았다. 철없고 상식 없는 요즘 젊은 엄마들이 아이들에게 집 안에서 자전거나 스케이트보드 따위를 타게도 한다는데, 아무래도 그런 것 같았다. 인터폰의 수화기를 들자 경비원의 응답이 들렸다. 내 목소리를 알아채자마자 길게 말꼬리를 늘이며 지레 짚었다. 귀찮고 성가셔하는 표정이 역력히 눈앞에 떠올랐다.

"위층이 또 시끄럽습니까? 조용히 해 달라고 말씀드릴까요?"

잠시 후 인터폰이 울렸다.

"충분히 주의하고 있으니 염려 마시랍니다."

경비원의 전갈이었다. 염려 마시라고? 다분히 도전적인 저의*가 느껴지는 전언이었다. 게다가 드르륵드르륵 소리는 여전하지 않은가. 이젠 한판 싸워 보자는 얘긴가. 나는 인터폰을 들어 다짜고짜

어휘정리

삼동네 양옆과 앞에 이웃하여 있는 가까운 동네.

함진아비 혼례를 앞두고 신랑 집에서 신부 집으로 예물과 혼서지 등을 담아 보내는 상자를 '함'이라 하며, 그것을 가지고 가는 사람을 '함진아비'라고 한다.

저의 겉으로 드러나지 아니한, 속에 품은 생각.

909호를 바꿔 달라고 말했다. 신호음이 서너 차례 울린 후에야 신경질적인 젊은 여자의 응답이 들렸다.

"아래층인데요. 댁이 그런 식으로 말할 건 없잖아요? 나도 참을 만큼 참았다고요. 공동 주택에는 지켜야 할 규칙들이 있잖아요. 난 그 소리 때문에 병이 날 지경이에요."

"여보세요. 난 날아다니는 나비나 파리가 아니에요. 내 집에서 맘대로 움직이지도 못하나요? 해도 너무하시네요. 이틀거리로 전화를 해 대시니 저도 피가 마르는 것 같아요. 절더러 어쩌라는 거예요?"

"하여튼 아래층 사람 고통도 생각하시고 주의해 주세요."

나는 거칠게 수화기를 내려놓았다.

"뻔뻔스럽긴. 이젠 순 배짱이잖아?"

소리 내어 욕설을 퍼부어도 화가 가라앉지 않았다. 그렇다고 언제까지 경비원을 사이에 두고 '하랍신다.', '하신다더라' 하며 신경전을 펼 수도 없는 일이었다. 화가 날수록 침착하고 부드럽게 처신해야 한다는 것은 나이가 가르친 지혜였다. 지난 겨울 선물로 받은, 아직 쓰지 않은 실내용 슬리퍼에 생각이 미친 것은 스스로도 신통했다. 선물도 무기가 되는 법, 발소리를 죽이는 푹신한 슬리퍼를 선물함으로써 소리를 죽이라는 메시지와 함께 소리로 인해 고통 받는 내 심정을 간접적으로 나타낼 수 있으리라. 사려 깊고 양식 있는 이웃으로서 공동생활의 규범에 대해 조근조근 타이르리라.

위층으로 올라가 벨을 눌렀다. 안쪽에서 "누구세요?" 묻는 소리가 들리고도 십 분 가까이 지나 문이 열렸다. '이웃사촌이라는데 아직 인사도 없이…….' 등등 준비했던 인사말과 함께 포장한 슬리퍼를 내밀려던 나는 첫

마디를 뗄 겨를도 없이 우두망찰* 했다. 좁은 현관을 꽉 채우며 휠체어에 앉은 젊은 여자가 달갑잖은 표정으로 나를 올려다보았다.

"안 그래도 바퀴를 갈아 볼 작정이었어요. 소리가 좀 덜 나는 것으로요. 어쨌든 죄송해요. 도와주는 아줌마가 지금 안 계셔서 차 대접할 형편도 안 되네요."

여자의 텅 빈, 허전한 하반신을 덮은 화사한 빛깔의 담요와 휠체어에서 황급히 시선을 떼며 나는 할 말을 잃은 채 부끄러움으로 얼굴만 붉히며 슬리퍼 든 손을 등 뒤로 감추었다.

어휘정리

우두망찰하다 정신이 얼떨떨하여 어찌할 바를 모르다.

중요한 내용 쏙! 쏙! 쏙!

주인공이 위층의 소음공해를 해결하기 위해 쓴 방법

위층 사람이 스스로 주의하기를 기대하며 일주일 동안 참고 기다림

↓

경비원을 통해 간접적으로 주의해 줄 것을 요청함

↓

위층 여자에게 직접 인터폰 통화를 하여 주의할 것을 요청함

↓

선물을 가지고 위층 여자를 타이르려고 찾아감

소재에 담긴 의미

슬리퍼
- 주인공이 교양 있음을 과시하기 위한 것이며, 동시에 이웃에 대한 무관심을 드러냄

휠체어
- 소음의 원인, 극적 반전의 계기, 갈등 해소의 매개체

인터폰
- 이웃간의 단절을 나타냄

결말의 극적 반전

사건의 흐름이 전혀 예기치 않은 방향으로 갑작스럽게 변화하여 독자를 놀라게 하고, 아울러 주제를 강조하는 기법

전반부 교양 있고, 지혜로운 '나'가 공동 생활 수칙을 지키지 않고 소음을 내는 위층 여자로 인해 괴로워함

휠체어

후반부 소음의 원인이 장애인인 위층 여자의 휠체어 소리였음이 밝혀지고 '나'는 이웃에 무관심한 인물이 됨

1 결말 부분에 나타난 소음의 정체는 무엇이며, 소음의 정체를 알고 난 후 주인공의 심리 변화를 정리해 봅시다.

2 이 글에 나타난 주된 갈등의 원인과 해결 과정을 정리해 봅시다.

상상더하기 - 등장인물의 입장이 되어보기

주인공 '나'는 위층 여자가 장애인이라는 사실을 모르고 공동생활의 기본 수칙을 모르는 몰상식한 이웃이라고 생각합니다. 그렇다면 위층 여자는 소음에 반응하는 '나'의 행동들을 보며 '나'를 어떤 사람으로 판단했을까요? 위층 여자의 입장이 되어 생각해 봅시다.

확인하기 정답

1. 소음의 정체는 휠체어 소리였습니다. 위층 여자가 장애인이라는 사실을 모르고 소음에 대해 항의하던 주인공은 이웃에 대해 무관심했던 자신을 반성하게 됩니다.
2. 이 글은 소음 때문에 벌어지는 나(주인공)와 위층 여자와의 갈등을 주로 다루고 있습니다. 이 갈등은 '나'가 소음의 원인이 장애인인 위층 여자의 휠체어 바퀴 소리임을 알고 이웃에 대한 무관심을 반성하며 해결됩니다.

작가의 다른 작품 보기

돼지꿈

순옥은 육촌 시누이에게 빌려준 돈 300만 원을 받으러 가기 위해 서울 가는 기차를 탑니다. 그녀는 남편을 저세상으로 먼저 보내고, 자식도 없이 홀로 오락실을 운영하며 살고 있는데, 친척들에게 소문이 날 만큼 인색한 사람이지요. 순옥은 어젯밤 돼지꿈을 꾸었으니, 돈을 떼먹고 도망간 시누이를 찾으면, 돈 일부라도 받을 수 있지 않을까 하는 기대를 하고 있습니다.

순옥은 기차 안에서 아기를 안고 탄 젊은 여자와 마주 앉게 되는데, 스물도 채 되지 않아 보이는 여자는 아이 아빠를 찾으러 춘천에 왔다가 못 찾고 가는 길이라고 했습니다. 젊은 여자가 잠시 잠든 사이에 순옥은 아기가 예뻐서 빵과 우유를 사 먹이며 안아주는데, 잠에서 깨어난 여자는 순옥에게 아기를 맡기고 화장실에 간다며 나갑니다. 종착역에 도착해도 여자가 돌아오지 않자 순옥은 여자가 자신에게 아기를 맡기고 가버린 것을 깨닫고 아기를 안고 기차에서 내립니다. 그리고는 어젯밤에 꾸었던 돼지꿈을 떠올립니다.

아마도 아기는 자라면서 순옥의 메마른 감정을 촉촉이 적셔주겠지요. 돈으로도 살 수 없는 소중한 인연을 얻었으니 돼지꿈이 맞는 게 아닐까요?

보약

가난한 집에 시집와 남편 뒷바라지를 하며 궁색하게 사는 나를 어머니는 항상 안쓰러워하십니다. 어느 날 어머니로부터 집에 한 번 다녀가라는 말씀을 듣고 두 아이를 데리고 친정집을 찾아갑니다. 어머니는 가족보다 네 몸부터 위하라는 항상 하시던 잔소리를 하시며 녹용이 든 보약 한 재를 주시는데요. 어머니도 오빠네서 생활비를 타 쓰는 형편인데 그 돈을 아껴서 딸을 위해 보약을 지으신 거지요. 어머니는 꼭 나보고 먹으라고 하시지만, 혼자 먹기에 가족이 걸렸던 나는 첫 탕은 남편에게 주고 재탕을 내가 먹기로 합니다. 그런 사정을 모르는 남편은 사위 사랑은 장모라며 희희낙락하지요. 여섯 달 후 나는 남편 모르게 부어 오던 계를 타자 녹용이든 보약을 지어 친정에 보내며 꼭 어머니께서 드시라고 신신당부합니다. 그리고 스무날쯤 지난 후 친정에 갈 일이 있어 다니러 갔다가, 그 약을 아버지께서 드시고 계신 걸 알게 되지요.

여러분은 나와 어머니의 공통점을 발견했나요? 나보다 가족을 먼저 생각하는 이런 희생정신이 가족을 받쳐주는 든든한 지지대가 되겠지요.

사냥

수록교과서 : 천재교육(박)

이효석 소설가. 1907년 강원도에서 태어나 1930년 경성제국대학을 졸업했다. 1928년 「도시와 유령」을 발표하면서 문학 활동을 시작하여 활발히 활동하다 1942년 뇌막염으로 36세의 나이로 요절하였다. 대표작으로는 「산」 「들」 「메밀꽃 필 무렵」 「장미 병들다」 「해바라기」 등이 있다.

감상 길잡이

동물 학대 사진이나 동영상이 인터넷에서 문제화 되는 걸 본적이 있나요? 반항할 힘이 없는 약한 동물을 재미삼아 무자비하게 학대하는 모습을 보며 그 잔인함에 놀라고 분노하게 되지요. 작품을 읽으며, 노루 사냥에서 주인공 학보가 느끼는 갈등과 심리 변화를 찾아봅시다. 또 인간이 자연 위에 군림하는 것이 아니라 자연과 더불어 살아가야 하는 이유도 생각해 볼까요?

갈래	단편소설
시점	전지적 작가 시점
배경	1930년대, 시골 마을

성격	향토적
제재	노루 사냥
주제	인간중심주의에 대한 비판

학보

노루 사냥에 회의적임. 동물을 가엾이 여기는 따뜻한 마음씨를 가지고 있음. 생명을 존중함, 인간중심주의를 비판함

소풍으로 산속에 노루 사냥을 간 학보는 노루잡이가 죄 없는 짐승을 죽이는 잔인하고 쓸모없는 일이라고 생각합니다. 그러나 마지못해 다른 학생들과 포위선을 좁혀가던 학보는 별안간 나타난 노루 두 마리를 놓치게 되고 동무들의 조롱을 받게 됩니다. 그런데 요행히 포수가 쏜 총에 노루 한 마리가 쓰러져 동무들의 문책을 덜 받게 되지만, 검붉은 피를 흘리며 쓰러진 가여운 짐승을 보며, 반항심과 함께 인간의 잔인성에 분노를 느낍니다.

학보는 죽은 노루로 인해 며칠을 마음이 언짢다가, 삼사일 후 입맛이 돌아 어머니가 해주신 고기를 맛있게 먹었는데, 그것이 노루 고기임을 알고 숟가락을 던져 버립니다.

사냥

연해* 두어 번 총소리가 산속에 울렸다. 몰이꾼의 행렬은 산등을 넘고 골짝을 향하여 차차 옴츠러들었다*. 발밑에 요란히 울리는 떡갈잎, 가랑잎의 어지러운 소리에 산을 싸고도는 동무들의 고함도 귀 밖에 멀다. 상기된 눈앞에 민출한* 자작나무의 허리가 유난스럽게도 희끔희끔* 거린다.

수백 명 생들이 외줄로 늘어서 멀리 산을 둘러싸고 골짝으로 노루를 모조리 내리모는 것이다. 골짝 어귀에는 5~6명의 포수가 등대*하고 섰다. 노루를 빼울* 위험은 포수 편보다 늘 포위선에 있다. 시끄러운 책임을 모면하기 위하여 몰이꾼들은 빽빽한 주의와 담력으로 포위선을 한결같이 경계하여야 된다. 적어도 눈앞에서 짐승을 놓쳐서는 안 되는 것이다.

"학년 사이의 연락은 긴밀히! ○학년 우익 급속 전진!"

전령*이 차례차례로 흘러온다.

일제히 내닫느라고 산이 가랑잎 소리에 묻혀 버렸다. 낙엽 속은 걷기 힘들다. 숨들이 막힌다.

학년의 앞장을 선 학보도 양쪽 동무와의 간격을 단단히 단속하면서 헐레벌떡거린다. 참나무 회초리가 사정없이 손등과 낯짝을 갈긴다. 발이 낙엽 속에 빠진다. 홧김에 손에 든 몽둥이로 나뭇가지를 후려치기도 멋없다.

'미친 짓이다. 노루는 잡아 무엇 한담.'

어휘정리

연해 계속해.
옴츠러들다 물결, 불, 소리 따위가 잦아들다.
민출하다 모양새가 밋밋하고 훤칠하다.
희끔희끔 군데군데 조금 희고 깨끗한 모양.
등대 미리 준비하고 기다림.
빼울 놓칠.
전령 명령이나 알림 따위를 전하여 보냄.

아까부터, 실상은 처음부터 이런 생각이 마음속에 뱅 도는 것이었다. 노루잡이가 그다지 교육의 훈련이 될 듯도 싶지 않으며, 쓸모없는 애매한 짐승을 일없이 잡음이 도무지 뜻 없는 일 같다. 원족*이면 원족, 거저 하루를 산속에서 뛰고 노는 편이 더 즐겁지 않은가.

"인간이란 제 생각밖에는 못 하는 잔인한 동물이다. 노루잡이는 무의미한 연중행사*이다."

기어코 입 밖에 내서까지 중얼거리게 되었다. 땀이 내배어 등허리가 끈끈하다.

별안간 포위선의 열이 어지럽게 움직이더니 몽둥이가 날며 날쌔게들 뛰어든다. 고함 소리가 산을 흔든다.

"노루, 노루, 노루!"

"우익 주의!"

깨금나무* 숲에 가려 노루의 꼴조차 못 보고 어안이 벙벙하여 있는 서슬에 송아지만 한 노루는 별안간 학보의 곁을 쏜살같이 지나 포위선을 뚫었다. 학보는 거의 반사적으로 몽둥이를 휘두르며 좇았으나 민첩한 짐승은 순식간에 산등을 넘어 버렸다.

"또 한 마리. 놓치지 마라!"

고함과 함께 둘째마리가 어느 결엔지 성큼성큼 뛰어오다 벼르고 있는 학보의 자세를 보더니 옆으로 빗뛰어가 이 역시 약빠르게* 뒷산으로 달아나 버렸다.

껑충하고 귀여운 짐승……. 극히 짧은 찰나의 생각이나 학보는 문득 놓친 것이 아까웠다. 동시에

어휘정리

원족 소풍.
연중행사 해마다 일정한 시기를 정하여 놓고 하는 행사.
깨금나무 '개암나무'의 사투리.
약빠르다 약아서 눈치나 행동 따위가 재빠르다.

겸연쩍고 부끄러운 느낌이 났다. 조롱하는 동무들의 말소리가 얼굴을 달게 하였다.

"바보, 노루 두 마리 찾아내라."

이런 말을 들을 때에 확실히 몽둥이로 한 마리라도 두드려 잡았더라면 얼마나 버젓하였을까* 하는 생각이 났다. 골 안에는 벌써 더 짐승이 없었다. 동무들의 조롱을 하는 수없이 참으면서 힘없이 산으로 내려가는 수밖에 없었다.

'요행*히' 잡은 것은 있었다. 망아지만 한 한 마리가 배에 탄창을 맞고 쓰러져 있다. 쏜 포수는 쏠 때의 형편을 거듭 말하며 은근히 오늘의 수완*을 자랑하는 눈치였다. 다른 포수들은 잠자코만 있었다. 소득이 있으므로 동무들의 문책*은 덜해졌으나, 학보는 검붉은 피를 흘리고 쓰러진 가여운 짐승을 볼 때 문득문득 일종의 반항심이 솟아오르며 소득을 기뻐하는 몹쓸 무리가 한없이 미워지고, 쏜 포수의 잔등을 총부리로 쳐서 꼬꾸라뜨리고도 싶은 충동이 솟았다.

품 안에 들어온 두 마리 짐승을 놓친 것이 얼마나 다행인가. 위대한 공같이도 생각되었다. 잃어진 한 마리를 찾느라고 애달픈 가족들이 이 밤에 얼마나 산속을 헤맬까를 생각하면 뼈가 저렸다. 인간의 잔인성이 곱절로 미워지며 '인간중심주의'의 무도한* 사상에 다시 침 뱉고 싶었다.

죽은 짐승을 생각하고 며칠을 마음이 언짢았다. 삼사일이 지난 후에 겨우 입맛도 돌아섰다. 때*가

어휘정리

버젓하다 남의 시선을 의식하여 조심하거나 굽히는 데가 없다.
요행 뜻밖에 얻는 행운.
수완 일을 꾸미거나 치러 나가는 재간.
문책 잘못을 캐묻고 꾸짖음.
무도하다 말이나 행동이 인간으로서 지켜야 할 도리에 어긋나서 막되다.
때 끼니 또는 식사 시간.

유난스럽게 맛났다. 기어코 학보는 그날 밤 진미*의 고기를 물어 보았다.

"장에 났더라. 노루 고기다."

어머니의 대답에 불현듯이 입맛이 없어지며 숟가락을 던져 버렸다.

"노루 고긴 왜 사요."

퉁명스러운 짜증에 어머니는 도리어 어안이 벙벙한 모양이었다. 학보는 먹은 것을 모두 게우고*도 싶었다. 결국 고기를 먹지 말아야 옳을까. 하기는 다시 더 생각이 날 것 같지도 않았다.

어휘정리

진미 음식의 아주 좋은 맛.
게우다 먹은 것을 도로 입 밖으로 내어놓다.

중요한 내용 쏙! 쏙! 쏙!

제목 '사냥'의 의미

- 주인공의 내적 갈등을 일으키는 중심 소재
- 원시적인 인간의 생존방식을 보여주는 동시에 현대인의 잔인성을 드러냄

사건 전개에 따른 주인공 학보의 갈등과 심리변화

사건 전개	갈등	심리변화
학보는 소풍날 산속에서 벌어진 노루 사냥에 참가함		불만스러움, 노루 사냥이 잔인하다고 생각함
학보는 자신의 옆으로 지나가는 노루 두 마리를 놓치고 아이들의 놀림을 받음	내적갈등 노루 사냥은 무의미하다 vs 노루를 놓친 것이 아깝다	부끄러움. 놓친 것이 아까움
포수의 총에 맞고 노루가 쓰러지자 가엾다는 생각이 들며 인간의 잔인함에 분노함		가엾음. 분노
며칠 뒤 고기를 먹다가 그것이 노루 고기임을 알게 됨	내적갈등 노루 고기를 먹어야 할까 vs 노루 고기를 먹지 말아야 할까?	짜증, 고민

1 이 글에서 두드러지게 나타나는 갈등의 유형에 대해 알아봅시다.

2 마지막에 학보가 자신이 먹은 고기가 노루 고기임을 알고 어머니에게 짜증을 내는데 그 이유가 무엇인지 생각해 봅시다.

상상더하기 - 토론하는 글쓰기

주인공 학보는 노루 사냥이 잔인하고 무의미한 일이라고 생각했답니다. 피 흘리고 죽어간 노루를 본 후로는 노루 고기를 먹는 것조차 거부하게 되지요. 여러분은 노루 사냥에 대해 어떻게 생각하나요? 학보와 같은 생각인가요? 학보와 반대의 입장일 수도 있겠지요. 노루 사냥에 대해 찬성과 반대로 자신의 입장을 한번 정리해 볼까요? 물론 타당한 근거도 있어야겠지요.

주제 : 노루 사냥은 무의미한 일이다. VS 노루 사냥은 의미 있는 일이다.

입장 정하기 :

근거 대기 :

1

2

3

1 이 글에서는 학보의 내적 갈등이 주로 나타납니다. 노루 사냥에서 노루를 놓치고 난 뒤 노루 사냥이 무의미하다는 생각과 놓친 것이 아깝다는 생각 사이에서 갈등하는 모습이나, 마지막에 노루 고기를 먹어야 할지, 말아야 할지 갈등하는 모습 등이 바로 그 예입니다.

2. 표면적으로는 어머니 때문에 노루 고기를 먹게 된 것에 대한 불만의 표현으로 보이지만, 그 속에는 얼마 전 노루잡이에서 노루를 불쌍히 여겼으면서도 노루 고기를 맛있게 먹은 자신의 이중적인 행동에 화가 난 것입니다.

작가의 다른 작품 보기

메밀꽃 필 무렵

봉평장이 서던 날 장돌뱅이 허 생원은 조 선달과 충주집에 갔다가 애송이 장돌뱅이 동이를 만납니다. 그날 밤 셋은 달빛을 받아 하얗게 빛나는 메밀꽃이 핀 산길을 함께 걷게 되고 허 생원은 젊은 시절의 이야기를 꺼내놓지요. 메밀꽃 핀 밤에 물레방앗간에서 우연히 성 서방네 처녀를 만나 하룻밤을 함께 보낸 일은 허 생원에게 잊을 수 없는 사건이었지요. 동이도 홀어머니 밑에서 어렵게 자란 이야기를 합니다. 그러던 중 허 생원은 냇물을 건너다 발을 헛디뎌 물에 빠져 동이의 등에 업히게 됩니다. 그리고는 동이의 어머니 친정이 봉평이고 동이가 자신과 똑같은 왼손잡이인 것을 알게 됩니다. 그들은 동이의 어머니가 제천에 사는 것을 알고 제천 쪽으로 발길을 돌립니다.

달빛 받은 메밀밭은 상상만으로도 황홀하지요. 영화를 보듯 장면을 상상하며 한번 읽어보세요.

수탉

을손은 저녁 당번 활동 때 동무들과 몰래 사과를 따 먹은 것이 발단이 되어 학교에서 무기정학 처분을 받습니다. 그리고 그 일로 사귀던 복녀에게도 버림받게 되지요. 복녀의 어머니는 을손에게 복녀의 신랑감을 찾아 놓았으니 다시는 얼씬거리지 말라고 으름장을 놓습니다.

을손은 수탉과 암탉을 키우는데 그 중 수탉은 발도 절고 비실비실합니다. 그래서 그런지 옆집 닭과 싸우면 매번 당하고 들어오지요. 수탉이 피를 흘리고 들어오면, 을손은 초라한 자신의 모습을 보는 것 같아 기분이 좋지 않습니다. 어느 날 수탉이 또 싸움에서 지고 피를 흘리며 들어오자 을손은 화가 치밀어 손에 잡히는 물건을 집어던집니다. 그런데, 그 물건에 맞은 수탉은 그 자리에서 죽게 되지요.

자신의 무능함에 괴로워하는 을손의 마음이 느껴지나요? 그 무능함에 대한 분노가 폭력적으로 표출되어 결국 수탉을 죽게 만들었답니다.

후조

수록교과서 : 두산

오영수 소설가. 호는 월주. 1914년 경상남도에서 태어났으며 1939년 동경 국민예술원을 졸업했다. 광복 후 경남에서 교사생활을 하다 작품 활동을 시작했다. 총 150여 편의 많은 단편소설 작품을 남겼으며 대표작으로는 「화산댁이」 「갯마을」 「박학도」 등이 있다.

감상 길잡이

1950년대 6.25전쟁 전후로 우리나라는 지금과는 비교도 할 수 없을 정도로 가난했답니다. 전쟁고아도 많았는데, 고아가 된 아이들은 구두닦이나 미군 부대의 잔심부름을 하며 자신의 생계를 스스로 꾸려나가야 했지요. 그런 어려운 시절이기에 민우와 구칠의 따뜻한 인정은 더 감동적입니다. 그 감동을 가슴으로 느끼며 작품을 읽어봅시다. 또 사건이 전개되며 등장인물들 간에 벌어지는 갈등 관계도 파악해 보세요.

핵심정리

갈래	단편소설
시점	작가 관찰자 시점
배경	6.25전쟁 전후, 서울과 부산

성격	회고적
제재	구두닦이 소년과 민우의 인간관계
주제	각박한 현실 속에서도 사라지지 않는 따뜻한 인정

구칠

집이 가난하여 구두닦이 일을 함. 각박한 삶 속에서 자신을 따뜻하게 대해 준 민우에 대한 고마움을 잊지 않고 보답하고자 노력함. 마음이 따뜻함

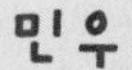

중학교 교사. 학교에 구두닦이를 하러 온 구칠에게 고정적 일자리를 제공해 줌. 인정이 많음

최 선생

학교에서 구두닦이를 하며 열심히 살려는 구칠을 괴롭히고 돈을 훔쳤다는 누명을 씌움. 잔인함

지난 가을 민우는 동대문 밖 숙소로 돌아오는 길에 구두닦이 소년인 구칠을 우연히 다시 만납니다. 민우는 부산 W중학교에서 근무할 때, 구칠이 학교에서 구두를 닦을 수 있도록 도와주었습니다. 구칠은 민우를 고맙게 여기고 잘 따랐지만, 민우가 서울로 올라온 후 구칠을 미워하던 최 선생으로부터 도둑 누명을 쓰고 모진 매질까지 당합니다. 누명은 벗겨졌지만, 최 선생이 보상으로 준 돈 이백 환을 받지 않고 서울로 올라왔던 것입니다. 구칠은 그 후로 민우의 퇴근 때를 기다려 구두를 닦아줍니다. 크리스마스 전날 민우는 구칠에게 샤쯔를 사라고 돈을 주고 구칠은 거절하다가 어쩔 수 없이 받습니다. 봄이 된 어느 날, 구칠은 민우의 구두를 닦으면서 미제 구두를 싸게 구해 주겠다고 약속합니다. 그 후 오월의 어느 토요일에 구두를 훔쳐 달아나는 구칠을 보게 됩니다. 자신을 위해 구두를 훔치려 한 구칠이 잡히지 않았으면 하는 민우의 바람대로 무사히 도망을 갔고, 구칠은 일선 지구 양키 부대로 떠납니다. 민우는 양키부대로 떠난 아이들이 가을이 되면 온다는 이야기를 듣고 가을이 되자 구칠을 만날 생각에 가슴 설레 합니다.

후조

더우면 오고 추우면 돌아간다.

또 추우면 오고 더우면 가기도 한다.

언제나 패를 짜서 먹이를 찾아갔다가

떼를 지어서 돌아온다.

이것은 후조*의 생리*다.

그러나 반드시 그렇지만도 않은 후조도 있다.

지난 가을 — 포도 위에 가로수 잎이 깔릴 무렵이니까 아마 시월 중순경인가보다.

민우가 을지로 6가로 해서 동대문 밖 숙소로 돌아오니까 웬 구두닦이 아이놈이 불쑥 앞을 막아서면서 양복 소매를 잡아 흔든다.

그때 민우는 뭣 때문엔지 마음이 좀 우울한 데다, 갓 지어 입은 양복을 그 때묻은 손에 잡힌 것도 좀 불쾌해서,

"안 닦는다, 인마!"

하고 빽 고함을 질렀다.

그러나 아이놈은 조금도 탓하지 않고 연신* 거머잡은* 소매를 흔들면서,

"아니요, 선생님 지 몰라요?"

그러고 보니 어디서 많이 본 얼굴 같기도 하다. 그러나 얼른 생각이 나지 않는다.

어휘정리

후조 철새.
생리 생활하는 습성이나 본능.
연신 잇따라 자꾸.
거머잡다 손으로 휘감아 잡다.

"부산서요, 늘 선생님 신 닦잖았어요?"

민우는 비로소 기억이 또렷해진다.

"오오 인젠 알겠다. 구칠이 응 그래, 너 이놈 언제 서울 왔니?"

"봄에 왔어요!"

"그래 왜, 부산 재미없던?"

구칠이는 그제서야 잡았던 소매를 놓고 입이 실쭉해지면서 발끝을 내려다본다. 그와 함께 구두코에 눈물 한 방울이 뚝 떨어진다.

영문 모른 채 민우도 마음이 언짢다.

팔꿈치에 구멍이 나고 소매 끝이 더실더실 풀린 도꾸리 샤쯔*, 번들번들 윤이 나도록 때가 묻은 검정 즈봉* — 이런 몰골*은 이런 아이들에게서 흔히 볼 수 있지만, 제 발이 한꺼번에 둘이라도 들어갈 만큼 크고, 유독 코가 뭉퉁한 군화를 신은 것이 거추장스럽고 우습기도 하다.

민우는 담배를 꺼내면서,

"그래 너 혼자만 왔냐?"

구칠이는 대답 대신 민우의 소매를 잡아끌면서,

"이리 오이소!"

민우는 끄는 대로 옆 골목 안으로 따라 걷는다.

어느 집 블록 담 밑에다 구칠이는 그 간단한 나무 의자를 놓고 민우를 앉으라고 한다.

신부터 닦자는 것이다.

민우는 연모*통 위에다 한 발을 올려놓으면서,

"네게 신 닦는 것도 참 오래만이다. 한 일 년도

어휘정리

도꾸리 샤쯔 '긴 목 셔츠'의 잘못된 일본식 표현.
즈봉 '양복 바지'의 잘못된 일본식 표현.
몰골 볼품없는 모양새.
연모 물건을 만들거나 일을 할 때에 쓰는 기구와 재료.

넘지?"

"이 신 아직도 그때 그 신이네요?"

이놈은 고향이 충청도라면서 부산 말투를 제법 잘 흉내를 낸다.

"그래 그 신이다. 근데 왜 서울 왔니, 학교 재미없던?"

구칠이는 쇠갈퀴*로 신창에 끼인 흙을 파내면서

"학교 말 마이소, 혼났어요*!"

"혼났다니, 왜?"

"선생님 서울 가시고 얼마 안 돼서요……."

"그래서?"

"사무실에서 돈이 없어졌어요, 칠천 환*요!"

"흠, 그래?"

"그래, 그걸 내가 훔쳤다고 훈육* 선생이 창고로 끌고 가서 막 때리잖아요."

"그 최 선생 말이지?"

"네, 그래 안 가져갔대도……."

"그래, 그 돈은 어쩐 돈인데?"

"호국단*비 받은 거래요!"

"그래, 어쨌니?"

"내일까지 바른 대로 안 대면 경찰에 넘긴다고……."

"그래서?"

"이쪽 발 올리세요."

어휘정리

쇠갈퀴 쇠로 만든 농기구의 하나. 검불을 긁어모으거나 밭의 흙을 고르는 데 쓴다.
혼나다 매우 놀라거나 힘들거나 시련을 당하거나 하여서 정신이 빠질 지경에 이르다.
환 우리나라의 옛 화폐단위. 1환은 1전의 100배이다.
훈육 품성이나 도덕 따위를 가르쳐 기름.
호국단 사상 통일과 단체 훈련을 통하여 학생들의 애국심을 함양하고 국가에 헌신·봉사하게 할 목적으로 고등학교와 대학교에 조직하였던 학생 단체. 학도호국단.

"그래서?"

"그 다음 날은 손가락 새* 연필을 끼워서 막 비틀잖아요, 정말 죽을 뻔했어요."

"그래?"

"그래, 내가 그랬다고 했지요. 그러니까, 이 새끼 진작 대잖고, 그러면서 돈 어쨌냐고 하잖아요."

"그래 뭐랬니?"

"아파 못 견뎌서 그랬지만 정말 난 모른다고 하니까, 이 새끼가 사람을 놀린다면서 걸상 다리를 가지고 막……."

"얘, 대강대강 닦아 둬라. 그래서?"

"나중 어떻게 됐는지 몰라요. 눈을 떠보니까 소사* 영감이 낯에 물을 자꾸 끼얹잖아요!"

"흐음, 그래?"

"그래, 소사 영감이 집으로 보내 주었어요. 집에 가서 내 앓았어요."

"대강대강 해 두라니까……."

"때를 좀 빼야겠어요……. 그래 앓아누웠으니까 우리 동무가 최 선생이 오란다고 했어요. 그래서 우리 누나가 날 데리고 갔어요. 쩔뚝쩔뚝 절고 갔어요."

"그래 뭐라던?"

"돈 훔친 놈을 알았다면서……, 미안했다고 돈 이백 환 주면서 개장국* 사 먹으래요."

"그래, 훔친 놈은 누군데?"

어휘정리

새 사이.
소사 관청이나 회사, 학교, 가게 따위에서 잔심부름을 시키기 위하여 고용한 사람.
개장국 개고기를 여러 가지 양념, 채소와 함께 고아 끓인 국.

"급사* 새끼래요!"

"그래, 그 돈 가지고 개장 먹었냐?"

"막 눈물이 나서요, 자꾸 울기만 했어요. 우리 누나도 울었어요."

"그래?"

"그래, 돈 싫다고 그대로 와 버렸어요. 선생님 생각이 자꾸 나서요."

"그래 서울로 왔냐?"

"앓아누워서 돈벌이도 못 한다고 새엄마가 마구 나가라고 하잖아요. 우리 아버지도 술 먹고 막 때리고……, 그래서 서울 오는 우리 동무 패에 끼어서 와 버렸지요."

"흐음!"

"선생님 이거 보이소!"

그러면서 내 보이는 둘째 손가락과 셋째 손가락 새가 파르스름한 죽은 살이고 뼈마디가 반대로 조금 불그러졌다. 그때 비틀려서 그랬다는 것이다.

민우는 불그러진 데를 조금 눌러 보고 도로 놓으면서,

"지금도 아프냐?"

"……."

"신 아직 멀었냐?"

"다 됐어요."

민우는 이놈이 돈은 안 받을 게고 어디 데리고 가서 요기*나 시킬까 하고 일어서자, 약속이나 된 것처럼 구칠이도 연모통을 거둬 메고 따라선다.

계림극장 앞에까지 오자 구칠이는 또 민우 소매

어휘정리

급사 학교나 사무실 등에서 잔심부름을 하는 아이.
요기 배고픔을 겨우 면할 정도로 조금 먹음.

를 잡고 극장 간판을 가리키면서,

"선생님 저거 구경했어요?"

민우는 고개만 가로흔든다.

"선생님 구경하이소. 내 구경시켜 드리께요."

민우는 어이가 없어 한동안 발을 멈추고 구칠이를 내려다본다.

"선생님, 저 이쪽에 한쪽 눈 깜고 권총 들었지요. 자알 합니데이."

"그럼 내가 구경시켜 주지."

"아니요, 나는 봤어요. 선생님 구경하이소. 나는 돈 안 주고 구경할 수 있어요. 오이소, 갑시더!"

"그럼 이담 존 거 오면 내가 시켜 주지, 오늘은 좀 바빠서……."

구칠이는 그만 울상을 하고 더욱 소맷자락을 검잡고* 당기면서,

"싫에요, 구경하이소. 오이소, 가입시더."

구경을 시키지 않고는 놓지 않을 작정이다. 난처하다. 그러나 그대로 떨쳐 버리기도 민망하다. 민우는 한동안 망설이다 말고,

"그럼 가자!"

구칠이는 극장 옆에다 제 연모와 함께 민우를 세워 놓고 출입구로 달려가서 뭐라고 한동안 교섭을 한다. 이윽고 구칠이는 한 팔을 번쩍 들고 그 거추장스러운 양키 군화를 뚜벅거리면서 달려온다. 연모통부터 어깨에 메고 한 손에 의자를 들고는 한 손으로 민우를 잡고 끌면서,

"됐어요. 오이소, 가입시더!"

사실 구칠이 말대로 극장은 아무런 천착* 없이

어휘정리

검잡다 '거머잡다'의 준말. 손으로 휘감아 잡다.
천착 어떤 원인이나 내용 따위를 따지고 파고들어 알려고 하거나 연구함.

들여 주긴 주었다. 극장 안에 들어서자 구칠이는 부리나케* 앞으로 다가가서 자리를 잡아 민우를 앉히고는 귀에다 대고,

"선생님 연속임더, 아시지요? 이거 마치면 또 첨부터 시작합니더. 보고 기이소. 내 저 사람들 신 닦아 놓고 올게요."

그러고는 나가 버린다.

영화는 어느 서부극*이었다. 화면을 바라보고는 있으나 민우의 머릿속은 딴 생각에 잠겨 버린다.

민우가 수복* 전까지 부산 W중학교에 교편을 잡고* 있을 때다.

학교라지만 임시변통의 울도 담도 없는 천막 건물이었다.

딴 장사치들도 그랬지만 유독 구두닦이 아이들이 모여들었다. 어떤 때는 칠팔 명씩도 몰려 왔다.

좁은 사무실에 사십여 명 직원들이 서로 등을 맞대고 비비적거리는 판에, 구두까지 닦이느라고 북새*를 이루었다.

민우는 환경 정리를 맡고 있는 책임상 이놈들을 몰아내는 데 골치를 앓았다. 쫓고 몰아내도 돌아서면 또 모이고, 이건 마치 썩은 고기에 파리 떼 엉기듯했다.

때로는 사무실 옆에 이놈들이 제법 진을 치고, 구슬따기 아니면 제기차기까지도 했다.

어느 날 민우는 아침부터 모여드는 아이놈들을 일단 몰아내고 변소를 다녀오는데 언제 따라왔는지 구두닦이 한 놈이,

"선생님 신 닦으이소!"

어휘정리

부리나케 서둘러서 아주 급하게.
서부극 미국의 서부 개척 시대를 배경으로 개척자와 악당의 대결을 그린 영화나 연극.
수복 잃었던 땅이나 권리 따위를 되찾음. 여기서는 6·25전쟁 때의 서울 수복을 말한다.
교편을 잡다 학교에서 교사 생활을 하다.
북새 많은 사람이 야단스럽게 부산을 떨며 법석이는 일.

하고 의자를 내려 민다.

민우는, 금새 내쫓았는데 — 하고 반 짜증 반 웃음 겸 주먹을 쳐들었다. 그러나 이놈은 즈봉 포켓에서 약통을 꺼내 보이면서,

"선생님 이거 미제 젤 존 게요, '큐—' 아시지요. 어제 샀심더. 마수걸이* 하이소."

민우는 마침 첫 시간도 없고 해서 그만 발을 내맡겼다.

이놈은 신바람을 내고 침을 뱉어 가면서 한 짝을 닦고 나서,

"선생님."

"왜?"

"구두 닦는 애들이 너무 많지요?"

"골칫거리다 이놈아!"

"그런데 선생님예, 내가 말에요, 선생님들 신 이십 환씩에 닦아 드릴 테니까요, 젤 존 약으로요, 그래 저만 와서 닦도록 좀 해주이소, 예?"

"이놈 욕심도 많구나."

"좀 그래 주이소, 선생님"

그것도 그럴싸하다. 한 놈만 지정을 해 두면 딴 놈은 안 올게고, 또 삼십 환을 이십 환에 한다면 선생들도 싫어하지는 않을 것이다.

"내 한번 의논해 보지."

"꼭 좀 그래 주이소."

이래서 그날 오후 종례 때 민우는 제의를 했다.

교장 교감 이하 누구도 반대하는 사람은 없었다.

표식은 팔에다 완장*을 끼도록 하기로 했다.

어휘정리

마수걸이 맨 처음으로 물건을 파는 일.
완장 신분이나 지위 따위를 나타내기 위하여 팔에 두르는 띠. '팔띠'로 순화.

다음날 민우는 노랑 천에다 W자를 쓴 완장을 만들어 구두닦이 아이놈들을 모아 놓고 선언을 했다. — 이 완장을 낀 이 아이에게만 신을 닦일 테니 그 밖에는 와도 소용없다. 그러니까 딴 데로 가라 — 고. 그러나 이놈들은 모두 불평들이었고 어떤 놈들은 제법 따지고 들었다.

— 다 같이 피란살이가 아니냐고, 너무 불공평하다고, 하루걸러 교대로 하자느니, 일주일씩 하자느니—.

민우는 — 네들 말도 그리 틀린 말은 아니다. 그러나 이미 결정한 것은 어쩔 수도 없다— 이렇게 간신히 타일러 보내기는 하면서도 '다 같은 피란살이' 라는 데는 코허리가 씨잉해 오는 것을 어쩔 수 없었다. 민우 역시 이북에 고향을 둔 피란 교사이기 때문이었다.

그러나 완장을 받은 놈은 아침 일찍부터 나와서 선생들에게 일일이 꾸벅꾸벅 절을 하고 교장이 출근을 하면 부리나케 슬리퍼를 들고 가서 대신 구두를 가져다 닦기 시작했다.

어느 날 시간이 빈 틈을 타서 민우가 신을 닦으면서,

"하루 평균 몇이나 닦나?"

"학생들까지 스물쯤 돼요!"

"이이는 사, 사백 환으로 수지가 맞나?"

"괜찮아요!"

"전보다 나아?"

"낫고말고요. 전에는 하루 이백 환 벌이도 힘들었어요!"

"근데 네 이름이 뭐지?"

"이구철이요!"

이때 마침 체육 선생이 지나다 ―'구철이' 그 틀렸다. 구두 칠한다고 '구칠이' 로 해라 ― 해서 구철이는 끝내 구칠이로 통해 버렸다.

고향은 충청도고 제 아버지는 부두*에서 짐을 진다고 했다.

구칠이는 점심 시간이 제일 바쁘다. 점심을 먹으면서 신을 닦이는 선생도 있다. 좁은 사무실에서 때로는 궁둥이를 채이기도 하고 출석부로 머리를 얻어맞기도 했다. 그러나 급하면 선생들 점심도 시켜 오고 급사놈 대신 자질구레한 심부름도 했다.

교장이 바뀌자 민우도 학교를 그만 두고 환도*를 했다. 그와 함께 구칠이에 대해서도 까맣게 잊어버렸다.

최 선생의 구칠이에 대한 오해나 매질은 어쩌면 최 선생의 민우에 대한 감정이 겹쳐 더 심했는지도 모른다. 구칠이가 민우에게는 굳이 돈을 받지 않은 것도 최 선생으로서는 못마땅했을 게다.

이런 일도 있다.

구칠이는 열 번을 닦았다고 하는데 최 선생은 여섯 번인가 일곱 번밖에 닦지 않았다고 우겼다. 끝내는 인격 운운까지 하면서 호되게 구칠이의 뺨을 후려갈긴 일.

또 언젠가는 단골 식당에 점심을 시켰는데, 민우 것만 먼저 가지고 온 데서 최 선생은 노골적으로 민우와 구칠이를 못마땅해 했다.

하마터면 민우와 충돌을 할 뻔도 했다.

직원회 같은 것이 있어 술잔이나 먹게 되면 민우는 오징어 대강이*나 과자 부스러기를 모아 두었다

어휘정리

부두 배를 대어 사람과 짐이 뭍으로 오르내릴 수 있도록 만들어 놓은 곳.
환도 전쟁 따위의 국난으로 인하여 정부가 한때 수도를 버리고 다른 곳으로 옮겼다가 다시 옛 수도로 돌아옴.
대강이 '머리'를 속되게 이르는 말.

가 구칠이를 주는 것도 최 선생으로서는 못마땅했을 게고, 구호물자*를 나눠 받아 필요 없는 것들을 구칠이에게 줘 버린 것도 못마땅했을 게다.

자기가 미워하는 놈을 민우가 두둔*하기 때문에 민우가 못마땅한지, 민우가 못마땅해서 구칠이를 더 미워했는지는 알 수 없으나, 민우 역시 최 선생을 못마땅해 한 것도 사실이었다.

최 선생은 좀 잔인한 데가 있었다.

이를테면 공부 시간에 뭣을 어쨌다는 아이 두 놈을 데려다 맞세워 놓고 한 놈을 시켜 상대 놈의 뺨을 갈기라고 한다. 그러나 이놈들은 서로 눈치를 보아 가면서 겸연쩍게* 웃기만 한다. 그러나 옆에서 매를 들고 위협을 하니까 할 수 없이 상대 놈의 뺨을 살짝 때린다. 그러면 맞은 놈을 시켜 도로 때려 갚으라고 한다. 할 수 없이 맞은 정도로 때린다. 그러나 맞은 놈은 제가 때린 것보다 좀 세다고 생각했는지 이번에는 아까 번보다 좀 더 세게 때린다. 맞은 놈은 또 저보다 훨씬 세다고 생각하고 제법 세차게 갈긴다. 이렇게 되면 때려라 마라 여부가 없다. 서로 기를 쓰고 마구 갈겨댄다. 나중에 귀와 볼이 홍당무가 되고 부어오르게까지 된다.

이것을 옆에서는 재미난다는 듯이 웃고들 있다. 이런 최 선생을 눈앞에 그리면서, 아무래도 구칠이는 민우로 해서 더 모진 매를 맞은 것이리라 — 하는데,

"선생님, 지금 말에서 떨어졌지요. 저거 거짓말임더, 안 죽심더. 인자 보이소, 저 말 뺏어 타고 달아납니더, 자알 합니데이."

구칠이는 언제 들어왔는지 이렇게 옆에 앉아 설

어휘정리

구호물자 재해나 재난 따위로 어려움에 처한 사람을 돕기 위한 물자.
두둔 편들어 감싸 주거나 역성을 들어줌.
겸연쩍다 쑥스럽거나 미안하여 어색하다.

명을 하는 것이었다.

구칠이는 매양* 길목에서 민우를 기다린다.

으레* 신을 닦자고 한다. 출근 시간이 바쁘다고 하면 솔질이라도 하고야 만다.

때로 구칠이가 신 닦기에 여념*이 없을 때는 민우는 그만 알은체를 않고 그대로 지나쳐 버린다.

다음날 만나면 어제는 왜 출근을 안했으며, 어디를 갔더냐고 묻고는 어둡도록 기다렸다고 한다.

어느 날인가는 민우가 좀 늦게 돌아오는데 구칠이가 양 손을랑 즈봉 주머니에 찌르고 발로는 박자를 맞춰 가면서 휘파람을 불고 있었다.

— 고향이 그리워도 — 어쩌고 하는 그런 유행곡이었다.

"너 여태 안 가고 뭐 하니?"

"선생님 기달렸어요."

그러고는 얼른 연모통을 메고 따라 걷는다.

"왜, 뭣 하게?"

"그저요!"

동대문 기동차* 정거장 앞까지 오면 구칠이는 꾸벅 절을 하고,

"선생님 가입시더!"

그뿐이다.

구칠이는 기동차 정거장을 빠져나가 냇가 언덕 위로 일자로 놓인 맨 끝에서 둘째 번 천막에 있다.

한 번은 번번이 정거장 안으로 들어가는 구칠이

어휘정리

매양 번번이.
으레 두말할 것 없이 당연히.
여념 어떤 일에 대하여 생각하고 있는 것 이외의 다른 생각.
기동차 동력원으로 석탄을 쓰지 않고, 전기나 석유 · 경유 따위를 사용하는 기차.

가 수상해서 숙소가 어디냐고 물어 보았다.

그때 구칠이는 민우 소매를 잡아끌고 출찰구*에서 바라다 보이는 천막을 가리켜 주었다.

콩나물을 길러 파는 할머니와 같이 있다고 했다.

민우는 되도록이면 빨리 돌아오기로 한다.

구칠이가 기다리고 있기 때문이다. 어느새 민우의 마음 한구석에는 구칠이가 자리를 잡고 떠나지 않는다.

이것은 남의 집 개도 꼬리를 치면 미워 못하는 민우의 약점인지도 모른다. 아니면 이북에서 지금은 뭣을 하고 있는지 알 길조차 없는 그의 끝엣조카 때문인지도 모른다. 구칠이만 보면 무척 그를 따르던 그의 조카 놈이 눈시울에 떠오르곤 한다.

"너 언제까지나 신만 닦을 텐?"

"왜요?"

"신 닦기는 아이들이나 하는 거니까 말야."

"……"

"너 인제 몇 살이지?"

"설 쉬면 열다섯 돼요!"

"장차는 목수나 철공소* 직공 같은 그런 것 싫냐?"

민우는 벌써부터 마음속으로 그럴 생각이었고 또 그렇게 해서 야간 학교에라도 보낼 작정이었다.

"……"

"어, 뭐가 하고 싶냐?"

어휘정리

출찰구 차표나 배표 따위를 손님에게 파는 창구.
철공소 쇠로 된 재료로 온갖 기구를 만드는 소규모 공장.

"나는 돈 벌어서요, 구둣방을 하나 낼래요."

"흠, 구둣방을……?"

"우리 집 들어가는 그 앞에다가요."

"왜 하필 네 집 앞에다……?"

"그 새끼 좀 보라고요."

"그 새끼라니 누구?"

"새엄마가 데리고 온 그 새끼요."

"그래도 너하곤 형제 아냐?"

"체! 그 새끼 미워 죽겠어요. 그 새끼 때문에 얼매나 맞았다고요. 우리 누나도 그 새끼 때문에 늘 맞아요. 우리 누나 참 불쌍해요. 내가 구둣방 내면 우리 누나하고 같이 살 끼요."

"구둣방을 내자면 돈이 얼마나 드는데, 너 돈 좀 모았냐?"

구칠이는 민우를 쳐다보고 씩 한 번 웃고는 광내기 헝겊에 더 힘을 주고 문지르면서,

"서울 와서 육천 환 모았어요. 또 콩나물 할머니 밑천 구백 환 대 주고요."

"그 할머니는 아는 할머니?"

"콩나물 통을 좀 여달래는데 말씨가 충청도라서, 그래서 알았지요."

"할머니는 혼자?"

"할아버지는 작년에 죽었대요. 아들도 전쟁에 나가 죽고요."

크리스마스 전전날이었다.

그동안 이틀거리로 사흘거리로 닦은 신도 신이지만 구칠이가 하도 추워

봬서,

"옜다, 샤쯔 하나 사 입어라. 그 옷으로 어디 겨울 나겠냐."

그러고는 돈 이천 환을 쥐어 주었다.

구칠이는 얼떨떨한 눈으로 돈을 보고 민우를 쳐다보고 하다가 슬그머니 돈을 도로 민우 포켓 속에 넣어 주면서,

"싫에요, 돈 싫에요."

민우는 돈을 도로 꺼내서 구칠이 코밑에다 대고,

"아나, 받아라."

"싫에요!"

"받아 빨리."

"인마, 내가 너 덕을 봐서야 되겐?"

"……"

민우는 구칠이 앞에다 돈을 내던지고 돌아섰다. 그러나 구칠이는 그 육중한 구두를 터덜대면서 민우 앞을 가로막아 서고,

"돈 싫에요. 싫에요, 이잉……."

이렇게 또 돈을 도로 내밀면서 주먹으로 눈물을 문지르고 문지르고 한다.

길 가는 사람들이 기웃거린다.*

"자식이, 울긴 왜 울어."

"그래 싫에요, 돈."

난처하다.

"그럼 연장들 가지고 내 따라와."

어휘정리

기웃거리다 무엇을 보려고 고개나 몸 따위를 이쪽저쪽으로 자꾸 기울이다.

구칠이는 기어코 돈을 민우 오버* 포켓 속에다 도로 넣어 버리고는 의자랑 연모통을 메고 왔다.

음식점으로 들어갔다.

만둣국을 둘 시켰다.

"너 뭐 때문에 매일 날 기다리냐?"

구칠이는 눈을 깔고 고개를 숙여 버린다.

"뭣 땜에 그렇게 기다리니, 어 말해 봐."

"선생님 좋아서요."

"좋다니 뭐가?"

"그저요."

"그저? 허 자식도 참……."

만둣국이 나왔다.

"근데 이봐 구칠이……."

민우는 다시 돈을 꺼내서,

"너가 내 신 닦아주는 거나 내가 너 샤쯔 한 벌 사주는 거나 마찬가지야. 어, 알겠지. 또 크리스마스에는 그렇게 하는 거야. 그러니까 이것 가지고 샤쯔 하나 사서 내일부터 입고 나와. 어, 알았지?"

"그래도 돈은 싫에요."

"자식이 꽤 고집이 세군. 내 말 안 들으면 말야 응, 난 인제부터 이리로도 안 다니고, 네게 신도 안 닦는다. 어, 좋냐?"

"이잉……."

"국에 콧물 떨어진다, 인마."

어휘정리

오버 외투.

구칠이는 눈물 섞인 콧물을 훅 들이키고 나서 원망 서린 눈으로 민우를 한 번 흘기고는 그제서야 슬그머니 돈을 받아 넣는다.

음식점을 나와 나란히 걸어오면서 민우가,

"구칠이, 구경 보여 줄까?"

"아니요, 빨리 가야 해요!"

"왜?"

"할머니 요새 밤 되면 눈이 잘 안 봬요!"

"그럼 어떡허니?"

"물도 긷고* 콩도 가려 줘야 해요!"

다음날은 일요일이었다.

그다음 크리스마스날 아침에 구칠이는 민우를 보자 싱글벙글하면서, 헌 옷 가게에서 사 입었다는 점퍼의 팔을 번쩍 들어 보이고, 그리고 또 남은 돈으로 약 한 통을 샀다면서 꺼내 보였다. 민우도 뭔지 마음이 흐뭇해서,

"잘 됐다. 근데 그, 머리도 좀 깎잖고……."

구두닦이 세월은 역시 개나리가 피기 시작하기부터라고 한다.

겨울 동안 움츠렸다가 날이 풀리자 모두 밖으로 나오게 되고 그래서 또 몸맵시*도 내게 되는 때문이라고 한다.

구칠이에게도 제법 손들이 달았고 하루 수입이 겨울날 이틀치는 된다고 한다.

그런 어느 날 구칠이는 민우 구두를 닦으면서,

"선생님 구두 인제 다 됐어요."

"그렇다. 한 켤레 살 참이다!"

어휘정리

긷다 우물이나 샘 따위에서 두레박이나 바가지 따위로 물을 떠내다.
몸맵시 몸을 보기 좋게 매만진 모양.

"가만 기시오, 내 아는 아이에게 미제 근사한 거 하나 사 드리께요."

그러고는 노끈* 으로 치수를 재 넣는다.

그로부터 며칠 뒤 구칠이는,

"선생님 구두 부탁했어요. 근사한 것 가지고 온대요. 중고라도 좋지요?"

"값은?"

"건마 우리한테는 비싸게 안 받아요, 한 사천 환이나 오천 환쯤……."

"그게 헐해*?"

"시장에서는 미제 존 거먼 중고라도 만 환 넘어요."

그 뒤 구칠이는 민우 신을 닦을 때마다 걱정을 했다.

— 새끼가 어제도 만났는데 곧 가지고 온다면서 — 하고 혼자 투덜거렸다.

오월 초순 어느 토요일, 이날 민우는 여느 때보다 좀 일찍 돌아왔다.

의자랑 연모통은 그대로 버려 둔 채 구칠이는 보이지 않았다. 변소에라도 갔나 하고 민우는 의자에 앉아 담배를 꺼냈다.

옆 뒷골목 안이 왁자하다*. 각다귀*들의 싸움이거니 하고 민우는 담배를 피우면서 한동안 기다렸으나 구칠이는 쉬이 돌아오지 않는다.

싸움 구경이라도 하나 보다 하고 민우는 골목 안으로 몇 걸음 들어선다. 구두닦이 아이 놈들이랑 너댓* 둘러선 가운데 뒤꼴로 봐서도 말쑥하게 차린 청년 하나가 누군지를 마구 쥐어박고 있다.

청년은 고무신을 끌고 한 손에 구두 한 켤레를 들었다.

어휘정리

노끈 실, 삼, 종이 따위를 가늘게 비비거나 꼬아서 만든 끈.
헐하다 값이 싸다.
왁자하다 정신이 어지러울 만큼 떠들다.
각다귀 각다귓과의 곤충을 통틀어 이르는 말. 흔히 남의 것을 뜯어먹고 사는 사람을 비유함
너댓 네다섯. '네댓' 의 잘못.

맞고 있는 아이가 혹 구칠이가 아닌가 해서 다가가자니까,

"선생님 가시오, 오지 마이소. 아무 일도 아임더."

코피로 해서 얼굴이 엉망이 된 구칠이다.

"아니, 구칠이 이게……."

구칠이는 연신 피를 뱉고 입 언저리를 문지르고 하면서, 이렇게 거의 절망적인 소리를 지른다.

"선생님은 가이소, 아무 일도 아니요. 가시오, 선생님."

그러자 청년이 험상궂게 민우를 돌아보면서,

"당신은 누구요?"

민우는 얼른 무슨 말이 나오지 않아 한동안 머뭇거리다,

"아니, 누구라기보다도 이게 대체……."

이 틈을 타서 구칠이는 그만 골목 막바지로 사생결단* 내달아 버렸다.

구칠이가 골목 막바지에서 옆으로 꺾일 때에야 비로소 청년은 당황하면서,

"요런 쌍……."

그러고는 뒤를 좇는다.

민우는 속으로 — 어떻게 됐건 우선은 구칠이가 잡히지나 않았으면 — 하고 모여선 아이들에게 뭐냐고 물어 본다.

그러나 이놈들은 모두 약속이나 한 것처럼 아무 것도 아니라고만 하고 비실비실 달아나 버린다.

민우는 되돌아 나오면서도 가 볼까 어쩔까 하고 망설이는데 한 아이가 와서 구칠이 연장들을 거둔

어휘정리

사생결단 죽고 삶을 돌보지 않고 끝장을 내려고 함.

다. 아는 아이기 때문에 맡아 뒀다가 주겠다는 것이다.

민우는 꼭 좀 그렇게 해 달라고 부탁을 하고 일부러 신을 닦이면서,

"얘, 그 뭐 땜에 그러니?"

이놈은 민우를 한번 쳐다보고는,

"요 앞에 식당에서 신을 훔치다 들켰어요."

"아니, 구칠이가?"

"또 한 아이하고 둘이서 그랬는데, 한 아이는 달아나고 구칠이만 잡혔어요."

민우는 머리가 띵해지고 눈앞이 아슬아슬* 해진다.

눈을 감고 한동안 진정을 한다.

— 역시 그래서 그랬구나 — 하니 괘씸한* 생각과 측은한* 마음이 한꺼번에 겹쳐 든다.

— 이놈을 만나면 호되게 혼을 내놔야지, 괘씸한 놈 — 그러나 이놈을 만나면 아무래도 울음부터 먼저 터지고야 말 것만 같다.

"하, 고놈 새끼 잡기만 했으면 대강이를 알밤 까듯 해 놀 텐데……."

하고 아까 번 그 청년이 씨근거리면서* 돌아왔다.

"어떻게 됐어요?"

"놓쳤어요!"

민우는 우선 마음이 놓였다. 속으로 —잘됐다— 했다.

"아, 이거 봐요, 사서 아직 일주일도 채 못 신은 신인데……."

어휘정리

아슬아슬 아찔아찔할 정도로 높거나 낮은 모양.
괘씸하다 남에게 예절이나 신의에 어긋난 짓을 당하여 분하고 밉살스럽다.
측은하다 가엾고 불쌍하다.
씨근거리다 고르지 아니하고 거칠고 가쁘게 숨 쉬는 소리가 자꾸 나다.

그러고는 고무신과 바꿔 신고는 전찻길을 건너가 버린다.

그런 다음날부터 구칠이는 보이지 않는다.

나흘째 되던 날 민우는 기동차 정거장 밖 콩나물 할머니 천막을 찾아갔다.

그런 할머니가 있기는 한데, 시장에 나갔는지 문이 걸려 있었다.

민우는 아침저녁 출퇴근 때 구칠이가 신을 닦던 그 앞에 오면 버릇처럼 발이 멎는다.

열흘 가까이 해서 구칠이가 펴던 자리에는 딴 아이가 앉았다.

민우는 신발을 내 맡기고,

"전에 여기서 신을 닦던 구칠이란 아이 모르냐?"

"알아요, 일선 지구 양키* 부대로 갔어요!"

"혼자?"

"아니요, 여럿이 패*를 짜서 가는 데 끼어서요."

해마다 여름이 되면 구두 닦는 아이들이 패를 짜서 양키 부대를 찾아 돈벌이를 간다고 한다. 언제 오느냐니까 가을에 온다고 한다.

팔월도 지났다. 지루한 여름이었다.

구월도 저물었다. 더디 오는 가을이었다.

포도 위에 가로수 잎이 깔리기 시작하는 어느 날 민우는 문득 하늘을 쳐다본다. 어디선가 기러기 한 떼가 ∧ 이런 꼴로 정연히* 열을 지어 날아오고 있다.

인제는 구칠이도 오려나 — 하니 민우는 몹시도 가슴이 설레기 시작했다.

어휘정리

양키 미국 사람을 낮잡아 이르는 말.
패 같이 어울려 다니는 사람의 무리.
정연히 가지런하고 질서가 있게.

중요한 내용 쏙! 쏙! 쏙!

제목의 상징적 의미

후조란

- 철새의 한자어
- 한 곳에 정착하지 못하고, 살기 위해 먹이를 찾아 이곳저곳을 떠도는 철새와 같은 주인공 '구칠'을 상징

작품의 구성

발단: 민우는 우연히 구칠을 동대문 밖 숙소에서 만남

→

전개: 구칠은 민우가 주었던 인정의 지난 이야기를 하며, 영화관 구경을 시켜줌

→

위기 절정: 구칠은 민우에게 좋은 구두를 하나 마련해 주겠다고 약속하고 식당에서 신을 훔쳐 달아나다가 매를 맞게 됨

→

결말: 구칠은 양키부대로 떠나게 되고, 민우는 구칠이 돌아오기를 기다림

서술상의 특징 – 작가 관찰자 시점

- 서술자인 작가가 인물의 내면세계를 제시하지 않고, 인물의 대화와 행동을 보여줌으로써 독자로 하여금 상황을 판단하게 함
- 독자는 사건 전개 과정을 객관적으로 이해할 수 있음

소재에 담긴 의미

칠천환

- 부산 학교에서 최 선생이 구칠에게 누명을 씌운 댓가로 주려고 했던 돈
- 구칠이 떠돌게 만드는 소재이며, 휴머니즘이 부재한 당시 시대상황을 잘 상징함

구두

- 구칠이 한 곳에 머무르지 못하고 양키부대로 떠나게 만듦
- 구칠의 인간적인 면모를 드러내는 소재
- 민우는 구칠의 행동이 잘못되었음을 알면서도 그 행동에서 구칠의 마음을 느끼고 연민을 느끼게 함

1 작가가 '구칠'을 통해 보여주려고 하는 것이 무엇인지 생각해봅시다.

2 구두를 훔친 구칠의 행동은 어떻게 이해해야 하는지 생각해봅시다.

상상더하기 - 뒷이야기 이어 쓰기

간혹 이야기가 끝났을 때 뒷이야기가 더 있을 것 같은 아쉬움이 남는 작품이 있지요. 이 소설은 민우가 양키부대로 떠난 구칠을 기다리며 끝납니다. 과연 구칠은 다시 돌아왔을까요? 여러분이 작가가 되어 뒷이야기를 이어봅시다.

확인하기 정답

1. 전쟁 후에 각박한 현실에서 '휴머니즘'을 간직한 '구칠'을 등장시켜, 피폐한 삶 속에서도 따뜻한 인간관계가 회복될 수 있음을 보여주고자 했습니다.
2. 구칠은 부산 학교에서 최 선생에게 돈을 훔쳤다는 누명을 쓰고 몰매를 맞은 후, 미안하다고 던져 주던 돈 이백 환을 거절하고 민우를 따라 서울로 올라온 과거가 있습니다. 이를 통해 짐작해 보면, 처음 만날 때부터 쭉 같은 구두를 신고 있는 민우에게 고마운 마음을 보답하기 위해 구두를 구해 주려 했으나, 여의치 않자 손님의 구두를 훔치기에 이른 것으로 보입니다. 그래서 그의 행동은 비난받아야 할 것이 아니라, 각박한 현실에서 인정에 보답하고자 노력했던, 순진한 행동으로 이해해야 합니다.

갯마을 갯마을 처녀인 해순은 성구에게 시집을 갔으나, 얼마 지나지 않아 성구는 고등어잡이 배를 타고 바다에 나간 후 실종됩니다. 시댁 식구들과 성구의 제사를 지내며 지내던 해순은 한밤중 상수에게 몸을 빼앗기고, 이를 알게 된 성구의 어미는 해순을 상수에게 재가시키죠. 해순은 상수와 함께 갯마을을 떠나 산골로 들어가서 살지만, 상수 역시 징용을 당하고 해순은 혼자 갯마을로 돌아옵니다. 산골에서 미쳐가던 해순은 갯마을에 도착해서야 안도감을 느끼고 자신에게 바다가 절대적인 존재임을 깨닫게 되지요.

젊은 나이에 남편을 잃고, 재가했으나 두 번째 남편마저 징용으로 떠나보내야 했던 해순의 기구한 운명이 안타깝지요. 그러나 해순의 상처를 보듬어 준 넉넉한 자연의 품이 있어 해순이 그렇게 외롭지만은 않았을 거예요.

요람기 요람과 같이 평화로운 산골 마을에서 살던 소년은 봄철에는 들불놀이, 너구리 잡기를 하고, 여름에는 멱도 감고 참외 서리도 하고, 밤에는 평상에 누워 누나와 이야기를 나누다가 잠들었습니다. 가을이면 아이들과 콩서리를 해서 춘돌이가 시키는 대로 먹기도 하고, 결혼해 마을을 떠난 이대룡과 득이를 그리워하기도 합니다. 겨울이 되면 연날리기를 즐겼고, 그 연을 정월에는 날려 보냈지요. 그렇게 봄 여름 가을 겨울이 다 가도록 즐겁게만 꿈을 키우던 '소년'은 인생이 무엇인지를 아는 어른이 됩니다.

평화로운 산골 마을의 풍경이 그려지나요? 즐겁고 천진난만하게 산골에서 보낸 유년기는 다시 돌아갈 수 없어서 더 그립겠지요.

턱수염

수록교과서 : 천재교육(박)

최나미 동화작가. 1965년 서울에서 태어났으며 서울여대를 졸업했다. '한겨레 작가학교'를 졸업하면서 본격적으로 글을 쓰기 시작했다. 대표작으로는 「움직이는 성」 「걱정쟁이 열세 살」 등이 있으며 이 외에도 많은 동화집을 출간했다.

감상 길잡이

부모님께 반항심을 품어 본 적이 있나요? 용돈을 적게 주셔서, 또는 공부에 대한 스트레스를 너무 많이 주셔서 부모님께 서운한 마음이 들더라도 부모님께서는 우리를 무척 사랑하신다는 사실만은 잊지 말아야겠지요. 이 글은 아버지에 대해 반항심을 가졌던 주인공이 아버지의 사랑을 깨닫고 성장해 가는 이야기입니다. 주인공과 아버지의 갈등 관계가 어떻게 전개되는지 파악해 가며 작품을 감상해 봅시다.

핵심정리

갈래	성장소설, 단편소설	성격	가족적, 독백적
시점	1인칭 주인공 시점	제재	아버지의 턱수염
배경	현대, 어느 신도시	주제	부자간의 갈등과 화해

등장인물

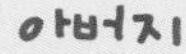

아버지 투박하고 거침. 책임감이 강하고 아들을 사랑함

승권 고집이 셈. 효주를 짝사랑함. 아버지께 반항심을 가졌으나, 아버지의 사랑을 깨닫고 아버지의 턱수염을 깎아 드림

어머니 승권이와 아버지의 관계를 회복시키기 위해 노력함. 어려운 상황에서도 희망을 품음. 긍정적임

준호 장난기가 많아 남을 놀리기 좋아함

나는 택시 운전기사를 하시는 아버지가 사고를 내시는 바람에 언덕 꼭대기 집으로 이사를 오게 됩니다. 어느 날 하굣길에 효주와 지영이의 비밀 편지와 일기장이 든 상자를 발견하는데, 효주를 좋아하던 나는 그 상자를 있던 자리에 두고 행운의 징표로 여깁니다. 그 후로 아버지는 임시직 마을버스 기사로 취직하시고, 우연히 나는 준호와 함께 아버지께서 운전하시는 마을버스를 타게 됩니다. 그리고, 요금을 내지 말라는 아버지의 말을 무시하고 준호 것까지 요금을 냅니다. 집에 돌아오신 아버지는 나의 뺨을 때리고 나와 아버지 사이의 마음의 벽은 여전히 높기만 합니다. 어느 날 효주의 비밀 일기장을 가지고 효주를 놀려대는 준호를 때려 코뼈를 부러뜨리는 사건이 발생하고, 그 일로 준호의 어머니께서는 우리 집을 찾아오십니다. 화를 내시는 준호 어머니 앞에서 아버지가 용서를 빌며 무릎을 꿇는 모습에 아버지에 대한 나의 마음이 풀립니다. 그날 밤 나는 아버지의 턱수염을 깎아 드리다가 잠이 들고, 다음 날 아침 아버지는 반만 깎여진 턱수염을 하신 채로 기분 좋게 출근하십니다.

턱수염

"오늘 청소 당번 어디지?"

"……."

집에 갈 준비로 서두르느라 선생님 말에 대답하는 아이가 없다.

"지난주 청소는 어디가 했지?"

선생님이 짜증스럽게 다시 묻는다.

"샛별마을아파트요!"

"그럼 이번 주는……."

"나머지 동네요!"

회장 말에 아이들이 킬킬거린다.

나는 오늘 청소 당번이다. 나머지 동네에 살기 때문이다. 우리 반은 청소를 분단별로 하지 않는다. 탄천 건너 샛별마을아파트 조, 학교 쪽 초록마을아파트 조, 그리고 아파트에 살지 않는, 우리 동네하고 다른 곳에서 오는 아이들을 한 조로 청소 당번을 나눈다. 아이들은 내가 청소하는 조를 나머지 동네라고 부른다. 나는 동네별로 나누어서 하는 청소가 정말 싫다. 우리 가족은 신도시*에 산다. 엄마는 언덕 아래로 끝없이 이어진 아파트들을 보며 저렇게 많은 아파트마다 다 임자가 있다는 게 신기하다고 했다. 하지만 그렇게 많은 아파트로도 아직 부족한 모양이다. 낡은 주택으로 가득한 언덕 꼭대기 우리 동네에도 얼마 있으면 아파트 단지가 들어선다는 소문이다.

어휘정리

신도시 대도시의 근교에 계획적으로 개발한 새 주택지.

내가 우리 아버지한테 가장 듣기 싫은 말이 아파트가 들어서기 전에는 이 동네가 어땠다는 얘기다. 옛날에 탄천에서 고기 잡고 뒷산에 올라가 나무 열매 따던 일이 뭐 그리 대단한 거라고 걸핏하면* 그 얘길 꺼내는지 모르겠다. 아버지 말로는 이 동네에서 태어나고 자랐으니 아마 아버지가 지금 여기 사는 누구보다 오래 살았을 거라는 거다. 오래 살았다고 해서 꼭 잘살라는 법은 없다. 큰 평수 아파트가 득실대는 우리 동네에서도 우리 집은 가장 좁은 임대 아파트였다. 그것도 아버지가 교통 사고를 내기 전 일이지만.

그 사고로 우리 식구는 오랫동안 살았던 집을 잃었다. 잃은 것은 집뿐이 아니다. 아버지는 택시 운전 일자리를 잃었고, 엄마는 한동안 말을 잃었다.

얻은 것도 있었다. 이사하던 날, 엄마는 우리가 살던 집을 올려다보다 말고 아파트 화단 앞에 웅크리고 앉아 사람들이 내다 버린 화분들을 뒤적였다. 그러더니 가장 볼품없는 화분 하나를 이삿짐 위에 실어 놓았다. 꽃줄기는 댕강 잘려 무슨 꽃인지도 알 수 없는 데다가 줄기도 바짝 말라 죽은 거나 다름없었다. 말수를 잃은 엄마는 틈만 나면 화분을 돌보았다. 나는 그 화분만 보면 화가 났다. 우리가 살던 집에서 쫓겨난 분풀이를 하듯 하나씩 피기 시작한 꽃잎을 엄마 몰래 슬쩍 따서 버리기 일쑤였다.

내가 잘 모르던 아버지 모습을 보게 된 것도 그 사고 이후였다. 아버지는 입에도 대지 않던 술을 엄마나 나보다 더 좋아하게 되었다. 술을 마시면 동네가 떠나가라 소리를 질렀고, 하다 하다 지치면 아무 데나 쓰러져 큰 소리로 울었다. 엄마와 나는 이웃 사람들 전화를 받고, 캄캄한 밤에 아버지를 데리러 몇 번이나 나갔는지 모른다. 지금 내가 사는 이 나머지 동네에서 말이다.

어휘정리

걸핏하면 조금이라도 일이 있기만 하면 곧.

나머지 동네 청소 당번들이 청소하는 날은 유난히 조용하다. 새 학년이 시작된 지 몇 달이 지났지만 저마다 사는 동네가 달라서인지 청소가 끝나도 별말 없이 교실을 나가곤 했다.

교실에 아이들이 서너 명 남았을 때 나는 운동장으로 서둘러 나왔다. 혹시 공차기라도 함께 할 친구가 있을까 싶어서다.

고등학생 형들이 농구를 하다 내게 손을 흔들었다. 나는 꾸벅 인사를 하고 학교 건물 옆 울타리 쪽으로 걸어갔다. 울타리에 난 개구멍으로 나가면 바로 탄천 건너는 다리가 나온다. 집에 빨리 가고 싶어서 개구멍으로 가는 건 아니다. 어물어물*하다 형들에게 잡히면 저녁 늦게까지 꼼짝도 못하고 심부름만 하게 될까 봐서다. 지난번 청소를 마치고 저 형들한테 붙잡혀서 학교 뒷산에 끌려갔다. 형들이 담배 피우는 동안 망보고 뒷정리까지 하는 바람에 아주 늦게 집에 갔다.

나는 건물 모퉁이를 돌다가 울타리 화단 앞에 앉은 효주와 지영이를 보고 급하게 몸을 숨겼다. 날은 어둑어둑해지는데 둘은 뭐가 재미있었는지 일어날 기미*가 없다. 울타리 쪽을 돌아보기도 하고 고개를 숙인 채 소곤거리다 손뼉을 치며 웃기도 했다. 개구멍으로 나가려면 효주와 지영이 앞을 지나가야 하는데……. '아이씨, 하필이면 왜 개구멍 앞에 앉아 있는 거야?'

어쩐지 효주와 지영이 앞을 지나 개구멍으로 나갈 일이 아뜩하게* 느껴졌다. 효주만 아니라면 아무렇지 않게 나갈 수 있을 텐데. 나는 둘이 자리를 뜰 때까지 참고 기다리기로 했다. 그러고 보니 며칠 전에도 둘은 저곳에 있었다.

어휘정리

어물어물 말이나 행동 따위를 시원스럽게 하지 못하고 꾸물거리는 모양.
기미 어떤 일이 되어 갈 듯한 분위기.
아뜩하다 어떻게 해야 할지 모르게 정신이 멍하고 앞이 막막하다.

바람에 효주의 머리카락이 나풀거리자 효주가 머리를 만지며 환하게 웃었다. 지영이가 일어나자 효주도 따라 일어났다. 둘의 모습이 반대편으로 사라지고 난 뒤에도 나는 선뜻 나서지 못했다.

'이런 데 둘이 앉아서 무엇을 한 걸까?'

나는 효주와 지영이가 앉았던 자리를 훑어보며 생각했다.

울타리 바로 앞 화단은 개구멍을 드나드는 아이들 발길로 화단이라고 할 수가 없다. 군데군데 망가진 울타리며 무릎까지 자란 잡초는 여기저기 밟히고 짓이겨져 그야말로 오래전부터 내팽개쳐진 곳이다. 더구나 개구멍을 드나드는 것은 원칙적으로 금지되어 있다. 으슥하고 지저분한 곳이라 여자 애들은 거의 찾지 않는다. 효주나 지영이 같은 애들이 찾아올 곳이 아닌데…….

나는 발길에 닿는 풀들을 툭툭 차며 건들건들 개구멍 쪽으로 걸었다. 그러다 풀 사이로 삐죽 보이는 물건을 하마터면 밟을 뻔했다. 나는 그 자리에 웅크리고 앉아 내가 망가뜨릴 뻔했던 물건을 들여다보았다. 가지런히 놓인 벽돌 두 개가 어쩐지 방금 전까지 있었던 효주와 지영이랑 무슨 관계가 있는 것 같았다. 벽돌 두 개를 치우니 움푹 들어간 구멍에 작은 상자가 숨겨져 있었다. 갑자기 가슴이 뛰었다. 열어 보고 싶긴 한데, 뭔가 꺼림칙했다.

'에잇, 이렇게 궁금해하다간 틀림없이 다시 와서 열어 보게 될 거야. 차라리 지금 잠깐 보는 게 낫지, 뭐.'

나는 주위를 살피며 상자 뚜껑을 조심스럽게 열었다. 편지 몇 통과 일기장 한 권, 그 사이로 네 잎 클로버 따위가 눈에 들어왔다. 이거였구나, 둘이 정답게 앉아서 깔깔거리던 일이.

나는 상자를 얼른 닫고 원래 있던 곳에 도로 넣어 두었다. 그리고 지나가는 사람들 눈에 띄지 않게 풀을 뜯어 그 위에 덮었다. 효주와 지영이가 소중하게 생각하는 비밀을 어쩐지 지켜 주고 싶었다.

운동장에서 놀던 형들이 수돗가로 몰려가는지 웅성대는 소리가 들렸다. 곧 개구멍으로 몰려올 모양이다. 나는 얼른 개구멍을 통해 탄천으로 나왔다.

바람이 불자 탄천에서 묘한 냄새가 나 저절로 눈살이 찌푸려졌다. 좀전에 효주 머리를 나풀거리게 하던 바람이었는데…….

나는 효주가 좋다. 효주가 환하게 웃을 때면 입술 사이로 덧니가 살짝 보였다. 친절하고 싹싹한* 데다 덧니까지 예쁘다.

며칠 전에 효주 아버지가 일일 선생님으로 학교에 왔다. 선생님은 효주 아버지가 의사 선생님이라고 했다. 의사라면 근엄하든가 아니면 짜증스러운 얼굴로만 상상했는데 효주 아버지는 친절하고 다정해 보였다. 효주는 아버지를 닮은 모양이다.

수업이 끝나자 효주가 아버지께 드리는 감사의 편지를 읽었다. 그러고 나자 효주 아버지는 효주를 보고 살짝 웃으며 윙크를 하는 거다.

"닭살이에요!"

"윽! 너무 야해요!"

아이들은 책상을 두드리며 소리를 질렀다. 하지만 나는 그 순간 효주가 진짜 부러웠다. 저렇게 다정한 아버지라면 술 같은 건 마시지도 않을 거다. 소리를 고래고래 지르거나 우는 일 따위는 결코 하지 않을 것이다.

어휘정리

싹싹하다 눈치가 빠르고 상냥하고 시원스럽다.

아버지를 생각하니 좋았던 기분이 싹 가시는 느낌이었다. 일찍 집에 들어가고 싶지 않았다. 탄천을 내려다보았다. 곳곳에 낚시하는 아저씨들이 낚싯대를 드리우고 앉아 있었다. 나는 천천히 다리 아래로 내려갔다. 비릿한 냄새가 코를 찔렀다.

'이런 똥물에도 고기가 있나?'

빨간 조끼를 입은 아저씨 옆으로 가서 쪼그리고 앉았다. 아저씨는 나를 흘끗 보고는 아무 말없이 낚싯대 끝만 바라보았다. 나도 그랬다.

여름방학을 한 달쯤 앞둔 어느 날, 우리 집에 특별한 일이 생겼다.

아버지가 임시이기는 하지만 마을버스 기사가 된 것이다. 아버지는 하고 싶어하는 사람들이 줄을 섰는데 그 자리를 얻게 되었다며 좋아했다. 엄마가 아버지보다 더 좋아했다.

"거봐요, 내가 금세 좋은 일이 있을 거라고 했지요? 이제 됐어요. 요즘 자리 구하기가 얼마나 어려운데……. 승권 아빠, 진짜 애썼어요. 조금만 애쓰면 정식 기사도 될 거예요."

솔직히 나는 그저 그랬다. 아버지가 전처럼 술을 많이 마시지 못할 테니 그건 좋다. 그뿐이다. 나는 아버지가 무슨 일을 하든, 관심이 없다. 임시 기사가 되었다고 우리가 나머지 동네를 떠나는 것도 아니고, 엄마가 남의 집 일을 그만두는 것도 아닐 것이다. 어쩌다 운이 나쁘면 아버지가 운전하는 버스를 타게 될지도 모른다. 괜히 마음 쓸 일만 하나 더 늘어난 것이다.

엄마는 첫 출근하는 아버지에게 인사라도 한마디 하라며 내 손을 잡아 끌었다.

"승권 아빠, 승권이가 인사하겠대요."

"어허, 그래?"

아버지는 두 손을 허리에 대고 가슴을 내밀며 자랑이라도 하듯 나를 바라보았다. 나는 엄마 손에 끌려 아버지 앞에 섰지만 입이 떨어지지 않았다.

"……."

고개만 숙이고 아무 말도 하지 않자 아버지는 내 어깨를 두어 번 두드렸다.

"갑자기 인사하려니까 쑥스럽지? 됐어. 아버지도 좀 어색한걸. 이제 정식으로 기사가 되면 그동안 하지 못했던 것 마음껏 다 하게 될 거야. 그래, 말 나온 김에 얘기해 봐. 아버지가 저녁때 뭘 사다 줄까? 필요한 건 다 말해 봐."

나는 처음과 똑같은 자세로 서서 아버지 말에 대답하지 않았다.

"이러다 늦겠네……. 승권아, 아버지한테 빨리 다녀오세요 하고 인사 좀 해. 그래야 아버지가 힘이 나서 출근하시지."

엄마가 내 등을 밀며 다시 채근*했다.

"됐어. 요만할 때는 쑥스러우면 아무 말도 못 하는 거라고. 그것보다 저녁에 우리 외식이라도 할까?"

아버지는 내가 부끄러워서 아무 말 못 하는 줄 아는 모양이다.

엄마 이마에는 아버지가 술 마시고 집어던진 그릇에 맞은 상처가 지금까지 남아 있다. 내 귀에는 그날 아버지가 벽에 머리를 찧으며 크게 울어 대던 소리가 지금껏 생생했다.

'마을버스 기사가 된 게 무슨 대단한 일이라

어휘정리

채근 어떤 행동을 빨리 하도록 조름.

고……. 그것도 임시라면서…….'

나는 아버지가 만진 어깨를 털면서 아버지가 나간 문을 노려보며 한참 동안 서 있었다.

수업이 끝나고 아이들과 늦도록 학교에서 축구를 했다. 아이들이 하나씩 학원에 가야 한다며 빠져나갔다. 운동장에는 준호와 나만 남았다. 우리도 할 수 없이 교문을 나섰다.

버스 정류장 근처에 와서야 아차 싶었다. 행운의 징표를 까먹고 그냥 왔기 때문이다. 효주의 비밀 상자는 그 뒤로 내 행운의 징표가 되었다. 나는 기분이 좋지 않은 날이면 하루에도 몇 번씩 그곳에 갔다. 그저 상자가 잘 있나 보기 위해서였다. 상자가 제자리에 있는 걸 보면 그냥 마음이 놓였다.

탄천 다리를 건너갈 것을……. 괜히 이리 온 것 같았다.

"준호야! 미안한데, 난 걸어갈래."

교문 쪽으로 다시 돌아서며 준호에게 말했다. 아무래도 행운의 징표를 보고 가야 할 것 같았다.

"버스 타고 가자. 승권아! 내가 차비 내 줄게."

"버스 기다리기도 귀찮아. 그냥 걸어갈래."

준호를 뿌리치고 가려는데 마을버스가 바로 우리 앞에 섰다. 어쩐지 느낌이 좋지 않았다. 준호는 억지로 내 팔을 끌고 버스에 올라탔다. 아니나다를까 아버지가 운전석에서 돌아보았다. 나는 얼른 고개를 돌렸다.

"너희는 차비 내지 마라."

싱글벙글 웃으면서 아버지가 말했다. 내 소매를 쥐고 있던 준호는 영문을 몰라 어리둥절해 있었다.

나는 내일 아침 차비까지 뒤져서 준호 것까지 사백 원을 내고 안으로 쑥 들어갔다.

"야, 너 아는 사람이냐? 차비 안 내도 된다는데 왜 내고 그래?"

준호는 아버지와 나를 번갈아 보며 말했다.

"뭘 자꾸 따져. 차 탔으면 차비 내는 게 당연하지. 마을버스 공짜로 타서 부자 될래?"

내가 눈을 부릅뜨며 큰 소리로 말하자 준호는 어쩔 줄 몰라 했다. 버스 안에 있는 사람들이 모두 우리를 바라보았다.

'겨우 마을버스 차비 내지 말라는 것이 뭐 대단한 일이라고…….'

나는 내리는 문 앞에 서서 창밖만 뚫어져라 바라보았다.

버스는 한참을 그 자리에서 움직이지 않았다. 사람들은 아버지에게 빨리 출발하자고 성화*를 부렸다. 덜컹 하더니 버스가 급하게 출발했다. 사람들은 중심을 잃고 잠시 기우뚱했다. 그러자 아버지보고 난폭운전기사라며 불평을 해댔다.

철썩!

뺨이 얼얼했다. 모르긴 몰라도 아버지의 손바닥 역시 꽤 아플 것이다.

"네가 왜 맞았는지 아냐?"

난 알았지만 대답하지 않았다.

"알아, 몰라?"

아버지 입에서 술 냄새가 풍겨 왔다.

어휘정리

성화 몹시 귀찮게 구는 일.

"……."

철썩!

나보다 더 놀란 건 엄마였다. 아버지가 한동안 입에 대지 않던 술을 마시고 들어와서 다짜고짜 내 빰을 때리니 엄마는 어쩔 줄 몰라 하며 아버지를 말렸다.

아버지는 엄마에게 잡힌 손을 빼기 위해 몇 번 힘을 쓰다 그만두었다. 그러고는 나를 노려보았다. 덜컥 겁이 났다.

"저런 놈을 아들이라고……. 아버지가 창피하면 나가 살어!"

아버지는 문을 소리 나게 닫으며 밖으로 나갔다. 쾅 소리에 온 집안이 다 흔들렸다.

아버지 말대로 나가고 싶은 생각이 울컥 치밀었다.

엄마는 손바닥으로 내 등을 연거푸* 때렸지만 나는 느낌이 없었다.

"승권아, 엄마도 힘들어 못살겠다. 아버지가 마음잡았다고 좋아했더니 금세 네가 또 이 모양으로 도와줘? 우리도 남들처럼 오순도순 살면 안 되겠니? 우리가 가진 게 뭐 있어? 너랑 나랑 아버지, 달랑 세 식군데, 너라도 아버지한테 좀 싹싹하게 굴면 안 돼? 옛날에 아버지랑 진짜 좋았잖아. 아버지 무등 타고 탄천에 놀러 나가고 할 때 생각 좀 해 봐."

엄마는 주먹으로 힘없이 내 등을 쓸어내리는 것 같더니 그대로 주저앉았다.

엄마가 바라는 게 뭔지 나도 잘 안다. 하지만 나는 다시 예전처럼 아버지를 좋아할 수 없을 것 같다. 준호 앞에서 우리 아버지라고 당당하게 말하지 못한 것은 창피해서가 아니

어휘정리

연거푸 잇따라 여러 번 되풀이 하여.

다. 아버지가 나였어도 다르지 않았을 것이다. 우리가 나머지 동네로 쫓겨 온 거나, 우리 앞에서는 씩씩해 보여도 밤마다 끙끙대는 엄마를 보면서도 그간 아버지가 한 거라고는 술 마시고 주정한 게 다였다. 아버지가 임시로 얻었다는 일자리도 잃으면 예전처럼 돌아갈 게 뻔하다. 나는 희망이란 걸 섣부르게 갖고 싶지 않다.

엄마는 내 손을 잡고 일어서며 나를 타이르기 시작했다.

"제발 승권아! 이제 너만 잘하면 우리 식구들 아무 문제없을 거야. 엄마를 봐서라도 아빠한테 조금만, 응?"

나는 대답하지 않고 화분만 노려보았다.

엄마 말을 이해하자면 이해 못 할 것도 없다. 그래도 맞은 것은 억울하다. 효주 아버지라면, 효주 아버지라면 절대로 자식 뺨을 때리지 않을 것이다.

며칠 동안 아버지는 내게 눈길도 주지 않을 것이다. 지금 기분 같아서는 영영 서먹하게 지내도 상관없을 것 같았다.

이게 다 행운의 징표를 보지 못해 일어난 일이다.

"그거 내놔! 빨리!"

효주의 울음 섞인 목소리가 들렸다. 나는 개구멍 쪽으로 급히 뛰었다. 울타리 앞에서 효주와 지영이가 준호를 쫓고 있었다.

"잡으면 주지, 아, 내가 큰 소리로 읽어 주면 되잖아. 지영아…… 우리…… 영원히……."

"빨리 내놔!"

준호는 한 손에 상자를 들고 또 한 손에 일기장을 들고 큰 소리로 읽었다. 아이들은 손뼉을 치며 웃었다. 효주와 지영이는 약이 바짝 오른 표정으로 준호를 쫓았다. 준호는 잡힐 듯하면 도망을 치고, 또 잡힐 듯하면 도망을 쳤다. 상자에서 사탕으로 만든 목걸이와 네 잎 클로버, 편지들이 바닥에 떨어졌다. 내 행운의 징표를 준호가 망가뜨리고 있었다.

"그거 걔들한테 돌려줘!"

나도 모르게 큰 소리가 나왔다.

"이승권! 너까지 나설 것 없어. 우리끼리 해결할 수 있으니까. 너 빨리 안 내놔!"

효주가 내게 쏘아붙였다. 준호와 어울려 다니던 내가 갑자기 나서는 게 별로 달갑지 않은 모양이다. 내 소리에 놀란 준호도 금세 빙글빙글 웃으며 말했다.

"야, 승권아, 너, 이게 뭔지 모르지? 여자 애들끼리 쓴 비밀 일긴데 되게 웃긴다. 너도 들어 볼래? 별들이 반짝이고……."

준호는 일기장의 글을 다 읽지 못했다. 어느새 내가 준호를 깔고 앉아 얼굴에 주먹을 날렸기 때문이다. 주위에서 장난치던 아이들이 깜짝 놀라 나를 말렸다. 씩씩대며 일기장을 찢던 효주도 놀란 얼굴로 나를 바라보았다. 준호 얼굴에 코피가 번졌다. 그제야 정신이 들었다. 겁이 났다. 나는 개구멍으로 빠져나와 탄천으로 도망쳤다.

탄천 굴다리까지 오는 동안 한 번도 쉬지 않았다. 준호의 피 묻은 얼굴이 머릿속에서 떠나지 않았다. 효주의 겁에 질린 얼굴도 떠올랐다. 차라리 멀리 도망가 버리고 싶었다. 왜 준호를 때렸는지 나도 나를 이해할 수 없었다.

'조금만 참지, 왜 그랬어? 내가 당한 일도 아닌데……'

나는 두 손으로 머리카락을 쥐어뜯었다. 학교에 다신 못 갈 것 같았다. 아버지에게 맞는 것은 겁나지 않았지만 엄마의 얼굴을 떠올리니 가슴이 답답해졌다.

아빠 때문에 늘 주눅이 들어 있던 엄마도 차츰차츰 나아져 요즘처럼 편안해 보인 적도 없었다. 오늘 아침에도 엄마는 햇빛이 좋다며 화분을 갖고 나오다 아빠한테 그깟 것 내다 버리라고 핀잔을 들었다. 엄마는 정성껏 화분을 돌보고 있으면 꼭 좋은 일이 있을 것 같다며 콧노래까지 흥얼거렸는데…….

행운의 징표. 그깟 게 뭐라고 준호를 때렸는지 자꾸 후회가 되었다. 그렇지만 다시 돌이킬 수도 없는 일이다. 아무리 생각을 해도 뾰족한 방법이 없다. 집으로 가야겠다는 생각은 했지만 내 발길은 점점 집에서 멀어지기만 했다.

동네 입구에 도착했을 때는 이미 해가 지고 있었다.

집으로 오르는 언덕이 아득하게 느껴졌다. 느릿느릿 집 앞에 이르렀을 때 걱정하던 일이 눈앞에서 벌어지고 있었다.

웅성웅성 떠드는 동네 사람들 가운데 웬 아줌마가 쩌렁쩌렁 마당을 울리며 큰소리를 치는 것이다. 한눈에 준호 엄마라는 것을 알 것 같았다. 엄마는 문 앞에 서서 내내 머리를 들지 못했다.

나는 슬글슬금 다가갔지만, 사람들 뒤편에서 서성거리기만 했지 좀처럼 발이 떨어지지 않았다.

엄마는 고개를 연방* 숙이다가 준호 엄마 손을 잡기도 했다. 저러다가 누가 밀기라도 하면 그 자리

어휘정리

연방 잇따라 자꾸. 또는 연이어 금방.

에 픽 쓰러질 듯 엄마는 위태위태해 보였다. 준호 엄마가 엄마한테 잡힌 손을 홱 뿌리치자 엄마가 기우뚱하더니 문에 부딪혔다. 그 바람에 창문턱에 놓아둔 엄마의 화분이 땅에 떨어졌다.

"우리 엄마한테 왜 그래요?"

나는 엄마와 준호 엄마 사이를 비집고 들어가 섰다.

"승권아!"

엄마 목소리에 준호 엄마의 얼굴이 더 험악하게 변했다.

"그래, 네가 그 승권이야? 너 잘 왔다. 네가 깡패야? 준호가 네게 한 장난도 아니라는데 왜 애를 그 모양을 만들어? 네가 준호네 반 주먹이라며? 애들한테 자랑하느라 그랬어? 멀쩡한 애 코뼈는 왜 부러뜨려? 너 학교 그만 다니고 싶어?"

잠깐이지만 준호한테 미안했던 것도 까맣게 잊고 있었다. 잘못했다는 말을 하려는데 엄마가 나를 제치고 앞으로 나왔다.

"아이고, 준호 어머니, 제가 배운 게 없어서 자식을 잘못 키웠습니다. 아직 철이 없어 그러니 너그럽게 용서하세요. 제가 치료비 다 물어 드리겠습니다. 정말 죄송합니다."

엄마에게는 학교 못 다닌다는 말처럼 무서운 말은 없을 것이다. 그까짓 학교. 나는 엄마만 아니면 그렇게 하라고 소리치고 싶었다. 아니다, 지금은 무조건 잘못했다고 빌어야 한다. 입술은 달싹거리는데 내입에서는 아무 말도 나오지 않았다.

"아니, 승권 엄마! 나, 그깟 치료비 때문에 여기에 온 거 아니에요. 아무 잘못도 없는 우리 애 코뼈가 부러졌다고요. 승권 엄마라면 가만히 있었겠어요? 가르치려면 제대로 가르쳐야지. 그저 덮어 주려고만 하니……."

엄마는 초조하게 뒤를 돌아보며 내 옷을 잡아끌었다. 잘못을 빌라는 뜻이었다.

"무슨 일이야?"

사람들을 제치고 아버지가 나타났다. 엄마 얼굴은 준호 엄마가 날 학교에 못 다니게 한다는 말을 들었을 때보다 더 하얗게 질렸다. 엄마 생각에는 아버지가 오기 전에 끝냈어야 할 일이었다.

준호 엄마가 내 얼굴을 한번 보더니 오늘 일어난 일을 아버지에게 얘기했다. 처음엔 아무 표정도 없이 듣고 있던 아버지의 얼굴이 갈수록 일그러졌다.

"승권 아빠, 승권이가 잘못했다고 했어요. 저도 무서웠던지 겁에 질려서 이제야 들어왔어요. 승권이가 잘못을 빈다고 했으니 당신은 얼른 들어가세요. 나도 곧 따라 들어갈게요."

엄마는 아버지를 집 안으로 밀며 나를 돌아보고 눈짓을 했다.

준호 엄마가 기세*를 되찾고 엄마한테 쏘아붙였다.

"아니, 승권이가 언제 잘못했다고 했어요? 눈만 또록또록 뜨고는 자기 엄마한테 무슨 소리 한다고 뛰어들었지."

"그럼 어떻게 하라는 얘깁니까? 치료비는 물어 드린다고 했고, 애 엄마도 빌 만큼 빌었을 텐데, 애를 무릎이라도 꿇리라는 말입니까?"

아버지가 엄마한테 잡힌 손을 뿌리치며 준호 엄마에게 버럭 소리를 질렀다. 나는 겁이 났다. 일이 진짜로 커지게 생겼다.

준호 엄마가 발끈해서 얼굴이 붉어졌다.

어휘정리

기세 남에게 영향을 끼칠 기운이나 태도.

"아니, 그럼 내가 잘못했다는 말이에요? 애 교육 잘못시켰으면 사과하는 것이 당연한 일이지, 남의 자식 코뼈 부러뜨려 놓고 모르는 척 하는 게 옳은 일이냐고요? 아휴, 기가 막혀. 애가 뭘 보고 배웠는지 알겠다, 알겠어."

"준호 엄마 용서하세요. 오늘은 이만 돌아가시고, 제가 조용할 때 찾아뵙겠습니다. 예?"

엄마는 준호 엄마 손을 붙들고 애원했다. 쩔쩔매는 엄마를 보니 내 눈앞이 부예졌다*. 내가 잘못한 일 때문에 엄마가 굽실거리고 있다. 난 아버지랑 다른데…….

가슴이 터질 것 같았다.

그때였다. 옆에서 누가 풀썩 무릎을 꿇었다. 아버지였다.

"죄송합니다. 제가 아들 교육을 잘못 시켰습니다. 제가 대신 사과를 드리겠습니다."

아버지의 느닷없는 행동에 준호 엄마는 엉거주춤 몸을 돌렸다. 한층 수그러드는 목소리로 몇 마디 더 하더니 사람들 사이로 사라졌다. 아들 교육 잘 시키라는 마지막 말만은 또렷이 내 귓속을 파고들었다. 사람들도 수군거리며 슬금슬금 자리를 피했다.

"엄마 모시고 집에 들어가라."

아버지는 무릎에 묻은 흙을 털 생각도 하지 않고 내게 말했다. 그리고 터덜터덜 힘없이 언덕 아래로 내려갔다. 아버지 모습이 보이지 않게 되자, 엄마는 화분에 흙을 넣고 매만지더니 화분을 안고 힘없이 집으로 들어갔다.

어휘정리

부예지다 연기나 안개가 낀 것처럼 흐려지다.

집에 들어왔지만 나는 엄마를 똑바로 볼 수가 없었다. 엄마는 내게 말을 걸지 않고 앞에 놓인 화분만 바라보았다. 우리는 불도 켜지 않은 방에서 아버지를 기다렸다.

시간이 얼마나 흘렀을까? 엄마가 자리에서 일어났다. "안 되겠다. 내가 아버지 찾아올게."

함께 나가겠다는 말을 할 엄두가 나지 않았다.

나는 우두커니 앉아 있다가 주섬주섬 이부자리를 폈다. 그리고 또 한참을 기다렸다.

무릎을 꿇던 아버지 모습이 떠올랐다. 한 번도 누구 앞에서 아쉬운 소리라곤 하지 않던 아버지인데……. 가슴이 답답하고 머리도 어지러웠다. 행운의 징표가 망가지고 나서 나쁜 일만 꼬리를 물고 일어나는 것 같았다.

딸칵, 문소리가 났다. 가슴이 쿵쾅거렸다. 아버지가 비틀거리며 방으로 들어왔다. 나는 아버지가 지나가도록 한 발 뒤로 물러섰다. 아버지는 잠깐 서서 나를 바라보았다. 나는 고개를 떨구었다. 이번만큼은 아버지한테 야단을 맞아도 할 말이 없다고 생각했다. 차라리 맞고 나면 마음이 편해질 것 같았다.

좀처럼 아버지의 기척이 느껴지지 않았다. 고개를 들자 아버지와 눈이 마주쳤다. 아버지는 고개를 갸웃하더니 내게 꾸벅 인사를 했다.

"내 잘못이야, 내가 못나서야. 다 내 잘못입니다. 못난 아버지가 바로 접니다. 용서해 주십시오."

아버지는 연거푸 허리를 굽혀 절을 했다.

"잘못했습니다. 미안합니다."라는 말과 함께.

나는 때리는 아버지도 싫지만 지금 같은 아버지도 못 견디게 싫었다. 그런데 이상하게 눈물이 자꾸 나왔다.

나는 오른손을 뻗어 아버지의 팔을 힘주어 잡았다. 아버지 입에서 술 냄새가 훅 하고 풍겼다. 아버지는 내게 기대는가 싶더니 그대로 이불 위에 쓰러졌다.

아버지 양말 뒤꿈치가 허옇게 드러났다. 나는 무릎으로 기어가 아버지 양말을 벗겼다. 형편없이 굳은살이 박인 아버지의 발은 양말을 신었을 때가 오히려 나아 보였다.

나는 베개를 들고 아버지 얼굴 가까이로 갔다. 아버지는 고개를 옆으로 돌린 채 엎드려 잠이 들어 있었다. 아버지 얼굴을 이렇게 가까이 본 적이 있는지 생각나지 않았다. 나는 가만히 아버지의 얼굴을 쓸어 보았다. 입 둘레로 거뭇한 텁수염이 더욱 꺼칠했다.

나는 한 번도 아버지한테 속마음을 털어놓은 적이 없다. 아버지를 보고도 모른 척한 것, 정말 죄송하다는 말도, 또 오늘 일까지도. 어쩌면 죽을 때까지도 그런 말은 할 수 없을지 모른다. 그래도 아버지를 위해 뭔가 한 가지쯤은 하고 싶었다.

나는 아버지의 면도기를 꺼내 왔다. 오랫동안 쓰지 않은 고물 면도기는 웽웽 소리를 내며 돌아갔지만 아버지는 꿈쩍도 하지 않았다. 자칫하면 피가 날지도 모른다는 생각에 손에서 땀이 났다. 수염이 깎인 자리에 허연 살이 드러났다. 몇 번을 껐다 켰다 하면서 면도기를 움직였더니 아버지 얼굴에 제법 면도한 티가 났다. 바닥에 댄 왼쪽 얼굴은 면도를 할 수가 없었다. 안간힘을 썼지만 코까지 골며 잠이 든 아버지를 돌아눕게 할 수는 없었다. 아버지가 돌아눕기를 기다리기로 했다.

"아빠 들어오셨구나."

엄마 목소리에 나는 얼른 면도기를 요 밑에 감추었다. 그리고 아버지 옆에 누워서 잠든 척했다.

엄마는 누워 있는 나와 아버지를 바라보며 한숨을 쉬었다. 그리고 이불을 다시 덮어 주었다. 엄마가 잠들 때까지 기다리는 수밖에 없었다.

엄마가 전등을 끄고 아버지 곁에 눕는 기척이 느껴졌다. 아버지 코고는 소리만 유난히 크게 들렸다.

"아니, 이게 뭐야!"

아버지 소리에 나는 놀라 일어났다. 아뿔싸, 엄마가 잠들기를 기다린다는 게 그냥 잠이 들었던 모양이다. 이른 새벽에 출근 준비를 하던 아버지가 거울을 보다가, 반쪽만 깎인 수염을 보고 소리를 지른 것이다. 거기다 밤에 면도한 곳도 꼭 쥐가 파먹은 것처럼 들쭉날쭉했다.

"저걸 어째? 승권이가 그랬나 보네요. 당신 면도해 주려고……."

엄마도 기가 막힌 듯 나를 물끄러미 보기만 했다. 나는 머뭇머뭇하다가 요 밑에서 면도기를 꺼내 아버지한테 내밀었다. 아버지는 급히 면도기를 켰지만 고물 면도기는 움직이지 않았다.

"시키지도 않은 짓을 하고 그래? 이러고 어떻게 출근을 해?"

아버지가 나를 보며 눈을 부릅떴다. 엄마는 허둥대며 마스크를 가져와 내게 건네주었다. 그러고는 아버지 쪽으로 내 등을 떠밀었다. 나는 머쓱하게 아버지에게 마스크를 내밀었다. 아버지는 마스크를 받는 대신 내 머리를 한 대 쥐어박았다.

"됐어. 아들놈이 처음 해 준 면돈데 할 수 없지 뭐. 너 이놈, 이제 아버지 반쪽 수염이라고 숨어 다니면 혼날 줄 알아."

아버지는 반쪽만 남은 텁수염을 만지작거리며 집을 나섰다. 나는 허둥지둥 아버지를 따라 대문 앞까지 나왔다. 이번에도 아버지에게 아무 말도 하지 못했다.

새벽바람에 아버지 기침 소리가 멀리서 들려왔다. 손끝에 매달린 마스크가 바람에 나부꼈다.

중요한 내용 쏙!쏙!쏙!

갈등의 과정 보기(아버지 VS 나)

갈등 원인	갈등 심화	갈등 해소 계기	갈등의 해소
실직 후 방황하는 아버지에 대한 실망	마을버스 기사로 취직하신 아버지를 모른 척하고 무시함 나의 태도에 화가난 아버지가 나를 때림	나의 잘못을 대신하여 아버지가 준호 엄마에게 무릎을 꿇고 사과하심	아버지의 턱수염을 반만 깎아드린 나와 이를 기분 좋게 받아들이신 아버지

아버지에 대한 나의 심리 변화

아버지께서 교통사고를 낸 후 일자리를 잃고 주정을 하며 가족을 힘들게 함 (미움, 원망, 분노)

→

준호 어머니께 무릎을 꿇고 사과하는 아버지를 봄 (사랑, 연민, 고마움)

소재에 담긴 의미

화분 나머지 동네로 이사 올 때 엄마가 주워 온 것

- 모습 : 꽃줄기는 잘려 있고, 줄기는 바싹 마름
- 의미 : 어려운 상황 속에서도 희망을 버리지 않는 엄마의 모습을 닮음, 엄마의 삶의 희망을 상징
- 땅에 떨어짐 : 내가 준호를 때린 사건으로 엄마의 삶의 희망이 무너짐을 상징

상자 

- 효주와 지영이의 우정을 담고 있는 상자로 앞으로 일어날 사건의 실마리 제공

마스크

- 아들을 이해하는 아버지의 마음이 담겨 있음(아버지와 아들의 화해를 상징)

1 이 작품은 아버지와 아들의 갈등과 화해를 그리고 있습니다. 아버지를 원망하고 미워하던 나의 감정이 사랑과 연민으로 바뀌게 된 직접적인 계기를 적어봅시다.

2 작품의 마지막에서 주인공 '나'는 아버지에 대한 사랑을 어떤 방식으로 표현하는지 찾아봅시다.

상상더하기 - 마인드맵 그리기

이 글속에는 주인공 승권이와 아버지의 갈등과 화해가 잘 드러나 있습니다. 여러분에게는 아버지라는 존재가 어떤 의미인가요? 아버지 하면 떠오르는 것을 마인드맵으로 한 번 그려볼까요? 마인드맵을 그리다 보면 내가 의식하지 못했던 아버지에 대한 마음을 알게 될 수도 있답니다.

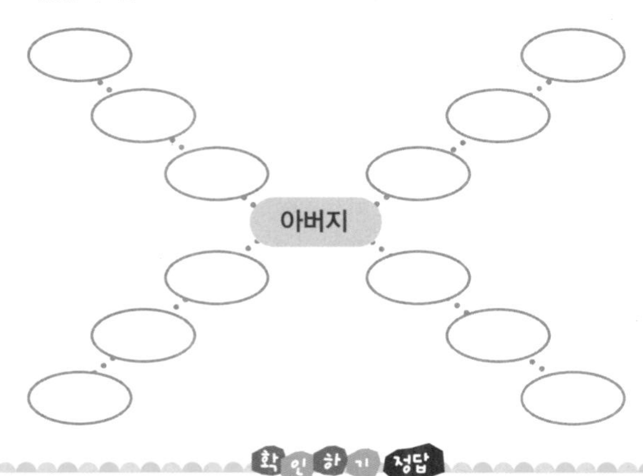

확인하기 정답

1. 나는 준호를 때려 준호의 코뼈를 부러뜨렸는데, 이 일로 우리 집을 찾아온 준호 어머니에게 아버지는 '나'를 대신해 무릎을 꿇고 사과하십니다. 이를 본 '나'는 아버지에 대해 죄송한 마음을 갖게 되며, 그동안 가졌던 원망과 미움의 감정이 사랑과 연민으로 바뀌게 됩니다.

2. 나는 아버지를 위해 뭔가 한 가지쯤은 하고 싶다는 생각을 합니다. 그때, 주인공의 눈에 아버지의 거뭇하고 꺼칠한 턱수염이 눈에 띄고 주인공은 아버지의 턱수염을 깎게 됩니다.

진휘 바이러스 승아의 단짝 친구인 연주는 6학년이 되면서 서울로 전학을 가고, 승아는 둘만의 공간인 홈페이지 글을 통해 연주의 소식을 듣습니다. 홈페이지는 전학 가기 전부터 연주와 승아가 비밀스러운 이야기를 주고받던 곳이지요. 새로 전학 간 연주네 반에는 진휘라는 아이가 있는데 외모며 태도가 불량스럽기 그지없습니다. 처음엔 그런 진휘의 행동을 이해할 수 없었지만, 진휘와 이야기를 나누며, 오히려 연주는 자신이 어른들의 꼭두각시 같다는 생각을 합니다. 혼란스러워진 연주는 공부도 소홀히 하고 부모님께 반항도 하며, 예전의 모범생이던 모습에서 점점 멀어지게 되고, 연주 엄마는 이게 모두 진휘 탓이라며 다른 엄마들을 선동하여 진휘를 전학 보내게 되지요. 진휘는 연주를 만나 자신은 어른들이 만든 세상에 맞추어 살지 않을 거라고 말하고 가출합니다.

여러분에게 연주와 승아의 이야기는 무척 공감될 거예요. 학교생활이나 친구 관계로 고민이 있다면 연주, 승아와 함께 나누어 보세요.

청소함 옆 자리 6학년이 된 나는 청소함 옆 자리에 앉는데, 청소함 덕분에 혼자 앉는 이 자리가 마음에 꼭 듭니다. 어느 날, 학급 회장 혜준이의 제안으로 수련회 장기자랑을 정하기 위해 학급회의가 열립니다. 혜준이는 학급 전체가 참여하는 촌극을 하자고 제안하고, 반대하는 나를 제외한 모든 아이들이 촌극에 참여하여 연습합니다. 수련회 날, 우리 반 아이들이 모두 촌극을 하러 무대로 나간 사이, 다른 반에 전학 온 수아라는 아이를 알게 되고, 접근 금지라는 모임까지 만들게 되지요. 모임 첫날, 수아네 집에 간 나는 혜준이와 혜준이의 친한 친구 경주도 모임을 함께 하게 되었다는 것을 알게 됩니다. 2학기가 시작되고, 회장 선거가 있던 날, 혜준이가 나를 부회장으로 추천하여 나는 부회장이 됩니다. 그런데 다음 날 내가 부회장이 된 것은 나에게 감정이 좋지 않았던 혜준이가 아이들과 짜고 나를 바보로 만들기 위해 꾸민 일이라는 것을 알게 됩니다. 수아도 그 사실을 알면서 전에 학교에서처럼 왕따가 되기 싫어 혜준이의 행동에 동조했던 것입니다. 시간이 흘러 졸업사진을 찍던 날, 선생님은 타임캡슐에 넣을 글쓰기를 과제로 내주십니다. 나는 20년 후의 자신의 모습을 쓰라는 주제를 보며, 기억 관리사가 되고 싶다던 수아를 떠올립니다.

육촌형

수록교과서 : 해냄

이현주 동화작가. 1944년 충주에서 태어나 서울 감리교 신학대학을 졸업했다. 1964년 《조선일보》 신춘문예에 동화 「밤비」가 당선되면서 작품 활동을 시작했다. 대표작으로는 「바보온달」 「빈 배」 「육촌형」 「알게 뭐야」 등이 있다.

감상 길잡이

평화롭던 이웃한 마을에 유세아와 소비연이 전학을 오면서 편이 갈라집니다. 특히 육촌 사이인 성태와 근태는 유세아와 홍탱크로 인해 원하지 않는 싸움을 할 상황에 놓이게 되는데요. 사건의 전개에 따라 아이들의 갈등이 어떻게 변해가는지 살펴보세요. 그리고 아이들의 싸움에 담겨 있는 상징적인 의미도 찾아봅시다.

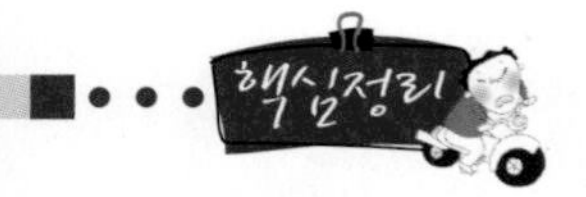

갈래	현대소설, 단편소설
시점	1인칭 주인공 시점
배경	6.25전쟁 직후, 두 이웃 시골 마을

성격	비유적, 비판적
제재	육촌형과의 싸움
주제	외압에 굴복하지 않는 혈육 간의 정/ 외세에 흔들리지 않는 공동체의 화합 촉구

장근태
성태의 육촌형, 부당한 일에 맞서는 용기를 가지고 있음. 착하고 성실함

장성태
유세아와 홍탱크의 압력으로 근태와 싸우려 하지만, 나중에는 근태와 힘을 합쳐 유세아와 홍탱크에게 맞섬

유세아
계집아이처럼 생겼으며, 어리광을 부림. 건강이 좋지 않아 시골로 휴양을 옴

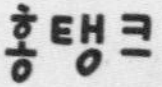

외모가 탱크처럼 생겨 홍탱크라 불림. 세아에게만 굽실거리며 호위병 노릇을 함

소비연
오토바이를 타고 다니며, 눈이 옆으로 찢어져 무서운 인상임. 홍탱크와 대립하는 인물

근태와 나는 사이좋은 육촌사이로 한 동네에 살았는데, 근태네가 양짓담에서 음실로 이사를 가게 됩니다. 양짓담과 음실은 한산계라는 작은 개울을 사이에 두고 마주보는 마을로, 마을 아이들은 가끔 경쟁심리가 나타나기도 하지만, 평소에는 사이좋게 지냅니다.

그러던 어느 날 내가 사는 양짓담에는 소비연이, 근태가 사는 음실에는 유세아가 전학을 와 아이들의 대장노릇을 하며 양짓담과 음실 아이들을 양편으로 갈라놓았습니다. 또 나와 근태를 부추겨 싸우게 만들지만, 근태의 용기 있는 행동과 아이들의 도움으로 싸우지 않고 위기를 모면합니다. 이후로 마을 아이들은 더는 싸우지 않기로 합니다.

육촌형

언청이* 장근태. 나이는 나보다 한 살 더 많지만, 키도 작고 몸무게도 가볍다. 아버지 말씀으로는 어렸을 적에 너무 못 먹었기 때문이란다. 근태는 나하고 육촌 사이다. 근태 아버지가 우리 아버지 사촌 형이니까.

근태네 집은 지금도 가난하다. 어른들은 가난한 집안을 가리켜 "똥구멍이 찢어지게 가난하다."라고 하는데, 왜 그렇게들 말하는지 알 수가 없다. 아버지한테 물어 봤지만 당신도 모르겠다고 하신다. 할아버지가 살아 계시면 여쭤 보겠는데, 할아버지는 육이오 때 돌아가셨다고 한다. 물론 나는 할아버지 얼굴을 본 적이 없다. 제삿날 사진으로는 봤지만. 할머니는 지금 서울 작은아버지 댁에 계신다. 그러니 물어 볼 수 없는 일이고……. 방학 때가 되면 만나 뵐 수 있겠지만 그 때는 또 그런 것을 물어 볼 생각이 까맣게 사라져 버릴 것이다.

아무튼 근태네 집은 지금도 역시 '똥구멍이 찢어질 만큼' 가난한다. 그런데도 근태 아버지는 매일같이 술에 취해 곤드레만드레다.

아버지가 가끔 길에서 만나면,

"만섭이 성님, 왜 이러세유? 아, 근태 생각을 좀 혀서라두 술 좀 작작 드시라니깐유. 도대체 이게 먼 짓이유, 야?"

간절하게 타일러도 보지만 도무지 소용없는 일이다.

근태는 참 착하고 용감하다. 근태가 공부는 좀

어휘정리

언청이 입술갈림증이 있어서 윗입술이 세로로 찢어진 사람을 낮잡아 이르는 말.

못하지만 어떤 때는 눈시울이 뜨거울 만큼 가슴 뭉클한 짓을 한다. 하긴 근태한테 공부 잘하기를 바라는 것 자체가, 선생님 말씀대로. 숲에 가서 물고기를 찾는 것과 같은 일인지도 모르겠다.

방학 때가 되면 남들은 놀러 가느라고 야단인데 근태는 새벽같이 일어나 공사판으로 간다. 5학년치고는 덩치가 작은 근태지만 어른들 틈에 섞여 악바리로 일을 한다. 시멘트 공사판에 물 긷기, 사방 공사판에 흙 나르기, 건축 공사판에 잡심부름하기……. 언청이 장근태 하면 그래서 이 한산면 막벌이꾼들* 사이에 모르는 사람이 없을 정도다.

물론 근태하고 나하고 사이가 좋은 것은 두말할 필요도 없다.

아니, 아니다! 정확하게 말해야지. 근태하고 나하고 사이가 좋았던 것은 사실이다. 지금 좋은 것이 아니라 어디까지나 좋았던 것이다. 그러니까 지금은 좋지 못한 사이냐 하면 그것은 아니다. 그렇지만 확실히 옛날과는 다른 사이다. 근태네가 양짓담을 떠나 음실로 이사를 간 뒤부터 우리 사이가 달라지게 된 것이다.

양짓담과 음실은 한산계라는 작은 개울을 사이에 두고 마주보는 마을이다. 크기는 비슷하다. 양짓담에 살다가 음실로 이사 간 것하고 근태와 나의 우정하고 무슨 상관이 있는 건지 우리 마을 아이들 같으면 대번에 알겠지만 바깥 사람들은 잘 모를 것이다.

얘길 처음부터 하자면 길어지겠지만, 설명을 간단하게라도 해야겠다.

본디 양짓담과 음실은 사이가 무척 좋았다고 한다. 한가위 때만 되면 두 마을 젊은이들이 한산계 모래밭에 모여 줄다리기, 씨름으로 힘자랑을 했고

어휘정리

막벌이꾼 아무 일이든지 닥치는 대로 해서 돈을 버는 사람을 낮잡아 이르는 말.

음실 처녀들하고 양짓담 총각들하고 은근히 만나 연애도 곧잘 한 모양이다. 하긴 우리 할머니도 음실에서 양짓담으로 시집을 오셨다니까, 옛날에 그런 일이 꽤 자주 있던 게 틀림없다.

그러던 것이, 육이오 난리 통에 양짓담이고 음실이고 온통 쑥대밭이 되면서 두 마을 사이가 무슨 원수처럼 되었던 것이다. 어른들이 자세히 얘길 해 주지 않으니 잘 모르긴 하지만, 아무튼 그 난리 통에 오뉘 형제처럼 가깝던 두 마을이 자석의 남극과 북극처럼 멀어졌다. 난리가 끝난 바로 뒤에는 읍내 장에서 만나도 못 본 척 등을 돌리는 일이 있었다니까 그 때 형편을 대강 짐작할 수 있겠다.

그렇지만 세월이 흘러 한 30년 지나고 나니 그때 원수졌던 사람들이 차례차례 죽어 가고, 그래서 요즘에는 크게 겉으로 드러날 만큼 서로 미워하는 것 같지는 않다. 더구나 새마을 사업으로 한산계에 시멘트 다리를 놓고 난 뒤부터는 마을 젊은이들이 앞장서서 친선 체육대회도 열고 단옷날 그네뛰기도 같이 하게 되었다.

두 마을 아이들은 모두 오 리쯤 떨어져 있는 산동초등학교에 다녔다. 어른들이야 다투든 미워하든 우리는 한 학교, 한 교실에서 뒹굴며 배우는 사이좋은 친구였다. 그렇지만 솔직하게 말해서 은근히 양짓담 아이들과 음실 아이들은 서로 지지 않겠다는 듯이 기승*을 부려, 퇴비*를 만들 때에는 달밤에도 풀을 베느라고 야단이었다. 그렇지만 그게 다 한번 그래 보는 거지 무슨 앙심을 품고 그러는 것은 아니었다. 양짓담 아이들과 음실 아이들은 티격태격하면서도 사이좋게 자라났다. 둘은 어디까지나 친구 사이였다. 이를테

어휘정리

기승 성미가 억척스럽고 굳세어 좀처럼 굽히지 않는 성미.
퇴비 풀, 짚 또는 가축의 배설물 따위를 썩힌 거름.

면 군내초등학교 축구 시합 같은 거라도 있는 날이면 양짓담이 어디 있고 음실이 어디 있나? 두 마을 어린이들은 똘똘 뭉쳐서 함께 산동초등학교 선수를 응원했다.

그러던 것이 지난봄부터 이상야릇하게 되어 버렸다. 서울에서 웬 돈 많은 부자가 내려와 음실 뒷산에다 젖소를 기르기 시작했다. 그 부자는 만화영화 「캔디」에 나오는 것 같은 서양식 집을 짓고 음실 뒷산을 빙 둘러 철망으로 울타리를 쳤다. 그리고 그 안에다가 젖소를 풀어놓고 기르기 시작한 것이다. 음실 아이들 말을 들어 보면 자기네 집 대문에다 '한산 목장' 이라는 간판까지 달았다고 한다. 목장 주인은 아직 사십도 되지 않은 젊은 사람인데 아들을 하나 데리고 왔다. 그 아이가 바로 지난 봄 우리 반에 전학 온 유세아다. 사내자식 이름이 세아라니 우습기도 했지만 생김새도 꼭 계집애였다. 자기 말로는 서울 무슨 사립학교에 다녔는데 건강이 나빠져서 공기 좋은 산골로 일부러 내려왔다는 것이다. 자기 아빠가(세아는 아버지를 부를 때 꼭 '아빠' 라고 했다.) 이런 산골에 목장을 차린 것도 순전히 자기 때문이라고 했다. 의사가 자기 아빠한테 "세아는 공기 좋고 물 맑은 데서 휴양을 해야 합니다."하고 말했다는 것이다.

아무튼 여러 가지로 웃기는 녀석이었다. 전학 온 지 한 달이 지나도록 변소엘 들어가지 못하던 세아였다. 변소가 너무 더러워 똥을 눌 수가 없다는 거다. 그러다가 어느 날 참다 참다 막 싸게 되니까 어쩔 수 없이 변소엘 들어가긴 했는데, 나오면서 눈물을 찔끔거리는 게 아닌가? 우리는 마구 웃어 주고 싶었지만 참아야 했다. 홍탱크가 노려보고 있었기 때문이다.

홍탱크가 누구냐 하면 유세아하고 같은 날 함께 전학 온 아이다. 본디 이름은 철식이지만 탱크처럼 생겨서 별명이 그렇게 붙었다. 본인도 제 이름보다는 탱크라는 별명을 더 좋아했다. 홍탱크는 이를테면 유세아의 경호원이데, '한산 목장' 관리인 홍씨 아들이다. 누구든지 세아를 우습게 보고 놀리거나 하다가 홍탱크한테 걸리면 혼쭐이 났다. 홍탱크는 유세아한테만 굽실거렸다. 산동초등학교 전체 학생 가운데 홍탱크를 상대할 만한 아이는 없었다. 홍탱크는 힘도 장사지만 서울 있을 때 유도도 배웠다고 했다. 유세아와 홍탱크는 전학을 오자마자 한산면 촌놈들 위에 임금님처럼 올라섰다. 세아는 돈을 가지고 아이들을 제 편으로 만들었다. 혹시 말을 잘 듣지 않거나 삐딱하게 구는 녀석이 있으면 홍탱크의 주먹이 가만두지 않았다. 소풍 가는 날이면 세아는 음실 아이들에게 초콜릿을 한 봉지씩 안겼다. 음실 녀석들은 세아만 보면 괜히 실실 웃으며 그 곁으로 모여들곤 했다. 물론 양짓담 아이들도 세아한테 과자랑 사탕이랑 얻어먹고 싶어 슬슬 가까이 다가갔다. 고구마를 구워다가 세아한테 바치는 녀석도 생겼다. 세아는 고구마 군 것쯤 손가락도 대지 않는다. 그럼 고구마는 자연히 홍탱크 차지가 되었다. 이렇게 해서 유세아와 홍탱크는 산동초등학교 5학년 2반 두목이 되었던 것이다. 그런데 참 일이 공교롭게 되려고 이쪽 양짓담에도 웬 부자가 이사를 왔다. 재일 동포의 동생이라나 뭐라는 사람인데 양짓담에다 벽돌 공장을 차렸다. 도시 사람들 집을 짓는데 쓰는 붉은 벽돌을 구워 내는 공장이었다. 양짓담 공장이 음실 목장보다 서기는 더 먼저 섰다. 주인이 이사를 늦게 온 것뿐이다. 벽돌 공장 주인은 사람이 좋아 보였다. 이사 오던 날 마을 사람들을 술과 고기로 푸짐하게 대접하였다. 그에게는 조카가 하나 있었는데 작년 여름 고속도로에서 일어난 사고로 부모를 잃었다고 했다. 그 아이가 바로 오토바이다. 우리 반은 아니지만 학년은 같은 5학년이다. 이름은 소비연이데 전학 오던 날부터 오토바이를 타고 학교엘 다닌다. 그래서 별명이 오토바이다. 오토바이는 눈이 작고 옆으로 쫙 찢어진 게 첫눈에도 무섭게 생겼다. 이사 오던 바로 그날, 홍탱크와 한판 붙었지만 조금도 꿀리는 기색이 없었다.

낯선 녀석이 거들먹거리며 산골 학교에 오토바이를 타고 나타났으니 유세아와 홍탱크가 가만히 두고 볼 리가 없었다. 공부를 마치고 소비연이 솔밭에 세워 둔 자기 오토바이로 다가오자 기다리던 홍탱크가 길을 막았다.

"야, 너 좀 이리와!"

오토바이는 조금도 허둥대지 않고 홍탱크를 마주 봤다. 작은 눈이 더 작아졌다. 마치 먹이를 노리는 뱀의 눈 같았다.

"누구? 나 말이냐?"

" 그래 임마, 너 말고 거기 누가 있니?"

홍탱크는 어슬렁어슬렁 솔밭 사잇길로 들어섰다. 그리고 조금 더 가면 밤나무로 둘러싸인 조그만 공터가 있는데 거기가 아이들 싸움터다. 오토바이는 말없이 탱크 뒤를 따라왔다. 공터에는 아이들이 먼저 와서 기다리고 있었다. 물론 유세아도 그 속에 섞여 있었다. 아이들이 공터에 둘러서 있는 것을 보자 오토바이는 싸늘하게 웃으며 어금니를 잘근잘근 깨물었다.

"야, 너 어디서 왔어?"

유세아가 팔짱을 끼고 오토바이에게 물었다. 오토바이는 가냘프게 생긴 녀석이 질문을 하자 조금 놀라는 표정을 짓더니,

"그건 왜 물어?"

싸늘한 목소리로 대꾸했다.

"너, 임마! 너무 건방져. 새로 전학 온 녀석이……."

홍탱크가 말을 하다 말고 오토바이 어깨를 움켜잡았다.

"이거, 놔! 못 놔?"

오토바이 목소리가 밤나무 가지 사이를 뚫고 사방에 울려 퍼졌다.

"어쭈? 요게 정말 뜨거운 맛을 봐야겠구나!"

그러나 먼저 뜨거운 맛을 본 건 홍탱크였다. 눈 깜박할 사이에 오토바이 주먹이 탱크 배에 푹 꽂힌 것이다.

"윽!"

탱크가 배를 움켜잡고 서너 발짝 뒤로 물러섰다. 그와 동시에,

"너희들 비켯!"

소리를 지르며 오토바이에게 달려들었다. 탱크는 오토바이 앞자락을 움켜잡자,

"야잇!"

기합 소리와 함께 돌림배지기*로 오토바이를 집어 던졌다. 말로만 듣던 유도 솜씨였다. 그러나 오토바이 또한 만만치 않았다. 크게 나가떨어질 줄 알았는데 한 바퀴 몸을 굴리더니 고양이처럼 날렵하게 일어서서 탱크를 노려보았다. 탱크는 순간 당황하는 듯한 표정을 지었다. 그러나 다시 몸을 날려 오토바이에게 달려들었다. 둘은 엉겨 붙어 풀밭 위를 마구 뒹굴었다. 어지럽게 주먹질이 오고 갔다. 그러나 아무래도 기운은 탱크가 오토바이보다 더 셌다. 탱크가 오토바이 배를 타고 걸터앉아 얼굴이며 가슴이며 사정없이 마구 내려 갈겼다. 오토바이 코가 터져 얼굴이 온통 피범벅이 되었다. 그래도

어휘정리

돌림배지기 씨름에서, 상대편을 들어 오른쪽으로 돌리다가 갑자기 반대 방향으로 돌리면서 넘어뜨리는 허리 기술.

오토바이는 항복하지 않았다. 있는 힘을 다해 자기 배를 깔고 있는 탱크를 밀어붙였다. 묵직한 탱크가 쿵 하며 옆으로 쓰러졌다. 오토바이는 그 틈을 놓치지 않고 일어나더니 피가 섞인 가래침을 카악 뱉어내면서 “이 새끼!” 소리와 함께 탱크에게 돌진하였다. 오토바이가 탱크 팔을 움켜잡는 것과 동시에 입을 크게 벌려 팔뚝을 깨물었다.

“아! 아악!”

탱크가 비명을 질렀다. 그래도 오토바이는 물러서지 않았다.

홍탱크는 있는 힘을 다해 오토바이 사타구니를 걷어찼다. 그제야 오토바이는 깨물었던 팔뚝을 놓고 몇 걸음 뒤로 물러섰다.

그때 일은 이렇게 생각만 해도 가슴이 떨린다. 얼마나 무서웠는지! 우리는 부들부들 떨면서 둘이 싸우는 걸 그냥 바라만 볼 뿐이었다. 마침 선생님이 알고 달려오셨기 때문에 그날 싸움은 그렇게 끝났다. 소비연이는 얼굴에 멍이 좀 들고 입술이 터지긴 했지만 다음 날에도 여전히 오토바이를 타고 학교엘 왔다. 홍탱크는 팔뚝에 붕대를 감고 있었다. 그러나 둘은 싸우지 않았다.

그 뒤로 이제까지 우리는 그들이 싸우는 걸 보지 못했다. 그러나 그 대신, 양짓담 아이들과 음실 아이들이 싸움질을 하기 시작했다. 자연스럽게, 양짓담 아이들은 오토바이 부하가 되고 음실 아이들은 유세아와 홍탱크의 부하가 되었던 것이다. 홍탱크는 음실 아이들을 모아 놓고 유도를 가르치기 시작했다. 오토바이는 양짓담 아이들을 데려다가 태권도를 가르쳤다. 우리는 그 누구도 오토바이의 명령을 거스를 수 없었다. 거스르기는커녕 오히려 홍탱크를 믿고 까불던 음실 놈들을 혼내 주자면서 설치는 녀석들까

지 생겼다.

양짓담 아이들과 음실 아이들은 마침내 앙숙*이 되었다. 이제는 학교를 오가는 길에 서로 어울려 개울에서 가재를 잡는 따위 일이 없어졌다. 소풍을 가도 따로 놀았고 군내 초등학교 축구 시합에서도 함께 응원하는 일이 없었다. 선생님들이 꾸중을 해도 어쩔 수 없었다.

"누구든지 양짓담 놈들하고 친하게 지내기만 하면 가만두지 않을 테다."

이건 홍탱크의 엄포*다.

" 어떤 놈이든 음실 자식들하고 같이 놀면 혼날 줄 알아!"

이건 오토바이의 공갈*이다.

양짓담 아이들과 음실 아이들은 꼼짝없이 시키는 대로 하지 않을 수 없었다. 어른들도 걱정은 했지만 아무도 '한산 목장' 집과 재일 동포네 벽돌 공장 집에 싫은 소리를 할 용기는 없는 것 같았다.

그런대로 여름은 지나갔다. 별로 큰 말썽도 없었다. 양짓담 아이들은 양짓담 아이들끼리만 놀았다. 음실 아이들도 마찬가지였다. 서로 만나는 일만 없으면 그다지 거북할 것도 없었다. 오토바이와 탱크는 묘하게 서로 피해 다녔고, 아마도 둘이 맞상대로 붙을 마음은 없는 것 같았다. 그런데 가을걷이가 끝나자 근태네 집이 음실로 이사를 가게 되었던 것이다.

양짓담에 있는 근태네 집은 너무나도 낡아서 기둥이 부러지려고 했다. 서까래*로 겨우 버텨놓고 사는데 언제 무너질지는 모를 형편이었다. 그런데

어휘정리

앙숙 앙심을 품고 서로 미워하는 사이.
엄포 실속 없이 호령이나 위협으로 으르는 짓.
공갈 공포를 느끼도록 윽박지르며 을러댐.
서까래 마룻대에서 도리 또는 보에 걸쳐 지른 나무.

마침 음실에 살던 외삼촌네가 서울로 이사를 가면서 그 집에 와서 살라는 것이었다. 근태는 이사를 가고 싶지 않았지만 어쩔 수가 없었다. 그게 바로 한 달 전 일이다. 근태가 그리로 이사를 가면서 나하고 사이가 이상하게 되었다고 했는데, 이제는 왜 그랬는지 그 까닭을 알 수 있을 것이다.

이제부터 오늘 낮에 있었던 일을 얘기하겠다. 이 얘기를 하려고 지금까지 길게 설명을 늘어놓은 셈이다.

오늘은 토요일이므로 학교가 일찍 끝났다. 보통 날 같으면 일찍 끝나는 게 신나고 즐거웠겠지만 오늘은 그 반대였다. 공부 마치고 솔밭 뒤 공터로 오라는 오토바이의 명령 때문이었다. 이유는 간단했다. 근태하고 한판 붙으라는 것이었다. 물론 근태도 나하고 싸우라는 명령을 홍탱크한테서 받았다. 그들이 근태하고 나하고 싸움을 붙이는 것은 그냥 재미로 해 보는 장난이 아니었다.

그저께 밤 근태가 한산계를 건너 우리 집에 왔다. 아버지 심부름으로 족보 책을 빌리러 온 것이다. 음실 아이가 양짓담에 발을 들여놓는 일은 엄격하게 금지되어 있다. 사실 일부러 금할 것도 없을 만큼 두 마을 아이들은 저희 마을에서만 놀았다. 구태여 건너편 마을까지 갈 일이 서로 없었으니까, 그런데 양짓담에 살던 근태가 음실로 이사를 가는 바람에 일이 묘하게 된 것이다. 근태는 중간에서 참 난처했다. 지금까지 자기편으로 사귀던 양짓담 아이들을 하루아침에 적으로 삼는 일이 그렇게 쉽겠나 생각해 보라. 또 지금까지 적으로 여기던 음실 아이들과 유세아, 홍탱크를 친구로 사귀는 일인들 어찌 쉽사리 되겠는가?

그러니 이사를 간 지 한 달이 거의 다 되도록 근태는 이쪽저쪽 눈치만

보면서 지내 왔는데, 그래도 차츰차츰 음실 쪽으로 기울어져 가는 낌새가 보였다. 나는 다른 아이들보다 훨씬 더 섭섭했지만 어쩔 수 없는 일이었다. 우리의 등 뒤에는 언제나 오토바이와 탱크의 눈이 번들거리고 있었으니까. 별수 없이 근태와 나는 한껏 말조심, 몸조심을 하며 될 수 있는 대로 맞부딪치는 일이 없도록 서로 피해 다녔다. 그러던 중에 밤이긴 하지만 근태가 한 산계를 건너 우리 집까지 왔던 것이다. 나는 근태가 다른 아이들 눈에 들킬까봐 가슴이 조마조마했다. 그렇지만 근태는 나보다 훨씬 더 침착했다.

"걱정 마! 아무도 모르게 왔으니깐, 또 지들이 알면 어떠? 아버지 심부름으로 왔는디…….음실 눔덜 보기 싫어 죽겠어! 탱크 그 자식 아주 나쁜 눔이여……."

근태는 한참 동안 음실 아이들 욕을 늘어놓은 다음, 족보 책을 가지고 어둠 속으로 사라졌다. 그 다음날, 그러니까 어제 금요일, 학교에서 하루 종일 아무 일도 없었다. 아무도 근태의 비밀을 모르는 모양이었다. 그런데 그게 아니었다. 속담에 낮말은 새가 듣고 밤말은 쥐가 듣는다더니, 정말 비밀은 없는 걸까? 오늘 아침 학교에 가자마자 근태와 나는 각자 두목한테 불려 갔던 것이다.

"그저께 근태가 늬 집에 갔지?"

"응……."

어떻게 감히 거짓말을 하랴?

"왜 갔어?"

"아버지 심부름으로."

"무슨 심부름?"

"족보 책 가지러."

"족보 책?"

"응……. 장근태하고 나는 일가여."

"임마, 그런건 다 알고 있어. 그래서 너 근태한테 무슨 말 했니?"

"아무 말도 안 했어."

이건 거짓말이다. 근태가 탱크 욕을 하는 것만큼 많이는 못 했지만 나도 녀석을 욕했으니까. 그렇지만 어떻게 "니 욕을 했어." 하고 말할 수 있겠는가?

"그짓말 마! 이 자식, 너 근태한테 우리 양짓담 비밀 다 일러 줬지?"

비밀이라니? 나는 어리둥절했다. 정말이지 오토바이 말을 알아들을 수 없었다. 비밀이 뭔지도 모르겠거니와, 그런 게 있다 한들 양짓담에서 계속 살아온 근태가 모를 리 있겠는가?

나는 더듬거리며 내 생각을 말했다. 그러나 오토바이는 내 말을 들은 척도 않고,

"그렇다면 좋아! 네가 정말 그렇게 깨끗하다면 그걸 증명해 봐. 이따 공터로 와. 거기서 근태하고 한판 붙는 거야. 이기면 네 말을 믿어 줄 테다. 알겠어?"

이런 말을 아침부터 들어 놨으니 공부가 될 리 있겠는가?

근태 쪽을 가끔 훔쳐보니, 근태도 마찬가지로 불안한 기색이었다. 어쨌거나 시간은 우리 사정을 보아 주지 않고 흐르는 거니까, 공부를 마치고 나와 근태는 탱크의 사나운 눈총에 밀려 솔밭 뒤 공터로 들어갔다. 거기에는 오토바이와 다른 양짓담 아이들이 벌써 와 있었다. 우리가 가자 곧 양쪽으

로 편이 갈렸다. 오토바이가 내 등을 두드려 주면서 상대편에게 말했다.

"이건 어디까지나 일 대 일이다. 아무도 거들어 주면 안 돼!"

저쪽에서 탱크가 근태 팔을 주물러 주며 대꾸했다.

"그건 걱정 마. 늬들이나 비겁하게 끼어드는 일 없도록 해!"

"좋아!"

오토바이가 내 귀에 대고 속삭였다.

"늬 일가*라고 사정 봐주면 나한테 죽을 줄 알어! 니가 더 크니까 이길 수 있어."

저쪽에선 탱크가 근태 귀에 입을 대고 수군거렸다. 주먹으로 상대방을 치는 흉내를 내는 품이 권투 시합장 코치처럼 보였다.

양짓담 아이들과 음실 아이들이 양쪽으로 갈라서서 입술에 침을 바르며 우리를 바라보았다. 나는 정말이지 싸우고 싶지 않았다.

더구나 상대는 근태가 아닌가? 아버지가 알면 뭐라고 하실까? 왜 내가 육촌 형 근태하고 싸워야 한단 말인가? 근태도 딱한 얼굴을 하고 나를 바라보았다. 그러나 우리는 싸우지 않을 수 없었다. 아이들이 빙 둘러선 공터에서 우리는 두 발짝쯤 떨어져 마주 보았다.

"어서 덤벼!"

근태 뒤에서 탱크가 소리를 질렀다.

"깔아뭉개 버려!"

내 뒤에서는 오토바이가 소리 질렀다. 나는 엉거주춤 서서 손을 들어 올렸다. 근태도 권투선수처럼 손을 들고 나를 노려보았다.

어휘정리

일가 한 집안

"빨리 붙어!"

오토바이가 내 등을 확 밀었다. 내 어깨가 근태 가슴에 힘껏 부딪쳤다. 근태는 비틀비틀 물러섰다.

"어어? 물러서지 마!"

이번에는 탱크가 근태 몸을 내게로 밀어붙였다. 우리는 엉겁결에 껴안았다. 근태의 한쪽 손이 내 뺨에 날아왔다.

"철썩!"

나는 나도 모르는 사이에 근태 가슴을 주먹으로 내질렀다.

"퍽!"

나는 근태 멱살을 움켜잡고 발을 걸면서 뒤로 떼밀었다. 근태가 비틀거리며 뒤로 넘어졌다.

"좋아, 잘한다! 뭉개버려."

오토바이가 소리쳤다. 나는 쓰러진 근태 몸뚱이를 타고 앉았다. 그러고는 가슴팍, 어깨, 목덜미 할 것 없이 마구 갈겨 댔다. 녀석이 먼저 내 뺨을 쳤으니까 싸움을 걸어온 거다. 더구나 근태와 나는 아주 어렸을 적부터 툭하면 엉겨 붙어 싸우면서 자라난 사이였다. 근태가 밑에 깔린 채 주먹으로 내 콧등을 쳤다. 금방 코피가 터졌다. 나는 주르륵 흐르는 내 코피가 근태 목덜미로 떨어지는 것을 보았다. 바로 그때, 근태가 내 이름을 불렀다.

"성태야!"

퍼뜩, 정신이 들었다. 근태가 계속 내 이름을 불러 댔다.

"그만, 그만해! 성태야!"

나는 손을 멈추고 옆으로 비켜났다. 근태가 씩씩거리며 일어나 코피 쏟

아지는 내 얼굴을 제 손으로 닦아 주었다.

"야 임마! 장근태! 너 뭘 하고 있는 거야?"

홍탱크의 성난 목소리가 등 뒤에서 들려왔다.

근태는 피가 묻은 손을 엉덩이에 대고 서서 탱크를 노려보았다.

"빨리 끝장내 버려!"

이번에는 오토바이가 소리쳤다. 근태는 씩씩거리면서 언청이기 때문에 발음이 좀 이상하긴 했지만 똑똑하게 말했다.

"난 안 싸워! 성태는 내 동생이야. 내가 왜 동생하고 싸워야 해?"

"뭐? 뭐라구? 너 내 말을 거스를 참이냐?"

"그래! 난 죽어도 안 싸운다!"

"이 자식이?"

소리와 함께 홍탱크 주먹이 근태 턱을 후려쳤다. 그때 나는 어느새 두 손에 큼지막한 돌을 들고 있었다. 무슨 생각을 했는지는 조금도 기억나지 않는다. 다만, 탱크 주먹에 쓰러진 육촌 형 근태를 살려야 한다는, 그 생각뿐이었던 것 같다.

"야잇! 새끼들, 덤벼!"

나는 짐승처럼 소리를 지르며 탱크에게 덤볐다. 아이들이 우르르 달려들어 내 팔을 움켜잡았다. 지금 생각하면 참 다행이었다. 만일 아이들이 붙잡지 않았다면 아마도 나는 그 돌멩이로 탱크 얼굴을 때리고 말았을 것이다.

"어? 이게 미쳤나?"

탱크가 어이없다는 듯이 나를 노려보더니 음실 쪽 아이들에게,

"뭣들 하고 있어? 저 성태 자식 요절을 내 버려*!"

하고 명령을 내렸다. 그러자 근태가 음실 아이들 앞에 버티고 섰다.

"어떤 놈이든 성태를 건드리면 죽여 버릴 테여!"

아무도 움직이려 하지 않았다.

"늬들, 내 말 안 들려?"

탱크가 다시 소리를 질렀다. 그때 음실 마을 성백이가 입을 열었다.

"우린 이제 안 싸울텨!"

양짓담 증민이도 말했다.

"그려, 이제부텀 우린 안 싸울텨. 싸울 테면 늬들끼리나 싸워!"

아이들은 우르르 근태와 나를 둘러쌌다. 그러고는 밤나무 숲 아래 흐르는 개울로 걸어갔다. 우리 뒤에는 유세아, 홍탱크, 오토바이 셋만 남아 서로 얼굴을 바라보며 멍하니 서 있었다. 근태가 말라붙은 내 코피를 맑은 개울물로 씻어 주며,

"됐어, 이제는 서로 안 싸워도 되는 거야. 우리가 똘똘 뭉치기만 하면 저 새끼덜 꼼짝 못하게 할 수도 있어."

혼자서 중얼거렸다. 가까운 숲 어디에서 부엉이 우는 소리가 들려왔다.

어휘정리

요절내다 물건 따위가 못 쓰게 될만큼 깨어지거나 헤어지게 하다.

중요한 내용 쏙! 쏙! 쏙!

구성 단계에 따른 갈등의 양상 파악하기

발단 성태와 근태, 양짓담과 음실. 모두 사이가 좋음

↓

전개 유세아, 홍탱크와 소비연이 전학을 오며 음실과 양짓담 아이들의 편이 갈림

양짓담 편		음실 편
나(성태)		근태
양짓담	한산계(개울)	음실
오토바이(소비연)		유세아 홍탱크

↓

위기 소비연과 탱크의 압력으로 '나'와 근태가 싸울 위기에 놓임

↓

절정 근태가 용기있게 나서서 싸움을 멈추게 함

양짓담 아이들	=	음실 아이들
≠	↑ 근태의 용기 있는 행동	≠
오토바이(소비연)		유세아 홍탱크

↓

결말 근태가 '나'의 코피를 닦아주고 아이들은 더 이상 싸우지 않겠다고 다짐함

작품 속에 담긴 상징적인 의미 찾기

	겉으로 드러난 모습	상징적 의미
배경과 이름	음실	남한
	양짓담	북한
	유세아	미국(U.S.A)
	소비연	소련(소비에트 사회주의 연방 공화국)
사건	유세아와 소비연으로 인해 음실과 양짓담이 편이 갈림	미국과 소련으로 인해 남과 북이 갈림
주제	외압에 굴하지 않고 마을 아이들이 화해를 함	외세에 흔들리지 않는 공동체의 화합을 촉구함

1 유세아와 소비연이 담고 있는 상징적인 의미를 우리나라의 역사적 상황과 관련지어 설명해 봅시다.

2 이야기의 결말 부분을 통해 작가가 궁극적으로 말하고자 하는 것을 파악해봅시다.

육촌형 근태의 용기 있는 행동으로 싸울 위기를 무사히 넘기고 집으로 돌아간 성태는 오랜만에 홀가분하고 평화로운 시간을 보냈을 거예요. 그날 밤 성태는 일기장에 무슨 내용을 담았을까요? 여러분이 성태가 되어 통쾌했던 그날의 사건을 기록해 볼까요?

월 일 요일 날씨

1. 유세아와 소비연은 전학을 와서 평화로운 음실과 양짓담 마을을 갈라지게 하고 흔들어 놓습니다. 이것은 6.25전쟁 당시 우리 민족을 남과 북으로 갈라놓은 미국과 소련을 상징합니다.
2. 근태는 성태와 싸울 위기를 용기 있게 행동하여 극복하고, 음실과 양짓담 아이들은 화해하며 더는 싸우지 않기로 다짐합니다. 작가는 아이들의 화해를 통해 남과 북 우리 민족의 화합과 동질성을 촉구하고자 하였습니다.

작가의 다른 작품 보기

바보 온달

바보온달 하면 울보 평강공주가 바보온달에게 시집 가 온달을 훌륭한 장수로 만드는 이야기가 떠오르지요. 그런데 이 작품은 우리가 알고 있는 온달 이야기를 다르게 고쳐 쓴 이야기랍니다. 평강공주의 욕심 때문에 바보 온달은 용맹한 장수가 되지만 자연 속에서 행복하게 살던 순박한 모습을 잃어가며 전쟁터에서 후회의 눈물을 흘리게 된다는 내용입니다.

생명의 소중함과 평화로운 삶에 대해 다시 한 번 생각해보게 하는 이야기지요.

아기 도깨비와 오토제국

제목이 참 재미있지요? 성실한 치과 의사 오치구 박사는 낚시하러 갔다가 우연히 아기 도깨비 루루를 만나 집으로 데려오게 됩니다. 그리고 돌아오는 길에 버스 안에서 소매치기 일당을 자신의 편으로 만들어 함께 오게 되지요. 그런데 집에 돌아와 보니 부인 이소리 씨가 오토제국으로 납치를 당했어요. 오치구 박사는 루루와 소매치기 일당을 데리고 부인을 구하기 위해 오토제국으로 가지만 오토제국은 자신의 의지와 상관없이 짜여 진 틀에 따라 움직여야 하는 무서운 곳이었지요. 우여곡절 끝에 오치구 박사와 루루는 부인을 구해 무사히 집으로 돌아오는 이야기랍니다.

'자신의 의지와 상관없이 짜인 틀에 따라 움직이는 곳' 하면 뭐가 떠오르나요? 혹시 부모님께서 짜주신 시간표대로 학교와 학원을 오가며 살고 있는 나 자신의 삶은 아닌지 생각해 보게 되지요. 또 이 동화를 읽으며 오토제국이라는 상상의 세계에 빠져 보는 것도 즐겁고 흥미진진하겠지요.

Part 2
작품의 정서와 분위기

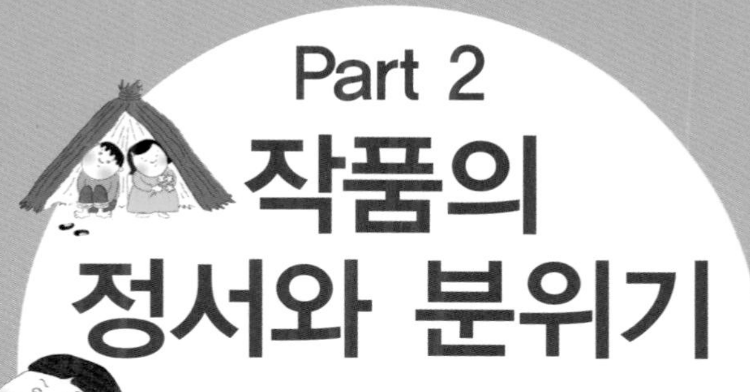

황순원 「소나기」 • 김유정 「동백꽃」
전성태 「소를 줍다」 • 성석제 「약방 할매」 • 정호승 「항아리」
이영일 「외갓집은 언제나 부잣집」

“

눈을 한번 감아볼까요? 그리고 상상해 보세요. 여러분은 지금 높고 푸른 가을 하늘 아래 서 있어요. 눈앞에는 빨갛고 노란 물감을 머금은 단풍나무가 보이네요. 그리고 단풍잎들이 하나둘 나무와 이별하고 긴 겨울로의 여행을 시작하려 하고 있답니다. 여러분은 이런 장면에서 어떤 감정이 드나요? 슬픔, 아쉬움, 그리움, 어쩌면 코끝이 싸한 가을 바람에 실려 오는 겨울에 대한 설렘일 수도 있겠네요. 이와 같은 감정을 다른 말로 정서라고 합니다. 슬픔, 기쁨, 안타까움, 초조함. 인간은 참 다양한 정서를 가지고 있지요. 작품에서 정서를 파악하는 것은 작품을 효과적으로 이해하는데 큰 도움을 줄 뿐만 아니라, 주제를 파악하는데도 중요한 역할을 한답니다.

작품의 정서와 분위기를 파악하기 위해서는 인물이 처한 상황과 인물의 심리 변화를 살펴 보는 것이 필요하답니다. 또 시간적, 공간적 배경의 묘사나 사건의 전개 과정에서도 작품의 정서와 분위기가 나타나지요. 마지막으로 제목의 함축적 의미 및 언어 표현상의 특징을 살펴보는 것도 도움이 됩니다.

그러면 작품에 나타난 정서와 분위기에 주의를 기울이며 작품을 감상해 봅시다.

”

소나기

수록교과서 : 교학사(남),대교(박),디딤돌(이),박영사, 천재교육(김)

황순원 소설가. 1915년 평남 대동에서 태어나 일본 와세다 대학교 영문과를 졸업했다. 초기에는 시인으로 활동하다가 1936년 「거리의 부사」를 발표한 이후 소설 창작에 전념했다. 2000년 세상을 떠났으며 대표작으로는 「소나기」 「학」 「별」 「목넘이 마을의 개」 「독 짓는 늙은이」 등이 있다.

감상 길잡이

여러분은 첫사랑하면 어떤 느낌이 드나요? 하얀 눈처럼 순수하고 깨끗함, 설렘, 그리고 가끔은 어설프고 엉뚱한 느낌이 들기도 하지요. 소나기를 닮은 소년과 소녀의 첫사랑을 같이 한번 느껴볼까요? 여러분이 소설 속의 주인공이 되어 작품을 감상해 봅시다.

갈래	단편소설, 성장소설	성격	향토적, 서정적
시점	전지적 작가 시점	제재	소년과 소녀의 사랑
배경	여름에서 가을까지, 어느 시골 마을	주제	소년과 소녀의 아름답고 순수한 사랑

소년

순진하고 내성적임, 처음에는 소극적이었으나, 소녀를 만나며 점점 적극적으로 바뀜

소녀

순수하고 적극적인 성격, 연약한 모습을 보이기도 함

줄거리

윤 초시네 증손녀인 소녀는 소년이 말을 걸어 주기를 기다리며 징검다리 한가운데 앉아 물장난을 하지만, 그 마음을 모르는 소년은 개울둑에서 소녀가 비켜주기만을 기다립니다. 소녀는 그런 소년에게 조약돌을 던진 후 갈밭 사잇길로 사라지고, 소년은 조약돌을 주워 주머니에 넣습니다. 며칠째 보이지 않던 소녀가 다시 개울가에 나타나고 둘은 산 너머로 소풍을 갑니다. 소년은 무밭에서 무를 뽑아 먹기도 하고, 소녀에게 꽃을 꺾어 주기도 하며 즐거운 한때를 보내지만, 소나기가 내려 수숫단 속에 급히 몸을 피합니다. 소나기가 그치고 돌아오는 길에 소년은 소녀를 업고 개울물을 건넙니다. 그 뒤로 한동안 소녀의 모습이 보이지 않았고, 다시 나타난 소녀는 그동안 앓았다며 해쓱해진 모습이었습니다. 소녀는 소년에게 대추를 주며, 이사를 하게 되었다는 소식을 전합니다. 그날 밤 소년은 덕쇠 할아버지네 호두밭에서 소녀에게 줄 호두 서리를 합니다.

가을이 깊어가던 어느 날, 소년은 소녀네가 양평읍으로 이사 간다는 말을 듣게 되고, 그날 밤 아버지로부터 자신이 죽거든 자기 입던 옷을 꼭 그대로 입혀서 묻어 달라는 소녀의 유언과 함께 소녀의 죽음을 전해 듣습니다.

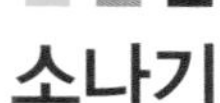

소나기

소년은 개울가에서 소녀를 보자 곧 윤 초시*네 증손녀*曾孫女라는 걸 알 수 있었다. 소녀는 개울에다 손을 잠그고 물장난을 하고 있는 것이다. 서울서는 이런 개울물을 보지 못하기나 한 듯이.

벌써 며칠째 소녀는, 학교에서 돌아오는 길에 물장난이었다. 그런데 어제까지는 개울 기슭에서 하더니, 오늘은 징검다리 한가운데 앉아서 하고 있다.

소년은 개울둑에 앉아 버렸다. 소녀가 비키기를 기다리자는 것이다.

요행* 지나가는 사람이 있어, 소녀가 길을 비켜 주었다.

다음 날은 좀 늦게 개울가로 나왔다.

이날은 소녀가 징검다리 한가운데 앉아 세수를 하고 있었다. 분홍 스웨터 소매를 걷어 올린 팔과 목덜미가 마냥 희었다.

한참 세수를 하고 나더니, 이번에는 물속을 빤히 들여다본다. 얼굴이라도 비추어 보는 것이리라. 갑자기 물을 움켜 낸다. 고기 새끼라도 지나가는 듯.

소녀는 소년이 개울둑에 앉아 있는 걸 아는지 모르는지 그냥 날쌔게 물만 움켜 낸다. 그러나 번번이 허탕이다. 그래도 재미있는 양, 자꾸 물만 움킨다. 어제마냥 개울을 건너는 사람이 있어야 길을 비킬

어휘정리

초시 조선 시대 각종 과거의 1단계 시험. 또는 그 시험을 통과한 사람.
증손녀 손자의 딸.
요행 뜻밖에 얻은 행운.

모양이다.

그러다가 소녀가 물속에서 무엇을 하나 집어낸다. 하얀 조약돌이었다. 그리고는 벌떡 일어나 팔짝팔짝 징검다리를 뛰어 건너간다.

다 건너가더니만 홱 이리로 돌아서며,

"이 바보."

조약돌이 날아왔다.

소년은 저도 모르게 벌떡 일어섰다.

단발머리를 나풀거리며 소녀가 막 달린다. 갈밭 사잇길로 들어섰다. 뒤에는 청량한* 가을 햇살 아래 빛나는 갈꽃뿐.

이제 저쯤 갈밭머리*로 소녀가 나타나리라. 꽤 오랜 시간이 지났다고 생각했다. 그런데도 소녀는 나타나지 않는다. 발돋움을 했다. 그러고도 상당한 시간이 지났다고 생각됐다.

저쪽 갈밭머리에 갈꽃이 한 옴큼 움직였다. 소녀가 갈꽃을 안고 있었다. 그리고 이제는 천천한 걸음이었다. 유난히 맑은 가을 햇살이 소녀의 갈꽃머리에서 반짝거렸다. 소녀 아닌 갈꽃이 들길을 걸어가는 것만 같았다.

소년은 이 갈꽃이 아주 뵈지 않게 되기까지 그대로 서 있었다. 문득, 소녀가 던진 조약돌을 내려다보았다. 물기가 걷혀 있었다. 소년은 조약돌을 집어 주머니에 넣었다.

다음 날부터 좀 더 늦게 개울가로 나왔다. 소녀의 그림자가 뵈지 않았다. 다행이었다.

그러나 이상한 일이었다. 소녀의 그림자가 뵈지

어휘정리

청량하다 맑고 서늘하다.
갈밭머리 갈대밭 근처. 특히 출입이 잦은 입구 쪽을 이른다.

않는 날이 계속될수록 소년의 가슴 한구석에는 어딘가 허전함이 자리 잡는 것이었다. 주머니 속 조약돌을 주무르는 버릇이 생겼다.

그러한 어떤 날, 소년은 전에 소녀가 앉아 물장난을 하던 징검다리 한가운데 앉아 보았다. 물속에 손을 잠갔다. 세수를 하였다. 물속을 들여다보았다. 검게 탄 얼굴이 그대로 비치었다. 싫었다.

소년은 두 손으로 물속의 얼굴을 움키었다. 몇 번이고 움키었다. 그러다가 깜짝 놀라 일어서고 말았다. 소녀가 이리로 건너오고 있지 않느냐.

'숨어서 내가 하는 일을 엿보고 있었구나.' 소년은 달리기 시작했다. 디딤돌*을 헛디뎠다. 한 발이 물속에 빠졌다. 더 달렸다.

몸을 가릴 데가 있어 줬으면 좋겠다. 이쪽 길에는 갈밭도 없다. 메밀밭이다. 전에 없이 메밀꽃 내가 짜릿하니 코를 찌른다고 생각했다. 미간*이 아찔했다. 찝찔한 액체가 입술에 흘러들었다. 코피였다.

소년은 한 손으로 코피를 훔쳐 내면서 그냥 달렸다. 어디선가 '바보, 바보' 하는 소리가 자꾸만 뒤따라오는 것 같았다.

토요일이었다.

개울가에 이르니, 며칠째 보이지 않던 소녀가 건너편 가에 앉아 물장난을 하고 있었다. 모르는 체 징검다리를 건너기 시작했다. 얼마 전에 소녀 앞에서 한 번 실수를 했을 뿐, 여태 큰길 가듯이 건너던 징검다리를 오늘은 조심스럽게 건넌다.

"얘."

못 들은 체했다. 둑 위로 올라섰다.

"얘, 이게 무슨 조개지?"

어휘정리

디딤돌 디디고 다닐 수 있게 드문드문 놓은 평평한 돌.
미간 두 눈썹 사이.

자기도 모르게 돌아섰다. 소녀의 맑고 검은 눈과 마주쳤다. 얼른 소녀의 손바닥으로 눈을 떨구었다.

"비단조개."

"이름도 참 곱다."

갈림길에 왔다. 여기서 소녀는 아래편으로 한 삼 마장*쯤, 소년은 우대로* 한 십 리 가까운 길을 가야 한다.

소녀가 걸음을 멈추며,

"너 저 산 너머에 가 본 일 있니?"

벌* 끝을 가리켰다.

"없다."

"우리, 가 보지 않으련? 시골 오니까 혼자서 심심해 못 견디겠다."

"저래 봬도 멀다."

"멀면 얼마나 멀기에? 서울 있을 땐 사뭇 먼 데까지 소풍 갔었다."

소녀의 눈이 금세 '바보, 바보.' 할 것만 같았다.

논 사잇길로 들어섰다. 벼 가을걷이*하는 곁을 지났다.

허수아비가 서 있었다. 소년이 새끼줄을 흔들었다. 참새가 몇 마리 날아간다. '참 오늘은 일찍 집으로 돌아가 텃논의 참새를 봐야 할걸.' 하는 생각이 든다.

"아, 재밌다!"

소녀가 허수아비 줄을 잡더니 흔들어 댄다. 허수아비가 자꾸 우쭐거리며 춤을 춘다. 소녀의 왼쪽 볼에 살포시 보조개가 패었다.

어휘정리

마장 오 리나 십 리가 못 되는 거리를 이르는 단위.
우대로 '위로', '높은 쪽으로'의 방언.
벌 넓고 평평한 땅.
가을걷이 가을에 익은 곡식을 거두어 들임.
텃논 집터에 딸리거나 마을 가까이에 있는 논.

저만치 허수아비가 또 서 있다. 소녀가 그리로 달려간다. 그 뒤를 소년도 달렸다. 오늘 같은 날은 일찍 집으로 돌아가 집안일을 도와야 한다는 생각을 잊어버리기라도 하려는 듯이.

소녀의 곁을 스쳐 그냥 달린다. 메뚜기가 따끔따끔 얼굴에 와 부딪친다. 쪽빛*으로 한껏 갠 가을 하늘이 소년의 눈앞에서 맴을 돈다. 어지럽다. 저놈의 독수리, 저놈의 독수리, 저놈의 독수리가 맴을 돌고 있기 때문이다.

돌아다보니, 소녀는 지금 자기가 지나쳐 온 허수아비를 흔들고 있다. 좀 전 허수아비보다 더 우쭐거린다.

논이 끝난 곳에 도랑이 하나 있었다. 소녀가 먼저 뛰어 건넜다.

거기서부터 산 밑까지는 밭이었다.

수숫단을 세워 놓은 밭머리를 지났다.

"저게 뭐니?"

"원두막*."

"여기 참외, 맛있니?"

"그럼. 참외 맛두 좋지만, 수박 맛은 더 좋다."

"하나 먹어 봤으면."

소년이 참외 그루에 심은 무밭으로 들어가, 무 두 밑*을 뽑아 왔다. 아직 밑이 덜 들어 있었다. 잎을 비틀어 팽개친 후, 소녀에게 한 개 건넨다. 그러고는 이렇게 먹어야 한다는 듯이, 먼저 대강이*를 한 입 베 물어 낸 다음, 손톱으로 한 돌이* 껍질을 벗겨 우적 깨문다.

어휘정리

쪽빛 짙은 푸른빛.
원두막 오이, 참외, 수박, 호박 따위를 심은 밭을 지키기 위하여 밭머리에 지은 막.
밑 밑동. 긴 물건의 맨 아랫동아리. 여기서는 '두 뿌리'라는 단위의 뜻으로 쓰였고, 바로 다음에 나오는 '밑'은 '뿌리의 여문 정도'의 뜻으로 쓰였다.
대강이 '머리'를 속되게 이르는 말.
돌이 무엇의 둘레로 한 바퀴 돌아가거나 감긴 것을 세는 단위.

소녀도 따라 했다. 그러나 세 입도 못 먹고,

"아, 맵고 지려."

하며 집어던지고 만다.

"참, 맛없어 못 먹겠다."

소년이 더 멀리 팽개쳐 버렸다.

산이 가까워졌다.

단풍잎이 눈에 따가웠다.

"야아!"

소녀가 산을 향해 달려갔다. 이번엔 소년이 뒤따라 달리지 않았다. 그러고도 곧 소녀보다 더 많은 꽃을 꺾었다.

"이게 들국화, 이게 싸리꽃, 이게 도라지꽃,……."

"도라지꽃이 이렇게 예쁜 줄은 몰랐네. 난 보랏빛이 좋아! 그런데 이 양산같이 생긴 노란 꽃이 뭐지?"

"마타리꽃."

소녀는 마타리꽃을 양산 받듯이 해 보인다. 약간 상기* 된 얼굴에 살포시 보조개를 떠올리며.

다시 소년은 꽃 한 옴큼을 꺾어 왔다. 싱싱한 꽃가지만 골라 소녀에게 건넨다.

그러나 소녀는,

"하나두 버리지 마라."

산마루* 께로 올라갔다.

맞은편 골짜기에 오순도순 초가집이 몇 모여 있

어휘정리

상기 흥분이나 부끄러움으로 얼굴이 붉어짐.
산마루 산등성이의 가장 높은 곳.

었다.

누가 말한 것도 아닌데 바위에 나란히 걸터앉았다. 유달리 주위가 조용해진 것 같았다. 따가운 가을 햇살만이 말라 가는 풀 냄새를 퍼뜨리고 있었다.

"저건 또 무슨 꽃이지?"

적잖이 비탈진 곳에 칡덩굴이 엉키어 꽃을 달고 있었다.

"꼭 등꽃* 같네. 서울 우리 학교에 큰 등나무가 있었단다. 저 꽃을 보니까 등나무 밑에서 놀던 동무들 생각이 난다."

소녀가 조용히 일어나 비탈진 곳으로 간다. 꽃송이가 달린 줄기를 잡고 끊기 시작한다. 좀처럼 끊어지지 않는다. 안간힘을 쓰다가 그만 미끄러지고 만다. 칡덩굴을 그러쥐었다.

소년이 놀라 달려갔다. 소녀가 손을 내밀었다. 손을 잡아 이끌어 올리며, 소년은 제가 꺾어다 줄 것을 잘못했다고 뉘우친다. 소녀의 오른쪽 무릎에 핏방울이 내맺혔다. 소년은 저도 모르게 생채기*에 입술을 가져다 대고 빨기 시작했다. 그러다가, 무슨 생각을 했는지 홱 일어나 저쪽으로 달려간다.

좀 만에 숨이 차 돌아온 소년은,

"이걸 바르면 낫는다."

송진을 생채기에다 문질러 바르고는 그 달음*으로 칡덩굴 있는 데로 내려가 꽃 많이 달린 몇 줄기를 이빨로 끊어 가지고 올라온다. 그리고는,

"저기 송아지가 있다. 그리 가 보자."

누렁송아지였다. 아직 코뚜레*도 꿰지 않았다.

어휘정리

등꽃 등나무에 피는 꽃.
생채기 손톱 따위에 할퀴거나 긁히어 생긴 작은 상처.
달음 어떤 행동의 여세를 몰아 계속함.
코뚜레 소의 두 콧구멍 사이를 뚫어 끼는 나무 고리. 고삐를 매는데 쓰임.

소년이 고삐를 바투* 잡아 쥐고 등을 긁어 주는 체 훌쩍 올라탔다. 송아지가 껑충거리며 돌아간다.

소녀의 흰 얼굴이, 분홍 스웨터가, 남색 스커트가, 안고 있는 꽃과 함께 범벅이 된다. 모두가 하나의 큰 꽃묶음 같다. 어지럽다. 그러나 내리지 않으리라. 자랑스러웠다. 이것만은 소녀가 흉내 내지 못할, 자기 혼자만이 할 수 있는 일인 것이다.

"너희, 예서 뭣들 하느냐?"

농부 하나가 억새풀 사이로 올라왔다.

송아지 등에서 뛰어내렸다. 어린 송아지를 타서 허리가 상하면 어쩌느냐고 꾸지람을 들을 것만 같다.

그런데, 나룻이 긴 농부는 소녀 편을 한번 훑어보고는 그저 송아지 고삐를 풀어내면서,

"어서들 집으루 가거라. 소나기가 올라."

참, 먹장구름 한 장이 머리 위에 와 있다. 갑자기 사면이 소란스러워진 것 같다. 바람이 우수수 소리를 내며 지나간다. 삽시간에 주위가 보랏빛으로 변했다.

산을 내려오는데 떡갈나무 잎에서 빗방울 듣는* 소리가 난다. 굵은 빗방울이었다. 목덜미가 선뜩선뜩*했다. 그러자 대번에 눈앞을 가로막는 빗줄기.

비안개 속에 원두막이 보였다. 그리로 가 비를 그을* 수밖에.

그러나 원두막은 기둥이 기울고 지붕도 갈래갈

어휘정리

바투 두 대상이나 물체의 사이가 썩 가깝게.
듣다 눈물, 빗물 따위의 액체가 방울져 떨어지다.
선뜩선뜩 갑자기 서늘한 느낌이 드는 모양.
긋다 비를 잠시 피하여 그치기를 기다리다.

래 찢어져 있었다.

그런대로 비가 덜 새는 곳을 가려 소녀를 들어서게 했다. 소녀의 입술이 파랗게 질렸다. 어깨를 자꾸 떨었다.

무명* 겹저고리를 벗어 소녀의 어깨를 싸 주었다. 소녀는 비에 젖은 눈을 들어 한 번 쳐다보았을 뿐, 소년이 하는 대로 잠자코 있었다. 그러면서 안고 온 꽃묶음 속에서 가지가 꺾이고 꽃이 일그러진 송이를 골라 발밑에 버린다.

소녀가 들어선 곳도 비가 새기 시작했다. 더 거기서 비를 그을 수 없었다.

밖을 내다보던 소년이 무엇을 생각했는지 수수밭 쪽으로 달려간다. 세워 놓은 수숫단 속을 비집어 보더니, 옆의 수숫단을 날라다 덧세운다. 다시 속을 비집어 본다. 그리고는 이쪽을 향해 손짓을 한다.

수숫단 속은 비는 안 새었다. 그저 어둡고 좁은 게 안됐다. 앞에 나앉은 소년은 그냥 비를 맞아야만 했다. 그런 소년의 어깨에서 김이 올랐다.

소녀가 속삭이듯이, 이리 들어와 앉으라고 했다. 괜찮다고 했다. 소녀가 다시, 들어와 앉으라고 했다. 할 수 없이 뒷걸음질을 쳤다. 그 바람에 소녀가 안고 있는 꽃묶음이 망그러졌다. 그러나 소녀는 상관없다고 생각했다. 비에 젖은 소년의 몸 내음새가 확 코에 끼얹혀졌다. 그러나 고개를 돌리지 않았다. 도리어 소년의 몸 기운으로 해서 떨리던 몸이 적이* 누그러지는 느낌이었다.

소란하던 수수잎 소리가 뚝 그쳤다. 밖이 멀게졌다.

수숫단 속을 벗어 나왔다. 멀지 않은 앞쪽에 햇

어휘정리

무명 솜에서 뽑은 실로 짠 천.
적이 꽤 어지간한 정도로.

빛이 눈부시게 내리붓고 있었다. 도랑 있는 곳까지 와 보니, 엄청나게 물이 불어 있었다. 빛마저 제법 붉은 흙탕물이었다. 뛰어 건널 수가 없었다.

소년이 등을 돌려 댔다. 소녀가 순순히 업히었다. 걷어올린 소년의 잠방이*까지 물이 올라왔다. 소녀는, "어머나!" 소리를 지르며 소년의 목을 끌어안았다.

개울가에 다다르기 전에, 가을 하늘이 언제 그랬는가 싶게 구름 한 점 없이 쪽빛으로 개어 있었다.

그 뒤로 소녀의 모습이 뵈지 않았다. 매일같이 개울가로 달려와 봐도 뵈지 않았다.

학교에서 쉬는 시간에 운동장을 살피기도 했다. 남몰래 5학년 여자 반을 엿보기도 했다. 그러나 뵈지 않았다.

그날도 소년은 주머니 속 흰 조약돌을 만지작거리며 개울가로 나왔다. 그랬더니 이쪽 개울둑에 소녀가 앉아 있는 게 아닌가?

소년은 가슴부터 두근거렸다.

"그동안 앓았다."

어쩐지 소녀의 얼굴이 해쓱해져* 있었다.

"그날, 소나기 맞은 탓 아냐?"

소녀가 가만히 고개를 끄덕이었다.

"인제 다 났냐?"

"아직두……."

"그럼 누워 있어야지."

어휘정리

잠방이 가랑이가 무릎까지 내려오도록 짧게 만든 홑바지.
해쓱하다 얼굴에 핏기나 생기가 없이 파리하다.

"너무 갑갑해서 나왔다. ……참, 그날 재밌었어.…… 그런데 그날 어디서 이런 물이 들었는지 잘 지지 않는다."

소녀가 분홍 스웨터 앞자락을 내려다본다. 거기에 검붉은 진흙물 같은 게 들어 있었다.

소녀가 가만히 보조개를 떠올리며,

"그래, 이게 무슨 물 같니?"

소년은 스웨터 앞자락만 바라보고 있었다.

"내, 생각해 냈다. 그날, 도랑을 건너면서 내가 업힌 일이 있지? 그때 네 등에서 옮은 물이다."

소년은 얼굴이 확 달아오름을 느꼈다.

갈림길에서 소녀는,

"저, 오늘 아침에 우리 집에서 대추를 땄다. 추석에 제사 지내려고……."

대추 한 줌을 내준다. 소년은 주춤한다.

"맛봐라. 우리 증조曾祖할아버지가 심었다는데 아주 달다."

소년은 두 손을 오그려 내밀며,

"참 알두 굵다!"

"그리고 저, 우리 이번에 추석 지내고 나서 집을 내주게 됐다."

소년은 소녀네가 이사해 오기 전에 벌써 어른들의 이야기를 들어서 윤초시 손자가 서울서 사업에 실패해 가지고 고향에 돌아오지 않을 수 없게 됐다는 걸 알고 있었다. 그것이 이번에는 고향집마저 남의 손에 넘기게 된 모양이었다.

"왜 그런지 난 이사 가는 게 싫어졌다. 어른들이 하는 일이니 어쩔 수 없지만……."

전에 없이 소녀의 까만 눈에 쓸쓸한 빛이 떠돌았다.

소녀와 헤어져 돌아오는 길에, 소년은 혼자 속으로, 소녀가 이사를 간다는 말을 수없이 되뇌어 보았다. 무어 그리 안타까울 것도 서러울 것도 없었다. 그렇지만 소년은 지금 자기가 씹고 있는 대추알의 단맛을 모르고 있었다.

이날 밤, 소년은 몰래 덕쇠 할아버지네 호두밭으로 갔다.

낮에 봐 두었던 나무에 올라갔다. 그리고 봐 두었던 가지를 향해 작대기를 내리쳤다. 호두송이 떨어지는 소리가 별나게 크게 들렸다. 가슴이 섬뜩했다. 그러나 다음 순간, 굵은 호두야 많이 떨어져라, 많이 떨어져라, 저도 모를 힘에 이끌려 마구 작대기를 내리 치는 것이었다.

돌아오는 길에는 열이틀 달이 지우는 그늘만 골라 짚었다. 그늘의 고마움을 처음 느꼈다.

불룩한 주머니를 어루만졌다. 호두 송이를 맨손으로 댔다가는 옴*이 오르기 쉽다는 말 같은 건 아무렇지도 않았다. 그저 근동*에서 제일가는 이 덕쇠 할아버지네 호두를 어서 소녀에게 맛보여야 한다는 생각만이 앞섰다.

그러나, 아차 하는 생각이 들었다. 소녀더러 병이 좀 낫거들랑 이사 가기 전에 한 번 개울가로 나와 달라는 말을 못해 둔 것이었다. 바보 같은 것, 바보 같은 것.

어휘정리

옴 옴벌레가 기생하여 일으키는 전염성 피부병.
근동 가까운 이웃 동네.

이튿날, 소년이 학교에서 돌아오니 아버지가 나

들이옷으로 갈아입고 닭 한 마리를 안고 있었다.

어디 가시느냐고 물었다.

그 말에는 대꾸도 없이, 아버지는 안고 있는 닭의 무게를 겨냥해 보면서*,

"이만하면 될까?"

어머니가 망태기*를 내주며,

"벌써 며칠째 '걀걀' 하고 알 낳을 자리를 보던데요. 크진 않아두 살은 쪘을 거여요."

소년이 이번에는 어머니한테, 아버지가 어디 가시느냐고 물어 보았다.

"저, 서당골 윤 초시 댁에 가신다. 제사상에라도 놓으시라고……."

"그럼 큰 놈으로 하나 가져가지. 저 얼룩수탉으로……."

이 말에 아버지는 허허 웃고 나서,

"인마, 그래도 이게 실속이 있다."

소년은 공연히 열쩍어*, 책보를 집어던지고는, 외양간으로 가 쇠잔등*을 한 번 철썩 갈겼다. 쇠파리라도 잡는 체.

개울물은 날로 여물어 갔다.

소년은 갈림길에서 아래쪽으로 가 보았다. 갈밭머리에서 바라보는 서당골 마을은 쪽빛 하늘 아래 한결 가까워 보였다.

어른들의 말이, 내일 소녀네가 양평읍으로 이사 간다는 것이었다. 거기 가서는 조그마한 가겟방을 보게 되리라는 것이었다.

소년은 저도 모르게 주머니 속 호두알을 만지

어휘정리

겨냥해 보다 어떤 물건에 겨누어 정한 치수와 양식 따위를 맞추어 보다.
망태기 물건을 담아 들거나 어깨에 메고 다닐 수 있도록 만든 그릇.
열쩍어 조금 부끄러워져, '열없어'의 사투리
쇠잔등 소의 등.

작거리며 한 손으로는 수없이 갈꽃을 휘어 꺾고 있었다.

그날 밤, 소년은 자리에 누워서도 같은 생각뿐이었다. 내일 소녀네가 이사하는 걸 가 보나 어쩌나, 가면 소녀를 보게 될까, 어떨까.

그러다가 까무룩* 잠이 들었는가 하는데,

"허, 참, 세상일도……."

마을 갔던 아버지가 언제 돌아왔는지,

"윤 초시 댁도 말이 아니야. 그 많던 전답*田畓을 다 팔아 버리고, 대대루 살아오던 집마저 남의 손에 넘기더니, 또 악상*惡喪까지 당하는걸 보면……."

남폿불 밑에서 바느질감을 안고 있던 어머니가

"증손曾孫 이라곤 계집애 그 애 하나뿐이었지요?"

"그렇지. 사내 애 둘 있던 건 어려서 잃어버리고……."

"어쩌면 그렇게 자식복이 없을까."

"글쎄 말이지. 이번 앤 꽤 여러 날 앓는 걸 약도 변변히 못 써 봤다더군. 지금 같아서는 윤 초시네도 대가 끊긴 셈이지……. 그런데 참, 이번 계집애는 어린것이 여간 잔망스럽지*가 않어. 글쎄 죽기 전에 이런 말을 했다지 않아? 자기가 죽거든 자기 입던 옷을 꼭 그대로 입혀서 묻어 달라고……."

어휘정리

까무룩 정신이 갑자기 흐려지는 모양.
전답 논밭.
악상 젊어서 부모보다 먼저 자식이 죽는 일.
잔망스럽다 얄밉도록 맹랑한 데가 있다.

중요한 내용 쏙! 쏙! 쏙!

소나기의 의미

사전적 의미	소설 속 의미
잠깐 왔다 그치는 비	소년과 소녀의 사랑이 소나기처럼 짧고 강렬함을 나타냄

작품의 정서와 분위기

- **향토성**: 농촌을 배경
- **애틋함**: 생략과 함축을 통한 여운
- **순수함**: 소년과 소녀의 대화와 행동을 통해 간접적으로 드러남
- **산뜻함**: 간결한 문체

사건 전개에 따른 소년과 소녀의 감정 변화

주요 사건	소년	소녀
개울가에서 소년과 소녀가 만남	당황스러움	호기심. 친해지고 싶음
소녀가 소년에게 조약돌을 던짐	당황스러움 얼떨떨함	서운함, 야속함
소녀가 꽃을 꺾다 다치자 소년이 치료해줌	죄책감. 안타까움	고마움, 미안함
소나기를 피해 수숫단 속에 들어감	쑥스러움	고마움. 미안함
소년이 소녀를 업고 도랑을 건넘	걱정, 뿌듯함	부끄러움, 고마움, 미안함
소녀가 이사를 간다고 함	아쉬움, 슬픔, 서운함	아쉬움, 슬픔, 서운함
소녀의 죽음	슬픔	

1 윤 초시네 제사에 암탉을 가져가려는 아버지께 소년은 덩치 큰 수탉을 가져가라고 합니다. 그러자 아버지는 웃으며 암탉이 더 실속 있다고 말하고, 소년은 옆에 있던 쇠잔등을 때립니다. 소년이 죄 없는 쇠잔등만 때린 이유를 생각해봅시다.

2 소설의 마지막 부분에서 소녀는 자신이 입던 옷을 그대로 입은 채 묻어 달라고 유언을 남깁니다. 소녀가 그렇게 말한 이유를 생각해 봅시다.

상상더하기 - 결말 다시 쓰기

마지막에 소녀의 죽음이 참 안타깝고 슬프지요. 만약 소녀가 죽지 않았다면 이야기는 어떻게 됐을까요? 소년은 소녀에게 호두를 전해줄 수 있었을까요? 그리고 소년과 소녀의 아름다운 만남은 계속됐을까요? 여러분이 작가가 되어 소나기의 결말 부분을 다시 써봅시다.

1. 소년은 소녀를 좋아하기 때문에 아버지가 좋은 것을 가져가기를 바랐을 것입니다. 그런데 그 마음을 아버지께 들켜버린 것 같아 부끄러워서 죄 없는 쇠잔등을 때렸던 것입니다.
2. 소녀의 옷자락에는 소년과 소풍 갔다가 물든 자국이 남아 있습니다. 소녀는 그 자국과 함께 소년과의 아름다운 추억을 영원히 간직하고 싶었을 것입니다.

작가의 다른 작품 보기

별

꿈처럼 몽롱하고 동화처럼 아름다운 이야기 속으로 떠나볼까요? 어려서 어머니를 여읜 한 아이가 있었습니다. 아이에게 어머니는 항상 그리움의 대상이었지요. 어느 날 동네 할머니로부터 못생긴 누이가 어머니를 닮았다는 이야기를 듣고 아이는 지극정성으로 자신을 보살피는 누이를 미워합니다. 자신이 그토록 그리워하는 어머니가 누이처럼 못생겨서는 안 되거든요. 그러다 누이가 시집을 가게 되고 얼마 후 누이가 죽었다는 소식을 접하게 됩니다. 눈물 괸 아이의 눈에 밤하늘의 별이 들어오고, 아이는 하나는 어머니 별, 하나는 누이 별일지도 모른다고 생각하다가 곧 누이가 어머니와 같은 아름다운 별이 되어서는 안 된다고 생각합니다.

그러나 이미 별을 보며 누이를 떠올리는 아이의 마음속에는 누이가 자리 잡고 있는 것이겠지요.

독 짓는 늙은이

독 짓는 늙은이는 아내가 젊은 조수와 도망가자 자신의 병과 어린 아들 당손이 때문에 고민스러워합니다. 생계를 위해 차마 조수가 만든 독을 깨지 못하고 아픈 몸을 이끌고 한 가마를 채우기 위해 독을 더 짓습니다. 늙은이가 걱정된 앵두나무집 할머니가 밥을 싸들고 찾아와 당손이를 다른 집에 보내자고 하지만 늙은이는 오히려 화를 내지요. 지은 독들을 가마에 굽던 날 불 속에서 자신의 독들이 차례로 튀는 소리를 들으며 늙은이는 쓰러집니다. 이튿날 앵두나무집 할머니에게 당손이를 다른 집에 보내 달라고 당부하고 가마에 들어가 죽음을 맞습니다.

장인으로서 평생을 바쳐 일구어낸 독들이 조수의 독들 옆에서 튀며 깨어질 때 노인이 느꼈을 절망을 헤아려가며 작품을 읽어 보세요.

동백꽃

수록교과서 : 대교(박),박영사,비상,지학사(이)

김유정 소설가. 1908년 강원도 춘천에서 태어나 연희전문학교에서 공부했다. 농촌 계몽운동에 앞장서고 구인회에서 활발히 활동했으나, 1937년 폐결핵으로 세상을 떠났다. 대표작으로 「만무방」「봄봄」「동백꽃」「땡볕」 등이 있다.

감상 길잡이

어느 봄날 산골 마을을 배경으로 한 소년과 소녀의 순박한 사랑이야기를 한번 들어보실래요? '나'를 좋아하는 당돌하고 조숙한 점순이와 이를 전혀 눈치채지 못한 순박하고 어리숙한 '나'와의 갈등관계가 해학적으로 그려진 작품이랍니다. 두 주인공의 갈등의 모습과 그 속에 드러나는 심리 변화를 따라가며 읽어보세요. 또 등장인물의 대화나 배경에 드러나는 향토적이고 토속적인 정서와 분위기에 흠뻑 취해보는 것도 좋겠지요.

갈래	단편소설, 농촌소설	성격	향토적, 해학적
시점	1인칭 주인공 시점	제재	사춘기 남녀의 사랑
배경	1930년대 봄, 강원도 산골의 농촌마을	주제	산골 젊은이들의 순박한 사랑

나

소극적이고 순수하며 성적으로 미숙함. 소작인의 아들

점순이

적극적이고 영악하며 조숙함. 마름의 딸

'나' 에게 관심이 있던 점순이는 울타리를 엮는 내게 다가와 감자를 내밀지만, 점순이의 마음을 모르는 나는 거절합니다. 점순이는 자신의 호의가 받아들여지지 않자, 나를 괴롭히기 위해 우리 집 닭을 못살게 굴기 시작합니다. 우리 수탉이 덩치 큰 점순이네 수탉에게 당하는 것을 보면 화가 치밀지만 마름의 딸인 점순이를 혼내 줄 수도 없습니다.

나는 쌈닭에게 고추장을 먹이면 기운이 뻗친다는 이야기를 듣고 고추장도 먹여보지만, 효과가 없습니다. 그러던 어느 날 산에 나무를 하러 갔다가 내려오는 길에 점순이가 또 닭싸움을 붙여 놓은 것을 보게 되고, 초주검이 된 우리 집 닭의 모습에 화가 나 점순이네 닭을 죽여버리고 맙니다.

점순이네 닭이 죽자 나는 그만 울음을 터트립니다. 이때 점순이는 나에게 다시는 그러지 않겠다는 다짐을 받은 후 함께 동백꽃 속으로 쓰러집니다.

동백꽃

오늘도 또 우리 수탉이 막 쪼이었다. 내가 점심을 먹고 나무를 하러 갈 양으로 나올 때이었다. 산으로 올라서려니까 등 뒤에서 푸드득, 푸드득 하고 닭의 횃소리*가 야단이다. 깜짝 놀라서 고개를 돌려 보니 아니나 다르랴, 두 놈이 또 얼리었다*

점순네 수탉(은 대강이*가 크고 똑 오소리같이 실팍하게* 생긴 놈)이 덩저리 작은 우리 수탉을 함부로 해내는* 것이다. 그것도 그냥 해내는 것이 아니라, 푸드득하고 면두*를 쪼고 물러섰다가 좀 사이를 두고 또 푸드득 하고 모가지를 쪼았다. 이렇게 멋을 부려 가며 여지없이 닦아 놓는다. 그러면 이 못생긴 것은 쪼일 적마다 주둥이로 땅을 받으며 그 비명이 킥, 킥 할 뿐이다. 물론 미처 아물지도 않은 면두를 또 쪼이어 붉은 선혈은 뚝뚝 떨어진다.

이걸 가만히 내려다보자니 내 대강이가 터져서 피가 흐르는 것같이 두 눈에서 불이 번쩍 난다. 대뜸 지게막대기를 메고 달려들어 점순네 닭을 후려칠까 하다가 생각을 고쳐먹고 헛매질*로 떼어만 놓았다.

이번에도 점순이가 쌈을 붙여 놨을 것이다. 바짝바짝 내 기를 올리느라고 그랬음에 틀림없을 것이다. 고놈의 계집애가 요새로 들어서서 왜 나를 못 먹겠다고 고렇게 아르렁거리는지 모른다.

나흘 전 감자 쪼간*만 하더라도 나는 저에게 조

어휘정리

- 횃소리 새나 닭이 올라앉게 가로질러 놓은 나무 막대 '홰'를 치는 소리.
- 얼리다 서로 얽히게 되다.
- 대강이 '머리'를 속되게 이르는 말.
- 실팍하다 사람이나 물건 따위가 보기에 매우 실하다.
- 해내다 마구 때리거나 물어서 괴롭히는.
- 면두 '볏'의 방언. 닭이나 새의 이마 위에 세로로 붙은 살 조각.
- 헛매질 때릴 듯이 위협하는 짓. 또는, 빗나간 매질.
- 쪼간 어떤 사건.

금도 잘못한 것은 없다. 계집애가 나물을 캐러 가면 갔지 남 울타리 엮는데 쌩이질* 을 하는 것은 다 뭐냐. 그것도 발소리를 죽여 가지고 등 뒤로 살며시 와서,

"얘! 너 혼자만 일하니?"

하고 긴치 않은 수작을 하는 것이었다.

어제까지도 저와 나는 이야기도 잘 않고 서로 만나도 본척만척하고 이렇게 점잖게 지내던 터이련만, 오늘로 갑작스레 대견해졌음은 웬일인가. 황차 망아지만 한 계집애가 남 일하는 놈 보고.

"그럼 혼자 하지, 떼루 하듸?"

내가 이렇게 내뱉은 소리를 하니까,

"너 일하기 좋니?"

또는

"한여름이나 되거던 하지 벌써 울타리를 하니?"

잔소리를 두루 늘어놓다가 남이 들을까 봐 손으로 입을 틀어막고는 그 속에서 깔깔댄다. 별로 우스울 것도 없는데 날씨가 풀리더니 이놈의 계집애가 미쳤나 하고 의심하였다. 게다가 조금 뒤에는 제 집께를 할끔할끔 돌아보더니 행주치마* 의 속으로 꼈던 바른손을 뽑아서 나의 턱 밑으로 불쑥 내미는 것이다. 언제 구웠는지 아직도 더운 김이 확 끼치는 굵은 감자 세 개가 손에 뿌듯이 쥐였다.

"느 집엔 이거 없지?"

하고 생색* 있는 큰소리를 하고는 제가 준 것을 남이 알면은 큰일 날 테니 여기서 얼른 먹어 버리란

어휘정리

쌩이질 한창 바쁠 때에 쓸데없는 일로 남을 귀찮게 구는 짓.
행주치마 부엌일을 할 때 옷을 더럽히지 않으려고 덧입는 작은 치마.
생색 다른 사람 앞에 당당히 나설 수 있거나 자랑할 수 있는 체면.

다. 그리고 또 하는 소리가,

"너 봄 감자가 맛있단다."

"난 감자 안 먹는다. 너나 먹어라."

나는 고개도 돌리려지 않고 일하던 손으로 그 감자를 도로 어깨 너머로 쑥 밀어 버렸다. 그랬더니 그래도 가는 기색이 없고, 뿐만 아니라 쌔근쌔근하고 심상치 않게 숨소리가 거칠어진다. 이건 또 뭐야 싶어서 그때에야 비로소 돌아다보니 나는 참으로 놀랐다. 우리가 이 동리에 들어온 것은 근 삼 년째 되어 오지만, 여태까지 가무잡잡한 점순이의 얼굴이 이렇게까지 홍당무처럼 새빨개진 법이 없었다. 게다 눈에 독을 올리고 한참 나를 요렇게 쏘아보더니 나중에는 눈물까지 어리는 것이 아니냐. 그리고 바구니를 다시 집어 들더니 이를 꼭 악물고는 엎어질 듯 자빠질 듯 논둑으로 횡하게 달아나는 것이다.

어쩌다 동리 어른이,

"너 얼른 시집을 가야지?"

하고 웃으면,

"염려 마서유. 갈 때 되면 어련히 갈라구!"

이렇게 천연덕스레 받는 점순이였다. 본시 부끄럼을 타는 계집애도 아니려니와 또한 분하다고 눈에 눈물을 보일 얼병이*도 아니다. 분하면 차라리 나의 등어리를 바구니로 한 번 모질게 후려 쌔리고 달아날지언정.

그런데 고약한 그 꼴을 하고 가더니 그 뒤로는 나를 보면 잡아먹으려고 기를 복복 쓰는 것이다.

설혹 주는 감자를 안 받아먹은 것이 실례라 하

어휘정리

얼병이 어수룩한 사람.

면, 주면 그냥 주었지 '느 집엔 이거 없지.'는 다 뭐냐. 그렇잖아도 저희는 마름* 이고 우리는 그 손에서 배재*를 얻어 땅을 부치므로 일상 굽실거린다. 우리가 이 마을에 처음 들어와 집이 없어서 곤란으로 지낼 제 집터를 빌리고 그 위에 집을 또 짓도록 마련해 준 것도 점순네의 호의였다. 그리고 우리 어머니 아버지도 농사 때 양식이 달리면 점순네한테 가서 부지런히 꾸어다 먹으면서 인품 그런 집은 다시 없으리라고 침이 마르도록 칭찬하곤 하는 것이다. 그러면서도 열일곱씩이나 된 것들이 수군수군하고 붙어다니면 동리의 소문이 사납다고 주의를 시켜 준 것도 또 어머니였다. 왜냐하면 내가 점순이하고 일을 저질렀다가는 점순네가 노할 것이고, 그러면 우리는 땅도 떨어지고 집도 내쫓기고 하지 않으면 안 되는 까닭이었다.

그런데 이놈의 계집애가 까닭 없이 기를 복복 쓰며 나를 말려 죽이려고 드는 것이다.

눈물을 흘리고 간 그 다음날 저녁나절이었다. 나무를 한 짐 잔뜩 지고 산을 내려오려니까 어디서 닭이 죽는 소리를 친다. 이거 뉘 집에서 닭을 잡나, 하고 점순네 울 뒤로 돌아오다가 나는 고만 두 눈이 뚱그래졌다. 점순이가 제 집 봉당*에 홀로 걸터앉았는데, 아 이게 치마 앞에다 우리 씨암탉을 꼭 붙들어 놓고는,

"이놈의 닭! 죽어라, 죽어라."

요렇게 암팡스레* 패 주는 것이 아닌가. 그것도 대가리나 치면 모른다마는 아주 알도 못 낳으라고 그 볼기짝께를 주먹으로 콕콕 쥐어박는 것이다.

나는 눈에 쌍심지가 오르고 사지가 부르르 떨렸

어휘정리

마름 땅 주인을 대신하여 소작권을 관리하는 사람.
배재 '울타리'의 방언. 여기서는 땅을 소작할 수 있는 권리를 말함.
봉당 안방과 건넌방 사이에 마루를 놓지 않고 흙바닥 그대로 둔 곳.
암팡스레 힘차고 다부지게.

으나 사방을 한 번 휘돌아보고야 그제서 점순이 집에 아무도 없음을 알았다. 잡은 참 지게막대기를 들어 울타리의 중턱을 후려치며,

"이놈의 계집애! 남의 닭 알 못 낳으라구 그러니?"

하고 소리를 빽 질렀다.

그러나 점순이는 조금도 놀라는 기색이 없고 그대로 의젓이 앉아서 제 닭 가지고 하듯이 또 죽어라 죽어라 하고 패는 것이다. 이걸 보면 내가 산에서 내려올 때를 겨냥해 가지고 미리부터 닭을 잡아 가지고 있다가 너 보란 듯이 내 앞에 쥐지르고* 있음이 확실하다.

그러나 나는 그렇다고 남의 집에 뛰어들어가 계집애하고 싸울 수도 없는 노릇이고 형편이 썩 불리함을 알았다. 그래 닭이 맞을 적마다 지게막대기로 울타리를 후려칠 수밖에 별도리가 없다. 왜냐하면 울타리를 치면 칠수록 울섶*이 물러앉으며 뼈대만 남기 때문이다. 허나 아무리 생각하여도 나만 밑지는 노릇이다.

"아, 이년아! 남의 닭 아주 죽일 터이냐?"

내가 도끼눈을 뜨고 다시 꽥 호령을 하니까 그제서야 울타리께로 쪼르르 오더니 울 밖에 섰는 나의 머리를 겨누고 닭을 내팽개친다.

"에이, 더럽다! 더럽다!"

"더러운 걸 널더러 입때* 끼고 있으랬니? 망할 계집애년 같으니!"

하고 나도 더럽단 듯이 울타리께를 휑하게 돌아내리며 약이 오를 대로 다 올랐다, 라고 하는 것은 암탉이 풍기는 서슬에 나의 이마빼기에다 물찌똥을 찍 갈겼는데 그걸 본다면 알집*만 터졌을 뿐 아니

어휘정리

쥐지르다 주먹으로 힘껏 내지르다.
울섶 울타리를 만드는 데 쓰는 섶나무.
입때 여태.
알집 난소(여성 골반의 안의 양쪽 옆벽에 위치한 납작한 타원형 기관).

라 골병*이 단단히 든 듯싶다. 그리고 나의 등 뒤를 향하여 나에게만 들릴 듯 말 듯한 음성으로,

"이 바보 녀석아!"

"얘! 너 배냇병신*이지?"

그만도 좋으련만

"얘! 너 느 아버지가 고자*라지?"

"뭐? 울 아버지가 그래 고자야?"

할 양으로 열벙거지*가 나서 고개를 홱 돌리어 바라봤더니 그때까지 울타리 위로 나와 있어야 할 점순이의 대가리가 어디 갔는지 보이지를 않는다. 그러다 돌아서서 오려면 아까에 한 욕을 울 밖으로 또 퍼붓는 것이다. 욕을 이토록 먹어 가면서도 대거리 한마디 못 하는 걸 생각하니 돌부리에 채여 발톱 밑이 터지는 것도 모를 만큼 분하고 급기야는 두 눈에 눈물까지 불끈 내솟는다.

그러나 점순이의 침해는 이것뿐이 아니다. 사람들이 없으면 틈틈이 제 집 수탉을 몰고 와서 우리 수탉과 쌈을 붙여 놓는다. 제 집 수탉은 썩 험상궂게 생기고 쌈이라면 홰를 치는 고로 으레이 이길 것을 알기 때문이다. 그래서 툭하면 우리 수탉이 면두며 눈깔이 피로 흐드르하게 되도록 해 놓는다. 어떤 때에는 우리 수탉이 나오지를 않으니까 요놈의 계집애가 모이를 쥐고 와서 꼬여 내다가 쌈을 붙인다.

이렇게 되면 나도 다른 배채*를 차리지 않을 수 없다. 하루는 우리 수탉을 붙들어 가지고 넌지시 장독께로 갔다. 쌈닭에게 고추장을 먹이면 병든 황소

어휘정리

골병 겉으로 드러나지 아니하고 속으로 깊이 든 병.
배냇병신 '선천기형'을 일상적으로 이르는 말.
고자 생식 기관이 불완전한 남자.
열벙거지 매우 급하게 치밀어 오르는 화증.
배채 어떤 일을 하기 위한 꾀.

가 살모사를 먹고 용을 쓰는 것처럼 기운이 뻗친다 한다. 장독에서 고추장 한 접시를 떠서 들이밀고 먹여 보았다. 닭도 고추장에 맛을 들였는지 거스르지 않고 거진 반 접시 턱이나 곧잘 먹는다. 그리고 먹고 금세는 용을 못 쓸 터이므로 얼마쯤 기운이 들도록 홰 속에다 가두어 두었다.

밭에 두엄*을 두어 짐 져내고 나서 쉴 참에 그 닭을 안고 밖으로 나왔다. 마침 밖에는 아무도 없고 점순이만 제 울 안에서 헌 옷을 뜯는지 혹은 솜을 터는지 웅크리고 앉아서 일을 할 뿐이다.

나는 점순네 수탉이 노는 밭으로 가서 닭을 내려놓고 가만히 맥*을 보았다. 두 닭은 여전히 얼리어 쌈을 하는데 처음에는 아무 보람이 없다. 멋지게 쪼는 바람에 우리 닭은 또 피를 흘리고 그러면서도 날갯죽지만 푸드득, 푸드득 하고 올라 뛰고 할 뿐으로 제법 한 번 쪼아 보도 못한다.

그러나 한 번은 어쩐 일인지 용을 쓰고 펄쩍 뛰더니 발톱으로 눈을 하비고* 내려오며 면두를 쪼았다. 큰 닭도 여기에는 놀랐는지 뒤로 멈칫하며 물러난다. 이 기회를 타서 작은 우리 수탉이 또 날쌔게 덤벼들어 다시 면두를 쪼니 그제서는 감때사나운* 그 대강이에서도 피가 흐르지 않을 수 없었다.

옳다 알았다. 고추장만 먹이면 되는구나, 하고 나는 속으로 아주 쟁그라워* 죽겠다. 그때에는 뜻밖에 내가 닭쌈을 붙여 놓는 데 놀라서 울 밖으로 내다보고 섰던 점순이도 입맛이 쓴지 눈살을 찌푸렸다.

나는 두 손으로 볼기짝을 두드리며 연방,

"잘한다! 잘한다!"

하고 신이 머리끝까지 뻗치었다.

어휘정리

두엄 풀, 짚 또는 가축의 배설물 따위를 썩힌 거름.
맥 기운이나 힘.
하비다 손톱 따위로 조금 긁어 파다.
감때사나운 생김새나 성질이 몹시 억세고 사나운.
쟁그랍다 미운 사람의 실수를 볼 때처럼 아주 고소하다.

그러나 얼마 되지 않아서 나는 넋이 풀리어 기둥같이 묵묵히 서 있게 되었다. 왜냐하면 큰 닭이 한번 쪼인 앙갚음으로 호들갑스레 연거푸 쪼는 서슬에 우리 수탉은 찔끔 못 하고 막 곯는다. 이걸 보고서 이번에는 점순이가 깔깔거리고 되도록 이쪽에서 많이 들으라고 웃는 것이다.

나는 보다 못하여 덤벼들어서 우리 수탉을 붙들어 가지고 도로 집으로 돌아왔다. 고추장을 좀 더 먹였더라면 좋았을 걸 너무 급하게 쌈을 붙인 것이 퍽 후회가 난다. 장독께로 돌아와서 다시 턱 밑에 고추장을 들이댔다. 흥분으로 말미암아 그런지 당최 먹질 않는다.

나는 하릴없이* 닭을 반듯이 뉘고 그 입에다 궐련* 물부리*를 물리었다. 그리고 고추장 물을 타서 그 구멍으로 조금씩 들이부었다. 닭은 좀 괴로운지 킥킥 하고 재채기를 하는 모양이나 그러나 당장의 괴로움은 매일같이 피를 흘리는 데 댈 게 아니라 생각하였다.

그러나 한 두어 종지 가량 고추장 물을 먹이고 나서는 나는 고만 풀이 죽었다. 싱싱하던 닭이 왜 그런지 고개를 살며시 뒤틀고는 손아귀에서 빼드러지는* 것이 아닌가. 아버지가 볼까 봐서 얼른 홰에다 감추어 두었더니 오늘 아침에서야 겨우 정신이 든 모양 같다.

그랬던 걸 이렇게 오다 보니까 또 쌈을 붙여 놓으니 이 망한 계집애가 필연 우리 집에 아무도 없는 틈을 타서 제가 들어와 홰에서 꺼내 가지고 나간 것이 분명하다. 나는 다시 닭을 잡아다 가두고 염려스러우나 그렇다고 산으로 나무를 하러 가지 않을 수도 없는 형편이었다. 소나무 삭정이*를 따며 가만

어휘정리

하릴없이 달리 어떻게 할 도리가 없다.
궐련 얇은 종이로 가늘고 길게 말아 놓은 담배.
물부리 담배를 끼워서 빠는 물건.
빼드러지다 굳어서 뻣뻣하게 되다.
삭정이 살아 있는 나무에 붙어 있는, 말라 죽은 가지.

히 생각해 보니 암만해도 고년의 목쟁이*를 돌려놓고 싶다. 이번에 내려가면 망할 년 등줄기를 한 번 되게 후려치겠다 하고 싱둥겅둥* 나무를 지고는 부리나케 내려왔다.

거지반 집에 다 내려와서 나는 호드기* 소리를 듣고 발이 딱 멈추었다. 산기슭에 널려 있는 굵은 바윗돌 틈에 노란 동백꽃이 소보록하니 깔리었다. 그 틈에 끼어 앉아서 점순이가 청승맞게스리 호드기를 불고 있는 것이다. 그보다도 더 놀란 것은 고 앞에서 또 푸드득 푸드득 하고 들리는 닭의 횃소리다. 필연코 요년이 나의 약을 올리느라고 닭을 집어내다가 내가 내려올 길목에다 쌈을 시켜 놓고 저는 그 앞에 앉아서 천연스레 호드기를 불고 있음에 틀림없으리라.

나는 약이 오를 대로 다 올라서 두 눈에서 불과 함께 눈물이 푹 쏟아졌다. 나무 지게도 벗어 놀 새 없이 그대로 내동댕이치고는 지게막대기를 뻗치고 허둥지둥 달려들었다.

가까이 와 보니 과연 나의 짐작대로 우리 수탉이 피를 흘리고 거의 빈사지경*에 이르렀다. 닭도 닭이려니와 그러함에도 불구하고 눈 하나 깜짝 없이 고대로 앉아서 호드기만 부는 그 꼴에 더욱 치가 떨린다. 동리에서도 소문이 났거니와 나도 한때는 걱실걱실히* 일 잘하고 얼굴 예쁜 계집인 줄 알았더니 시방* 보니까 그 눈깔이 꼭 여우 새끼 같다.

나는 대뜸 달려들어서 나도 모르는 사이에 큰 수탉을 단매*로 때려 엎었다. 닭은 푹 엎어진 채 다리 하나 꼼짝 못하고 그대로 죽어 버렸다. 그리고

어휘정리

목쟁이 목덜미를 이루고 있는 뼈.
싱둥겅둥 건성건성.
호드기 버드나무 가지의 껍질 따위로 만든 피리.
빈사지경 거의 죽게 된 처지나 형편.
걱실걱실하다 성질이 너그러워 말과 행동이 시원스럽다.
시방 지금(말하는 바로 이때).
단매 단 한번 때리는 매.

나는 멍하니 섰다가 점순이가 매섭게 눈을 홉뜨고* 닥치는 바람에 뒤로 벌렁 나자빠졌다.

"이놈아, 너 왜 남의 닭을 때려 죽이니?"

"그럼 어때?"

하고 일어나다가,

"뭐, 이 자식아! 누집 닭인데?"

하고 복장*을 떠미는 바람에 다시 벌렁 자빠졌다. 그러고 나서 가만히 생각을 하니 분하기도 하고 무안도 스럽고 또 한편 일을 저질렀으니 인젠 땅이 떨어지고 집도 내쫓기고 해야 될는지 모른다.

나는 비슬비슬 일어나며 소맷자락으로 눈을 가리고는 얼김에 엉, 하고 울음을 놓았다. 그러자 점순이가 앞으로 다가와서,

"그럼 너 이담부텀 안 그럴 터냐?"

하고 물을 때에야 비로소 살 길을 찾은 듯싶었다. 나는 눈물을 우선 씻고 뭘 안 그러는지 명색*도 모르건만,

"그래!"

하고 무턱대고 대답하였다.

"요담부터 또 그래 봐라, 내 자꾸 못살게 굴 터니."

"그래, 그래 인젠 안 그럴 테야!"

"닭 죽은 건 염려 마라. 내 안 이를 테니."

그리고 뭣에 떠다밀렸는지 나의 어깨를 짚은 채 그대로 퍽 쓰러진다. 그 바람에 나의 몸뚱이도 겹쳐서 쓰러지며 한창 피어 퍼드러진 노란 동백꽃 속으

어휘정리

홉뜨다 눈알을 위로 굴리고 눈시울을 위로 치뜨다.
복장 가슴 한복판.
명색 겉으로 내세우는 구실.

로 폭 파묻혀 버렸다.

알싸한, 그리고 향긋한 그 냄새에 나는 땅이 꺼지는 듯이 온 정신이 고만 아찔하였다.

"너, 말 마라?"

"그래!"

조금 있더니 요 아래서,

"점순아! 점순아! 이년이 바느질을 하다 말구 어딜 갔어!"

하고 어딜 갔다 온 듯싶은 그 어머니가 역정*이 대단히 났다.

점순이가 겁을 잔뜩 집어먹고 꽃 밑을 살금살금 기어서 산 아래로 내려간 다음 나는 바위를 끼고 엉금엉금 기어서 산 위로 치빼지* 않을 수 없었다.

어휘정리

역정 몹시 언짢거나 못마땅하여서 내는 성.
치빼다 '냅다 달아나다'를 속되게 이르는 말.

중요한 내용 쏙!쏙!쏙!

갈등의 과정 보기

갈등의 발생 점순이가 나에게 호의를 보이며 감자를 건냈으나 점순의 마음을 오해한 나는 거절하게 되고 점순이는 무안하여 화가 남

갈등의 심화 점순이는 호의를 거절당하자 분풀이로 닭싸움을 시키고 이유도 모른 채 괴롭힘을 당하는 나는 분하고 억울해 함. 화가 난 나는 점순이네 닭을 죽임

갈등의 해소 점순이는 닭을 죽인 사실을 부모님께 알리지 않겠다고 약속함. 점순이와 내가 동백꽃 속으로 쓰러짐

소재에 담긴 의미

감자

- '나'에 대한 점순이의 호감을 표현
- '나'와 점순이의 갈등의 실마리를 제공

닭싸움

- '나'에 대한 점순이의 관심과 애증이 담겨 있음
- '나'에 대한 복수의 수단으로 갈등을 심화시킴
- 닭이 죽게 됨으로써 나와 점순이 화해하게 됨

동백꽃

- 향토적이고 서정적인 분위기를 형성함

작품의 해학성

대상을 우스꽝스럽고 익살스럽게 표현함. 대상에 대한 악의나 공격성이 있는 것이 아니라, 연민과 호감을 가지고 따뜻한 시선으로 바라봄

- 점순의 사랑을 제대로 파악하지 못한 어리숙한 나의 모습
- 작품에 사용된 사투리와 비속어
- 남녀간의 역할이 바뀜(나에게 적극적으로 호감을 표현하는 점순과 소극적인 나)

1 나와 점순이의 갈등이 시작된 원인을 찾아봅니다.

2 닭싸움이 '나'와 점순이의 갈등에서 어떤 역할을 하는지 알아봅시다.

점순이는 '나'에게 관심이 있지만, 제대로 표현을 못 한 것 같아요. 만약 점순이가 감자를 주지 않고 연애편지를 주었더라면 갈등을 빚는 일도 없었겠지요. 그러면 점순이의 입장이 되어 '나'에게 보내는 연애편지를 한번 써볼까요? 점순이의 말투와 성격을 고려한다면 재미있는 편지가 되겠네요.

확인하기 정답

1. 나에게 점순이가 감자를 주며 관심을 표현하지만 이를 눈치채지 못한 내가 거절하며 갈등이 시작됩니다.
2. 닭싸움을 통해 점순은 자신의 마음(복수심과 관심)을 표현하지만, 이를 모르는 나는 분하고 억울하기만 합니다. 이로 인해 나와 점순이의 갈등이 점점 심화됩니다. 또 닭의 죽음은 나와 점순이의 갈등을 해소하는 역할을 합니다.

봄봄 '나'는 점순이와 결혼하기 위해 데릴사위로 들어왔습니다. 하지만 성격이 사나워 폭력과 폭언을 일삼는 장인은 3년 7개월간 결혼을 시켜 주지 않고 머슴처럼 부려 먹기만 합니다. 결혼을 시켜 달라고 조르면 키가 아직 더 커야 한다는 똑같은 변명만 하지요. 장인은 첫째 딸과 둘째 딸을 미끼로 열네 명의 데릴사위를 들여 새경 한 푼 안 주고 일만 부려 먹었답니다. 결혼은 시켜줄 생각도 없고 일만 시키는 장인과 마찰을 빚던 '나'는 좀 더 강하게 나가라는 점순의 충동질에 장인과 티격태격 싸우게 되지만 자신의 편을 들어주리라 생각했던 점순이 장인과 함께 자신을 두들겨 패자 얼이 빠지고 맙니다. 알 수 없는 여자의 마음이여.

1930년대 결혼을 미끼로 노동력을 착취했던 당시 사회적 모순이 간접적으로 드러나 있는 작품이지만 이를 희화화하여 표현함으로써 독자들에게 웃음을 자아내게 한답니다.

금따는 콩밭 남의 땅을 빌려 농사를 지으며 사는 영식에게 금광을 떠돌던 수재가 찾아와 콩밭에 묻혀 있는 금을 캐자고 꼬드깁니다. 처음엔 거절하던 영식이 결국 수재의 꾐에 넘어가 멀쩡하게 농사지은 콩밭을 파헤치지만, 금맥은 쉽게 찾을 수 없었지요. 며칠을 파헤치던 끝에 수재는 누런 황토 흙을 내보이며 영식에게 금맥을 찾았노라고 말합니다. 영식과 영식 부인은 뛸 듯이 기뻐하고 수재는 그런 모습을 보며 오늘 밤 기필코 달아나리라 다짐합니다.

혹시 영식의 모습을 보며 일확천금을 노리는 허황된 꿈을 꾸더니 잘됐다고 생각했나요? 그렇지만 우리는 영식을 통해 일제강점기에 열심히 농사지어도 배고픔을 벗어나지 못하던 농민들이 궁핍에서 벗어나려고 안간힘을 쓰는 안타까운 모습을 보게 된답니다.

항아리

수록교과서 : 웅진

정호승 소설가. 1950년 경상남도에서 태어나 경희대학교 및 동 대학원을 졸업했다. 1973년 《한국일보》 신춘문예에 「슬픔이 기쁨에게」가 당선되어 등단했다. 1976년 반시 동인을 결성하여 활동하며 많은 시집을 출간하기도 했다. 대표작으로는 「서울의 예수」「별은 따뜻하다」 등이 있다.

감상 길잡이

자신이 쓸모없는 존재라는 생각에 괴로웠던 경험이 있다면 이 작품을 읽어보세요. 못생기고 보잘것없지만, 소중한 무언가가 되고 싶은 꿈을 가진 항아리를 통해 세상에 소중하지 않은 존재는 없다는 것을 깨닫게 될 거예요. 마지막에 종각 밑에 묻혀 아름다운 종소리를 내는데 도움을 주기까지 항아리의 긴 인생의 여정을 따라가며 작품의 분위기와 정서를 느껴보도록 하세요.

핵심정리

갈래	동화	성격	교훈적
시점	1인칭 주인공 시점	제재	항아리
배경	현대, 어느 산골 마을	주제	사람은 누구나 소중한 존재이다.

등장인물

나(항아리)
못생기고 보잘 것 없음
소중한 존재가 되고 싶은 꿈을 가짐

줄거리

나는 한 젊은이의 첫 작품으로 탄생한 항아리입니다. 항아리로 태어난 것이 나 스스로는 대견하고 자랑스럽지만, 젊은이는 달가워하지 않았고 나는 방치되다가 잊혀갔습니다. 빗물이 머물고, 바람이 머물고, 가랑잎이나 별빛이 찾아왔지만, 항아리는 그들을 위해 존재하기에는 너무 초라하다는 생각이 들었습니다. 그러던 어느 가을 젊은이는 나를 땅속에 묻었고, 그대로 나는 오줌독이 되었습니다. 사람들이 나를 찾아와 오줌을 누었고, 겨울에는 얼어붙어 혹시 터져 버릴까 봐 걱정했지만, 다행히 봄이 되어 내가 모아 둔 오줌은 밭에 식물들을 싱싱하게 자라게 하는 데 쓰였습니다. 세월이 흘러 독 짓는 젊은이가 늙어서 병들어 죽자 사람들은 나를 잊어버립니다. 그러던 어느 해 봄, 가마터에 절이 세워지고 나는 결국 종각 밑에 묻혀 범종의 음관 역할을 함으로써 소중한 무언가가 되고 싶었던 나의 꿈을 이루게 됩니다.

항아리

나는 독 짓는 젊은이한테서 태어났습니다. 젊은이는 스무 살 때 집을 떠나 멀리 도시로 나갔다가 아버지가 세상을 떠나자 가업*을 잇기 위해 다시 고향으로 돌아와 독을 짓기 시작한 젊은이였습니다. 나는 그 젊은이가 맨 처음 지은 항아리로 태어났습니다.

그런 탓인지 나는 그리 썩 잘 만들어진 항아리가 아니었습니다. 어릴 때부터 할아버지와 아버지의 어깨 너머로 독 짓는 법을 쭉 배워 왔다고는 하나 처음이라서 그런지 젊은이의 솜씨는 무척 서툴렀습니다. 곱게 질흙을 빚는 것도, 가마에 불을 때는 것도, 디딜풀무질*을 하는 것도, 잿물*을 바르는 것도 모두 서투르기 짝이 없었습니다.

젊은이는 내가 세상에 태어나자 아주 못마땅한 얼굴로 나를 쳐다보았습니다. 마치 내가 무슨 큰 잘못이라도 저지른 듯 나를 쳐다보는 눈길이 아주 기분 나빴습니다.

그러나 나는 뜨거운 가마 밖으로 빠져나온 것만 해도 기뻤습니다. 처음에 가마 속에 들어갔을 때 불타 죽는 줄만 알았지, 내가 다른 무엇으로 다시 태어난다고는 생각하지 못했습니다. 그런 내가 아래위가 좁고 허리가 두둑한 항아리로 태어났으니 그 얼마나 스스로 대견스럽고 기쁘던지요.

그러나 그것은 나만의 기쁨일 뿐 젊은이는 나를

어휘정리

가업 대대로 물려받은 집안의 생업.
디딜풀무질 '풀무'로 바람을 일으키는 일. '풀무'는 불을 피울 때에 바람을 일으키는 기구를 말한다.
잿물 도자기에 액체나 기체가 스며들지 못하게 하고 겉면에 광택이 나도록 덧씌우는 약. 유약.

달가워하지 않았습니다. 나는 그대로 뒷간 마당가에 방치되었습니다.

나의 존재는 곧 잊혔습니다.

버려지고 잊힌 자의 가슴은 무척 아팠습니다. 항아리가 된 내가 그 무엇을 위해 소중하게 쓰이는 존재가 될 줄 알았으나, 나는 버려진 항아리 이외에 아무것도 아니었습니다.

소나기가 지나가면 빗물이 고였습니다.

빗물에 구름이 잠깐 머물다가 지나갔습니다.

가끔 가랑잎이 날아와 맴돌 때도 있었습니다.

밤에는 이따금 별빛들이 찾아와 쓰다듬어 주었습니다.

만일 그들마저 찾아와 주지 않았다면 나는 아마 그대로 죽고 말았을 것입니다.

그러나 그들만을 위해 존재하고 있기에는 나 자신이 너무나 초라하고 안타까웠습니다. 나는 그 누군가를 위해 사용되는 가장 소중한 그 무엇이 되고 싶었습니다. 그래야만 뜨거운 가마의 불구덩이 속에서 끝끝내 살아남은 의미와 가치가 있을 것 같았습니다.

그러던 어느 가을이었습니다. 하루는 젊은이가 삽을 가지고 와서 깊게 땅을 파고는 모가지만 남겨 둔 채 나를 묻고 그대로 돌아가 버렸습니다.

땅속에 파묻힌 나는 내가 무엇으로 쓰일지 알 수 없었습니다. 그렇지만 가슴은 두근거렸습니다. 이제야 내가 버려진 존재가 아니라 남을 위해 무엇으로 쓰일 수 있는 존재라는 사실에 그저 한없이 가슴이 떨려 왔습니다.

그날 밤이었습니다. 감나무 가지 위에 휘영청 보름달이 걸려 있었습니다. 어디선가 나를 향해 다가오는 젊은이의 발걸음 소리가 들렸습니다. 나는 가슴을 억누르고 두 귀를 쫑긋 세웠습니다. 젊은이의 발걸음 소리는 바로 내 머리맡에 와서 딱 멈추었습니다.

나의 가슴은 크게 고동쳤습니다. 달빛에 비친 젊은이의 그림자가 바람에 흔들렸습니다. 나는 고요히 숨을 죽이고 젊은이를 향해 마음속으로 크게 팔을 벌렸습니다.

아, 그런데 이게 도대체 무슨 일입니까. 젊은이는 고의춤*을 열고 주저없이 나를 향해 오줌을 누는 것이었습니다. 그러고는 뒤도 돌아보지 않고 다시 방 안으로 들어가 버렸습니다. 아, 나는 그만 오줌독이 되고 만 것이었습니다.

나는 참으로 슬펐습니다. 아니, 슬프다 못해 처량했습니다. 지금까지 참고 기다리며 열망*해 온 것이 고작 이것이었나 싶어 참담했습니다.

젊은이는 밤낮을 가리지 않고 찾아와 오줌을 누고 갔습니다. 젊은이뿐만이 아니었습니다. 젊은이의 아이들도, 가끔 들르는 동네 사람들도 오줌을 누고 갔습니다. 내가 오줌독이 되기 위해서 이 세상에 태어난 것은 결코 아니라는 생각이 들었으나, 결국 나는 오줌독이 되어 가슴께까지 가득 오줌을 담고 살고 있었습니다.

곧 겨울이 다가왔습니다. 날은 갈수록 차가웠습니다. 강물이 얼어붙자 오줌도 얼어붙어 버렸습니다. 나는 겨우내 얼어붙은 내 몸의 한 쪽 구석이 그대로 금이 가거나 터져 버릴까 봐 조마조마해서 한시도 마음을 놓을 수가 없었습니다.

다행히 내 몸이 온전한 채 봄이 찾아왔습니다. 물론 얼었던 강물도 녹아 흐르고 얼어붙었던 오줌

어휘정리

고의춤 바지의 허리를 접어서 여민 사이.
열망 열렬하게 바람.

도 다 녹아내렸습니다.

사람들은 밭에 씨를 뿌렸습니다. 씨를 뿌리고 난 뒤에는 내 몸에 가득 고인 오줌을 퍼다가 밭에다 뿌렸습니다.

배추 밭에는 배추들이 싱싱하게 자랐습니다. 무 밭에는 무들이 싱싱하게 자랐습니다. 나는 그들이 싱싱하게 자라는 것을 보는 것만으로도 큰 위안이 되었습니다. 내가 오줌독이 되어 오줌을 모아 줌으로써 그들이 건강하게 잘 자랄 수 있게 된다고 생각하니 그런 대로 살 만한 가치가 있는 존재였습니다.

그러나 시간이 가면 갈수록 그것만은 아닌 것 같았습니다. 나는 오줌독이 아닌 다른 무엇인가가 되고 싶어 늘 가슴 한쪽이 뜨겁게 달아올랐습니다.

1 년이 지났습니다.

나는 여전히 오줌독으로 남아 있었습니다.

2 년이 지났습니다.

나는 여전히 오줌독으로서의 역할밖에 하지 못했습니다.

오랜 시간이 흘렀습니다.

이제 내게 오줌을 누러 오는 사람은 없었습니다. 굳이 누가 있다면 새들이 날아가다가 찔끔 똥을 갈기는 게 고작이었습니다.

독 짓는 젊은이는 독 짓는 늙은이가 되어 병마*에 시달리다가 세상을 떠났습니다. 독 짓던 가마 또한 허물어지고 폐허가 되어 날짐승들의 보금자리가 되었습니다.

어디에도 사람의 그림자는 보이지 않았습니다.

어휘정리

병마 '병'을 악마에 비유하여 이르는 말.

나는 어느새 오줌독의 신세에서 벗어나 있었습니다.

나는 날마다 마음을 고요히 가다듬었습니다. 이번에야말로 오줌독 따위가 아닌, 아름답고 소중한 그 무엇이 되기를 간절히 열망했습니다. 사람의 일생이 어떤 꿈을 꾸었느냐 하는 그 꿈이 크기에 따라 달라진다면, 나도 큰 꿈을 꿈으로써 내 삶을 크게 변화시키고 싶었습니다.

그러던 어느 해 봄이었습니다. 두런두런 사람들의 목소리와 발소리가 들리더니 폐허가 된 가마터에 사람들이 집을 짓기 시작했습니다.

집은 제법 규모가 큰 절이었습니다. 사람들은 몇 해에 걸쳐 일주문*과 대웅전*과 비로전*은 물론 종각*까지 다 지었습니다. 종각이 완공되자 사람들은 에밀레종과 비슷하나 크기는 보다 작은 종을 달았습니다.

종소리는 날마다 달과 별이 마지막까지 빛을 뿜는 새벽하늘로 높이 울려 퍼졌습니다. 새벽이 올 때까지 잠들지 못하고 그대로 땅속에 파묻혀 있는 내게 종소리는 새소리처럼 아름다웠습니다.

그런데 참으로 이상한 일이었습니다. 사람들은 종소리가 이름답지 않다고 야단들이었습니다. 종소리가 탁하고 울림이 없어 공허*하기만 하지 맑고 알차지 않다는 것이었습니다.

그러던 어느 날 아침이었습니다. 내 머리맡에 흰 고무신을 신은 주지 스님의 발이 와서 가만히 머물렀습니다. 주지 스님은 선 채로 한참동안 나를 내려다보시더니 혼잣말로 중얼거렸습니다.

"으음, 이건 아버님이 만드신 항아리야. 이 항아리가 아직 남아 있다니. 이 항아리를 묻으면 좋겠

어휘정리

일주문 절 같은 데서 기둥을 한 줄로 배치한 문.
대웅전 본 존 불상을 모신 법당.
비로전 비로자나불을 모신 법당.
종각 큰 종을 달아 두기 위하여 지은 누각.
공허하다 아무것도 없이 텅 비다.

군."

스님은 무슨 큰 보물을 발견이라도 한 듯 만면*에 미소를 띠었습니다.

나는 두려움에 떨며 곧 종각의 종 밑에 다시 묻히게 되었습니다. 도대체 내가 무엇이 되기 위하여 종 밑에 묻히는지는 알 수 없었습니다.

그러나 그것은 그리 두려워할 일이 아니었습니다. 나를 종 밑에 묻고 종을 치자 너무나 놀라운 일이 일어났습니다. 종소리가 내 몸 안에 가득 들어왔다가 조금씩 숨을 토하듯 내 몸을 한 바퀴 휘돌아 나감으로써 참으로 맑고 고운 소리를 내었습니다. 처음에는 주먹만 한 우박이 세상의 모든 바위 위에 떨어지는 소리 같기도 하다가, 나중에는 갈대숲을 지나가는 바람이나 실비 소리 같기도 하고, 그 소리는 이어지는가 싶으면 끝나고, 끝나는가 싶으면 다시 이어졌습니다.

나는 내가 종소리가 된 게 아닌가 하는 착각에 몸을 떨었습니다. 그러면서 그때야 깨달을 수 있었습니다. 내가 그토록 오랜 세월 동안 참고 기다려온 것이 무엇이며, 내가 이 세상을 위해 소중한 그 무엇이 되었다는 것을. 누구의 삶이든 참고 기다리고 노력하면 그 삶의 꿈이 이루어진다는 것을.

고요히 산사山寺에 종소리가 울릴 때마다 요즘 나의 영혼은 기쁨으로 가득 찹니다. 범종*의 음관* 역할을 함으로써 보다 아름다운 종소리를 낸다는 것, 그것이 내가 바라던 내 존재의 의미이자 가치였습니다.

어휘정리

만면 온 얼굴.
범종 절에서 대중을 모이게 하거나 시각을 알리기 위해 치는 종.
음관 외국의 종에는 없는, 우리나라 종만의 특징으로 종을 쳤을 때 잡소리 없이 한 가닥으로 맑은 소리가 나게 하는 역할을 한다. 음통, 용통이라고도 한다.

중요한 내용 쏙! 쏙! 쏙!

글의 특징

- 항아리를 의인화한 작품
- 항아리를 통해 '사람은 누구나 소중하다'는 주제를 전달함

➜ 의인화 – 인간 이외의 무생물, 동식물, 사물 등을 사람처럼 표현하는 것

항아리의 쓰임새 변화 과정

서툰 솜씨로 빚어져 작품이 되지 못하고 뒷간 마당가에 방치됨

↓

오줌독이 되어 사람들의 오줌을 모아 둠

↓

항아리에 모아둔 오줌이 이듬해 농사의 거름으로 쓰임

↓

시간이 흘러 가마터에 버려짐

↓

주지 스님에 의해 발견되어 범종의 음관(울림통) 역할을 하게 됨

소재에 담긴 의미

- 사람들의 오줌을 받으며 자신의 삶을 슬퍼하지만 밭의 거름으로 쓰이면서 가치가 있다고 느낌

- 종각의 종 밑에 묻혀 아름다운 종소리를 내며 보람을 느끼게 되고 오랜 세월 인내한 자신의 노력과 존재의 가치에 대해 인식함

확인하기

1 항아리의 삶과 관련지어 작품의 주제를 생각해 봅시다.

2 '오줌독' 과 '음관' 으로서의 항아리의 삶이 어떻게 다른지 생각해 봅시다.

상상더하기 - 동화 쓰기

돌이네 흰둥이가 누고 간 똥은 참새와 흙덩이 그리고 닭과 병아리에게 더럽다고 외면당합니다. 강아지 똥은 자신이 쓸모없는 존재라고 슬퍼하지만, 민들레로부터 예쁜 꽃을 피우기 위해 강아지 똥이 거름이 되어 주어야 한다는 이야기를 듣습니다. 강아지 똥은 기꺼이 거름이 되어 주었고, 강아지 똥의 사랑으로 민들레는 예쁜 꽃봉오리를 피우게 됩니다.

위의 이야기는 권정생 작가의 '강아지 똥' 이라는 동화입니다. 강아지 똥은 보잘것없는 존재라고 슬퍼하다가 결국 민들레꽃의 거름이 되며, 자신이 소중한 존재임을 깨닫게 된답니다. 그런 모습이 항아리와 많이 닮았지요. 강아지 똥과 항아리처럼 "모든 존재는 소중하다."라는 주제를 효과적으로 표현할 수 있는 소재를 찾아 짧지만 감동적인 한편의 이야기를 지어봅시다.

확인하기 정답

1. 항아리는 자신이 쓸모없는 존재라고 생각했지만 끊임없이 무엇인가 쓸모 있는 존재가 되기를 꿈꾸며 희망을 버리지 않고 기다립니다. 결국, 자신이 바라던 소중한 것으로(범종의 음관) 쓰이고, 꿈을 이룬 것을 기뻐합니다. 이처럼 우리가 알지 못하는 하찮은 것이라도 세상에서 어떠한 의미로서 각자 제 역할을 합니다. 항아리의 삶을 통해 작가는 우리 모두가 각각 의미 있는 존재임을 일깨워 주고자 했습니다.
2. 항아리의 삶에서 오줌독과 음관 중 어느 것이 더 중요하다기 보다는 오랜 세월 참고 기다리며 꿈을 이루는 과정을 통해 더욱 의미 있는 삶으로 변해 가는 모습을 보여주고자 했습니다.

작가의 다른 작품 보기

봄눈 형제

이른 봄날 하늘나라에서 함박눈이 흰 눈들을 불러 모았습니다. 땅의 나라에 가뭄이 계속되었기 때문이지요. 함박눈과 흰 눈들이 의논한 결과 모두 함께 땅의 나라에 내려가기로 했습니다. 태어난 지 얼마 되지 않아 땅의 나라에 가 본 적이 없는 봄눈 형제도 기뻐하며 다정히 손을 잡고 내려가지만, 도중에 회오리바람을 만나 그만 철조망을 사이에 두고 남북으로 헤어지게 됩니다. 서로의 안부가 궁금하고 보고 싶어 슬퍼하던 형제는 어느 날 남쪽과 북쪽 아이들에 의해 눈사람이 되어 마주 보게 됩니다.

이 땅에는 아직도 봄눈 형제와 같은 처지에 놓인 이산가족들이 있습니다. 이산가족 문제가 하루빨리 해결되기를 소망합니다.

선인장 이야기

자신이 사막에서 태어난 선인장이라는 사실이 불만스러운 선인장이 있었습니다. 가시 많고 비쩍 마른 선인장이 아니라 아름다운 꽃이었으면 좋았을 거라는 선인장에게 아버지는 선인장도 참고 기다리면 꽃을 피울 수 있다고 말해줍니다. 그러나 선인장은 아버지의 말을 믿지 않고 목마른 사막이 싫다고 또 불만을 터트립니다. 그런 선인장에게 아버지는 사막을 사랑하라고 말하며, 곧 있으면 비가 온다고 알려줍니다. 정말 얼마 후 비가 왔고, 너무 많이 물을 먹지 말라는 아버지의 충고도 무시한 채 너무 많은 물을 마셔버린 선인장은 자신의 몸무게를 이기지 못하고 쓰러져 죽게 됩니다.

자신의 존재 가치를 모르고 스스로를 불행에 빠트린 선인장의 모습이 우리에게는 없는지 반성하는 시간을 갖게 하는 동화입니다.

외갓집은 언제나 부잣집

수록교과서 : 비상

이영일 (필명: 도래미) 애니메이션 '검정 고무신'의 원작 에세이를 펴낸 글작가이다. 한국 애니메이션계에 글작가의 존재감을 처음 각인시킨 작가이기도 하다. 주요 작품으로는 「머나먼 제국」「천사와 뚜쟁이」「13월의 칼새」「개미지옥」「검정 고무신」 등이 있다.

감상 길잡이

외갓집은 참 다정하고 정겨운 이름이지요. 요즈음은 외갓집이 도시에 있는 경우도 많지만, 우리의 마음속 외갓집은 외할머니가 버선발로 뛰어나오셔서 맞아주시는 곳, 도시를 떠나 산과 물에서 마음껏 뛰어 놀며 자연과 함께 할 수 있는 그런 곳이지요. 1960~70년대를 배경으로 하는 이 소설을 읽으며 외갓집의 푸근하고 정겨운 분위기를 느껴보세요. 또 외갓집이 부잣집이라고 한 이유도 생각하며 읽어봅시다.

갈래	단편소설	성격	향토적
시점	전지적 작가 시점	제재	외갓집
배경	1960년대, 전라남도 어촌 마을	주제	가족의 진정한 사랑

기영
천진난만함

기철
기영의 형, 사춘기 소년, 인정이 많고 동생을 잘 보살핌

춘식
기영의 외사촌, 책임감이 강하고 따뜻한 정이 있음

외할머니
외손자들에게 정을 많이 쏟으심. 먹을 것을 잘 챙겨주심

남쪽 끄트머리 바닷가에 있는 기영이와 기철이의 외갓집은 볼품없는 촌집입니다. 그러나 배가 불러 더는 못 먹을 때까지 먹을 것을 주는 외할머니가 있고, 메뚜기, 잠자리, 송사리 등 서울에는 없는 것들이 많은 외갓집이 기영이와 기철이에게는 둘도 없는 부잣집입니다. 서울을 떠나기 전 어머니는 기영이에게 고무신을 잃어버리지 말기를 당부하지만, 바닷가에서 동네 아이들의 짓궂은 장난에 그만 고무신 한 짝을 잃어버리고 맙니다. 썰물이 되어 바닷가의 바닥이 드러나도 고무신을 찾지 못하자, 사촌 춘식이는 기철이와 기영이를 먼저 보내고 자신이 더 찾아보겠노라고 말합니다. 그날 저녁 춘식이는 기영이의 고무신 값을 벌기 위해 낙지를 잔뜩 잡아 돌아옵니다. 춘식이의 따뜻한 정에 기영이는 잃었던 웃음을 되찾습니다.

외갓집은 언제나 부잣집

외갓집은 서울에서 기차를 타고 열 시간은 가야 나오는 남쪽 끄트머리 바닷가에 있었다. 기차역에서 내린 다음에도 시뻘건 황톳길을 따라 걷고, 걷고, 또 걸어야 간신히 닿는 마을. 초가 지붕들이 조개껍데기처럼 옹기종기 어깨를 기대고 앉은 마을. 그 마을 한쪽에 외갓집이 있었다. 고작 세 칸 초가집에, 쪽마루, 흙 마당이 전부인 집. 볼품*이라고는 눈을 씻고 찾아봐도 없는 그저 그런 촌집이었다.

그래도 기영이에게, 기철이에게 외갓집은 둘도 없는 부잣집이었다.

야트막한 흙담에 얼기설기 이어 붙인 사립문*을 밀고 들어설 때 가장 먼저 뛰쳐나와 반기는 건 언제나 외할머니 목소리였다.

"아이고, 내 새끼들 왔는가? 그 먼 디서 옴서 얼매나 고상을 했으끄나. 아이, 에미야! 언능 밥 몬자 채래라. 오메, 내 강아지들 배가 고파서 눈이 십 리는 들어가 부렀겄다. 언능!"

그렇게 외할머니의 '새끼'와 '강아지'가 되어 흙 마당으로 들어서는 순간부터 기영이는 배가 불렀다. 배가 불러서 꺼질 줄 모르는 나날이 시작되는 거였다. 끼니마다 보리밥에 나물, 생선, 미역……. 중간 중간 새참*으로 수박, 참외, 전복죽, 감자……. 서울에서 이따금 맛보는 사탕이며 과자며 '아이스케끼*'는 없지만 외갓집에는 먹을 게 많고

어휘정리

볼품 겉으로 드러나 보이는 볼 만한 모습.
사립문 사립짝을 달아서 만든 문.
새참 일을 하다가 잠깐 쉬면서 먹는 음식. 여기서는 끼니 사이에 잠깐씩 먹는 음식을 말한다.
아이스케끼 1960~70년대 여름에 많이 먹던, 설탕을 탄 물을 직사각·둥근막대 형틀에 넣어 얼린 얼음 과자.

도 많았다. 게다가 온 식구가 기영이, 기철이에게 더 먹이지 못해 안타까워했다. 외할아버지, 외삼촌, 외숙모, 심지어는 외사촌 춘식이까지. 그 가운데서도 으뜸은 단연 외할머니였다.

"아나, 더 묵어라. 전복죽이 겁나게* 몸에 좋다고 안 허냐. 긍께 많이 묵어라, 잉!"

"으아, 이제 배불러요, 할머니!"

"그것 쪼까 묵고 뭔 배가 불러야! 느그만 헐 때는 소겉이 입을 한시도 안 쉬고 묵어야 쓴다. 그래야 키가 크제. 언능 더 묵어라, 더 묵어!"

마당에 놓인 평상* 위에서 기영이 형제는 그렇게 온종일 묵고 또 묵었다. 외할머니 겨드랑이 밑에 있는 한은 정말로 되새김질하는 소처럼 한시도 입을 놀리지 않고 뭔가를 먹어야 했던 거다. 배가 불러서 숨쉬기가 힘겨울 때도 있었지만 그래도 행복했다. 할머니 몰래 소곤거리는 순간에도 나른하다 못해 잠이 오리만치 행복했다.

"형, 나 배 터질 것 같아. 춘식이 형은 어떻게 배가 안 터졌을까? 우린 방학 때만 내려오지만 춘식이 형은 날마다 할머니랑 같이 살잖아."

"그러니까 많이 묵어! 배 안 터지니까 더 묵어!"

짓궂은 기철이가 그렇게 어설픈 사투리 흉내를 내는 줄도 모르고 할머니는 온종일 먹어라, 먹어라 했다. 먹을 것만 많은 게 아니었다. 외갓집에는 서울에는 없는 게 참 많았다.

"춘식아! 기영이, 기철이 심심허겄다. 물에 가서 놀다 오제 그냐."

할아버지가 숫돌*에 낫을 갈며 한마디 툭 던진

어휘정리

겁나게 '매우(보통 정도보다 훨씬 더)'의 방언
평상 밖에다 내어, 앉거나 드러누워 쉴 수 있도록 나무로 만든 침상의 하나.
숫돌 칼이나 낫 따위의 연장을 갈아 날을 세우는 데 쓰는 돌.

'물' 도, 그 물까지 가는 길에서 만나는 것들도 대부분 서울에서는 찾아보기 힘든 것들이었다.

풀숲에 발을 내디디면 풀빛 메뚜기가 통통 튀어 오르고, 메뚜기를 잡으려고 종종걸음*을 치다가 고개 들어 이마의 땀을 훔치노라면 밤빛 고추잠자리 떼가 하늘가를 어지럽게 맴돌았다. 얕은 여울목도 그냥 지나치기 아까웠다. 여울에 듬성듬성 놓인 징검다리 아래로 와글와글 모여드는 송사리 떼를 보면 기영이는 고무신부터 벗어 들고 여울로 뛰어들었다. 양손에 한 짝씩 들고 송사리를 몰아 잡아 보겠다는 마음에서였다.

따지고 보면 서울에서 가져온 것 가운데 가장 쓸모 있는 게 바로 고무신이었다. 흙길, 자갈길, 산길 가릴 것 없이 발을 보호해 주고, 신은 채로 물속에도 첨벙첨벙 들어갈 수 있을 뿐 아니라, 이렇게 송사리까지 잡을 수 있으니 말이다.

"기영아, 시골 가면 새 고무신 아껴 신어라. 신발 잃어버리면 외갓집에서 서울까지 맨발로 걸어와야 해! 그러니까 아껴 신어, 알았지?"

서울 떠나기 전에 엄마는 그렇게 신신당부했다. 이제 와 생각해 보니 엄마는 시골에 가면 고무신이 얼마나 쓸모 있는 신발로 변하는지를 잘 알고 있던 게 틀림없었다. 기영이는 온몸에 물이 튀는 것도 아랑곳없이 고무신짝으로 송사리 떼를 덮치느라 시간 가는 줄도 몰랐다.

"아야, 기영아! 여그보다 백 배는 더 좋은 물 있어야! 쩌그 깔크막*만 넘어가면 나온당께. 언능 가더라고!"

춘식이 말은 거짓이 아니었다. 뜨거운 여름 한낮 햇볕을 받아 땀을 뻘뻘 흘리며 언덕을 넘어서자 참

어휘정리

종종걸음 발을 가까이 자주 떼며 급히 걷는 걸음.
깔크막 '언덕' 의 방언.

으로 커다랗고 널따란, 짙푸른 물이 나타났던 거다. 기영이는 눈을 동그랗게 뜨고 기철이는 저도 모르게 소리를 질렀다.

"와! 바다다, 바다야! 모래사장도 있네!"

"긍께 내가 뭐라 글든가! 여그서 헤엄치면 금방 시원해져 분당께!"

춘식이는 어느새 웃옷을 홀랑 벗어 던지고 바다로 뛰어들고 있었다. 물 만난 고기*라더니 춘식이가 바로 그랬다. 파도가 제법 넘실대는 바다 속에서 머리통만 드러낸 채 가볍게 떠다니는 춘식이 모습은 여느 때와는 사뭇 달라 보였다. 새까맣게 그을린 춘식이가 멋져 보이긴 그때가 처음이었다. 물속에서 멋진 녀석, 춘식이가 고래고래 소리를 질렀다.

"기영아! 기철이 성! 뭣 허고 있능가, 언능 들으와!"

기철이와 기영이는 쭈뼛거리며 바닷물에 발을 담가 보았다. 그러고 보니 바다에는 춘식이만 떠 있는 게 아니었다. 여기저기서 밤송이 같은 사내 녀석 머리통들이 볼쏙볼쏙 자맥질*을 하고 있었던 거다.

이따금 두 팔을 쫙쫙 내뻗으며 물살을 가르는 녀석들은 하나같이 매끈한 수영 선수 같았다.

또래 녀석들한테 낯*을 세우고 싶었는지 수영도 못 하는 기철이가 짐짓 호기롭게* 웃옷을 벗어 던지더니 바닷물로 텀벙 뛰어들며 소리쳤다.

"기영아, 너도 들어와! 신발 벗고."

"싫어. 뾰족한 것에 찔리면 어떡해?"

기영이는 신발을 신은 채, 혀를 날름거리며 파고드는 물살을 살짝살짝 피해 다니기만 했다. 기철이도 잔뜩 용기를 내어 뛰어들기는 했지만, 더 깊은

어휘정리

물 만난 고기 어려운 지경에서 벗어나 크게 활약할 판을 만난 처지를 이르는 말.
자맥질 물속에서 팔다리를 놀리며 떴다 잠겼다 하는 것.
낯 남을 대할 만한 체면.
호기롭다 꺼드럭거리며 뽐내는 면이 있다.

곳까지 들어가 볼 엄두는 낼 수 없어서 발바닥으로 모래만 간질이고 있었다. 바로 그때였다.

느닷없이 우악스런* 손길이 기영이와 기철이를 물속으로 집어넣었다. 눈깜짝할 사이에 당한 일이라 형제는 정신을 차릴 수 없었다. 짜디짠 물이 코로 입으로 들이붓듯이 넘어오는 바람에 숨이 콱콱 막히고 귀가 먹먹했다*. 언뜻언뜻 보이는 거라고는 지옥처럼 컴컴한 바닷물과 이리저리 흔들리는 사내 녀석들의 희끄무레한 다리들뿐이었다. 두려움과 고통에 휩싸인 형제의 깜깜한 머릿속에 떠오르는 생각은 딱 하나였다.

'이게 바로 죽음이라는 거구나!'

"아푸푸!"

마침내 죽음의 문턱에서 물 밖으로 살아 돌아온 형제의 눈에 든든한 춘식이 모습이 제일 먼저 들어왔다. 춘식이는 벌겋게 달아오른 얼굴로 마을 사내 녀석들을 닦달하고* 있었다.

"우리 성이랑 동생은 서울에서 와 갖고 헤엄도 못 친단 말이여! 글다 물에 빠져 죽어 불면 느그들이 책임질래?"

춘식이의 서슬*에 눌려서 아이들은 기어들어 가는 목소리로 변명을 해댔다.

"근다고 죽가니? 기양 장난 한본 쳐 본 거이여."

"글 안 해도 서울서 왔다 글기에 바닷물 조께 멕였어야! 인사로 말이여, 인사!"

그사이 기영이와 기철이는 꽁지가 빠져라 물 밖으로 도망쳤다. 시골 아이들에게 인사 한 번 더 받

어휘정리

우악스럽다 보기에 무지하고 포악하며 드센 데가 있다.
먹먹하다 갑자기 귀가 막힌 듯이 소리가 잘 들리지 않다.
닦달하다 남을 단단히 윽박질러서 혼을 내다.
서슬 강하고 날카로운 기세.

았다가는 다시는 서울로 가는 기차를 타지 못할 것 같았다. 모래밭에 벌렁 드러누운 기철이는 여전히 콜록거리며 짠물을 게워 냈다*. 그런데 갑자기 기영이가 소리를 질렀다.

"내 고무신! 형아야, 내 고무신 한 짝 없어졌어!"

춘식이를 비롯한 아이들이 우르르 몰려나왔다. 아닌 게 아니라 기영이 고무신 한 짝이 감쪽같이 벗어져 나가고 없었다. 기철이도 벌떡 일어나 다가왔다. 장난을 친 아이들은 겸연쩍은* 얼굴로 서로를 쳐다보았다. 금세라도 울음을 터뜨릴 듯 기영이 얼굴이 일그러졌다.

"나가 찾아 주께. 걱정도 말고 울지도 말어."

춘식이가 의젓하게 말하더니 바닷물 깊이 자맥질해 들어갔다. 기영이는 춘식이 머리가 물 밖으로 나올 때마다 반짝반짝 윤이 나는 검정 고무신 한 짝도 같이 나오기를 조마조마한 마음으로 기다렸다. 하지만 헛수고였다. 춘식이가 자맥질을 시작한 뒤로 해가 한 뼘이나 더 움직였지만 고무신은 나오지 않았다. 그러는 동안 마을 아이들은 어느새 하나둘 꽁무니를 빼고 없었다. 마침내 자맥질에도 지쳐 버린 춘식이가 빈손으로 터덜터덜 걸어 나오자 기영이는 참았던 울음을 터뜨리고 말았다.

"아앙! 내 고무신 잃어버렸어! 새 건데, 엄마가 사 준 비싼 고무신인데……. 엄마가 잃어버리지 말라고 했는데, 엉엉……."

기철이도 덩달아 시무룩해진 얼굴로 동생을 물끄러미 바라보았다. 한번 터진 울음은 좀처럼 그칠 줄을 몰랐다. 기영이는 뜨거운 흙 길을 절뚝절뚝 걸으며 맨발로 서울까지 가는 제 모습을 그리다가 더럭 겁이 나서

어휘정리

게우다 먹은 것을 넘기지 못하고 도로 입 밖으로 내어 놓다.
겸연쩍다 쑥스럽거나 미안하여 어색하다.

더 크게 울었다. 춘식이는 그런 기영이를 보며 마치 자기가 잘못이라도 한 것처럼 안절부절못했다.

"인자 물이 다 빠졌는디도 신이 안 보이네……. 물 빠질 때 떠내려가 부렀으까? 신이 안 보여 부러야……."

아닌 게 아니라 썰물이 저 멀리 빠져나가 버린 바닷가에는 널따란 개펄이 펼쳐지고 있었다. 물이 빠지고 바닥이 훤히 드러났는데도 고무신이 보이지 않자 기영이는 아예 탈싹 주저앉아 온 바다가 떠나갈 듯 울었다. 그러자 춘식이가 기철이를 보며 말했다.

"성, 안 되겄네. 성 몬자 기영이 데꼬 들어가소. 나는 쪼끔만 더 찾아보고 들어갈랑께."

기철이가 못 이기는 척 기영이를 일으켜 세웠다. 그런데 기영이가 이번에는 비명을 꽥 지르며 다시 주저앉았다. 모래 구멍을 헤집으며 울던 기영이 손가락에 낙지 한 마리가 딸려 올라온 거였다. 기영이는 물컹한 낙지가 빨판에 힘을 주어 손가락을 휘감자 소스라치게 놀라서 남아 있는 고무신마저 벗어지는 줄도 모르고 도망을 쳤다. 기철이는 엉겁결에* 고무신 한 짝을 주워 들고 기영이 뒤를 좇아 달리고, 그런 형제의 뒷모습을 보고 서 있던 춘식이 얼굴엔 희미한 웃음이 번졌다.

그날 저녁, 노을이 황토처럼 발갛게 익었다 지고, 땅거미*가 먹물처럼 담 안으로 스며들 때까지도 춘식이는 돌아오지 않았다. 마당에 모깃불이 지펴지고, 외숙모가 저녁밥을 다 지을 때까지도.

"춘식이 야는 밥때 되았구마 왜 아직도 안 들어온다냐?"

어휘정리

엉겁결에 자기도 미처 모르는 사이에 갑자기.
땅거미 해가 진 뒤 어스레한 동안.

마침내 외삼촌이 걱정을 할 만큼 어두워졌지만, 춘식이는 돌아오지 않았다. 하지만 춘식이가 돌아오거나 말거나, 할머니가 수박을 들이밀며 먹으라고 채근*을 하거나 말거나, 기영이는 여전히 칭얼거리고 있었다. 잃어버린 고무신 때문이었다.

"아가, 기영아, 할매가 조리 장수한테 체곗돈*을 내서라도 신 사 주께인께 걱정 말고 언능 수박 묵어라, 잉?"

이상한 일이었다. 할머니가 걱정하지 말라고 하니 더 걱정이 되었다. 걱정이 되다 못해 짜증까지 치밀었다. 그때 외삼촌이 소리를 질렀다.

"야 이놈아! 날 저문 지가 언젠디 이때끔 쏘댕기다가 인자사 기어들어오냐?"

춘식이었다. 무척 허기지고 지친 몰골이었다. 그 와중에도 기영이는 춘식이 손에 고무신이 들려 있는지 살피느라 목을 빼고 있었다. 고무신은 커녕 짚신 한 짝 보이지 않았다. 기영이 입이 다시 비쭉거려지기 시작했다. 그런데 춘식이가 어깨에 메고 있던 보퉁이 하나를 털썩 내던지며 말했다.

"낙지 잡았구먼요! 요놈들 팔아서 기영이 고무신 사 주라고. 요것들 잡니라고 늦어 부렀네. 배고파 환장* 해 불겄서요."

춘식이가 내던진 보퉁이에서 희멀건 낙지들이 꼬물꼬물 기어 나왔다. 휘둥그레 뜨고 낙지를 보던 기영이 눈에 찡긋 눈짓을 보내고 돌아서는 춘식이가 들어왔다. 순간, 기영이 가슴에 따뜻한 물살이 번져 나갔다. 오후 내내 잃어버린 웃음도 기영이 입가에 다시 살아나고 있었다.

그렇게 서울에 없는 것들이 많기도 한 외갓집은 언제나 부잣집이었다.

어휘정리

채근 어떻게 행동하기를 따지어 독촉함.
체곗돈 남에게 빌려 받은 돈. 돈을 빌린 대가로 원금을 갚을 때까지 이자를 내야 한다.
환장 어떤 것에 지나치게 몰두하여 정신을 못 차리는 지경이 됨을 속되게 이르는 말.

중요한 내용 쏙! 쏙! 쏙!

외갓집을 언제나 부잣집이라고 한 이유

먹을 것이 많음

배가 불러 더 이상 먹을 수 없을 때까지 외갓집 식구들은 더 먹일 수 없어 안타까워 함

서울에는 없는 게 많음

메뚜기, 잠자리, 송사리, 그리고 좋은 물 등

따뜻한 정이 흘러 넘침

할머니를 비롯하여 기영이의 고무신을 사주기 위해 낙지를 잡아 온 춘식, 그리고 외갓집 식구들 모두 기영이와 기철이에게 따뜻한 정을 보여줌

소재에 담긴 의미

고무신
- 시대적 배경을 드러냄. 아이들의 동심을 드러냄.
- 사건의 중심 소재

잃어버린 고무신
- 갈등을 최고조로 이르게 함.
- 춘식이의 따뜻한 마음을 드러내는 계기가 됨

낙지
- 춘식이의 따뜻한 마음을 나타냄.
- 갈등 해결의 실마리를 제공

1960~70년대 시대적 배경을 드러내는 소재

아이스께끼
- '막대기에 꽂아 만든 얼음과자' 를 말하는데 당시 어린이들에게 가장 인기 있는 간식거리 중 하나

고무신
- 요즘에는 특별한 경우에만 신는 신발의 종류이지만 당시에는 대부분의 사람들이 즐겨 신었던 가장 인기 있는 신발

1 부잣집의 사전적 의미와 글 속에 나타난 의미를 비교해 봅시다.

2 기영이가 잃어버린 고무신을 찾아주기 위한 춘식이의 행동을 차례대로 정리해 봅시다.

상상더하기 - 인상적인 부분 찾기

이 작품은 외갓집 식구들의 인정이 따뜻하게 그려진 소설입니다. 여러분은 이 소설을 읽으며, 특히 인상적이었던 부분이 있나요? 그런 부분이 있다면 한 번 소개해 봅시다. 인상적인 이유도 함께 이야기해 보세요.

확인하기 정답

1. 부잣집은 원래 재산이 많아 살림이 넉넉한 집을 말합니다. 그러나 기영이의 외갓집은 볼품없는 촌집이지만, 따뜻한 정이 흘러넘치고, 서울에서는 볼 수 없는 자연물들이 많아 부잣집이라고 한 것입니다.
2. 자맥질로 바닷물 깊이 들어가 고무신을 찾아보지만 찾지 못하자, 낙지를 잡아와 그것을 판 돈으로 기영이에게 고무신을 사주려고 합니다.

작가의 다른 작품 보기

봄비

〈외갓집은 언제나 부잣집〉은 이영일의 〈검정 고무신〉이라는 작품 속에 실려 있는 이야기입니다. 〈봄비〉도 역시 〈검정 고무신〉에 실려 있는 여러 이야기 중의 하나랍니다.

봄비가 내리던 어느 날, 첫사랑 이야기를 하면 한 달간 청소를 면제해 준다는 담임 선생님의 말씀에 기철이는 첫사랑 이야기를 시작합니다. 초등학교 3학년 때 짝꿍이었던 희선이가 기철이의 첫사랑인데, 어린 기철이는 희선이에 대한 마음을 괴롭힘으로 표현합니다. 그러던 어느 날 희선이는 아파서 결석하고 희철이는 마음속으로 걱정하지만, 일주일이나 지나서야 다시 돌아온 희선이를 모질게 대하며 또 괴롭힙니다. 세월이 흘러 6학년이 되었고, 졸업식 날 희선이는 기철이에게 쪽지를 전하는데 그 장면을 친구 성일이가 사진으로 찍으며 놀려댑니다. 기철은 마음과 다르게 쪽지를 찢어 버리고, 희선이는 울면서 가버립니다.

희선이를 좋아하지만, 표현에 서툴러 상대방을 괴롭히는 기철이의 행동이 순수하게 느껴지지요. 여러분의 초등학생 시절이 생각나지 않나요?

엿장수 맘대로

〈검정 고무신〉에 실려 있는 또 다른 이야기를 한 편 소개해 볼까요?

기영이네 집에 세들어 사는 근석과 삼례는 기영이와 기철이, 할머니의 신발을 가져다가 엿을 바꿔 먹습니다. 그 사실을 알게 된 할머니는 엿장수에게 따지며 고무신을 돌려 달라고 하지만 엿장수는 줄행랑을 치지요. 할머니가 근석과 삼례 아빠를 찾아가 물어내라고 하자, 근석과 삼례 아빠는 엿장수를 찾아가 고무신을 걸고 엿치기 내기를 합니다. 그러나 결국 서로 이겼다고 우기는 통에 고무신을 찾지 못하고, 새로 사오게 되지요. 그날 저녁 기영이 엄마는 고무신을 사느라 돈을 다 써버려 굶고 있는 근석이네 가족에게 저녁을 줍니다. 다음 날 동네 아이들은 고철을 주워 엿을 바꿔 먹었는데, 자석을 이용해 쉽게 고철을 줍는 두신이의 아이디어로 동네 아이들은 엿을 많이 바꾸어 즐거워합니다.

사탕과 초콜릿이 넘쳐나 엿은 뒷전으로 밀려나 버린 지금이지만, 작품을 읽으며 고무신으로 엿 바꿔 먹던 시절의 향수를 한 번 느껴볼까요?

Part 3
소설 속 역사적 상황

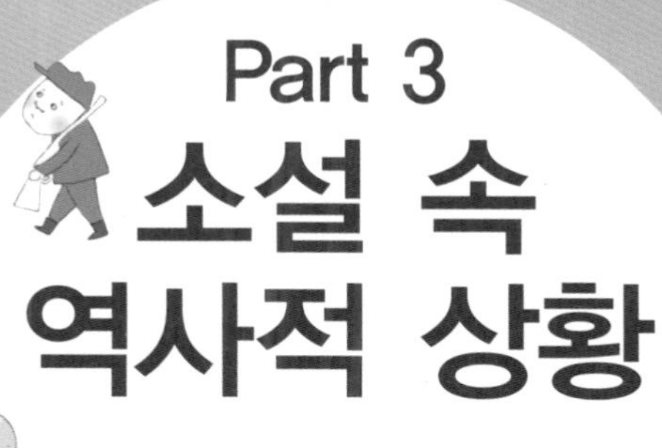

황순원「학」• 하근찬「수난이대」
박완서「옥상의 민들레꽃」• 윤흥길「기억 속의 들꽃」
• 박영준「모범 경작생」
채만식「이상한 선생님」• 이동하「전쟁과 다람쥐」

“

웰컴투 동막골이라는 영화를 봤나요? 6.25전쟁 중에 우연히 국군과 인민군이 강원도 두메산골에 들어가 일어난 사건들을 다룬 영화이지요. 전쟁영화가 보여주기 힘든 감동과 유머가 담긴 영화라 참 재미있게 본 기억이 나네요. 특히 두메산골 사람들의 순박함과, 강혜정이 연기한 정신이 온전치 못한 여일이 때문에 참 많은 웃음을 주었던 영화였지요. 지금도 여일이의 “비암(뱀)이 나와~ 물리면 마이 아파.” 하는 목소리가 들리는 듯 하네요.

영화에서 뿐만 아니라, 소설 속에서도 6.25 전쟁은 자주 등장하는 배경인데요. 소설은 현실을 바탕으로 꾸며낸 이야기이므로, 현실 속의 중요한 사건이나 상황들이 소설 속의 배경으로 등장하는 경우가 많지요. 특히 우리나라는 일제 강점기와 6.25전쟁이라는 가슴 아픈 역사적 현실을 경험했는데, 이러한 역사적 경험들을 배경으로 하고 있는 소설 작품들이 많답니다.

소설 속에 나타난 역사적 상황을 파악하고 이해하는 것은 소설을 이해하는데 큰 도움이 되지요. 그러면, 역사적 상황이 소설 작품 속에 어떻게 나타나 있는지 살펴보며 작품을 감상해 볼까요?

”

학

수록교과서 : 새롬, 유웨이중앙,지학사(방)

황순원 소설가. 1915년 평남 대동에서 태어나 일본 와세다 대학교 영문과를 졸업했다. 초기에는 시인으로 활동하다가 1936년 「거리의 부사」를 발표한 이후 소설 창작에 전념했다. 2000년 세상을 떠났으며 대표작으로는 「소나기」 「학」 「별」 「목넘이 마을의 개」 「독 짓는 늙은이」 등이 있다.

감상 길잡이

함께 뛰어놀며 우정을 나누던 친구가 어느 날 적이 되어 내 앞에 나타난다면 어떨까요? 전쟁은 때로는 친구와 가족을 적으로 만들기도 하지요. 6.25전쟁의 비극적인 상황을 떠올려 가며, 성삼이와 덕재의 진한 우정이야기에 귀 기울여 보세요. 그리고 작품 전반에 걸쳐 비중 있게 등장하는 소재인 학의 의미도 파악해보세요.

갈래	단편소설, 전후소설
시점	작가 관찰자 시점(부분적 전지적 작가 시점)
배경	1950년 가을, 삼팔선 근처의 어느 마을

성격	인간주의적
제재	전쟁 중에 겪은 두 친구의 갈등
주제	우정을 통한 이데올로기 극복과 인간성 회복

성삼
남쪽 치안 대원,
순수한 농민으로
친구 덕재를 풀어줌

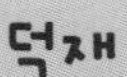

농민동맹 부위원장,
순수한 농민.
가족애가 깊음

삼팔 접경의 이북 마을이 고향인 성삼은 남쪽의 치안 대원이 되어 고향에 돌아옵니다. 거기서 농민동맹 부위원장이라는 이유로 치안대에 잡혀 온 덕재를 만납니다. 성삼은 어릴 적 단짝 친구 덕재를 단독으로 호송하게 되는데, 호송 도중 덕재가 어린 시절 함께 놀리던 꼬맹이와 혼인한 일을 알게 되고, 같이 혹부리 할아버지의 밤을 훔치던 기억을 회상하기도 합니다. 또 농사밖에 모르던 덕재가 빈농이라는 이유만으로 농민동맹 부위원장이 된 사실도 알게 됩니다.

삼팔선 완충지대에 이르렀을 때, 성삼과 덕재는 학 떼를 만납니다. 성삼은 열두어 살 쯤 덕재와 어른들 몰래 학을 잡던 일을 생각해내고 덕재에게 학 사냥을 하자며 포승줄을 풀어주어 도망가게 합니다.

학

삼팔 접경*의 이 북쪽 마을은 드높이 갠 가을 하늘 아래 한껏 고즈넉했다*.

주인 없는 집 봉당*에 흰 박통만이 흰 박통을 의지하고 굴러 있었다.

어쩌다 만나는 늙은이는 담뱃대부터 뒤로 돌렸다. 아이들은 또 아이들대로 멀찌감치서 미리 길을 비켰다. 모두 겁에 질린 얼굴들이었다.

동네 전체로는 이번 동란에 깨어진 자국이라곤 별로 없었다. 그러나 어쩐지 자기가 어려서 자란 옛 마을은 아닌 성싶었다.

뒷산 밤나무 기슭에서 성삼이는 발걸음을 멈추었다. 거기 한 나무에 기어올랐다. 귓속 멀리서, 요놈의 자식들이 또 남의 밤나무에 올라가는구나, 하는 혹부리 할아버지의 고함소리가 들려왔다.

그 혹부리 할아버지도 그새 세상을 떠났는가. 몇 사람 만난 동네 늙은이 가운데 뵈지 않았다.

성삼이는 밤나무를 안은 채 잠시 푸른 가을 하늘을 치어다보았다. 흔들지도 않은 밤나무 가지에서 남은 밤송이가 저 혼자 아람*이 벌어져 떨어져 내렸다.

임시 치안대 사무소로 쓰고 있는 집 앞에 이르니, 웬 청년 하나가 포승*에 묶이어 있다.

이 마을에서 처음 보다시피 하는 젊은이라, 가까

어휘정리

접경 경계가 서로 맞닿음. 또는 그 경계.
고즈넉하다 고요하고 아늑하다.
봉당 안방과 건넌방 사이의 마루를 놓을 자리에 마루를 놓지 아니하고 흙바닥 그대로 둔 곳.
아람 밤이나 상수리 따위가 충분히 익어 저절로 떨어질 정도가 된 상태. 또는 그런 열매.
포승 죄인을 잡아 묶는 노끈.

이 가 얼굴을 들여다보았다. 깜짝 놀랐다. 바로 어려서 단짝 동무였던 덕재가 아니냐.

천태에서 같이 온 치안 대원에게 어찌 된 일이냐고 물었다. 농민동맹 부위원장을 지낸 놈인데 지금 자기 집에 잠복해 있는 걸 붙들어 왔다는 것이다.

성삼이는 거기 봉당 위에 앉아 담배를 피워 물었다.

덕재를 청단까지 호송하기로 되었다. 치안 대원 청년 하나가 데리고 가기로 됐다.

성삼이가 다 탄 담배 꼬투리에서 새로 담뱃불을 댕겨* 가지고 일어섰다.

"이 자식은 내가 데리구 가지요."

덕재는 한결같이 외면한 채 성삼이 쪽은 보려고도 하지 않았다.

동구 밖을 벗어났다.

성삼이는 연거푸 담배만 피웠다. 담배 맛은 몰랐다. 그저 연기만 기껏 빨았다 내뿜곤 했다. 그러다가 문득 이 덕재 녀석도 담배 생각이 나려니 하는 생각이 들었다. 어려서 어른들 몰래 담모퉁이에서 호박잎 담배를 나눠 피우던 생각이 났다. 그러나 오늘 이깟 놈에게 담배를 권하다니 될 말이냐.

한번은 어려서 덕재와 같이 혹부리 할아버지네 밤을 훔치러 간 일이 있었다. 성삼이가 나무에 올라갈 차례였다. 별안간 혹부리 할아버지의 고함 소리가 들려왔다. 나무에서 미끄러져 떨어졌다. 엉덩이에 밤송이가 찔렸다. 그러나 그냥 달렸다. 혹부리 할아버지가 못 따라올 만큼 멀리 가서야 덕재에게 엉덩이를 돌려 댔다. 밤가시 빼내는 게 더 따끔거리고 아팠다. 절로 눈물이 질끔거려졌다. 덕

어휘정리

댕기다 불이 옮아 붙다. 또는 그렇게 하다.

재가 불쑥 자기 밤을 한 줌 꺼내어 성삼이 호주머니에 넣어 주었다…….

성삼이는 새로 불을 댕겨 문 담배를 내던졌다. 그리고는 이 덕재 자식을 데리고 가는 동안 다시 담배는 붙여 물지 않으리라 마음먹는다.

고갯길에 다다랐다. 이 고개는 해방 전전해 성삼이가 삼팔 이남 천태 부근으로 이사 가기까지 덕재와 더불어 늘 꼴* 베러 넘나들던 고개다.

성삼이는 와락 저도 모를 화가 치밀어 고함을 질렀다.

"이 자식아, 그동안 사람을 멫이나 죽였냐?"

그제야 덕재가 힐끗 이쪽을 바라다보더니 다시 고개를 거둔다.

"이 자식아, 사람 멫이나 죽였어?"

덕재가 다시 고개를 이리로 돌린다. 그리고는 성삼이를 쏘아본다. 그 눈이 점점 빛을 더해 가며 제법 수염발 잡힌 입언저리가 실쭉거리더니,

"그래 너는 사람을 그렇게 죽여 봤니?"

이 자식이! 그러면서도 성삼이의 가슴 한복판이 환해짐을 느낀다. 막혔던 무엇이 풀려 내리는 것만 같은. 그러나,

"농민동맹 부위원장쯤 지낸 놈이 왜 피하지 않구 있었어? 필시 무슨 사명을 띠구 잠복해 있는 거지?"

덕재는 말이 없다.

"바른 대루 말해라. 무슨 사명을 띠구 숨어 있었냐?"

그냥 덕재는 잠잠히 걷기만 한다. 역시 이 자식 속이 꿀리는 모양이구나. 이런 때 한번 낯짝을 봤으면 좋겠는데 외면한 채 다시는 고개를 돌리지 않는다.

어휘정리

꼴 말이나 소에게 먹이는 풀.

성삼이는 허리에 찬 권총을 잡으며,

"변명은 소용없다. 영락없이 넌 총살감이니까. 그저 여기서 바른 대루 말이나 해 봐라."

덕재는 그냥 외면한 채,

"변명은 할려구두 않는다. 내가 제일 빈농의 자식인데다가 근농*꾼이라구 해서 농민동맹 부위원장 됐든 게 죽을 죄라면 하는 수 없는 거구, 나는 예나 이제나 땅 파먹는 재주밖에 없는 사람이다."

그리고 잠시 사이를 두어,

"지금 집에 아버지가 앓아 누웠다. 벌써 한 반 년 된다."

덕재 아버지는 홀아비로 덕재 하나만 데리고 늙어 오는 빈농*꾼이었다. 칠 년 전에 벌써 허리가 굽고 검버섯*이 돋은 얼굴이었다.

"장간 안 들었냐?"

잠시 후에,

"들었다."

"누구와?"

"꼬맹이와."

아니 꼬맹이와? 거 재미있다. 하늘 높은 줄 모르고 땅 넓은 줄만 알아, 키는 작고 똥똥하기만 한 꼬맹이. 무던히 새침데기*였다. 그것이 얄미워서 덕재와 자기는 번번이 놀려서 울려 주곤 했다. 그 꼬맹이한테 덕재가 장가를 들었다는 것이다.

"그래 애가 멫이나 되나?"

"이 가을에 첫애를 낳는대나."

어휘정리

근농 농사를 부지런히 지음. 또는 그런 농민.
빈농 가난한 농가나 농민.
검버섯 주로 노인의 살갗에 생기는 거무스름한 얼룩.
새침데기 쌀쌀맞게 시치미를 떼는 성격을 지닌 사람.

성삼이는 그만 저도 모르게 터져 나오려는 웃음을 겨우 참았다. 제 입으로 애가 몇이나 되느냐 묻고서도 이 가을에 첫애를 낳게 됐다는 말을 듣고는 우스워 못 견디겠는 것이다. 그러지 않아도 작은 몸에 곧 배를 한 아름 안고 있을 꼬맹이, 그러나 이런 때 그런 일로 웃거나 농담을 할 처지가 아니라는 걸 깨달으며,

"하여튼 네가 피하지 않구 남아 있는 건 수상하지 않어?"

"나두 피하려구 했었어. 이번에 이남서 쳐들어오믄 사내란 사낸 모주리 잡아 죽인다구 열일곱에서 마흔 살까지의 남자는 강제루 북으로 이동하게 됐었어. 할 수 없이 나두 아버질 업구라두 피란 갈까 했지. 그랬드니 아버지가 안 된다는 거야. 농사꾼이 다 지어 놓은 농살 내버려 두구 어딜 간단 말이냐구. 그래 나만 믿구 농사일루 늙으신 아버지의 마지막 눈이나마 내 손으루 감겨 드려야겠구, 사실 우리같이 땅이나 파먹는 것이 피란 간댔자 별수* 있는 것두 아니구……."

지난 유월달에는 성삼이 편에서 피란을 갔었다. 밤에 몰래 아버지더러 피란 갈 이야기를 했다. 그때 성삼이 아버지도 같은 말을 했다. 농사꾼이 농사일을 늘어놓구 어디루 피란 간단 말이냐. 성삼이 혼자서 피란을 갔다. 남쪽 어느 낯설은 거리와 촌락을 헤매다니면서 언제나 머리에서 떠나지 않는 건 늙은 부모와 어린 처자에게 맡기고 나온 농사일이었다. 다행히 그때나 이제나 자기네 식구들은 몸 성히들 있다.

고갯마루를 넘었다. 어느새 이번에는 성삼이 편에서 외면을 하고 걷고 있었다. 가을 햇볕이 자꾸 이마에 따가웠다. 참 오늘 같은 날은 타작*하기에

어휘정리

별수 달리 어떻게 할 방법.
타작 곡식의 이삭을 떨어서 낟알을 거두는 일.

꼭 알맞은 날씨라고 생각했다.

고개를 다 내려온 곳에서 성삼이는 주춤 발걸음을 멈추었다.

저쪽 벌 한가운데 흰옷을 입은 사람들이 허리를 굽히고 섰는 것 같은 것은 틀림없는 학 떼였다. 소위 삼팔선 완충 지대가 되었던 이곳. 사람이 살고 있지 않은 그동안에도 이들 학들만은 전대로 살고 있은 것이었다.

지난날 성삼이와 덕재가 아직 열두어 살쯤 났을 때 일이었다. 어른들 몰래 둘이서 올가미*를 놓아 여기 학 한 마리를 잡은 일이 있었다. 단정학이었다. 새끼로 날개까지 얽어매 놓고는 매일같이 둘이서 나와 학의 목을 쓸어안는다, 등에 올라탄다, 야단을 했다. 그러한 어느 날이었다. 동네 어른들의 수군거리는 소리를 들었다. 서울서 누가 학을 쏘러 왔다는 것이다. 무슨 표본*인가를 만들기 위해서 총독부의 허가까지 맡아 가지고 왔다는 것이다. 그 길로 둘이는 벌로 내달렸다. 이제는 어른들한테 들켜 꾸지람 듣는 것 같은 건 문제가 아니었다. 그저 자기네의 학이 죽어서는 안 된다는 생각뿐이었다. 숨 돌릴 겨를도 없이 잡풀 새를 기어 학 발목의 올가미를 풀고 날개의 새끼를 끌렀다. 그런데 학은 잘 걷지도 못하는 것이다. 그동안 얽매여 시달렸던 탓이리라. 둘이서 학을 마주 안아 공중에 투쳤다*. 별안간 총소리가 들렸다. 학이 두서너 번 날갯짓을 하다가 그대로 내려왔다. 맞았구나. 그러나 다음 순간, 바로 옆 풀숲에서 펄럭 단정학 한 마리가 날개를 펴자 땅에 내려앉았던 자기네 학도 긴 목을 뽑아 한번 울음을 울더니 그대로 공중에 날아올라, 두 소년의 머리 위에

어휘정리

올가미 새끼줄이나 노 따위로 옭아서 고리를 내어 짐승을 잡는 장치.
표본 생물의 몸 전체나 그 일부에 적당한 처리를 가하여 보존할 수 있도록 한 것.
투치다 멀리 가 버리도록 던져 쫓다.

동그라미를 그리며 저쪽 멀리로 날아가 버리는 것이었다. 두 소년은 언제까지나 자기네 학이 사라진 푸른 하늘에서 눈을 뗄 줄을 몰랐다…….

"애, 우리 학 사냥이나 한번 하구 가자."

성삼이가 불쑥 이런 말을 했다.

덕재는 무슨 영문인지 몰라 어리둥절해 있는데,

"내 이걸루 올가밀 만들어 놓을게 너 학을 몰아오너라."

포승줄을 풀어 쥐더니, 어느새 성삼이는 잡풀 새로 기는 걸음을 쳤다. 대번 덕재의 얼굴에서 핏기가 걷혔다. 좀 전에, 너는 총살감이라던 말이 퍼뜩 머리를 스치고 지나갔다. 이제 성삼이가 기어가는 쪽 어디서 총알이 날아오리라.

저만치서 성삼이가 홱 고개를 돌렸다.

"어이, 왜 멍추같이 섰는 게야? 어서 학이나 몰아오너라!"

그제서야 덕재도 무엇을 깨달은 듯 잡풀 새를 기기 시작했다.

때마침 단정학 두세 마리가 높푸른 가을 하늘에 큰 날개를 펴고 유유히 날고 있었다.

중요한 내용 쏙! 쏙! 쏙!

학의 상징적 의미

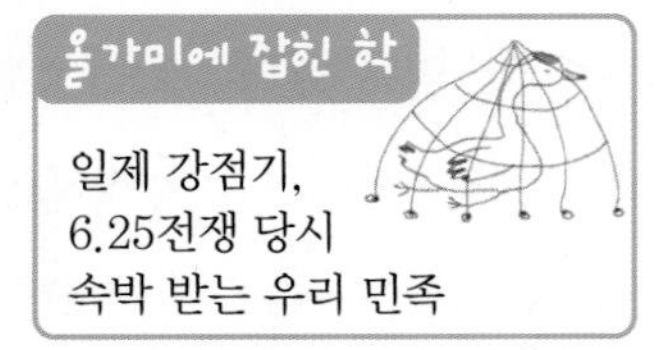

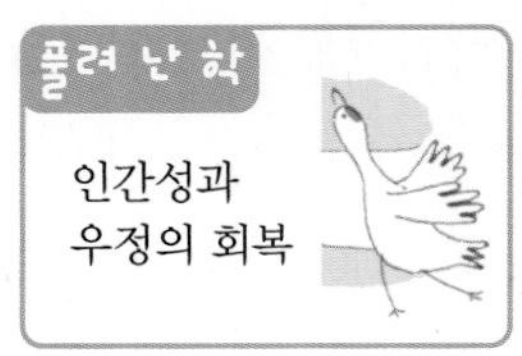

서술상의 특징

- 현재의 순차적인 진행 속에 몇 개의 과거를 삽입하여 이야기가 전개됨
- 고개를 중심으로 한 공간의 변화에 따라 갈등이 변화됨
  (고개를 넘을 때는 갈등이 고조 - 고개를 내려올 때는 갈등이 해소)
- 인물의 성격이 압축적인 서술과 간결한 대화를 통해 간접적으로 제시됨
- 생략과 암시로 심리 변화를 나타냄

갈등 구조 보기

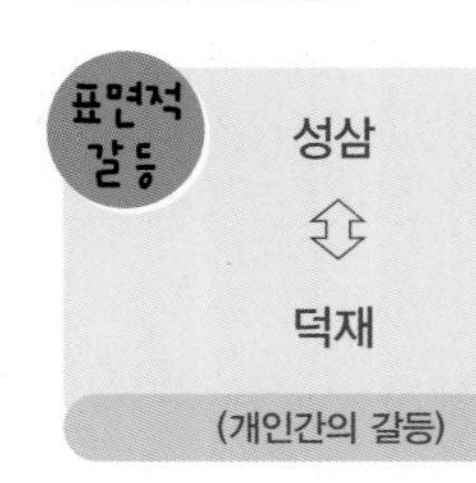

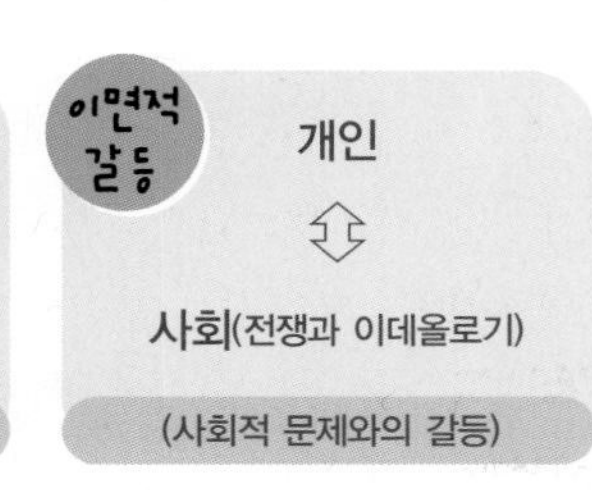

1 글 속에 등장하는 '학 사냥'의 역할에 대해 정리해봅시다.

2 결말 부분(때마침 단정학 두세 마리가 높푸른 가을 하늘에 큰 날개를 펴고 유유히 날고 있었다.)을 통해 작가가 말하고자 하는 것이 무엇인지 생각해봅시다.

상상더하기 - 생각 풍선 만들기

성삼이가 덕재를 풀어주는 마지막 장면은 참 인상 깊지요. 특히 성삼이와 덕재의 우정과 선량함은 가슴 뭉클하게 하는 감동이 있습니다. 덕재를 풀어준 성삼이와 도망가는 덕재는 마음속으로 무슨 생각을 했을지 상상해봅시다.

1. 전쟁도 이데올로기도 없던 시절에 성삼과 덕재는 학 사냥을 하며 순수한 우정을 나누었습니다. 그 기억은 결국 성삼이와 덕재의 금이 간 우정을 회복시켜 성삼이로 하여금 덕재를 풀어주게 하는 매개체 역할을 합니다.
2. 학은 우리 민족, 순수한 인간성 등을 상징합니다. 결국, 하늘을 날아오른 학은 우리 민족이 속박에서 벗어나 자유로워짐을 나타내며, 또 우정의 회복을 통해 갈등이 해소될 것임을 암시합니다.

수난 이대

수록교과서 : 디딤돌(김), 미래엔컬처(윤), 박영사, 좋은책, 창비

하근찬 소설가. 1931년 경북 영천에서 태어나 전주사범학교에서 공부한 뒤 교사로 근무했다. 1957년 《한국일보》 신춘문예에 「수난 이대」가 당선되어 등단했다. 2007년 세상을 떠났으며 대표작으로는 「수난 이대」 「왕릉과 주둔군」 「족제비」 등이 있다.

감상 길잡이

여러분은 연평도 사건을 기억하나요? 북한군이 연평도에 무차별 포격을 해서 우리 군인과 주민이 죽거나 다친 안타까운 사건이었지요. 자칫 전쟁까지 일어날 수 있는 위험한 상황이었어요. 만약 전쟁이 일어난다면 어떻게 될까요? 생명의 안전조차 보장되지 않는 전쟁터에서 지금의 일상을 그리워하고 있을지도 모릅니다. 수난이대는 일제강점기 태평양전쟁을 겪은 아버지와 6.25전쟁을 겪은 아들의 이야기입니다. 일제강점기와 6.25전쟁 당시의 역사적 상황을 파악하며 이대에 걸친 부자의 수난이야기를 들어봅시다.

갈래	단편소설, 가족사소설, 전후소설
시점	복합적 시점 (작가 관찰자 시점과 전지적 작가 시점이 모두 나타남)
배경	일제 강점기~6.25전쟁 전후, 경상도의 작은 마을

성격	사실적, 상징적
제재	민족의 수난사
주제	수난의 현실과 그것을 극복하려는 의지

박만도(아버지)

일제 강점기에 징용으로 끌려가 한쪽 팔을 잃음. 직선적이고 급한 성격. 아들에 대한 사랑이 강하고 긍정적인 성격. 수난을 극복하고자 하는 의지가 있음

박진수(아들)

6.25전쟁으로 다리를 잃음. 순박하고 현실에 순응하는 인물

만도는 아들 진수가 전쟁터에서 귀환한다는 소식에 기차역으로 마중을 나갑니다. 병원에서 퇴원하는 길이라는 아들이 혹시 많이 다쳤을까 불안하지만, 아들을 만날 수 있다는 생각에 마음이 들뜨고 설렙니다. 정거장으로 가는 길에 진수에게 주려고 고등어도 한 손 샀습니다. 정거장에서 기다리는 동안 만도는 일제에 징용으로 끌려가 한쪽 팔을 잃은 과거를 회상합니다. 기차가 도착하고 초조하게 진수를 기다리던 만도는 전쟁터에서 한쪽 다리를 잃은 아들을 보고 분노를 느끼며 뒤도 돌아보지 않고 걸어갑니다. 돌아오는 길에 만도는 주막에 들러 술기운이 돌자 아들에게 다리를 다치게 된 자초지종을 묻고, 아들을 위로한 후 주막을 나섭니다. 개천 둑 외나무다리에 이르렀을 때, 진수가 건너지 못하고 머뭇거리자, 만도는 진수를 업고, 진수는 만도의 고등어를 받아들고는 서로 의지하며 다리를 건넙니다.

수난 이대

진수가 돌아온다. 진수가 살아서 돌아온다. 아무개는 전사했다는 통지가 왔고, 아무개 아무개는 죽었는지 살았는지 통 소식도 없는데, 우리 진수는 살아서 오늘 돌아오는 것이다. 생각할수록 어깻바람이 날 일이었다. 그래 그런지 몰라도 박만도는 여느 때 같으면 아무래도 한두 군데 앉아 쉬어야 넘어설 수 있는 용머리재를 단숨에 올라채고 말았다. 가슴이 펄럭거리고 허벅지가 뻐근했다. 그러나 그는 고갯마루에서도 쉴 생각을 하지 않았다. 들 건너 멀리 바라보이는 정거장에서 연기가 물씬물씬 피어오르며 삐익 기적 소리가 들려왔기 때문이다. 아들이 타고 내려올 기차는 점심때가 가까워야 도착한다는 것을 모르는 바 아니었다. 해가 이제 겨우 산등성이 위로 한 뼘가량 떠올랐으니 오정*이 되려면 아직 차례 멀었다. 그러나 그는 공연히 마음이 바빴다. 까짓것, 잠시 앉아 쉬면 뭐 할 끼고. 손가락으로 한쪽 콧구멍을 찍 누르면서 팽! 마른코를 풀어 던졌다. 그리고 휘청휘청 고갯길을 내려간다.

내리막은 오르막에 비하면 아무것도 아니었다. 대고* 팔을 흔들라치면 절로 굴러 내려가는 것이다. 만도는 오른쪽 팔만을 앞뒤로 흔들고 있었다. 왼쪽 팔은 조끼 주머니에 아무렇게나 쑤셔 넣고 있는 것이다. 삼대독자가 죽다니 말이 되나. 살아서 돌아와야 일이 옳고말고. 그런데 병원에서 나온다 하니 어디를 좀 다치기는 다친 모양이지만, 설마 나같이 이렇게야 되지 않았겠지. 만도는 왼쪽 조끼 주머니에 꽂힌 소맷자락을 내려다보았다. 그 소맷자락 속에는 아무것도

어휘정리

오정 정오. 낮12시.
대고 계속하여 자꾸.

든 것이 없었다. 그저 소맷자락만이 어깨 밑으로 덜렁 처져 있는 것이다. 그래서 노상* 그쪽은 조끼 주머니 속에 꽂혀 있는 것이다. 볼기짝이나 장딴지 같은 데를 총알이 약간 스쳐 갔을 따름이겠지. 나처럼 팔뚝 하나가 몽땅 달아날 지경이었다면 그 엄살스런 놈이 견뎌 냈을 턱이 없고말고. 슬머시 걱정이 되기도 하는 듯, 그는 속으로 이런 소리를 주워섬겼다.

내리막길은 빨랐다. 벌써 고갯마루가 저만큼 높이 쳐다보였다. 산모퉁이를 돌아서면 이제 들판이다. 내리막길을 쏘아 내려온 기운 그대로, 만도는 들길을 잰걸음* 쳐 나가다가 개천 둑에 이르러서야 걸음을 멈추었다. 외나무다리가 놓여 있는 조그마한 시냇물이었다. 한여름 장마철에 들어설라치면 배꼽이 묻히는 수도 있었지마는, 요즈음엔 무릎이 잠길 듯 말 듯한 물이었다. 가을이 깊어지면서부터 물은 밑바닥이 환히 들여다보일 만큼 맑아져 갔다. 소리도 없이 미끄러져 내려가는 물을 가만히 내려다보고 있으면, 절로 이촉*이 시려 온다.

만도는 물기슭에 내려가서 쭈그리고 앉아 한 손으로 고의춤*을 풀어헤쳤다. 오줌을 찌익 갈기는 것이다. 거울 면처럼 맑은 물 위에 오줌이 가서 부글부글 끓어오르며 뿌우연 거품을 이루니 여기저기서 물고기 떼가 모여든다. 제법 엄지손가락만씩한 피리*도 여러 마리다. 한 바가지 잡아서 회쳐 놓고 한잔 쭈욱 들이켰으면……. 군침이 목구멍에서 꿀꺽 했다. 고기 떼를 향해서 마른코를 팽팽 풀어 던지고, 그는 외나무다리를 조심히 디뎠다.

길이가 얼마 되지 않는 다리였으나, 아래로 몸을 내려다보면 제법 아찔했다. 그는 이 외나무다리를

어휘정리

노상 언제나 변함없이 줄곧.
잰걸음 보폭이 짧고 빠른 걸음.
이촉 잇몸 속에 들어 있는 이의 뿌리.
고의춤 고의나 바지의 허리를 접어서 여민 사이.
피리 '피라미', '송사리'의 방언.

퍽 조심한다.

언젠가 한 번 읍에서 술이 꽤 되어 가지고 흥청거리며 돌아오다가 물에 굴러 떨어진 일이 있었던 것이다. 지나치는 사람이 없었기에 망정이지 누가 보았더라면 큰 웃음거리가 될 뻔했었다. 발목 하나를 약간 접쳤을 뿐, 크게 다친 데는 없었다. 이른 가을철이었기 때문에 옷을 벗어 둑에 널어놓고 말릴 수는 있었으나, 여간 창피스러운 것이 아니었다. 옷이 말짱 젖었다거나 옷이 마를 때까지 발가벗고 기다려야 한다거나 해서가 아니었다. 팔뚝 하나가 몽땅 잘려 나간 흉측한 몸뚱어리를 하늘 앞에 드러내 놓고 있어야 했기 때문이었다. 지나치는 사람이 있을라치면, 하는 수 없이 물속으로 뛰어 들어가서 얼굴만 내놓고 앉아 있었다. 물이 선뜩해서 아래턱이 덜덜거렸으나, 오그라 붙는 사타구니께를 한 손으로 꽉 움켜쥐고 버티는 수밖에 없었다.

"흐흐흐……."

그때 일을 생각하면 지금도 곧 웃음이 터져 나온다. 하늘로 쳐들린 콧구멍이 연방 벌름거렸다.

개천을 건너서 논두렁길을 한참 부지런히 걸어가노라면 읍으로 들어가는 한길*이 나선다. 도로변에 먼지를 부옇게 덮어쓰고 도사리고 앉아 있는 초가집은 주막이다. 만도가 읍에 나올 때마다 꼭 한 번씩 들르곤 하는 단골집인 것이다. 이 집 눈썹이 짙은 여편네와는 예사로 농을 주고받는 사이이다.

술방 문턱을 들어서며 만도가,

"서방님 들어가신다."

하면 여편네는,

어휘정리

한길 사람이나 차가 많이 다니는 넓은 길.

"아이 문둥아, 어서 오느라."

하는 것이 인사처럼 되어 있었다. 만도는 여간 언짢은 일이 있어도 이 여편네의 궁둥이 곁에 가서 앉으면 속이 절로 쑥 내려가는 것이었다.

주막 앞을 지나치면서 만도는 술방 문을 열어 볼까 했으나, 방문 앞에 신이 여러 켤레 널려 있고, 방 안에서 웃음소리가 요란하기 때문에 돌아오는 길에 들르기로 했다.

신작로*에 나서면 금세 읍이었다. 만도는 읍 들머리*에서 잠시 망설이다가, 정거장 쪽과는 반대되는 방향으로 걸음을 옮겼다. 장거리를 찾아가는 것이었다. 진수가 돌아오는데 고등어나 한 손* 사가지고 가야 될 게 아닌가 싶어서였다. 장날은 아니었으나, 고깃전에는 없는 고기가 없었다. 이것을 살까 하면 저것이 좋아 보이고, 그것을 사러 가면 또 그 옆의 것이 먹음직해 보였다. 한참 이리저리 서성거리다가 결국은 고등어 한 손이었다. 그것을 달랑달랑 들고 정거장을 향해 가는데, 겨드랑 밑이 간질간질해 왔다. 그러나 한쪽밖에 없는 손에 고등어를 들었으니 참 딱했다. 어깻죽지를 연방 위아래로 움직거리는 수밖에 없었다.

정거장 대합실*에 들어선 만도는 먼저 벽에 걸린 시계부터 바라보았다. 두 시 이십 분이었다. 벌써 두 시 이십 분이라니 내가 잘못 보나? 아무리 두 눈을 씻고 보아도 시계는 틀림없는 두 시 이십 분인 것이다. 한쪽 걸상에 가서 궁둥이를 붙이면서도 곧장 미심쩍어했다. 두 시 이십 분이라니, 그럼 벌써 점심때가 지웠단* 말인가? 말도 아닌 것이다. 자세

어휘정리

신작로 자동차가 다닐 수 있을 정도로 넓게 새로 낸 길.
들머리 들어가는 맨 첫머리.
손 생선을 세는 단위. 고등어 한손은 고등어 두 마리를 말한다.
대합실 공공시설에서 손님이 기다리며 머물 수 있도록 마련한 곳.
지웠단 지났단.

히 보니 시계는 유리가 깨어졌고 먼지가 꺼뭏게 앉아 있었다. 그러면 그렇지. 엉터리였다. 벌써 그렇게 되었을 리가 없는 것이다.

"여보이소, 지금 몇 싱교?"

맞은편에 앉은 양복장이한테 물어 보았다.

"열 시 사십 분이오."

"예, 그렁교."

만도는 고개를 굽실 하고는 두 눈을 연방 껌벅거렸다. 열 시 사십 분이라, 보자……. 그럼 아직도 한 시간이나 넘어 남았구나. 그는 이제 안심이 되는 듯 후유 숨을 내쉬었다. 궐련*을 한 개 빼 물고 불을 댕겼다.

정거장 대합실에 와서 이렇게 도사리고 앉아 있노라면, 만도가 곧잘 생각하는 일이 한 가지 있었다. 그 일이 머리에 떠오르면 등골을 찬 기운이 쫙 스쳐 내려가는 것이었다. 손가락이 시퍼렇게 굳어진, 이끼 낀 나무토막 같은 팔뚝이 지금도 저만큼 눈앞에 보이는 듯했다.

바로 이 정거장 마당에 백 명 남짓한 사람들이 모여 웅성거리고 있었다. 그중에는 만도도 섞여 있었다. 기차를 기다리고 있는 것이었으나, 그들은 모두 자기네들이 어디로 가는 것인지 알지를 못했다. 그저 차를 타라면 탈 사람들이었다. 징용*에 끌려 나가는 사람들이었다. 그러니까 지금으로부터 십이삼 년 옛날의 이야기인 것이다.

북해도 탄광으로 갈 것이라는 사람도 있었고, 틀림없이 남양군도*로 간다는 사람도 있었다. 더러

어휘정리

궐련 얇은 종이로 말아 놓은 담배.
징용 국가가 국민을 강제적으로 일정한 업무에 종사시키는 것. 여기서는 일제에 의한 강제 노동을 가리킴.
남양군도 남태평양에 흩어져 있는 섬의 무리. 제1차세계대전 후에 일본이 통치했었고, 태평양전쟁 말기에 미국과 일본이 싸웠던 곳.

는 만주로 갔으면 좋겠다고 하기도 했다. 만도는 북해도가 아니면 남양군도일 것이고, 거기도 아니면 만주겠지, 설마 저희들이 하늘 밖으로야 끌고 가겠느냐고 아무렇지도 않은 듯이 그 들창코로 담배 연기를 푹푹 내뿜고 있었다. 그러나 마음이 좀 덜 좋은 것은 마누라가 저쪽 변소 모퉁이 벚나무 밑에 우두커니 서서 한눈도 안 팔고* 이쪽만을 바라보고 있는 때문이었다. 그래서 그는 주머니 속에 성냥을 두고도 옆 사람에게 불을 빌리자고 하며 슬며시 돌아서 버리곤 했다.

플랫폼으로 나가면서 뒤를 돌아보니 마누라는 울 밖에 서서 수건으로 코를 눌러 대고 있는 것이었다. 만도는 코허리가 찡했다. 기차가 꽥꽥 소리를 지르면서 덜커덩! 하고 움직이기 시작했을 때는 정말 덜 좋았다. 눈앞이 뿌우옇게 흐려지는 것을 어쩌지 못했다. 그러나 정거장이 까맣게 멀어져 가고 차창 밖으로 새로운 풍경이 휙휙 날아들자 그제야 아무렇지도 않아지는 것이었다. 오히려 기분이 유쾌해지는 것 같기도 했다.

바다를 본 것도 처음이었고, 그처럼 큰 배에 몸을 실어 본 것은 더구나 처음이었다. 배 밑창에 엎드려서 꽥꽥 게워 내는* 사람들이 많았으나, 만도는 그저 골이 좀 띵했을 뿐 아무렇지도 않았다. 더러는 하루에 두 개씩 주는 뭉칫밥을 남기기도 했으나, 그는 한꺼번에 하루 것을 뚝딱 해도 시원찮았다.

모두들 내릴 준비를 하라는 명령이 떨어진 것은 사흘째 되는 날 황혼 때였다. 제각기 봇짐을 챙기기에 바빴다. 만도도 호박덩이만 한 보따리를 옆구리에 덜렁 찼다. 갑판 위에 올라가 보니 하늘은 활활 타오르고 있고, 바닷물은

어휘정리

한눈 팔다 마땅히 볼 데를 보지 아니하고 딴 데를 보다.
게우다 먹은 것을 삭이지 못하고 도로 입 밖으로 내어놓다.

불에 녹은 쇠처럼 벌겋게 출렁거리고 있었다. 지금 막 태양이 물 위로 뚝딱 떨어져 가는 중이었다. 햇덩어리가 어쩌면 그렇게 크고 붉은지 정말 처음이었다. 그리고 바다 위에 주황빛으로 번쩍거리는 커다란 산이 둥둥 떠 있는 것이었다. 무시무시하도록 황홀한 광경에 모두들 딱 벌어진 입을 다물 줄 몰랐다. 만도는 어깨마루를 버쩍 들어 올리면서 히야, 고함을 질러댔다. 그러나 섬에서 그들을 기다리고 있는 것은 숨 막히는 더위와 강제 노동과 그리고 잠자리만씩이나 한 모기 떼……. 그런 것뿐이었다.

섬에다가 비행장을 닦는 것이었다. 모기에게 물려 혹이 된 자리를 벅벅 긁으며, 비 오듯 쏟아지는 땀을 무릅쓰고 아침부터 해가 떨어질 때까지 산을 허물어 내고, 흙을 나르고 하기란, 고향에서 농사일에 뼈가 굳어진 몸에도 이만저만한 고역*이 아니었다. 물도 입에 맞지 않았고, 음식도 이내 변하곤 해서 도저히 견디어 낼 것 같지가 않았다. 게다가 병까지 돌았다. 일을 하다가도 벌떡 자빠지기가 예사였다. 그러나 만도는 아침저녁으로 약간씩 설사를 했을 뿐 넘어지지는 않았다. 물도 차츰 입에 맞아 갔고, 고된 일도 날이 감에 따라 몸에 배어드는 것이었다. 밤에 날개를 차며 몰려드는 모기 떼만 아니면 그럭저럭 배겨 내겠는데, 정말 그놈의 모기들만은 질색이었다.

사람의 힘이란 무서운 것이었다. 그처럼 험난하던 산과 산 틈바구니에 비행장을 닦아 내고야 말았던 것이다. 그러나 일은 그것으로는 끝나는 것이 아니고, 오히려 더 벅찬 일이 기다리고 있었다. 연합군의 비행기가 날아들면서부터 일은 밤중까지 계속되었다. 산허리에 굴을 파 들어가는 것이었다. 비행기를 집어넣을 굴이었다. 그리고 모든 시설을 다 굴속으로 옮겨야 하는 것이었다.

어휘정리

고역 몹시 힘들고 고되어 견디기 어려운 일.

여기저기 다이너마이트 튀는 소리가 산을 흔들어댔다. 앵앵앵 하고 공습경보*가 나면 일을 하던 손을 놓고 모두 굴 바닥에 납작납작 엎드려 있어야 했다. 비행기가 돌아갈 때까지 그러고 있는 것이었다. 어떤 때는 근 한 시간 가까이나 엎드려 있어야 하는 때도 있었는데, 차라리 그것이 얼마나 편한지 몰랐다. 그래서 더러는 공습이 있기를 은근히 기다리기도 했다. 때로는 공습경보의 사이렌을 듣지 못하고 그냥 일을 계속하는 수도 있었다.

그럴 때는 모두 큰 손해를 보았다고 야단들이었다. 어떻게 된 셈인지 사이렌이 미처 불기 전에 비행기가 산등성이를 넘어 들이닥치는 수도 있었다. 그럴 때는 정말 질겁*을 했다. 가장 많은 피해를 입는 것도 그런 경우였다. 만도가 한쪽 팔뚝을 잃어버린 것도 바로 그런 때의 일이었다.

여느 날과 다름없이 굴속에서 바위를 허물어 내고 있었다. 바위 틈서리에 구멍을 뚫어서 다이너마이트 장치를 하는 것이었다. 장치가 다 되면 모두 바깥으로 나가고 한 사람만 남아서 불을 댕기는 것이다. 그리고 그것이 터지기 전에 얼른 밖으로 뛰어나와야 한다. 만도가 불을 댕기는 차례였다. 모두 바깥으로 나가 버린 다음, 그는 성냥을 꺼내었다.

그런데 웬 영문인지 기분이 꺼림칙했다. 모기에게 물린 자리가 자꾸 쑥쑥 쑤시는 것이었다. 긁적긁적 긁어 댔으나 도무지 시원한 맛이 없었다. 그는 이맛살을 찌푸리면서 성냥을 득! 그었다. 그래 그런지 몰라도 성냥불은 이내 픽 하고 꺼져 버렸다. 성냥 알맹이 네 개째에서 겨우 심지에 불이 댕겨졌다. 심지에 불이 붙는 것을 보자, 그는 얼른 몸

어휘정리

공습경보 적의 항공기가 공중에서 습격해 왔을 때 위험을 알리는 경보.
질겁 뜻밖의 일에 자지러질 정도로 깜짝 놀람.

을 굴 밖으로 날렸다. 바깥으로 막 나서려는 때였다. 산이 무너지는 듯한 소리와 함께 사나운 바람이 귀전을 후려갈기는 것이었다. 만도는 정신이 아찔했다. 공습이었던 것이다. 산등성이를 넘어 달려든 비행기가 머리 위로 아슬아슬하게 지나는 것이었다. 미처 정신을 차리기도 전에 또 한 대가 뒤따라 날아드는 것이 아닌가. 만도는 그만 넋을 잃고 굴 안으로 도로 달려 들어갔다. 달려 들어가서 굴 바닥에 엎드리고 말았다. 그 순간이었다. 꽝! 굴 안이 미어지는 듯하면서 다이너마이트가 터졌다. 만도의 두 눈에서 불이 번쩍 했다.

만도가 어렴풋이 눈을 떠 보니, 바로 거기 눈앞에 누구의 것인지 모를 팔뚝이 하나 아무렇게나 던져져 있었다. 손가락이 시퍼렇게 굳어져서 마치 이끼 낀 나무토막처럼 보이는 팔뚝이었다. 만도는 그것이 자기의 어깨에 붙어 있던 것인 줄을 알자, 그만 으악! 정신을 잃어버렸다. 재차 눈을 떴을 때는 그는 푹신한 담요 속에 누워 있었고, 한쪽 어깻죽지가 못 견디게 쿡쿡 쑤셔 댔다. 절단 수술이 이미 끝난 뒤였다.

꽤애액 기차 소리였다. 멀리 산모퉁이를 돌아오는가 보다. 만도는 자리를 털고 벌떡 일어서며 옆에 놓아둔 고등어를 집어 들었다. 기적 소리가 가까워질수록 가슴이 울렁거렸다. 대합실 밖으로 뛰어나가 플랫폼*이 잘 보이는 울타리 쪽으로 가서 발돋움을 했다.

땡땡땡 종이 울리자, 잠시 후 차는 소리를 지르면서 달려들었다. 기관차의 옆구리에서는 김이 픽픽 풍겨 나왔다. 만도의 얼굴은 바짝 긴장되었다.

어휘정리

플랫폼 역이나 정거장에서 사람들이 타고 내리는 곳. 승강장.

시커먼 열차 속에서 꾸역꾸역 사람들이 밀려 나왔다. 꽤 많은 손님이 쏟아져 내리는 것이었다. 만도의 두 눈은 곧장 이리저리 굴렀다. 그러나 아들의 모습은 쉽사리 눈에 띄지가 않았다. 저쪽 출입구로 밀려가는 사람의 물결 속에 두 개의 지팡이를 짚고 절룩거리며 걸어 나가는 상이군인*이 있었으나, 만도는 그 사람에게 주의가 가지는 않았다. 기차에서 내릴 사람은 모두 내렸는가 보다. 이제 미처 차에 오르지 못한 사람들이 폼을 이리저리 서성거리고 있을 뿐인 것이다. 그 놈이 거짓으로 편지를 띄웠을 리는 없을 건데……. 만도는 자꾸 가슴이 떨렸다. 이상한 일이다, 하고 있을 때였다. 분명히 뒤에서,

"아부지!"

부르는 소리가 들렸다. 만도는 깜짝 놀라며 얼른 뒤를 돌아보았다. 그 순간 만도의 두 눈은 무섭도록 크게 떠지고, 입은 딱 벌어졌다. 틀림없는 아들이었으나, 옛날과 같은 진수가 아니었다. 양쪽 겨드랑이에 지팡이를 끼고 서 있는데, 스쳐 가는 바람결에 한쪽 바짓가랑이가 펄럭거리는 것이 아닌가.

만도는 눈앞이 노오래지는 것을 어쩌지 못했다. 한참 동안 그저 멍멍하기만 하다가 코허리가 찡해지면서 두 눈에 뜨거운 것이 핑 도는 것이었다.

"에라이 이놈아!"

만도의 입술에서 모질게 튀어나온 첫마디였다. 떨리는 목소리였다. 고등어를 든 손이 불끈 주먹을 쥐고 있었다.

"이기 무슨 꼴이고, 이기."

"아부지!"

어휘정리

상이군인 전투나 군사상 공무 중에 몸을 다친 군인.

"이놈아, 이놈아……"

만도의 들창코가 크게 벌름거리다가 훌쩍 물코를 들이마셨다.

진수의 두 눈에서는 어느 결에 눈물이 꾀죄죄하게 흘러내리고 있었다. 만도는 모든 게 진수의 잘못이기나 한 듯 험한 얼굴로,

"가자, 어서!"

무뚝뚝한 한마디를 던지고는 성큼성큼 앞장을 서 가는 것이었다. 진수는 입술에 내려와 묻는 짭짤한 것을 혀끝으로 날름 핥아 버리면서 절름절름 아버지의 뒤를 따랐다.

앞장서 가는 만도는 뒤따라오는 진수를 한 번도 돌아보지 않았다. 한눈을 파는 법도 없었다. 무겁디무거운 짐을 진 사람처럼 땅바닥만을 내려다보며 이따금 끙끙거리면서 부지런히 걸어만 가는 것이다. 지팡이에 몸을 의지하고 걷는 진수가 성한 사람의, 게다가 부지런히 걷는 걸음을 당해 낼 수는 도저히 없었다. 한 걸음 두 걸음씩 뒤지기 시작한 것이 그만 작은 소리로 불러서는 들리지 않을 만큼 떨어져 버리고 말았다. 진수는 목구멍을 왈칵 넘어오려는 뜨거운 기운을 참느라고 어금니를 야물게 깨물어 보기도 했다. 그리고 두 개의 지팡이와 한 개의 다리를 열심히 움직여 대는 것이었다.

앞서 간 만도는 주막집 앞에 이르자, 비로소 한 번 뒤를 돌아보았다. 진수는 오다가 나무 밑에 서서 오줌을 누고 있었다. 지팡이는 땅바닥에 던져 놓고, 한쪽 손으로는 볼일을 보고, 한쪽 손으로는 나무 둥치를 안고 있는 꼬락서니가 을씨년스럽기* 이를 데 없었다. 만도는 눈살을 찌푸리며 으음 신음 소리 비슷한 무거운 소리를 토했다. 그리고 술방 앞으로 가서 방문을 왈칵

어휘정리

을씨년스럽다 보기에 날씨나 분위기 따위가 몹시 스산하고 쓸쓸한 데가 있다.

잡아당겼다.

기역자 판 안에 도사리고 앉아서 속옷을 뒤집어 이를 잡고 있던 여편네가 킥 웃으며 후닥닥 옷섶을 여몄다. 그러나 만도는 웃지를 않았다. 방문턱을 넘어서면서도 서방님 들어가신다는 소리를 내뱉지 않았다. 이처럼 뚝뚝한* 얼굴을 하고 이 술방에 들어서기란 아마 처음 일일 것이다. 여편네가 멋도 모르고,

"오늘은 서방님 아닌가배."

하고 킬룩 웃었으나, 만도는 으음 또 무거운 신음 소리를 했을 뿐이었다.

기역자 판 앞에 가서 쭈그리고 앉기가 바쁘게,

"빨리빨리."

재촉이었다.

"하따나 어지간히도 바쁜가배."

"빨리 곱빼기로 한 사발 달라니까구마."

"오늘은 와 이카노?"

여편네가 쳐* 주는 술 사발을 받아 들며, 만도는 후유 한숨을 크게 내쉬었다. 그리고 입을 얼른 사발로 가져갔다. 꿀꿀꿀 잘도 넘어간다. 그 큰 사발을 단숨에 비워 버리고는 도로 여편네 앞으로 불쑥 내민다.

그렇게 거들빼기*로 석 잔을 해치우고서야 으으윽 게트림*을 했다. 여편네가 눈을 휘둥그레 가지고 혀를 내둘렀다. 빈속에 술을 그처럼 때려 마시고 보니 금세 눈두덩이 확확 달아오르고 귀뿌리가 발갛게 익어 갔다.

어휘정리

뚝뚝한 무뚝뚝한.
치다 적은 분량의 액체를 따르거나 가루 따위를 뿌려서 넣다. 술을 부어 잔을 채우다.
거들빼기 연달아. 거듭해서.
게트림 거만스럽게 거드름을 피우며 하는 트림.

술기가 얼근하게 돌자, 이제 좀 속이 풀리는 것 같아 방문을 열고 바깥을 내다보았다. 진수는 이마에 땀을 척척 흘리면서 다 와 가고 있었다.

"진수야!"

버럭 소리를 질렀다.

"이리 들어와 보래."

진수는 아무런 대꾸도 없이 어기적어기적 다가왔다.

다가와서 방문턱에 걸터앉으니까 여편네가 보고,

"방으로 좀 들어오이소."

한다.

"여기 좋심더."

그는 수세미 같은 손수건으로 이마와 코언저리를 아무렇게나 훔친다.

"마, 아무 데서나 묵어라. 저 국수 한 그릇 말아 주소."

"야."

"곱빼기로 잘 좀 ……. 참지름* 도 치소, 잉?"

"야아."

여편네는 코로 히죽 웃으면서 만도의 옆구리를 살짝 꼬집고는, 소쿠리에서 삶은 국수 두 뭉텅이를 집어 든다.

진수가 국수를 훌훌 끌어 넣고 있을 때, 여편네는 만도의 귓전으로 얼굴을 살짝 갖다 댔다.

"아들이가?"

만도는 고개를 약간 앞뒤로 끄덕거렸을 뿐, 좋은 기색을 하지 않았다.

어휘정리

참지름 '참기름'의 방언.

진수가 국물을 훌쩍 들이마시고 나자 만도는,

"한 그릇 더 묵을래?"

한다.

"아니예."

"한 그릇 더 묵지 와?"

"고만 묵을랍니더."

진수는 입술을 썩 닦으며 부스스 자리에서 일어났다.

주막을 나선 그들 부자는 논두렁길로 접어들었다. 조금 전처럼 만도가 앞장을 서는 것이 아니라 이번에는 진수를 앞세웠다. 지팡이를 짚고 찌우뚱 찌우뚱 앞서 가는 아들의 뒷모습을 바라보며, 팔뚝이 하나밖에 없는 아버지가 느릿느릿 따라가는 것이다. 손에 매달린 고등어가 곧장 달랑달랑 춤을 춘다. 너무 급하게 들이부어서 그런지, 만도의 뱃속에서는 우글우글 술이 끓고, 다리가 휘청거린다. 콧구멍으로 더운 숨을 훅훅 내뿜어 본다. 정신이 아른하다. 좋다.

"진수야!"

"예."

"니 우짜다가 그래 됐노?"

"전쟁하다가 이래 안 됐십니꾜. 수류탄 쪼가리*에 맞았심더."

"수류탄 쪼가리에?"

"예."

"음……."

"얼른 낫지 않고 막 썩어 들어가기 땜에 군의관

어휘정리

쪼가리 작은 조각. 파편.

이 짤라 버립디더, 병원에서예."

"……."

"아부지!"

"와?"

"이래 가지고 나 우째 살까 싶습니더."

"우째 살긴 뭘 우째 살아. 목숨만 붙어 있으면 다 사는 기다. 그런 소리 하지 마라."

"……"

"나 봐라, 팔뚝이 하나 없어도 잘만 안 사나. 남 봄에 좀 덜 좋아서 그렇지, 살기사 왜 못 살아."

"차라리 아부지같이 팔이 하나 없는 편이 낫겠어예. 다리가 없어 노니 첫째 걸어 댕기기에 불편해서 똑* 죽겠심더."

"야야 안 그렇다. 걸어 댕기기만 하면 뭐 하노. 손을 지대로 놀려야 일이 뜻대로 되지."

"그럴까예?"

"그렇다니까. 그러니까 집에 앉아서 할 일은 니가 하고, 나댕기메* 할 일은 내가 하고, 그라면 안 되겠나, 그제?"

"예"

진수는 가벼운 한숨을 내쉬며 아버지를 돌아보았다. 만도는 돌아보는 아들의 얼굴을 향해서 지그시 웃어 주었다.

술을 마시고 나면 이내 오줌이 마려워진다. 만도는 길가에 아무렇게나 쭈그리고 앉아서 고기 묶

어휘정리

똑 '꼭'의 방언. 조금도 어김없이.
나댕기메 밖으로 나가 여기저기 다니며. 나다니며.

음을 입에 물려고 한다. 그것을 본 진수는,

"아부지, 그 고등어 이리 주이소."

한다.

팔이 하나밖에 없는 몸으로 물건을 손에 든 채 소변을 볼 순 없는 것이다. 아버지가 볼일을 마칠 때까지 진수는 저만큼 떨어져 서서 지팡이를 한쪽 손에 모아 쥐고 다른 손으로는 고등어를 들고 있었다. 볼일을 다 본 만도는 얼른 가서 아들의 손에서 고등어를 다시 받아 든다.

개천 둑에 이르렀다. 외나무다리가 놓여 있는 그 시냇물이다. 진수는 슬그머니 걱정이 되었다. 물은 그렇게 깊은 것 같지 않지만, 밑바닥이 모래흙이어서 지팡이를 짚고 건너가기가 만만할 것 같지 않기 때문이다. 외나무다리는 도저히 건너갈 재주가 없고……. 진수는 하는 수 없이 둑에 퍼지르고 앉아서 바짓가랑이를 걷어 올리기 시작했다.

만도는 잠시 멀뚱히 서서 아들의 하는 양을 내려다보고 있다가,

"진수야, 그만두고, 자아, 업자."

하는 것이었다.

"업고 건느면 일이 다 되는 거 아니가. 자아, 이거 받아라."

고등어 묶음을 진수 앞으로 민다.

진수는 퍽 난처해하면서 못 이기는 듯이 그것을 받아 들었다. 만도는 등어리를 아들 앞에 갖다 대고 하나밖에 없는 팔을 뒤로 버쩍 내밀며,

"자아, 어서!"

진수는 지팡이와 고등어를 각각 한 손에 쥐고, 아버지의 등어리로 가서 슬그머니 업혔다. 만도는 팔뚝을 뒤로 돌려서 아들의 하나뿐인 다리를 꼭

안았다. 그리고,

"팔로 내 목을 감아야 될 끼다."

했다.

진수는 무척 황송한* 듯 한쪽 눈을 찍 감으면서 고등어와 지팡이를 든 두 팔로 아버지의 목줄기*를 부둥켜안았다. 만도는 아랫배에 힘을 주며 끙 하고 일어났다. 아랫도리가 약간 후들거렸으나 걸어갈 만은 했다. 외나무다리 위로 조심조심 발을 내디디며 만도는 속으로, 이제 새파랗게 젊은 놈이 벌써 이게 무슨 꼴이고. 세상을 잘못 만나서 진수 니 신세도 참 똥이다 똥. 이런 소리를 주워섬겼고*, 아버지의 등에 업힌 진수는 곧장 미안스러운 얼굴을 하며,

'나꺼정 이렇게 되다니 아부지도 참 복도 더럽게 없지. 차라리 내가 죽어 버렸더라면 나았을 낀데…….'

하고 중얼거렸다.

만도는 아직 술기가 약간 있었으나, 용케 몸을 가누며 아들을 업고 외나무다리를 조심조심 건너가는 것이었다.

눈앞에 우뚝 솟은 용머리재가 이 광경을 가만히 내려다보고 있었다.

어휘정리

황송하다 분에 넘쳐 고맙고도 송구하다.
목줄기 '목덜미'의 방언.
주워섬기다 이러저러한 말을 아무렇게나 늘어놓다.

중요한 내용 쏙! 쏙! 쏙!

수난 이대의 구조

아버지와 아들의 두 비극이 병렬적으로 결합

만도
- 일제강점기(2차 세계대전)
- 노무자로 징용에 끌려감
- 탄광에서 다이너마이트 폭발 사고로 한쪽 팔을 잃음
- 일제 강점기의 고통을 겪은 아버지 세대를 상징

진수
- 6 · 25 전쟁 시기
- 군인으로 전쟁터에 나감
- 전쟁터에서 수류탄 파편에 다쳐 한쪽 다리를 잃음
- 6 · 25전쟁의 고통을 겪은 아들 세대를 상징

시대적 배경을 알려주는 단어

- **과거**(일제강점기) : 징용, 북해도, 탄광, 남양 군도, 만주, 연합군 비행기, 공습 경보
- **현재**(6.25전쟁) : 전사, 상이군인, 전쟁, 수류탄

소재에 담긴 의미

고등어 • 아들에 대한 아버지의 사랑

담배 • 과거 회상의 매개체

국수 • 아들에 대한 아버지의 사랑, 화낸 것을 미안해 하는 아버지의 마음이 담김

주막 • 갈등 해소의 공간

외나무 다리 • 부자앞에 놓인 시련, 함께 어려움을 극복해 나갈 미래를 암시

1 만도와 진수가 처한 현실과 현실 대응 태도의 공통점을 말해봅시다.

2 만도와 진수의 삶과, 작품의 결말을 통해 작가가 말하고자 하는 것이 무엇인지 알아봅시다.

상상더하기 - 이야기 이어쓰기

만도와 진수 부자는 외나무다리를 건너 무사히 집으로 돌아왔을 거예요. 집으로 돌아온 부자의 일상이 궁금하지 않으세요? 여러분이 직접 작가가 되어 불구의 몸으로 열심히 살아가는 부자의 모습을 그려볼까요?

확인하기 정답

1. 만도는 일제강제노역으로 한쪽 팔을 잃고, 진수는 6.25전쟁으로 한쪽 다리를 잃었습니다. 둘 다 불구의 몸이 되어 비극적인 상황에 놓여 있지만 서로 도와 가며 어려운 현실을 극복하고자 하는 의지가 있습니다.
2. 만도와 진수는 전쟁을 겪으며 불구의 몸이 됩니다. 그러나 마지막에 외나무다리를 함께 건너며 서로 도와 어려움을 극복하고자 하는 의지를 보이지요. 이것은 일제강점기와 6.25전쟁을 겪은 우리 민족의 비극과 수난을 의미하며 우리 민족이 처한 어려움과 고난을 함께 도와가며 극복하자는 작가의 뜻이 담겨 있습니다.

작가의 다른 작품 보기

흰 종이수염 주인공 동길이는 사친회비(학교 수업료)를 내지 못해 집으로 쫓겨 오고, 전쟁에 노무자로 갔다가 팔 하나를 잃고 돌아온 아버지는 가족을 위해 극장 선전원이 됩니다. 흰 종이수염을 턱에 붙이고 광대가 되어 극장 선전원 일을 하는 아버지를 아이들이 놀리자 동길이는 분노를 참지 못하고 아이들과 싸움을 하지요.

6.25전쟁은 평화로운 동길이네 가족의 삶을 많이 바꾸어 놓았답니다. 전쟁이라는 역사적인 현실 속에서 동길이와 아버지가 겪는 수난은 〈수난 이대〉의 만도 부자의 모습과 많이 닮았지요. 육체적, 정신적으로 씻을 수 없는 상처를 주는 전쟁이 이 땅에 다시는 일어나지 않기를 바랍니다.

홍소 조판수는 집배원입니다. 삼십여 년 동안 가방을 메고 편지를 배달해서 생계를 꾸려나가는 평범한 가장이지요. 그러던 어느 날 조판수는 늙은 영감의 집에 전사통지서를 배달하고 글을 읽지 못하는 노인을 대신해 편지를 읽어줍니다. 그는 무거운 마음으로 돌아서는데 가방에 전사통지서가 아직도 여러 장인 것을 발견합니다. 편지를 배달하러 가던 중 강에 우연히 전사통지서 한 장을 흘리게 되고, 그는 갑자기 무슨 생각을 했는지 그날 배달해야 할 전사통지서를 모두 물에 띄어 버리고는 통쾌하게 웃습니다. 전사통지서는 떠내려가다가 마침 낚시를 하는 국장에게 발견되어 이 일로 판수는 파면을 당하게 되지요.

판수는 아마도 누군가에게는 자식이고, 누군가에게는 남편인 사람의 죽음을 전하기가 어려웠을 겁니다. 물에 띄워 보내면서 소중한 누군가의 죽음도 함께 없었던 일이 되어 버리길 바랐는지도 모르지요.

옥상의 민들레꽃

수록교과서 : 교학사(남)

박완서 소설가. 1931년 경기도에서 태어나 1950년 서울대 국문과에 입학했으나 전쟁으로 중퇴하였다. 1970년 마흔이 되던 해에 《여성동아》 여류 장편소설 공모에 《나목》이 당선되어 등단하면서 작품 활동을 시작하였다. 대표작으로는 「휘청거리는 오후」 「도시의 흉년」 「그해 겨울은 따뜻했네」 등이 있다.

감상 길잡이

여러분에게 가장 중요한 것은 무엇인가요? 친구와의 우정, 비밀 일기장, 돈이나 맛있는 음식, 성적, 너무 많아서 한 가지를 선택하기 어렵나요? 어린 왕자에 이런 말이 나와요. 「만약 어른에게 "분홍빛의 벽돌집을 보았어요."라고 말하면, 그들은 그 집이 어떤 집인지 상상하지 못한다. "십만 프랑짜리 집을 보았어요."라고 말해야만 한다. 그러면 그들은 "아, 참 좋은 집이구나" 하고 소리친다.」 현대인들의 물질만능주의적인 모습이 잘 드러나 있지요. 〈옥상의 민들레꽃〉을 읽으며 이런 현대인들의 가치관을 비판적인 시각으로 살펴봅시다.

갈래	현대소설, 단편소설, 순수소설
시점	1인칭 관찰자 시점 – 1인칭 주인공 시점
배경	현대, 궁전아파트

성격	현실 비판적, 상징적, 교훈적
제재	옥상의 민들레꽃
주제	현대 물질 만능주의에 대한 비판과 인간적 가치 회복을 추구

나
순수함, 생각이 깊고 어른스러움

노교수
권위주의적, 논리적이고 분석적

회장님
권위적, 사회적 위치를 중요시함

엄마
나를 사랑함. 보이는 것도 중요하게 생각함

뚱뚱한 아줌마
이기적, 물질적 가치를 중요시 기회주의적이고 계산적임

부유한 사람들이 모여 사는 궁전아파트에서 할머니 두 분이 자살을 하시자 대책회의가 열리는데, 어른들은 자살로 인해 아파트 값이 폭락하는 것만 걱정합니다. 어른들은 물질적으로 풍족하게 봉양해드렸음에도 할머니들이 자살을 하신 이유를 궁금해 하고, 그 이유를 알고 있었던 나는 발언을 하기 위해 앞으로 나섰다가 엄마와 함께 쫓겨납니다.

집에 돌아와 꾸지람을 들은 나는 지금보다 더 어렸을 적의 기억을 회상합니다. 나는 어버이날 종이꽃을 부모님께 선물해 드렸는데, 놀이터에서 놀다가 들어와 보니 그 꽃이 쓰레기통에 버려져 있었고, 아이가 셋이나 되어 창피하다는 어머니의 통화 내용을 듣게 됩니다. 가족들이 자신을 사랑하지 않는다고 생각한 나는 옥상에 올라가 죽을 결심을 하지만, 시멘트 바닥의 갈라진 틈사이로 피어난 민들레꽃을 보며 자신의 생각을 반성합니다.

옥상의 민들레꽃

우리 아파트 7층 베란다에서 할머니가 떨어져서 돌아가셨습니다. 실수로 떨어지신 게 아니라 일부러 떨어지셨다니까, 할머니는 자살을 하신 것입니다. 이런 일이 벌써 두 번째입니다. 그것을 제일 먼저 발견한 할머니의 며느리가 놀라서 소리를 지르자, 아파트에 사는 사람들이 모두 베란다로 뛰어나갔습니다. 나도 뛰어나갔습니다. 다만, 엄마가 뒤에서 내 눈을 가렸기 때문에 7층에서 떨어진 할머니가 어떻게 망가졌는지 보지는 못했습니다.

엄마는 내 눈을 가려 주면서 떨리는 목소리로 말했습니다.

"오오, 끔찍한 일이다."

다른 어른들도 "끔찍한 일이야. 오오, 끔찍한 일이야." 하면서 아이들의 눈을 가려서 얼른 안으로 데리고 들어갔습니다.

우리 궁전아파트는 살기가 편하고, 시설이 고급이고, 환경이 아름답기로 이름이 난 아파트입니다. 우리나라에서 나는 물건은 물론, 외국에서 들어온 물건까지 없는 것 없이 갖추어 놓은 슈퍼마켓도 있고, 어린이를 위한 널찍한 놀이터도 있고, 아름다운 공원도 있고, 노인들을 위한 정자도 있고, 사람의 힘으로 만든 푸른 연못도 있습니다.

누가 "너, 어디 사냐?" 하고 물었을 때, 궁전아파트에 산다고 하면, 물은 사람의 얼굴에 부러워하는 빛이 역력해집니다*. 그리고 한숨을 쉬며 말합니다.

"참 좋겠다. 우린 언제 그런 데 살아 보누."

어휘정리

역력하다 자취나 기미, 기억 따위가 환히 알 수 있게 또렷하다.

그러니까 궁전아파트에 살지 않는 사람들은 궁전아파트에 사는 사람이 행복하다는 걸 아무도 의심하지 않나 봅니다. 그렇게 믿고 있는 사람들을 실망시키지 않기 위해서도 궁전아파트에 사는 사람들은 모두모두 행복할 수밖에 없습니다.

그런데 이게 웬일입니까? 벌써 두 사람이나 살기가 싫어서 스스로 목숨을 끊었습니다. 얼마나 사는 게 행복하지 않으면 목숨을 끊고 싶어지나, 궁전아파트 사람들은 상상도 할 수 없습니다. 궁전아파트 사람들이 생각할 수 있는 건 앞으로 이런 일이 다시는 일어나선 안 된다는 겁니다. 이런 일이 자꾸 일어나 소문이 퍼져 보십시오. 사람들은 궁전아파트 사람들의 행복이 가짜일 거라고 의심할지도 모릅니다. 그렇게 되면 큰일입니다. 그런 생각만으로도 궁전아파트 사람들은 금방 불행해지고 맙니다.

궁전아파트 사람들이 여태껏 행복했던 것은 다른 사람들이 그렇게 알아주었기 때문이니까요. 그것은 마치 엄마를 행복하게 하는 이유가 엄마의 보석 반지가 아름다워서가 아니라, 그 보석이 진짜라는 보석 장수의 보증* 때문인 것과 같은 이치입니다.

여태껏 굳게 믿고 있던 행복이 흔들리자, 궁전아파트 사람들은 그 불안을 견디다 못해 회의를 하기로 했습니다. 모이는 장소는 칠십 평짜리 아파트 두 채를 터서 쓰는 사장님 댁으로 정했습니다.

넓은 사장님 댁은 벌써 사람들로 꽉 들어차 있었습니다. 반상회* 날보다 더 많은 사람이 모여들었습니다. 반상회 날은 더러 아이들도 섞여 있었는데, 오늘은 아이들이 한 명도 안 보입니다. 어른들만 모

어휘정리

보증 어떤 사물이나 사람에 대하여 책임지고 틀림이 없음을 증명함.
반상회 정부의 공시사항을 전달하고 의견을 수렴하며 이웃 간의 친목도 도모하는 모임.

여 있으니까 회의의 분위기가 한층 엄숙해지는 것 같았습니다.

엄마도 그제야 내가 따라간 게 창피한지 눈짓을 하며 나를 등 뒤로 숨기려 했습니다. 그러나 나는 엄마 등 뒤에 숨을 수 있을 만큼 작은 아이가 아닙니다. 나는 모습을 보이고 싶고 참견*도 하고 싶었습니다. 다른 일이라면 모를까 이번 일은 내가 꼭 참견을 해야 할 것 같았습니다.

왜냐하면, 나는 그 할머니가 왜 살고 싶어하지 않으셨는지 알고 있기 때문입니다. 생전*의 그 할머니와 만나 본 적도 없지만 그것만은 자신 있게 알고 있었습니다.

"에에또, 이렇게 여러 귀빈들을 한자리에 모시게 되어서 영광입니다. 오늘은 저희 집에 모신 만큼 제가 임시 회장이 돼서 이 회의를 진행하겠습니다. 아참, 회장이 있으려면 회 이름도 있어야겠군요. 명함에 넣으려면 '무슨 무슨 회' 회장이라고 해야지 그냥 회장이라고 할 순 없지 않습니까? 안 그렇습니까, 여러분?"

"옳습니다."

여러 사람이 찬성을 했습니다.

"'서로 돕기회'가 어떻겠습니까?"

어떤 젊은 아저씨가 말했습니다.

"안 됩니다, 그건. 서로 돕다니요? 우리가 뭐가 부족해서 서로 돕습니까? 이웃 돕기는 가난하고 불쌍한 사람들끼리 하는 겁니다."

"옳소, 옳소."

여러 사람이 찬성했기 때문에 '서로 돕기회'는 부결*이 됐습니다.

어휘정리

참견 자기와 별로 관계없는 일이나 말 따위에 끼어들어 쓸데없이 아는 체하거나 간섭함.
생전 살아 있는 동안.
부결 의논한 내용을 받아들이지 아니하기로 결정함. 또는 그런 결정.

"그, 그렇지만 우리가 여기 이렇게 모인 건 서로 돕기 위해서가 아닙니까?"

'서로 돕기회' 를 주장한 아저씨가 외롭게 말했습니다.

"아닙니다. 이번 사고를 수습할 대책을 마련하려고 모인 겁니다."

"아, 됐습니다. 바로 그겁니다. 수습 대책 협의회가 좋겠군요. '궁전아파트 사고 수습 대책 협의회' ……. 적당히 어렵고 적당히 길고, 그걸로 정할까요?"

"사장님, 아니 회장님, 그럼 그 명의로 명함을 만드실 건가요?"

"그럼은요. 썩 마음에 드는 명칭입니다. 안 그렇습니까?"

"안 그렇습니다. 그건 마치 우리 궁전아파트가 사고만 나는 아파트란 인상을 퍼뜨리는 것과 같습니다. 아파트 값이 뚝 떨어질지도 모릅니다."

아파트 값이 떨어질지도 모른다는 소리에 여러 사람들이 일제히 와글와글 들고일어나 그 의견도 부결이 됐습니다.

"여러분, 지금 급한 건 회의 이름 짓기가 아닙니다. 어떡하면 그런 사고가 다시는 안 일어나게 하는가 하는 겁니다. 이번이 벌써 두 번째입니다. 이 소문이 퍼져 보십시오. 제일 먼저 영향을 받는 건 우리 아파트 값일 겁니다. 아마 한 번만 더 사고가 나면 우리 아파트 값은 당장 똥값이 될걸요."

회 이름을 '서로 돕기회' 로 하자던 아저씨가 이렇게 말하자, 장내는 조용해지고 사람들의 얼굴은 사색*이 됐습니다.

"여러분, 우리 아파트 값을 똥값으로 만들지 않기 위해 머리를 짭시다. 좋은 의견이 있으신 분은 편한 마음으로 말씀해 주십시오."

어휘정리

사색 죽은 사람처럼 창백한 얼굴빛.

"젊은 사람, 그것은 회장의 권한입니다. 좋은 의견이 있으신 분은 말씀해 주십시오."

회장이 젊은 아저씨로부터 말끝을 빼앗았습니다.

"저요, 저요."

나는 학교에서 선생님한테 나를 시켜 달라고 조를 때처럼 손을 들고 벌떡 일어서려 했습니다. 그런데 엄마가 나를 붙잡았습니다.

"아니, 여기가 어딘 줄 알고 네가 나서려고 해? 아이 창피해."

엄마의 얼굴이 홍당무가 됩니다*.

"아니, 여기가 어디라고 아이를 끌고 다녀? 쯧쯧."

사람들이 수군대는 소리도 들립니다. 엄마는 얼굴이 더 빨개지면서 어쩔 줄을 모릅니다.

"제가 한마디 하겠습니다."

뚱뚱한 아줌마가 엄숙한 얼굴로 말을 시작했습니다.

"나도 조금 전까지만 해도 지금처럼 심각하진 않았습니다. 우리 집엔 노인네가 안 계시니까요. 그러나 지금은 누구 못지않게 심각합니다. 다들 그래야 됩니다. 노인네를 지키는 것은 노인네를 모신 집만의 골칫거리지만 최고의 아파트 값을 지키는 것은 우리 모두의 일입니다. 아시겠어요?"

장내가 물을 끼얹은 듯 조용해졌습니다.

"제일 처음 우리가 할 일은 절대로 이번 사고를 입 밖에 내지 않는 겁니다. 소문만 안 나면 그런 일은 없었던 거나 마찬가집니다. 다음은 그런 일이 다시는 안 일어나게 하는 겁니다. 감쪽같이 감추는 것도 한두 번이지, 자주 계속되면 소문이 안 날 수

어휘정리

홍당무가 되다 부끄럽거나 창피하여 얼굴이 붉어지다.

가 없게 됩니다. 왜냐하면, 이사 가는 사람이 생기거든요. 나부터도 그런 사고가 한 번만 더 나면 아파트 값이 뚝 떨어지기 전에 제일 먼저 팔고 이사를 갈 테니까요. 이사만 가 보세요. 뭐가 무서워 소문을 안 냅니까? 아시겠죠? 소문을 안 내는 것보다는 그런 사고가 또다시 안 일어나게 하는 게 더 중요한 까닭을…….”

모두들 말없이 고개만 끄덕였습니다. 뚱뚱한 여자는 더욱 의기양양* 해서 연설을 계속했습니다.

“그래서 제가 연구한 사고 방지책을 지금부터 말씀드리겠어요. 조용히 하세요, 조용히……. 우리 아파트 베란다는 너무 허술해요. 노인네가 아니라도 아이들이 장난치다 떨어지지 말란 법도 없잖아요?”

“아유, 끔찍해라.”

엄마가 나를 꼭 껴안았습니다. 딴 엄마들도 아이들도 떨어질 수 있다는 새로운 근심에 안절부절못합니다*. 아이들한테만 집을 맡기고 온 엄마는 뒤로 몰래 빠져나갈 눈치를 보이기도 합니다.

“그래서 베란다에다 일제히 쇠창살을 달면 어떨까 하는 의견을 말씀 드리는 겁니다. 바람은 통하되 사람은 빠져나갈 수 없는 쇠창살 말입니다.”

“옳소. 옳소.”

“옳은 말씀이에요. 왜 진작 그 생각을 못 했을까? 인제부터 발 뻗고 자게 됐지 뭐예요?”

모든 사람의 얼굴에서 근심이 걷히면서 뚱뚱한 여자의 의견에 대한 칭찬의 소리가 자자했습니다.

“옳은 일은 서두르는 게 좋아요. 곧 쇠창살을 해

어휘정리

의기양양 뜻한 바를 이루어 만족한 마음이 얼굴에 나타난 모양.
안절부절못하다 마음이 초조하고 불안하여 어찌할 바를 모르다.

달도록 합시다. 회장의 권한으로 명령합니다."

회장님이 주먹으로 탁탁 탁자를 치면서 말했습니다.

"쇠창살 주문은 내가 받겠어요. 우리 애기 아빠가 쇠붙이 회사 사장이니까요. 누구보다도 값싸게, 누구보다도 빨리 해 드릴 수가 있어요. 품질은 보증하겠느냐고요? 여부가 있나요."

뚱뚱한 여자가 신이 나서 소리쳤습니다. 사람들은 서로 먼저 쇠창살 신청을 하려고 밀치고 아우성*이었습니다.

"여러분, 침착하세요. 이럴 때일수록 흥분을 가라앉히고 이성을 되찾아 침착하게 생각해야 합니다. 과연 쇠창살이 가장 좋은 방법일까요?"

젊은 아저씨가 아우성치는 사람들을 향해 팔을 휘두르며 외쳤습니다. 사람들은 젊은 아저씨의 다음 말을 기다리느라 잠깐 조용히 하였습니다. 그때 나는 내가 다시 나서야 할 것처럼 느꼈습니다.

나는 알고 있기 때문입니다. 베란다에서 떨어져 그만 살고 싶은 마음을 돌이킬 수 있는 건 쇠창살이 아니라 민들레꽃이라는 걸 나만이 알고 있기 때문입니다. 내가 알고 있는 건 어른들처럼 갑자기 떠오른 생각이 아니라 겪어서 알고 있는 것이기 때문에 더욱 자신이 있습니다.

'베란다에 있어야 할 것은 쇠창살이 아니라 민들레꽃이에요. 정말이에요.'

그 소리를 높이 외치고 싶어 목구멍이 간질간질하고 가슴이 두근댑니다. 오줌을 쌀 것처럼 아랫도리가 뿌듯하기도 합니다. 나는 참을 수가 없어서 몸부림치면서 엄마의 품을 벗어나려고 했습니다.

어휘정리

아우성 여럿이 함께 기세를 올려 지르는 소리.

"애가, 누구 망신을 시키려고 또 이러지?"

엄마는 입 속으로 중얼거리면서 쇠사슬처럼 꽁꽁 나를 껴안았습니다. 젊은 아저씨가 말을 계속했습니다.

"여러분, 우리 아파트가 가장 값이 비싼 것은 내부의 시설과 부대시설* 이 잘 된 때문만은 아니란 걸 알아야 합니다. 우리 아파트는 겉모양이 아름답기로 소문난 아파트입니다. 지나가던 사람도 우리 아파트를 보면 금방 한 번 살아 보고 싶은 생각이 들 만큼 아름다운 겉모양을 하고 있습니다. 옛 궁전이나 성을 연상하고, 그 속에 들어가 살면 왕족이나 귀족이 될 것 같은 희망이 생기기도 합니다. 그런 아파트의 베란다마다 쇠창살을 달아 보세요? 사람들이 뭘 연상* 하겠습니까?"

"감옥이요, 감옥."

"세상에 끔찍해라. 감옥이라니……."

"아파트 값이 똥값이 되고 말 거예요."

"나라면 거저 줘도 안 살 거예요."

이렇게 해서 베란다에 쇠창살을 달자는 의견은 흐지부지* 되고 말았습니다.

"제 생각으로는 ……."

노 교수님이 천천히 입을 열었습니다. 사람들의 눈길이 노 교수님의 우물대는 입가로 모였습니다.

"제 생각으로는 할머니가 두 분씩이나 왜 갑자기 살고 싶지 않아졌나, 우리가 그걸 먼저 알아야 한다고 생각합니다. 중요한 건 그분들이 목숨을 끊

어휘정리

부대시설 기본이 되는 건축물 따위에 덧붙어 있는 시설.
연상 하나의 생각이 다른 생각을 불러일으키는 현상.
흐지부지 확실하게 끝맺지 못하고 흐리멍덩하게 넘기는 모양.

고 싶어 끊었지 베란다가 있기 때문에 끊은 건 아니라는 겁니다. 목숨을 꼭 끊고 싶으면 베란다가 아니라도 끊을 데는 얼마든지 있습니다."

"옳소, 옳소."

젊은 아저씨가 눈을 빛내면서 큰 소리로 동의했습니다.

"그분이 왜 목숨을 끊고 싶었을지에 대해 아는 대로 대답해 주십시오. 먼저, 돌아가신 할머니의 따님과 며느님."

교수님은 교수님답게 대답을 기다리지 않고 지적을 합니다.

지난번에 돌아가신 할머니는 따님하고 같이 사셨고, 이번에 돌아가신 할머니는 아드님하고 같이 사셨답니다. 두 할머니의 딸과 며느리는 고개를 숙이고 눈물을 닦을 뿐 대답을 못 합니다.

"무엇을 부족하게 해 드리지 않았습니까?"

교수님은 울고 있는 아주머니들을 똑바로 바라보면서 따지듯이 말했습니다.

"아니요, 그런 일 없었습니다. 저희 어머니의 방 냉장고는 늘 어머니께서 즐기시는 음식으로 가득 채워져 있었고, 옷장엔 사시장철* 충분히 갈아입을 수 있는 비단옷으로 가득 차 있었습니다. 어머니께서 돌아가신 후 그걸 다 양로원에 기부했는데, 열 사람의 노인네가 돌아가실 때까지 입을 수 있을 거라고 했습니다. 필요하시다면 그분들을 증인으로 부를 수도 있습니다."

"아, 알겠습니다. 이번엔 며느님에게 변명할 기회를 드리겠습니다."

"저도 마찬가지입니다. 지금도 그분의 방이 그

어휘정리

사시장철 사철 중 어느 때나 늘.

대로 보존돼 있습니다만, 부족한 건 아무것도 없습니다. 제 방과 똑같은 크기의 방에, 제 방에 있는 건 그분의 방에도 다 있습니다. 그분이 한 번도 듣지 않은 전축*이나 녹음기도 제 방에 있는 것이기 때문에 그분 방에도 들여놓았습니다. 그랬건만 그분은 늘 불만이셨습니다."

"바로 그겁니다. 그걸 말씀해 주셔야 합니다."

교수님이 마침내 유도신문*에 성공한 형사처럼 좋아하며 그 아주머니 앞으로 한발 다가갔습니다.

"그분은 손자를 업어서 기르고 싶어하셨어요."

"그건 안 되죠. 안짱다리*가 되니까."

"그분은 바느질을 좋아해서 뭐든지 깁고* 싶어하셨어요. 특히 버선을 깁고 싶어하셨죠."

"점점 더 어렵군요. 요새 버선이라니? 더군다나 기워서 신는 버선을 어디 가서 구하겠소?"

"그분은 또 흙에다 뭘 심고, 거름을 주고, 김*을 매고 싶어하셨어요. 그분은 시골에서 자란 분이거든요."

"참으로 참으로 어려운 분이셨군요."

교수님이 낙담*을 합니다. 이때 젊은 아저씨가 또 나섭니다.

"이제야 알겠습니다. 그분은 고향이 그리워서 돌아가셨군요."

"저희 어머니는 이 도시가 고향인데도 베란다에서 떨어지셨어요."

어휘정리

전축 원반에 홈을 파서 소리를 녹음하고 바늘을 사용해서 이것을 소리로 재생시키는 장치.
유도신문 대답하는 사람으로 하여금 무의식 중에 질문자가 원하는 대답을 하도록 꾀어 묻는 일.
안짱다리 두 발끝이 안쪽으로 휜 다리.
깁다 떨어지거나 해어진 곳에 다른 조각을 대거나 또는 그대로 꿰매다.
김 논밭에 난 잡초 / **매다** 논밭에 난 잡초를 뽑다.
낙담 바라던 일이 뜻대로 되지 않아 마음이 몹시 상함.

먼저 돌아가신 할머니의 딸이 젊은 아저씨에게 말했습니다.

"고향이 시골이 아니어도 마찬가질 겁니다. 도시에서도 사람 살아가는 모습이 예전보다 너무 많이 달라졌으니까요. 노인들은 예전의 사람 사는 모습이 그리워서 더 이상 살고 싶지가 않았을 겁니다. 그렇지만 제아무리 효자라도 세월을 거꾸로 흐르게 할 수는 없습니다. 이렇게 문명화된 세상에 돈 가지고 안 되는 일이 아직도 남아 있다는 건 참으로 통탄* 할 일입니다."

젊은 아저씨가 이렇게 결론을 내리자 장내가 숙연해졌습니다.

나는 이번에야말로 내가 나설 차례라고 생각했습니다. 다시 목구멍이 간질간질하고 가슴이 울렁거리고 오줌이 마려웠습니다. 나는 베란다에서 떨어져 목숨을 끊고 싶은 생각을 맨 마지막으로 막아 줄 수 있는 게 쇠창살이 아니라 민들레꽃이라는 걸 알고 있습니다. 마찬가지로, 할머니가 살고 싶지 않아진 게 세월을 거꾸로 흐르게 할 수 없었기 때문이 아니란 것도 알고 있습니다. 둘 다 상상이나 남에게 들어서 알고 있는 게 아니라, 스스로 겪어서 알고 있는 것이기 때문에 확실합니다. 나는 어른이 되려면 아직 먼 사람인데도 살고 싶지 않았던 적이 있습니다. 정말입니다.

나는 그것을 말하고 싶어서 쇠사슬처럼 단단하게 나를 껴안은 엄마의 팔에서 드디어 벗어났습니다. 그리고 회장석 앞으로 나가려고 했습니다. 꼭꼭 끼어 앉은 어른들을 헤치려니 어떤 아저씨는 어깨를 짚었다고 눈을 부라리고, 어떤 아줌마는 발가락을 밟았다고 비명을 지릅니다. 그러건 말건 나는 반장도 모르는 어려운 문제의 답을 나만이 알고 있을 때처럼 의기양양 신이 나서 사람들을 마구 밀치고 드디어 앞으로 나섰습니다.

어휘정리

통탄 몹시 탄식함. 또는 그런 탄식.

그러나 내가 미처 입을 떼기도 전에 회장이 탁자를 탁 치며 호령*을 했습니다.

"누굽니까? 도대체 누굽니까? 이런 중대한 모임에 어린이를 데리고 온 분이 누굽니까?"

"죄송합니다. 미안합니다. 얘가 막내라서 버릇이 없어서……."

어느 틈에 엄마가 따라 나와 나를 치마폭에 싸면서 어쩔 줄을 모릅니다.

"그 아이를 데리고 먼저 퇴장할 것을 회장의 권한으로 허락합니다. 여러분 이의가 없으시겠죠?"

회장이 말했습니다. 모두 이의가 없다면서 엄마와 나의 퇴장을 찬성했습니다.

"이 회의에서 앞으로 결정된 일은 서면으로 통지할 테니 빨리 그 애를 데리고 돌아가시오."

"저도요, 저도요."

딴 엄마들도 회장한테 퇴장할 것을 허락받고자 손을 들었습니다. 이유는, 집에 놓고 온 아이가 베란다에서 떨어질까 봐 불안해서 더 이상 회의만 지켜볼 수 없다는 거였습니다. 회장은 그런 엄마들에게도 퇴장을 허락했습니다.

엄마와 나를 선두로 여러 엄마들이 회의장을 물러났습니다. 집에 돌아온 나는 엄마에게 호된* 꾸지람을 들었습니다.

나는 꾸지람을 들은 것보다 내가 알고 있는 걸 발표하지 못한 것이 억울하고 슬펐습니다. 내가 알고 있는 걸 어른들이 귀담아들어* 주었더라면 베란

어휘정리

호령 큰 소리로 꾸짖음.
호된 매우 심한.
귀담아듣다 주의하여 잘 듣다.

다에서 사람이 떨어져 죽는 일을 미리 막는 데 적지 않은 도움이 되었을 것입니다.

내가 지금보다 더 어렸을 적입니다. 학교에도 가기 전이었으니까요. 어느 날, 누나와 형이 학교에서 만든 꽃을 한 송이씩 들고 왔습니다. 내일이 어버이날이라나요. 누나와 형은 또 조그만 선물 꾸러미도 마련해 놓고 있었습니다. 내일 아침 꽃과 함께 엄마 아빠께 드릴 거라고 했습니다.

그날 밤, 나도 꽃을 만들었습니다. 누나가 쓰던 색종이를 오려서 만든 꽃은 보기에는 누나나 형 것만 훨씬 못해 보였습니다. 그러나 정성 들여 만든 것이기 때문에 엄마 아빠가 신통해하실* 것으로 믿고 가슴이 잔뜩 부풀어 있었습니다. 선물은 장만하지 않았습니다. 나는 학교에도 들어가기 전이라 용돈이 없으니까 그걸로 엄마 아빠가 섭섭해 할 리는 없었습니다.

어버이날 아침이 됐습니다. 아침상에서 누나가 먼저 선물과 꽃을 아빠 앞에 내어놓았습니다. 아빠는 누나에게 뽀뽀하고 선물을 끌렀습니다. 넥타이핀*이 나왔습니다. 아빠는 입이 귀에까지 닿게 크게 웃으시면서 그 자리에서 넥타이핀을 넥타이에 꽂고, 꽃은 양복 깃에 달았습니다. 아빠의 얼굴이 예식장의 신랑처럼 행복해 보였습니다.

다음엔 형이 꽃과 선물을 엄마한테 드렸습니다. 엄마가 형한테 뽀뽀하고 선물을 끌렀습니다. 오색찬란한* 브로치가 나왔습니다. 엄마는 좋아하시더니 브로치를 블라우스에 달고, 꽃은 단춧구멍에 끼우셨습니다.

다음은 내 꽃을 드릴 차례입니다. 그러나 형과 누나는 내 차례는 주지도 않고 어버이날 노래를 부

어휘정리

신통하다 칭찬해 줄 만큼 대견하고 싹싹하다.
넥타이핀 넥타이가 이리저리 움직이지 않도록 하거나 모양을 내기 위하여 넥타이에 꽂는 핀.
오색찬란하다 여러 가지 빛깔이 한데 어울려 아름답게 빛나다.

르기 시작했습니다. 나는 그 노래를 모르기 때문에 따라 하지 못했습니다.

형과 누나의 노래를 들으며 부끄러워하고 좋아하시는 엄마 아빠의 모습이 꼭 신랑 신부처럼 고와 보였습니다. 나는 엄마 아빠가 아무쪼록 오래오래 아름답고 젊기를 마음속으로 바랐습니다. 그런 바람을 전하는 마음으로 조용히 나의 꽃을 엄마와 아빠 사이에 놓았습니다. '꽃을 두 송이 준비할 걸.' 하고 후회도 했습니다만, 어느 분이 가져도 상관없다고 생각했습니다. 두 분이 함께 쓰는 물건이 한두 가지가 아니기 때문입니다. 두 분께 꽃을 드리고 나자 나는 뽐내고 싶은 마음보다는 부끄러운 마음이 더해서 고개를 숙이고 아침도 먹는 둥 마는 둥 했습니다.

누나와 형은 학교에 갔습니다. 아빠는 꽃을 단 채 출근했습니다. 엄마도 꽃을 단 채 노래를 부르면서 집안일을 했습니다. 나는 놀이터에 나가 놀았습니다.

놀이에 싫증도 나고 배도 고프기도 해 집에 들어와 냉장고를 열려다가 나는 내 꽃을 보았습니다. 내 꽃은 식당 구석에 있는 쓰레기통 속에 과일 껍질과 밥 찌꺼기와 함께 버려져 있었습니다.

그때, 엄마는 거실에서 전화를 걸고 있었습니다. 오래간만에 소식을 알게 된 친구로부터 온 전화인가 봅니다. 아이는 몇이나 되나 친구가 물어 본 모양입니다. 엄마는 한숨을 쉬면서 대답했습니다.

"글쎄 셋이란다. 창피해 죽겠지 뭐니? 우리 동창*이나 우리 아파트에 사는 사람들을 아무리 살펴봐도 하나 아니면 둘이지 셋씩 낳은 사람은 하나도 없더구나. 창피해서 얼굴을 들고 다닐 수가 없단다. 어쩌다 막내를 하나 더 낳아 가지고 이 고생인

어휘정리

동창 한 학교에서 공부를 한 사이.

지, 막내만 아니면 지금쯤 얼마나 홀가분하겠니. 막내만 아니면 남부러울 게 뭐가 있니?"

그때 나는 처음으로 엄마에게 내가 필요하지 않다는 것을 알았습니다. 나에겐 나의 가족이 필요한데 나의 가족은 나를 필요로 하지 않는다는 건 나에겐 견디기 어려운 슬픔이었습니다.

엄마는 늘 나를 '막내, 우리 귀여운 막내' 하면서 사랑해 주셨기 때문에, 나는 한 번도 엄마가 나를 사랑한다는 걸 의심해 본 적이 없었습니다. 그러나 엄마의 사랑은 거짓이었습니다. 나는 엄마를 진짜로 사랑했는데 엄마는 나를 거짓으로 사랑했던 것입니다.

나는 말없이 집을 나왔습니다. 계단을 오르고 또 올랐습니다. 마침내 옥상까지 올랐습니다. 옥상에서 내려다보니까 사람들이 개미처럼 작게 보였습니다. 나는 살고 싶지 않다고 생각했습니다. 정말 그랬습니다. 내가 사랑하는 사람들이 내가 없어져 줬으면 하고 바라고 있는데, 내가 무슨 재미로 살아가겠습니까?

나는 옥상에서 떨어지기 위해 밤이 되길 기다렸습니다. 낮에 떨어지면 사람들이 금방 보게 되고, 병원에 데리고 가서 살려 놓을지도 모르기 때문입니다. 나는 정말로 살고 싶지 않았기 때문에 밤까지 기다려야 했습니다.

밤을 기다리는 동안 춥지도 않았고 배고프지도 않았습니다. 아파트 광장에 차와 사람의 움직임이 멎자 둥근 달이 하늘 한가운데 와서 옥상을 대낮같이 비춰 주었습니다. 마치 세상에 달하고 나하고만 있는 것 같은 기분이 들었습니다. 그때 나는 민들레꽃을 보았습니다. 옥상은 시멘트로 빤빤하게 발라 놓아 흙이라곤 없습니다. 그런데도 한 송이의 민들레꽃이 노랗게

피어 있었습니다. 봄에 엄마 아빠와 함께 야외로 소풍 가서 본 민들레꽃이었습니다.

나는 하도 이상해서 톱니 같은 이파리를 들치고 밑동*을 살펴보았습니다. 옥상의 시멘트 바닥이 조금 파인 곳에 한 숟갈도 안 되게 흙이 조금 모여 있었습니다. 그건 어쩌면 흙이 아니라 먼지일지도 모릅니다. 하늘을 날던 먼지가 축축한 날, 몸이 무거워 옥상에 내려앉았다가 비를 맞고 떠내려가면서 그곳이 움푹하여 모이게 된 것입니다. 그 먼지 중에 민들레 씨앗이 있었나 봅니다. 싹이 나고 잎이 돋고 꽃이 피게 하기에는 너무 적은 흙이어서 잎은 시들시들하고 꽃은 작은 단추만 했습니다. 그러나 흙을 찾아 공중을 날던 수많은 민들레 씨앗 중에서 그래도 뿌리내릴 수 있는 한 줌의 흙을 만난 게 고맙다는 듯이 꽃은 샛노랗게 피어서 달빛 속에서 곱게 웃고 있었습니다.

도시로 부는 바람을 탄 민들레 씨앗들은 모두 시멘트로 포장된 딱딱한 땅을 만나 싹을 틔우지도 못하고 죽어 버렸으련만, 단 하나의 민들레 씨앗은 옹색하나마* 흙을 만난 것입니다. 흙이랄 것도 없는 한 줌의 먼지에 허겁지겁 뿌리를 내리고, 눈물겹도록 노랗게 핀 민들레꽃을 보자 나는 갑자기 부끄러운 생각이 들었습니다. 살고 싶지 않아 하던 것이 큰 잘못같이 생각되었습니다.

나는 집으로 돌아왔습니다. 온 가족이 나를 찾아 헤매다 돌아와서 슬피 울고 있었습니다. 엄마는 나를 껴안고 엉엉 울면서 말했습니다.

"아무 일도 없었구나, 막내야. 만일 너에게 무슨

어휘정리

밑동 식물의 줄기에서 뿌리에 가까운 부분. 긴 물건의 맨 아랫동아리.
옹색하다 집이나 방 따위의 자리가 비좁고 답답하다.

일이 있으면 나도 더 살지 않으려고 했다."

엄마는 내가 무사히 돌아온 것만 반가워서, 말없이 집을 나간 잘못에 대해선 나무라지*도 않았습니다. 나 역시 엄마의 잘못에 대해서 말하지 않았습니다. 엄마가 나를 사랑하고 나를 필요로 한다는 것을 안 것만으로 충분했습니다. 그 일도 그렇게 끝났습니다.

그러나 그 일을 통해 사람은 언제 살고 싶지 않아지나를 알게 된 것입니다. 사람은 사랑하는 사람이 자기를 없어져 줬으면 할 때에 살고 싶지가 않아집니다. 돌아가신 할머니의 가족들도 말이나 눈치로 할머니가 안 계셨으면 하고 바랐을 것이 틀림없습니다.

그리고 살고 싶지 않아 베란다나 옥상에서 떨어지려고 할 때에 그것을 막아 주는 건 쇠창살이 아니라 민들레꽃이라는 것도 틀림없습니다. 그것도 내가 겪어서 알고 있는 일이니까요.

그러나 어른들은 끝내 나에게 그 말을 할 기회를 안 주었습니다.

어휘정리

나무라다 잘못을 꾸짖어 알아듣도록 말하다.

중요한 내용 쏙! 쏙! 쏙!

소재에 담긴 의미

민들레꽃
- 생명의 소중함을 알려줌.
- 가족의 사랑을 일깨워 줌

쇠창살
- 각박함. 인간 관계의 단절

바느질, 버선 흙, 거름, 김
- 전통적 가치관을 상징하는 소재들

냉장고, 전축 비단옷, 녹음기
- 물질적 가치관을 상징하는 소재들

궁전 아파트
- 물질적으로 최고의 시설이 갖추어 진 곳, 인간적인 정이 메마른 곳

할머니와 딸, 며느리의 가치관의 차이

할머니 - 인간적인 가치관	딸, 며느리 - 물질만능주의적 가치관
• 손자를 업어서 기르고 싶어함 • 바느질로 버선을 깁고 싶어함 • 흙에다 무언가를 심고, 거름을 주고 김을 매고 싶어함	• 물질적으로 풍족하면 된다는 생각 • 음식, 비단옷, 전축 녹음기 등을 할머니께 드림

시점의 변화

전반부-현재 (1인칭 관찰자 시점)	후반부-과거회상 (1인칭 주인공 시점)
궁전아파트 사람들의 회의 장면	어버이날 민들레꽃을 통해 깨달음을 얻은 경험

1 '옥상의 민들레꽃' 에 나타난 현대사회의 문제점을 지적해 봅시다.

2 작품에 나타난 민들레꽃의 상징적인 의미를 파악해 봅시다.

상상더하기 - 인터넷 게시판에 글쓰기

글 속의 '나' 는 할머니들께서 자살하신 이유를 누구보다도 잘 알고 있답니다. 그런데 엄마를 따라간 회의에서 어리다는 이유로 그 이유를 말할 기회조차 얻지 못한 것은 참 억울한 일이지요. 만약 회의가 인터넷 게시판을 통해 이루어져 내가 발언할 수 있는 기회를 얻었다면, 나는 어떤 글을 썼을까요? 작품 속의 '나' 가 되어 할머니들께서 자살하신 이유와 앞으로 자살을 막는 방법 등을 담아 게시판에 글을 올려볼까요?

1. 현대사회는 인간적인 가치관보다 물질적인 가치관이 우선시되면서 각박해지고 이기적으로 변했습니다. 이 작품에는 인간적인 정이 메마른 현대사회의 모습이 잘 나타나 있습니다.
2. 강인한 생명력을 통해 생명의 소중함을 나타내며, 민들레꽃 덕분에 다시 가족의 품으로 돌아온 주인공은 가족의 소중함을 느끼게 됩니다.

작가의 다른 작품 보기

자전거 도둑

시골에서 올라와 청계천 세운상가에서 일하는 열여섯 살 수남이라는 아이가 있었습니다. 항상 부지런히 일하며 지금은 학교에 다닐 수 없는 처지이지만 주인 할아버지가 학교를 보내준다는 말에 밤늦도록 공부를 하는 아이이지요. 그런데 바람 부는 어느 날 자전거를 타고 배달을 나갔다가 자전거가 넘어져 비싼 차를 파손하게 되고 차 주인은 돈을 가져오라며 자전거를 묶어 둡니다. 수남이는 자전거를 들고 도망치고, 돌아온 수남이에게 주인 할아버지는 자전거의 자물쇠를 잘라주며 웃습니다. 수남이는 자전거를 훔치듯 가져온 것에 대한 죄책감으로 괴로워하다가 도둑질은 절대 하지 말라며 양심을 일깨워주던 아버지가 있는 고향으로 내려가게 됩니다.

물질적인 욕심에 빠져 양심을 버리는 부도덕한 어른들의 모습을 닮으면 안 되겠지요.

그 많던 싱아는 누가 다 먹었을까

이 소설은 박완서 선생님의 자전적인 이야기를 담고 있습니다. 유년시절 박적골이라는 시골에서의 행복했던 시간을 뒤로하고 서울로 상경하던 일, 삯바느질 해가며 자식들 뒷바라지를 했던 학구열이 강한 어머니 이야기, 아름답지만 허약한 아내와 결혼하고 6.25전쟁 당시 좌익 활동을 하다 끝내 숨지고 만 오빠 이야기, 1.4후퇴 때 피란을 가려다 못 가고 텅 빈 서울에 가족과 남아 언젠가는 이 일을 소설로 쓰리라 다짐한 주인공의 이야기 등 역사와 함께 흘러간 작가의 인생 이야기가 담겨 있답니다.

한 사람의 인생을 풀어내기엔 장편 소설도 너무 짧은 것 같습니다.

모범 경작생

수록교과서 : 지학사(이)

박영준 소설가. 1911년 평안남도에서 태어나 1934년 연희전문학교를 졸업하였다. 같은 해 장편 「1년」이 《신동아》 현상모집에 당선되고, 단편 「모범경작생」이 《조선일보》 신춘문예에, 콩트 「새우젓」이 《신동아》에 동시에 당선됨으로써 문단에 등장하였다. 대표작으로는 「1년」 「아버지의 꿈」 「목화씨 뿌릴 때」 등이 있다.

감상 길잡이

열심히 일하지만, 항상 끼니를 걱정해야 할 만큼 가난하다면 정말 분하고 억울하겠지요? 1930년대 우리 농촌의 모습이 그랬답니다. 일제의 착취와 수탈로 순박하고 성실한 농민들이 굶주려야 했던 가슴 아픈 모습들을 상상하며 작품을 읽어 봅시다. 제목 〈모범 경작생〉 안에 담겨 있는 반어적 의미도 해석해 보세요.

갈래	단편소설, 농민소설
시점	전지적 작가 시점
배경	1930년대, 가난한 농촌마을

성격	사실적, 고발적
제재	농민의 궁핍한 삶
주제	일제강점기 농촌 정책의 모순과 농민들의 궁핍한 삶

길서
보통학교를 졸업하고 마을의 청년지도자가 됨. 일제와 결탁하여 자신의 이익만 추구하는 기회주의자. 의숙과 서로 좋아함

의숙
성두의 여동생. 조용하고 내성적임. 길서와 서로 좋아함

성두
순박한 농민. 열심히 일하지만 가난하여 혼례 하기가 어려움

마을 사람들
가난하고 무지함. 부조리한 농촌 현실에 비판적인 시각을 가짐

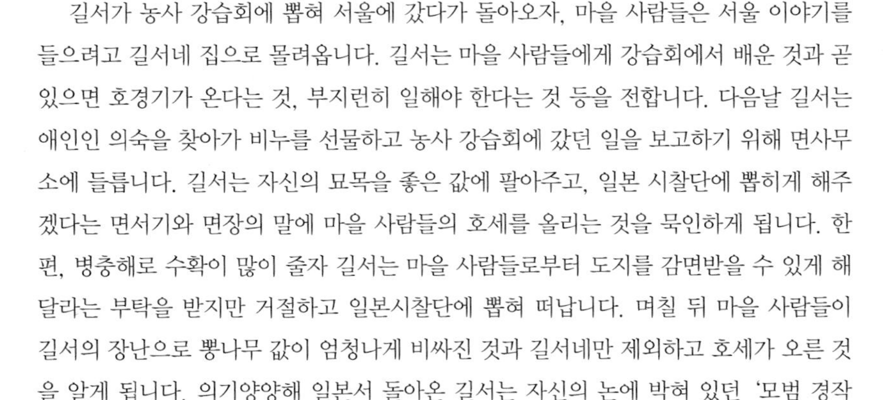

길서가 농사 강습회에 뽑혀 서울에 갔다가 돌아오자, 마을 사람들은 서울 이야기를 들으려고 길서네 집으로 몰려옵니다. 길서는 마을 사람들에게 강습회에서 배운 것과 곧 있으면 호경기가 온다는 것, 부지런히 일해야 한다는 것 등을 전합니다. 다음날 길서는 애인인 의숙을 찾아가 비누를 선물하고 농사 강습회에 갔던 일을 보고하기 위해 면사무소에 들릅니다. 길서는 자신의 묘목을 좋은 값에 팔아주고, 일본 시찰단에 뽑히게 해주겠다는 면서기와 면장의 말에 마을 사람들의 호세를 올리는 것을 묵인하게 됩니다. 한편, 병충해로 수확이 많이 줄자 길서는 마을 사람들로부터 도지를 감면받을 수 있게 해 달라는 부탁을 받지만 거절하고 일본시찰단에 뽑혀 떠납니다. 며칠 뒤 마을 사람들이 길서의 장난으로 뽕나무 값이 엄청나게 비싸진 것과 길서네만 제외하고 호세가 오른 것을 알게 됩니다. 의기양양해 일본서 돌아온 길서는 자신의 논에 박혀 있던 '모범 경작생' 이라는 푯말이 쪼개어진 것을 발견합니다. 그리고 밤이 이슥할 무렵 바나나를 가지고 의숙을 찾아가지만, 의숙의 오빠 성두에게 쫓겨 도망쳐 나오게 됩니다.

"얘애, 나 한마디 하마."

"얘애애, 기억基憶이보구 한마디 하래라. 아까부터 하겠다구 그러던데……."

"기억이 성내겠다. 자아 한마디 해 보게."

한참 소리*를 하는데 이런 말이 나와, 일하던 손들이 쥐었던 벼포기를 놓았고, 모든 눈이 기억의 얼굴로 모이었다.

목청이 남보다 곱지 못하다고 해서 한 차례도 소리를 시키지 않은 것이 화가 났던지, 기억이는 권하는 기회를 놓치지 않고, 있는 목소리를 다 빼어 소리를 꺼냈다.

온갖 물은 흘러나려두
오장 썩은 물 솟아만 오른다.

같은 논에서 일하던 사람들은 기억의 「미나리곡」*에 합세하여 다시 노래를 주고받고 하였다.

깔기죽 깔기죽 깔보디 말구
속을 두르러 말해 주렴

어휘정리

소리 판소리나 잡가 따위를 통틀어 이르는 말.
미나리곡 농부들이 일을 즐겁게 하기 위해 부르던 노동요의 일종.

소리를 하면 흥겨워져서 모르는 사이에 일이 빨리 되어 가매 일터에서는 웃는 소리가 아니면 노래가 그치지 않는다.

모시나 전대*에 베 전대에
전에나 전대루 놀아나 보자

성두成斗의 논에서 일하던 사람들은 누구 하나 빼논 사람 없이 단 한 번씩이라도 목청을 뽑고 소리를 불렀다.

물소리를 출렁출렁 내며 한 옴큼씩 쥐인 볏모*를 몇 뿌리씩 떼어 꽂는 그들은 서로 뒤떨어지지 않으려고, 입으로 소리를 하면서도 손을 재빠르게 놀리었다.

그러나 열네 살밖에 안 되는 성두의 동생은 떨어지는 솜씨에 소리를 한 마디하고 나면 가뜩이나 한 발씩 뒤떨어졌다.

"애애, 너는 소릴 그만두고 모나 잘 꽂아라. 잘못하면 너 때문에 일 못 맞출라."

성두가 그의 동생 몫을 꽂아 주며 하는 말이다.

"애들아, 이번에는 「수심가」*나 한마디 하자꾸나야. 아마 「수심가」는 성두가 가장 나을걸."

다 같이 젊은 사람들만이 모이어 일하는 곳이라 그런지, 어떤 이가 이렇게 따라 말했다.

"아암, 「수심가」야 성두지……."

"나야 받기나 하지…… 누가 먼저 꺼내 봐."

어휘정리

전대 돈이나 물건을 넣어 허리에 매거나 어깨에 두르기 편하도록 만든 자루.
볏모 논으로 옮겨 심기 위하여 기른 벼의 싹.
수심가 구슬픈 가락의 서도 민요의 하나. 인생의 허무함을 한탄하는 사설로, 평양의 것이 가장 유명하다.

"공연히 그러지 말고 빨리 해."

성두는 처음엔 사양하려 했으나, 두 번 권하는 데는 댓자 소리를 꺼냈다.

그럴 때 마침 옆의 논에서 자동차 온다는 고함 소리가 들려왔다. 그 논에서 일하던 이들이 휘었던 허리를 펴고 달려오는 자동차를 보고 있었다.

"저 차에 길서吉徐가 온대지."

"그러더군……."

이런 말이 나자, 성두 동생은 논에서 밭을 건너 신작로로 뛰어갔다. 옆엣논에서도 몇 사람이 자동차가 머무르는 큰 돌이 놓여 있는 길가에 모여 서서 수군거리었다.

"팔자 좋다. 어떤 놈은 땀을 흘리며 일만 하는데, 어떤 놈은 자동차만 슬슬 굴리누나."

기억이가 자동차 온다는 말에 길서를 생각하며 이렇게 말했다. 그러면서도 길서가 부러운 듯 자동차에서 눈을 떼지 않았다.

자동차는 여름 먼지를 뽀얗게 휘날리면서 동네 앞까지 왔으나, 기다리던 사람들 앞에서 머물지를 않고 그냥 달아나 버렸다. 동네 서쪽 조그만 산을 돌아 가물가물 사라질 때까지 모여 섰던 사람들은 다시 수군거리며 제각기 일터로 돌아갔다. 성두 동생이 돌아왔을 때, 일꾼들은 남의 일이 아니면 자기들도 신작로까지 나가 보고야 말았으리라고 수군거리며 다시 모를 꽂기 시작했다.

"오늘 온댔으니 꼭 올 텐데……."

성두가 못단을 왼손에 쥐며 말했다.

"글쎄…… 꼭 올텐데……. 요새 모를 못 내면 금년에는 상을 못 탈 거 아냐."

기울어지는 햇살을 쳐다보며 진도 애비가 말했다.

"너 원통할 게 무에 있니? 길서가 상을 탄대두 너는 마꼬* 한 개 못 얻어먹어……, 이 자식아……."

기억이가 툭 쏘았다.

"그래도 올려고 한 날에는 올 텐데……."

은근히 기다리던 성두가 다시 말했다.

길서는 그 마을에서 가장 칭찬을 받는 사람이다. 물론 사촌 형뻘이 되면서도 기억이 같은 몇 사람은 길서를 시기하고 속으로는 미워까지 했으나, 동네 전체로 보아 소학교 졸업을 혼자 했고, 군청과 면사무소에 혼자서 출입하고, 공부를 많이 한 사람에게도 지지 않으리만큼 동네 사람들을 가르치며 지도했다. 나이 젊은 사람으로 일을 부지런히 해서 돈도 해마다 벌며 저축을 하여, 마을의 진흥회니 조기회니, 회마다 회장을 도맡고 있는 관계로 무식하고 착한 농부들은 길서를 잘난 위인이라고 생각하지 않을 수가 없었다.

더욱이 서울서 모이는 농사 강습회에 군에서 보내는 세 사람 중에 한 사람으로 한 주일 전에 그리로 떠난 뒤로 길서를 칭찬하는 소리는 더 커졌다.

평양 구경도 못 한 마을 사람들이 서울까지 가서 별한* 구경을 다하고 돌아온 그에게서 서울 이야기를 들을 생각을 하니, 그의 돌아옴이 기다려지는 것도 할 수 없는 일이었다.

점심을 먹은 뒤, 한 번도 쉬지 못한 성두의 논에서 일하던 사람들은 논두렁으로 올라가 담배를 피

어휘정리

마꼬 일제강점기 때의 담배 이름.

별하다 보통의 것과 이상스럽게 다르다.

우기로 했다. 다른 동네에서는 점심 뒤 한 번 쉬는 참에는 새참을 먹는 것이었으나 이들은 몇 해 전부터 그런 것을 잊어버렸다. 그래서 밥은 못 먹어도 그저 몸이나 쉬는 것이었다.

길서네만 내놓고는 전부가 소작*으로 사는 그들이 여름철에는 보리밥도 마음대로 먹을 수가 없는 터에 새참쯤은 물론 생각도 못 했다.

"나두 돈이 있으면 죽기 전에 서울 구경이나 한번 해 봤으면 좋겠다."

진도 아비가 드러누워 풍뎅이*로 얼굴을 가리며 말했다.

"나는 평양이라두 구경해 보구 죽었으문 좋갔다."

신문지 조각으로 희연*을 말아 침으로 붙이던 성두가 웃었다.

"하늘에서 돈이나 좀 떨어지지 않나……."

풀 위에 엎드려 풀을 손으로 뜯던 기억의 말이다.

여름 하늘은 구름 한 점 없이 말갛고, 곡식의 싹이 돋은 들판은 물들인 것같이 파랗다.

"그런데 금년엔 나두 길서네처럼 금비*를 사다가 한번 논에 뿌려 봤으면…… 길서는 밭에다 조합 비료래나…… 암모니아를 친대…… 그것을 한 번 해 보았으문 좋겠는데……."

하고 성두가 말할 때 진도 애비는 벌떡 일어나 앉았다.

"말 말게. 골메(동네 이름)서는 누가 돈을 빚내다가 그것을 했다는데 본전도 못 빼구 빚만 남았다네……."

"그럼! 윗동네 니특이네두 녹았대더라. 설사 잘

어휘정리

소작 자기 소유의 땅이 없어 다른 사람에게 대가를 주고 땅을 빌려 농사를 짓는 일.
풍뎅이 추위를 막기 위해 머리에 쓰는 모자의 일종으로 남바위와 비슷하다.
희연 일제강점기 때의 싸구려 담배.
금비 돈을 주고 사서 쓰는 거름. '화학 비료'를 말한다.

된다 한들 우리가 많이 먹을 듯하나? 소작료가 올라가면 그뿐이야…….”

기억이가 성난 것처럼 말했다.

“얼마 전에 지주한테 가니까 니특이 칭찬을 하며 우리가 금비 안 쓴다는 말을 하던데…….”

“글쎄 말이야…… 금비라는 게 또 못살게 하는 거거든…… 그것은 어떤 놈이 만들었는지 모르지만 아마 돈 있는 놈들이 만들었을 게야. 빚 안 내고 농사를 지어도 굶을 지경인데 빚까지 내래니 살 수 있나?”

기억이가 큰소리를 할 때 진도 애비는 무엇을 생각하고 있다가 말을 꺼내었다.

“길서야 돈 있고 제 땅이 있으니 무슨 짓인들 못 하리……. 또 변*利子없이 얼마든지 보통학교에서 돈을 갖다 쓸 수도 있으니까…….”

“나두 보통학교나 다녔으면 모범 경작생이나 되어 돈을 가져다 그런 것을 한번 해 보았으문 좋을 텐데. 보통학교란 물도 못 먹었으니…….”

성두가 절반이나 거의 꽂힌 모를 둘러보며 말했다. 그들은 이런 의미에서도 길서를 부러워했다. 물론 제 땅이 얼마만큼 있어야 모범생이라도 될 것이나, 보통학교도 다니지 못한 형편에 그런 꿈은 꿀 수도 없고 따라서 길서처럼 서울 구경을 공짜로 할 생각을 못 해 보는 것이 억울했다.

“내일은 우리 조밭 세 벌 김매러들 오게.”

기억이가 일어서서 기지개를 켜며 말했다.

“나는 내일 장에 가서 돼지 금새*를 보구 와야겠네……. 그것을 팔아다 지세*도 바치고 오월

어휘정리

변 남에게 돈을 빌려 쓴 대가로 지불하는 일정 비율의 돈. 변리. 이자.
벌 같은 일을 거듭해서 할 때에 거듭되는 일의 하나하나를 세는 단위.
금새 물건의 값.
지세 토지에 대하여 물리던 세금.

단오*에 의숙이 댕기도 한 감 끊어다 줘야지."

성두가 이 말을 하고 일어날 때는 앉았던 사람들도 논으로 다시 내려갔다.

성두는 말없이 모를 꽂고 있었으나 모 이파리에서 곧 벼알이 열리어 익어 주었으면 하고 생각해 보았다. 일 년에 벼를 두 번만이라도 거둘 수 있다면 돼지는 안 팔아도 좋을 것이라고 생각되었던 까닭이다.

기나긴 해도 기울어지기 시작하자 어느새 쑥 내려갔다.

서산에 넘어가려는 붉은 해를 돌아보고 기억이가 타령조*로 소리를 높이었다.

"어서 꽂구 저녁 먹자……."

다른 사람들도 이 소리를 따라 마지막 춤을 추는 무당처럼 소리를 치며 모를 꽂았다.

어둠이 들을 휩싸고 돌 때 물오리들이 소리치며 떼를 지어 날아갔다.

성두의 논에서 큰 개뚝*을 넘어 김매러 갔던 그의 손아래 누이 의숙이는 국수집 딸 얌전이와 같이 모 꽂는 논두렁을 지나갔다.

"의숙아! 빨리 가서 저녁 지어라. 원 이제야 가니?"

성두의 남동생이 의숙이를 보며 말했다.

"응……."

하며, 외숙이가 고개를 돌리었을 때 기억이가 말을 붙이었다.

"길서가 안 와서 맥이 풀리겠구나……"

하며, 다시 얌전이에게 말을 했다.

어휘정리

단오 우리나라 명절의 하나. 음력 5월 5일
타령조 타령을 하는 듯한 어조.
개뚝 개울의 물이 넘쳐나지 않도록 쌓아올린 '둑'의 방언.

"오늘 저녁 너의 집에 갈까?"

의숙이와 얌전이는 꼭같이 눈을 떨구고 길을 걸었으나 의숙이만은 얼굴을 붉히었다.

개뚝에 가리어 자동차를 못 보았으나, 그래도 동네에 들어가면 길에서라도 길서가 자기를 불러 줄 것을 은근히 생각하던 의숙이었다.

먼지 묻은 적삼*이 등골에 흐른 땀에 뻘개졌고, 장흙*을 뭉갠 듯한 치마가 걸을 때마다 너풀거리었다.

"얘, 길서가 안 왔대지?"

얌전이가 말을 꺼냈다.

"글쎄 누가 아니……."

"공연히 그러지 마라. 눈물 나오면 울어라. 그런 때 울지 않구 언제 울겠니? 나 같으면 그까짓 거 막 울겠다."

이름만이 얌전이며, 사실은 동네에서 제일가는 말괄량이로, 아직 시집도 가기 전에 서방질까지 했다고 하지만 의숙이는 그의 말이 그다지 밉지가 않았다.

하루라도 보지 못하면 가슴이 답답한 듯하여 안타까워하던 길서를 한 주일이나 두고 보지를 못하다가 오늘에야 만나려니 했던 마음을 얌전이만이 알아주는 듯하기도 했다.

"얘, 사랑이라는 게 무어니? 함께 살지두 않으면서 사랑을 할 수 있니? 나는 그래두 기억이를……."

무슨 소리나 가릴 줄 모르는 얌전이는 하지 않아도 좋을 말을 하면서도 전에 없던 진정*을 보였다.

어휘정리

적삼 윗도리에 입는 홑옷. 모양은 저고리와 같다.
장흙 약간 붉은 색의 흙.
진정 참되고 애틋한 정이나 마음.

"누군 사랑이 뭔지 아니?"

"그래두 너는 길서 오래비하구 사랑한대더구나……."

"몰라, 애……."

마을은 조용했다.

어슬어슬해 가는 들에서는 낮에 먹은 더위를 식히고, 마시었던 먼지를 토하는 듯 벌레들이 목청을 가다듬어 울고 있었다.

의숙이와 얌전이는 집에다가 호미를 두고는 꼭 같이 우물로 나왔다.

의숙이는 바가지에 물을 떠서 한 손으로 물을 쏟아 얼굴을 씻고 머리털에 묻은 물방울을 손으로 퉁긴 뒤에 흙에 빨개진 고무신과 발을 씻고 있었다. 마침 그때 동이를 옆에 끼고 오던 마을 여편네가 길서가 이제야 온다는 것을 알려 주었다.

"얘, 길서 오래비가 온대! 개들이 짖는 데쯤 온게다."

하며 얌전이가 만나 보기나 한 것처럼 말했다.

소리가 커지며 또 가까워 올수록 의숙의 마음은 들먹거리었다. 고무신도 마저 씻지 못하고 물동이를 이고 집으로 돌아갈 때 그는 길에서나 만나지 않을까 하여 가슴을 더 졸이었다. 집에 가서 아무 정신없이 돼지죽을 바가지에 담아 가지고 돼지우리로 나갈 때는 설마 길서가 자기 옆에 와 있으려니 했으나, 울근거리는* 돼지에게 죽을 쏟아 주고 섭섭히 돌아설 때까지 길서가 자기를 만나러 오지 않음이 원망스러웠다.

그러나 대문으로 돌아 들어가려 할 때 귀에 익은 기침 소리가 의숙의 발을 멈추게 했다. 역시 길

어휘정리

울근거리다 입에 먹을 것을 넣고 우물거리다.

서의 소리가 틀림없었다.

의숙이는 작년 여름, 설레는 가슴으로 길서를 대하게 된 뒤부터 동네에서도 거의 알게끔 사이가 친했건만, 아직까지 어른들에게는 눈을 숨기고 있는 사이라 마당 옆 낟가리* 밑에 숨어 길서를 만났다.

"잘 있었니?"

"네……."

"자동차를 타구 올래다가 몇 시간 걸으면 칠십오 전* 이나 굳는 걸 공연히 타구 오겠든…… 빨리 너를 만나구 싶기는 했지만……."

의숙이는 아무 대답도 못 했다.

울렁거리는 가슴은 그저 널뛰듯 뛰었고, 고개는 들고 있을 수 없게 늘어지기만 했다.

매일같이 만날 때는 어느 틈에라도 웃어 보이었고, 말을 한마디만 해도 기쁜 생각이 드솟았건만 며칠 떠났다가 만났음인지 공연히 가슴만 떨리었다.

그날 밤, 동네 사람들은 서울 이야기를 들으려고 길서네 마당으로 몰려들었다. 소 먹이러 갔던 어린애들은 밥술을 놓기 전에 뛰어와서 멍석을 차지하고 앉았다.

마당에는 빨랫줄에 남포등이 걸리어 금세 꺼질 것처럼 바람에 훌떡거렸다.

윷꾼에게 남포등을 내다 건 것이 길서네로서도 처음인 만큼 마을 사람들도 보통 때의 윷과는 달리 말들을 적게 했다.

어휘정리

낟가리 낟알이 붙은 곡식을 그대로 쌓은 더미 또는 나무, 풀, 짚 따위를 쌓은 더미.
전 우리나라의 옛 화폐 단위. 1전은 1원의 100분의 1이다.

불빛이 희미하게 비치는 한편 옆에 앉은 부인네들도 각기 길서에게 잘 다녀왔느냐는 인사를 했다.

"오래비 잘 다녀왔소……."

특별히 크게 하는 얌전이의 인사는 웅크리고 앉았던 의숙의 고개를 더 숙이게 했다.

"그래 서울 동네가 얼마나 크던가?"

길서 앞에 앉았던 수염 기른 늙은이가 웃으며 물었다.

"서울에는 우리 동네 터보다 더 넓은 자리를 잡고 있는 집이 수 없습니다. 총독부 같은 집에는 수만 명이 살겠던데요."

길서는 서울서 구경한 놀랄 만한 일을 하나도 빼지 않고 이야기했다.

전차는 수백 대나 되며 자동차가 수천 대나 있어 귀가 아파 다닐 수 없었다는 말까지 했다.

혀를 빼고 멍하니 듣던 사람들이 숨을 몰아쉬려 할 때는 그는 그 자리에서 일어서며 강연조로 말을 꺼냈다.

"이제는 강습회에서 배운 것을 조금 말하겠습니다. 농사 짓는 법이란 제가 보통학교에 다니면서 다 배운 것이며, 지금 제가 채소밭 하는 것과 꼭 같은 것이었으니까 말할 것이 없지요. 하나 새로 배운 것이 있다면, 닭을 칠 때 서울서 레그혼*이라는 흰 닭을 사다 기르면 그놈이 알을 굉장히 낳는다는 것입니다. 그 밖에는 배운 것이라고 별로 없습니다."

이 말을 끝맺고 다시 말을 이을 때는 기침을 한 번 하고 목청을 올리었다.

"제가 강습회에서도 가장 많이 들은 일입니다마

어휘정리

레그혼 레그혼종 닭의 하나. 몸은 흰색이며, 알을 많이 낳는다.

는, 우리가 제일 깨달아야 할 것이 하나 있습니다. 그것은 다름 아니라 가장 어렵고 무서운 시국이라는 것입니다. 까딱 잘못했다가는 죽을죄를 짓기 쉽고 일을 아니하고 놀려고만 생각하면 농사도 못 짓게 됩니다. 불경기*不景氣, 불경기 하지만 이것이 얼마 오래 갈 것이 아니며 한 고비만 넘기면 호경기*好景氣가 온다는 것입니다. 들으니까 요사이에 감옥에 가장 많이 갇힌 죄수들은 일하기가 싫어서 남들까지 일을 못 하게 한 놈들이래요. 말하자면 공산주의자라나요. 공연히 알지도 못하고 그런 놈들의 말을 들었다가는 부치던 땅까지 못 부치게 될 것이니 결국은 농군들의 손해가 아니겠소……."

듣고 있던 사람들은 길서의 얼굴만 쳐다보며 멍하니 앉아 있었다.

"또 무슨 전쟁이 일어날 것도 같습니다. 하라는 일을 아니하면 우리가 어떻게 될는지도 모르지요. 그러나 같은 값이면 마음 놓고 하라는 일을 잘하며 살아야 하겠어요. 에에, 우리는 일을 부지런히 합시다. 그러면 굶어 죽는 법이 없으니깐요. 유명하게 된 사람들은 전부 부지런했던 덕택이었다는 것을 우리는 잘 알지 않습니까!"

이 말을 끝맺고 한참이나 섰다가 앉을 때, 옆에 앉았던 늙은이가 이마를 긁으며 물었다.

"너 서울 가서 그런 말도 배웠니?"

길서는 그저 웃었다. 의숙이도 재미있게 듣는 동네 사람들을 볼 때 길서가 더 훌륭한 것같이 생각되었다.

"그런데 호경긴가 그것은 언제 온대던?"

아닌 밤중에 홍두깨* 내밀 듯 기억이가 한참 동안 잔잔하던 공기를 깨뜨리고 말했다. 대답에 궁했

어휘정리

불경기 경제활동이 일반적으로 침체되는 상태.
호경기 모든 기업체의 활동이 정상 이상으로 활발한 상태.
아닌 밤중에 홍두깨 별안간 엉뚱한 말이나 행동을 함을 비유적으로 이르는 말.

던 길서는 한참이나 생각하다가,

"얼마 안 있으면 온대더라……."

라고 대답했으나, 어째서 불경기니 호경기니 하는 것이 생기느냐고 캐어물을 때에는 모르겠다는 솔직한 대답밖에 더 할 수가 없었다. 농민들이 나날이 못살게 되어 가는 것이 불경기 때문이냐고 묻는다면 자신 있는 말로 그렇다고 대답했을는지 모른다.

"암만 호경기가 온다 해두, 팔아먹을 것이 있어야 호경기지. 팔 거 없는 놈이 호경기는 무슨 소용이냐. 호경기가 되면 쌀이 많이 생기기나 하나……."

이러한 기억의 말은 아무런 생각도 없이 나온 듯했으나 호경기가 쌀을 많이 가져다주는 것이 아니라는 것을 아는 그들은 길서의 말보다도 더 그럴 듯이 생각했다.

아무리 불경기라 해도 십리 밖 읍내에 있는 지주地主 서徐재당은 금년에도 맏아들을 분가*시키고 고래 같은 기와집을 지어 주었다.

쌀값이 조금 오르면 고무신 값이 조금 오르고, 쌀값이 떨어지면 물건값도 떨어지는 것을 잘 아는 그들은 불경기니 호경기니 해도 그것이 그들에게는 아무 관계가 없는 것같이 생각되었으며 돈 있는 사람들도 불경기에 땅 팔았다는 말을 못 들었으므로 경기라는 것이 무엇인지 참으로 알 수 없었다. 그러나 그러면서도 길서가 힘든 말을 자기들보다 많이 아는 사람같이 생각하며 집으로 돌아갔다.

다음 날, 서울 갈 때 입었던 누런 양복을 벗고 무명 잠방 적삼을 갈아입은 뒤 논에 나가 모를 꽂고

어휘정리

분가 결혼 등으로 따로 살림을 차려 나감.

들어온 길서는 컴컴한 저녁때쯤 해서 의숙의 집 뒤 모퉁이로 의숙이를 찾아 갔다.

기쁨을 기쁘다고 말하지 못하던 의숙이도 이날만은 자기도 모르게 웃음이 솟아오르며, 무슨 말이든 가슴이 시원하게 털어놓고 싶었다. 길서가 서울서 사 왔다고 파란 비누를 손에 쥐어 줄 때 의숙은 진정이 서린 눈초리로 길서의 손을 듬뿍 잡았다. 비누 세수라고 평생 못 해 본 의숙이가 비누 세수를 하면 금세 자기의 탄 얼굴이 희어지며 예뻐질 것 같아 춤을 추고 싶게 기뻤다.

"내 다음 일본 가게 되면 더 좋은 거 사다 줄께."

"언제 또 가세요?"

"가을에는 도에서 세 사람을 뽑아 일본 시찰*을 보낸다는데 뽑히거나 할는지 모르지만……."

"뽑히겠지요 뭐……."

자신 있는 듯이 의숙이가 말할 때 껌껌한 데서 사람 소리를 들은 강아지가 깡깡 짖으며 뛰어나왔다. 무서운 호랑이나 본 것처럼 그들은 뒤돌아볼 새도 없이 굴뚝 뒤로 몸을 움츠리었다. 가슴속에서 뛰는 심장의 고동을 제각기 남의 가슴속에서 들었다.

"그놈의 개새끼가 사람을 놀라게 하눈……."

하며 숨을 내쉬어 일어설 때 그들의 손은 꼭 잡히어 있었다.

의숙이는 길서를 떠나서 몰래 집 안으로 들어가서 비누를 궤 속 깊이 넣었다가 다시 한 번 꺼내 보고는 마당으로 나와 어머니와 오빠와 동생이 앉아 있는 멍석으로 갔다. 그러

어휘정리

시찰 두루 돌아다니며 현지의 사정을 살핌.

나 길서의 품에 안기었던 생각만이 가슴에서 떠나질 않았다.

"그래, 사 원 팔십 전을 받고 팔았단 말인가?"

그의 어머니가 성두에게 하는 말이었다.

"그럼 어떡합니까? 그거라두 팔아서 용돈을 써야지요. 우선 지세*두 밀리구, 아직 보리 빌 때까지 먹을 보리두 사야 하지 않아요. 또 단오명절도 가까워 오는데 돈 쓸 데가 없어서 그러십니까?"

"아아니 그런 줄은 알지만 큰돈을 만들려구 했던 도야지를 너무 일찍 팔았단 말이다."

"누구는 모르나요. 여름에는 풀을 깎아다 주기만 하면 거름을 잘 만들고 먹을 것도 겨울보다 흔해서 기르기도 쉽구. 그러다가 가을철에 접어들어 팔면 큰돈 될 것두 알기는 하지만 어떻게 합니까?"

성두의 얼굴은 푸르럭푸르럭했다.

"오빠……, 오빠의 잔치는 어떻게 합니까? 돼지를 팔구……."

의숙이가 옆에 앉았다가 눈을 흘기는 것 같으면서도 웃는 얼굴로 말을 했다.

"글쎄 말이다. 내 말이 그 말이 아니가?"

어머니는 차마 꺼내지 못했던 말이 나와서 시원한 듯했다.

길서는 새벽에 일어나 감자밭에 나가 벌레를 잡고 뽕나무 묘목*苗木밭을 한번 돌아보고는, 서울 갈 때 입었던 누런 양복을 입고 읍내로 들어갔다.

먼저 보통학교 교장에게로 가서 제 손으로 만든 비 다섯 개를 쓰라고 주고, 모를 다 냈으니 비료를 사야겠다고 이십오 원을 취해 가지고는 뽕나무 묘

어휘정리

지세 땅을 빌려 쓰고 내거나 또는 빌려 주고 받는 세(땅세).
묘목 옮겨 심는 어린나무.

목에 대한 이야기를 하려고 면사무소로 들어갔다.

"리 상* 잘 왔소. 한턱내야지. 오늘은 리 상의 점심을 얻어먹어야겠군……."

세금 못 낸 사람을 잘 치기로 유명한 뚱뚱한 서기*가 길서가 들어서자마자 말을 했다.

"한턱은 점심 때 내기루 하구, 묘목은 언제 가져갑니까? 퍽 자랐는데, 이번에는 돈을 좀 실하게 받아야겠는데요."

"한턱만 내면야 잘 팔아 주지……. 내게만 곱게 보이란 말이야. 값을 정해서 갖다 맡기면 그만이니까, 누가 무슨 소리를 감히 해내나……."

면 서기는 농담 비슷하게 웃었다. 허리를 구부리고 복종하는 농부들은 절대로 마음대로 할 자신이 있다는 듯한 호걸웃음*을 웃었다.

"일본으로 보내는 사람을 뽑을 때두 면장을 시켜서 잘 말하도록 할테니 그저 한턱만 내요."

"그것은 염려 마십시오. 술 한 병이면 녹초가 될 걸……, 그러면서도 얼마나 먹는 듯이……, 하하하……."

길서는 진정으로 한턱내고 싶기도 했다. 묘목만 잘 팔아 주면 예산 이외의 돈이 수십 원 들어온다는 것을 모를 리 없었다. 그때 뚱뚱한 몸에 맵시 없는 의복을 입은 면장이 들어와서 길서 앞에 섰다. 길서는 인사를 하고 서울 갔던 이야기를 보고했다.

보고를 듣고 수고했다는 말을 한 뒤는 곧장,

"그런데 이번 호세*는 자네 동네에서도 조금 많이 부담해야겠네……. 보통학교를 육학급으로 증축

어휘정리

상 인명 · 직명에 붙여 경의를 나타내는 일본어.
서기 각 관청에서 여러 가지 일반적인 사무에 종사하는 하위 관직.
호걸웃음 호탕한 웃음.
호세 예전에, 살림살이를 하는 집을 표준으로 하여 집집마다 징수하던 지방세.

해야겠으니까…….”

하고 길지도 않은 수염을 쓸며 호세 이야기를 했다.

“거야 제가 압니까?”

“아니야, 자네 동네서야 자네만 승낙하면 되는 게니까. 그렇다구 자네에게 해로운 것은 없을 게고.”

“글쎄요.”

길서는 면장의 말에 무엇이라고 대답할 수가 없었다. 만약 그에게 조금이라도 재미없는 말을 해서 비위에 거슬리게 하면 자기도 끼니때를 굶고 지내는 동네 소작인들이나 다름이 없는 생활을 해야 할 것을 잘 알고 있다. 일본은 둘째로 하고라도 묘목도 못 팔아먹을 것이며, 그런 말이 보통학교 교장 귀에 들어가면 돈도 빌려다 쓸 수 없게 된다.

그러면 묘목 심었던 밭에 조를 심게 되고, 면사무소 사무원들과 학교 선생들에게 팔던 감자와 파도 썩어 버리게 된다.

삼백 평밖에 안 되는 논에 비료를 많이 내지 않으면 미곡 품평회*米穀品評會에 출품도 못 해 볼 것이며, 그러면 상금을 못 탈 뿐 아니라 벼가 겨우 넉 섬밖에 소출 못 날 것이다.

그러면 동네 사람들과 꼭같이 일 년 양식도 부족할 것이 아닌가.

“자네 동네 사람들은 얌전하게 근심 없이 사는 모양이던데…….”

면장이 다시 말을 꺼낼 때 길서는 곧 대답했다.

“그러문요. 근심이 조금도 없다고야 할 수 없지마는 무던한* 편은 됩니다.”

어휘정리

미곡 품평회 쌀의 좋고 나쁨을 평가하는 모임.
무던하다 정도가 어지간하다.

벼는 누릇누릇해서 이삭들이 뭉친 것이 황금 덩이 같았다. 그러나 얼굴의 주름살을 편 사람이라곤 하나도 없었다.

강충이*가 먹어 예년에 비해서 절반도 곡식을 거둘 수가 없었기 때문이었다.

길서만이 평양 가서 북어 기름을 통으로 사다가 쳤기 때문에 그의 논만은 작년보다도 더 잘되었으나 다른 논들은 털 빠진 황소 가죽같이 민숭민숭해졌다.

이蝨 새끼만 한 작은 벌레까지가 못살게 하는 것이 가슴 원통했으나 여름내 땀을 빼고도 제 입으로 들어올 것이 없을 것을 생각하니 눈물이 솟아오를 지경이었다.

그들은 할 수 없으므로 성두의 말대로 길서를 시켜 읍내 지주 서재당에게 가서 금년만 도지小作料를 조금 감해 달래 보자고 했다. 그러나 길서는 자기와 관계가 없을 뿐 아니라 정해 놓은 도지를 곡식이 안 되었다고 감해 달라는 것은 흔히 일어나는 소작쟁의*와 같은 당치 않은 짓이라고 해서 거절했다. 그리고는 며칠 있다가 일본 시찰단으로 뽑히어 떠나가 버렸다.

동네 사람들은 어찌할 줄을 몰랐다. 더구나 금년 겨울에는 기어이 잔치를 하려고 하던 성두는 가끔 우는 얼굴을 하곤 했다.

그들은 할 수 없이 큰마음을 먹고 떼를 지어 읍내로 들어가 서재당에게 사정을 말해 보았으나 물론 들어주지 않았다. 오히려 아들을 분가시킨 관계로 돈이 몰린다는 근심까지를 들었다.

"너희들 마음대로 그렇게 하려거든 명년*부터

어휘정리

강충이 벼줄기를 깎아 먹어 벼를 마르게 하는 벌레

소작쟁의 소작권과 소작료 따위의 이해관계를 둘러싸고 지주와 소작인 사이에 벌어지는 투쟁.

명년 내년을 의미.

논을 내놓아라.”

하는 말에는 더 할 말이 없어 갈 때보다도 더 기운 없이 돌아왔다. 그들은 돌아가는 길에 길서의 논 앞에 서서 ‘모범 경작생’이라고 쓴 말뚝을 부럽게 내려다보았다.

볏대가 훨씬 큰데 이삭이 한길만큼 늘어선 것이 여간 부럽지 않았다. 그러나 말도 잘 하고 신망*도 있다고 해서 대신 교섭*을 해 달라고 부탁했음에도 불구하고 못 들은 체 들어주지 않은 길서가 미웠다.

“나도 내 땅이 있어 비료만 많이 하면 이삼 곱을 내겠다. 그까짓 것…….”

기억이가 침을 탁 뱉으며 말했다. 며칠 뒤 그들이 다시 놀란 것은 값도 모르는 뽕나무 값이 엄청나게 비싸진 것과 십삼등 하던 호세가 십일등으로 올라간 것이다.

그것보다도 십등이던 길서네만은 그대로 십등으로 있는 것이 너무도 이상했다. 길서네는 그래도 작년에 돈을 모아 빚을 주었으나, 다른 사람들은 흉년까지 만나 먹고살 수도 없는데 호세만 올랐다는 것이 우스우면서도 기막힌 일이었다.

무엇을 보고 호세를 정하는지 알 수 없었다.

흉년, 그러면서도 도지를 그대로 바쳐야 하는 데다가 호세까지 오른 그들의 세상은 캄캄했다.

‘아마 북간도*나 만주로 바가지를 차고 떠나야 하는가 보다.’

성두는 혼자 생각했다. 그들은 마을에 대한 애

어휘정리

신망 믿고 기대함. 또는 그런 믿음과 덕망.
교섭 어떤 일을 이루기 위하여 서로 의논하고 절충함.
북간도 두만강과 마주한 간도 지방의 동부.

착심도 잊었고 제 고장이라는 것도 생각하기 싫었다. 다만 못살 놈의 땅만 같았다.

마을 사람들은 길서의 장난으로 호세까지 올랐다는 것을 다음에야 알고 누구 하나 그를 곱게 이야기하는 이가 없게 되었다. 길서 때문에 동네를 떠나야겠다는 오빠의 말을 들은 의숙이도 눈물을 흘리며 길서가 그렇지 않기를 속으로 바랐다.

길서는 일본서 돌아올 때 우선 자기 논두렁에서 가슴이 서늘함을 느꼈다. 논에 박은 '김길서'라고 쓴 푯말은 간 곳도 없고, '모범 경작생'이라고 쓴 말뚝은 쪼개져서 흐트러져 있었다.

심술궂은 애들이 장난을 했는가 하고 생각하려 했으나 그 한 짓으로 보아서 반드시 무슨 일이 일어난 것 같은 예감이 들었다. 동네에 들어섰을 때 동네에는 어른이라고 한 사람도 찾아볼 수 없었다.

읍내 서재당 집엘 가서 저녁때가 되도록 아직 돌아오지 않았다는 말을 듣자, 서울 갔다 돌아왔을 때보다도 더 의기양양해 온 길서의 마음은 조각조각 깨지고 말았다.

보지도 못했고 이름조차 들어 보지 못하던 바나나를 가지고 밤이 이슥했을 무렵 의숙이를 찾아갔건만, 그를 본 의숙이도 얼굴을 돌리고 울기만 했다. 길서의 마음은 터지는 듯했다.

뒤에서 몽둥이를 들고 따라오던 사람의 숨소리를 듣는 듯 가슴이 떨리었다. 불길한 징조가 눈에 보이는 듯했다.

성두가 충혈된 얼굴로 아랫문으로 뛰어들었을 때, 길서는 들고 왔던 바나나를 들고 뒷문으로 도망쳤다.

중요한 내용 쏙!쏙!쏙!

모범 경작생의 반어적 의미

표면적 의미	이면적 의미
훌륭한 농사꾼을 의미하는 긍정적인 말	일제 강점하에 길서가 일제의 수탈 정책에 동조하고 받은 칭호, 부정적으로 쓰임

마지막 부분에 찢기어 흐트러진 〈모범 경작생〉 팻말이 담고 있는 의미

지주와 친일 관료의 착취를 돕고 자신의 이익만 챙기는 길서와, 일제의 수탈 정책에 대한 마을 사람들의 분노

길서의 이중적 인간성

일제의 입장	농민의 입장
고분고분 말을 잘 듣고 자신의 수탈 정책에 동조하는 모범 경작생	자신의 이익만 추구하는 기회주의자이고 이기적인 배신자

갈등의 구조도

가난한 소작농 성두와 마을 사람들

일제에 편승하여 풍요로운 삶을 사는 길서

이면적 갈등

착취당하는 농민

착취하는 일제

1 작품 속에서 성두를 비롯한 농민들이 끼니를 걱정하며 가난한 삶을 사는 이유를 시대적 상황과 관련하여 생각해봅시다.

2 제목 〈모범 경작생〉이 의미하는 바를 알아보고 작가가 제목을 그렇게 지은 의도를 파악해봅시다.

상상더하기 - 전자 메일 쓰기

일제 강점기에 우리 민족은 일본의 만행으로 헐벗고 굶주려야 했답니다. 그런데 더 안타까운 것은 같은 민족이면서 자신의 이익을 위해 친구와 이웃을 배신하는 길서와 같은 기회주의자들이 있었다는 사실이지요. 시찰단에 뽑혀 의기양양하게 일본에 다녀온 길서에게 따끔한 충고를 담아 전자 메일을 한 통 보내는 건 어떨까요?

1. 농민들은 수확하면 지주에게 지세(토지세)를 바치고 일본제국에 호세(살림살이하는 집을 표준으로 하여 집집이 징수하던 지방세)를 바쳐야 합니다. 결국, 열심히 농사를 지어도 일제의 수탈과 착취로 농민들의 삶은 가난할 수밖에 없었습니다.
2. 본래는 훌륭한 농사꾼을 의미하지만, 일제의 수탈 정책에 동조하는 길서가 받은 칭호로 반어적 의미를 담고 있습니다. 이를 통해 길서의 기회주의적 태도를 풍자하려는 의도가 담겨 있습니다.

작가의 다른 작품 보기

목화씨 뿌릴 때

마을에서 권세를 누리며 사는 박 장의는 어느 날 술장사를 하는 정섭에게 모진 매를 맞게 됩니다. 박 장의가 산 낡은 집이 사건의 발단인데요. 집의 전 주인은 원래 그 집을 찬수에게 팔았으나 집문서만 넘겨받고 돈을 주지 않자, 다시 박 장의에게 집을 팔지만, 그 집에서 살고 있던 찬수는 집을 비워줄 생각을 하지 않습니다. 그래서 박 장의는 그 집을 다시 정섭에게 헐값에 팔았고, 사정을 모르는 정섭은 집을 싸게 샀다고 좋아하며, 집 지붕의 이엉까지 엮게 되지요. 정섭은 나중에야 찬수의 존재를 알게 되고, 박 장의를 찾아와 집값은 물론이고 이엉을 엮은 값까지 내놓으라며 행패를 부린 것입니다. 정섭에게 손해배상을 한 박 장의는 찬수를 주재소에 고발하고 찬수는 동네를 떠나게 됩니다. 박 장의는 찬수가 떠난 후 집을 허물고 목화씨를 뿌리지만, 동네 사람들 가운데 그 일을 도와주는 사람은 아무도 없었지요. 마을에는 찬수가 다시 나타날까 봐 박 장의가 두려워한다는 소문만 무성히 남습니다.

이 작품은 작가가 목화 재배를 했던 어린 시절의 경험을 바탕으로 권력과 돈에 얽힌 농촌의 풍경을 사실적으로 그리고 있답니다.

빨치산

'김명구(金命九)' 는 소수의 특권층 때문에 다수의 빈민들이 어려운 삶을 사는 것은 불합리하다는 생각으로 공산주의에 빠져들게 됩니다. 그래서 서울대학교에 다니다가 중퇴한 후 자진 월북하지요. 그는 그곳에서 군사부에 소속되는데 자신의 출신성분 때문에 원하던 정치부로 가지 못한 사실을 알고 보상심리로 당에 맹목적으로 충성합니다. 그는 6.25가 터지자 빨치산이 되어 남하한 후, 다양한 공을 세워 영웅 칭호를 받습니다. 그런데 응원군으로 온 윤귀향과 사랑에 빠져 인간애와 연민의 감정이 살아나고, 결국 명령을 제대로 수행하지 못해 영창에 수감되지요. 그 후 국군과의 전투에서 윤귀향은 죽고, 김명구는 투항합니다.

김명구라는 한 인간을 통해 작가는 이념보다도 앞선 사랑의 감정이 인간을 새로이 변화시킬 수 있음을 보여주고 있습니다. 우리가 살고 있는 사회 안에서 무엇보다도 사랑의 감정이 앞선다면 많은 사람이 행복해 질 수 있겠지요.

이상한 선생님

수록교과서 : 유웨이중앙

채만식

소설가. 극작가. 1902년 전라북도에서 태어나 일본 와세다 대학에서 공부했다. 신문사에서 기자와 편집가로 활동하다 1924년 문단에 등단한 뒤 활발히 작품 활동을 하였으나 1950년 폐결핵으로 세상을 떠났다. 대표작으로는 「태평천하」「레디메이드 인생」「탁류」 등이 있다.

감상 길잡이

자신의 이익에 따라 이쪽 편을 들었다가 저쪽 편을 들었다 하는 사람을 우리는 보통 박쥐같은 사람이고 하지요. 박쥐 인생을 사는 사람이 때로는 물질적인 성공을 거둘 수는 있지만, 진정한 친구를 만들기는 어렵답니다. 작품을 읽으며 이런 기회주의적인 태도를 보이는 박 선생의 모습을 비판해 봅시다. 일제강점기와 해방 전후 혼란기에 우리 민족의 삶의 모습도 주의 깊게 살펴보세요.

핵심정리

갈래	단편소설, 소년소설	성격	비판적
시점	1인칭 관찰자 시점	제재	친일 교원의 변신
배경	일제강점기와 해방 전후, 어느 마을	주제	해방 전후 혼란한 사회를 틈타 기회주의적인 삶을 사는 인물에 대한 비판

등장인물

박 선생

성질이 급하고 사나움. 기회주의자

강 선생

웃기를 잘하고, 장난을 잘 침. 너그럽고 온화함. 애국심이 강함

줄거리

박 선생님은 유난히 작은 키에 왜소한 몸집, 큰 머리통을 가진 외모가 무척 이상하게 생긴 선생님입니다. 이와 반대로 키가 크고, 몸집도 좋으며, 얼굴이 너부룻하고 순하게 생긴 강 선생은 성격도 좋은데 둘은 만나기만 하면 티격태격하는 사이입니다.

일제 강점기, 조선말을 쓰지 못하게 하던 시절에 박 선생님은 아이들이 조선말을 쓰면 큰 벌을 내리곤 했는데, 그에 반해 강 선생님은 우리가 조선말을 써도 벌을 주지 않았으며, 자신도 조선말을 하곤 하였습니다.

해방되던 이튿날, 친일파인 교장 선생님과 박 선생님을 비롯한 몇몇 선생님은 초상집 분위기가 되어 있었는데, 이때 강 선생님이 나타나 박 선생님을 나무라며 함께 독립 만세를 부르자고 제안했습니다. 박 선생님은 아무 소리 못 하고 강 선생님과 함께 태극기를 그렸습니다. 그 뒤로 박 선생님은 미국말을 배우며 미군의 일에 적극적으로 협조합니다. 해방 뒤 강 선생님은 학교 교장으로 오게 되지만 빨갱이라는 이유로 파면되고, 박 선생님이 그 자리를 이어받아 이번에는 아이들에게 미국을 찬양하는 교육을 합니다.

이상한 선생님

1

우리 박 선생님은 참 이상한 선생님이었다.

박 선생님은 생긴 것부터가 무척 이상하게 생긴 선생님이었다. 키가 한 뼘밖에 안 되어서 뼘생 또는 뼘박이라는 별명이 있는 것처럼, 박 선생님의 키는 작은 사람 가운데서도 유난히 작은 키였다. 일본 정치 때에, 혈서*로 지원병에 지원했다 체격 검사에 키가 제 척수*에 차지 못해 낙방이 되었다면, 그래서 땅을 치고 울었다면, 얼마나 작은 키인지 알 일이다.

그런 작은 키에 몸집은 그저 한 줌만 하고. 이 한 줌만 한 몸집, 한 뼘만 한 키 위에 깜짝 놀랄 만큼 큰 머리통이 위태위태하게 올라앉아 있다. 그래서 박 선생님 또 하나의 별명은 대갈 장군이라고도 했다.

머리통이 그렇게 큰 박 선생님 얼굴은 어떻게 생겼느냐 하면, 또한 여느 사람과는 많이 달랐다.

뒤통수와 앞이마가 툭 내솟고, 내솟은 좁은 이마 밑으로 눈썹이 시커멓고, 왕방울 같은 두 눈은 부리부리하니 정기가 있고도 사납고, 코는 매부리코요, 입은 메기입으로 귀밑까지 넓죽 째지고, 목소리는 쇠꼬챙이로 찌르는 것처럼 쨍쨍하고.

이런 대갈 장군인 뼘생 박 선생님과 아주 정반대로 생긴 이가 강 선생님이었다.

강 선생님은 키가 크고, 몸집도 크고, 얼굴이 너

어휘정리

혈서 제 몸의 피로 쓴 글.
척수 자로 잰 수치. 치수.

부룻하고*, 얼굴이 검기는 해도 순하여 사남*이 든 데가 없고, 눈이 더 순하고, 허허 웃기를 잘하고, 별로 성을 내는 일이 없고, 아무하고나 장난을 잘하고……. 강 선생님은 이런 선생님이었다.

뼘박 박 선생님과 강 선생님은 만나면 싸움이었다.

하학*을 하고 나서, 우리가 청소를 한 교실을 둘러보다가든지 또는 운동장에서든지(그러니까 우리들이 여럿이는 보지 않는 곳에서 말이다.) 두 선생님이 만날라 치면, 강 선생님은 괜히 장난이 하고 싶어, 박 선생님을 먼저 건드리곤 했다.

"뼘박아, 담배 한 대 붙여 올려라."

강 선생님이 그 생긴 것처럼 느릿느릿한 말로 이렇게 장난을 청하고, 그런다 치면 박 선생님은 벌써 성이 발끈 나 가지고

"까불지 마라, 죽여 놀 테니."

"얘야 까불다니, 이 덕집*엔 좀 억울하구나……. 아무튼 담배나 한 개 빌리자꾸나."

"나두 빼젓한 돈 주구 담배 샀어."

"아따 이 사람. 누가 자네더러 담배 도둑질했대나?"

"너두 돈 내구 담배 사 피우란 말야."

"에구 요 재리*야! 체가* 요렇게 용잔하게* 생겼거들랑 속이나 좀 너그럽게 써요."

"몸 크구서 속 못 차리는 건, 볼 수 없더라."

하나는 커다란 몸집을 해 가지고 싱글싱글 웃으면서, 하나는 한 뼘만 한 키에 그 무섭게 큰 머리통

어휘정리

너부룻하다 '너붓하다'의 방언. 조금 넓고 평평한 듯하다.
사남 사나움.
하학 하교.
덕집 몸집.
재리 매우 인색한 사람을 낮잡아 부르는 말.
체 몸.
용잔하다 못생기고 연약하다.

을 한 얼굴을 바싹 대들고는 사나움이 졸졸 흐르면서, 그렇게 마주 서서 싸우는 모양은 마치 큰 수캐와 조그만 고양이가 마주 만난 형국이었다.

2

다른 학교에서도 다 그랬을 테지만 우리 학교에서도 그때 말로 '국어'라던 일본말, 그 일본말로만 말을 하게 하고 엄마 아빠 할 적부터 배운 조선말은 아주 한 마디도 쓰지 못하게 했다.

그러나 주재소의 순사, 면의 면 서기, 도평의원*을 한 송 주사, 또 군이나 도에서 연설하러 온 사람, 이런 사람들이나 조선 사람끼리 만나도 척척 일본말로 인사를 하고 이야기를 했지, 다른 사람들이야 일본사람과 만났을 때말고는 다들 조선말로 말을 하고, 그래서 학교 문밖에만 나가면 만판 조선말로 말을 하는 사람들이요, 더구나 집에 돌아가면 어머니, 아버지, 언니, 누나, 아기 모두들 조선말을 했다. 그러니까 우리도 교실에서 공부를 하고 나와 운동장에서 우리끼리 놀고 할 때에는 암만 해도 일본말보다 조선말이 더 많이, 더 잘 나왔다.

학교에서고 학교 밖에서고 조선말로 말을 하다 선생님한테 들키는 날이면 경을 치는* 판이었다. 선생님들 중에서도 제일 심하게 밝히는 선생님이 뼘박 박 선생님이었다. 교장 선생님이나 다른 일본 선생님은 나무라기만 하고 마는 수가 있어도, 뼘박 박 선생님만은 절대로 용서가 없었다.

나도 여러 번 혼이 나 보았다.

한번은 상준이 녀석과 어떡하다 쌈이 붙었는데 둘이 서로 부둥켜안고 구르면서 이 자식아, 저 자식

어휘정리

도평의원 일제강점기 지방 자치의회의 의원.
경을 치다 호된 꾸지람이나 나무람을 듣거나 벌을 받다.

아, 죽어 봐, 때려 봐, 하면서 한참 때리고 제기고* 하는 참이었다.

그런데, 느닷없이

"고랏! 조생고데 겡까 스루야쓰가 이루까(이놈아! 조선말로 싸하는 녀석이 어딨어)."

하면서 구둣발길로 넓적다리를 걷어차는 건, 정신없는 중에도 뺌박 박 선생님이었다.

우리 둘이는 그 자리에서 뺨이 붓도록 따귀를 맞았고, 공부 시간에 들어가지도 못하고 그 시간 동안 변소 청소를 했고, 그리고 조행* 점수를 듬뿍 깎였다.

이렇게 뺌박 박 선생님한테 제일 중한 벌을 받는 때가 언제나 하면, 조선말로 지껄이다 들키는 때였다.

강 선생님은 그와 반대로 아무 시비가 없었다.

교실에서 공부를 할 때 빼고는 그리고 다른 선생님, 그중에서도 교장 이하 일본 선생님들과 뺌박 박 선생님이 보지 않는 데서는, 강 선생님은 우리한테 일본말로 말을 하지 않는다. 우리가 일본말을 해도 강 선생님은 조선말을 하곤 했다.

우리가 어쩌다,

"선생님은 왜 '국어' 로 안 하세요?"하고 물으면 강 선생님은 웃으면서

"나는 '국어' 가 서툴러서 그런다."

하고 대답했다.

그렇지만 우리가 보기에도 강 선생님은 일본말

어휘정리

제기다 (팔꿈치나 발꿈치로) 힘을 세게 주어 넘어지거나 부스러지거나 상처 나게 하다.
조행 태도와 행실. 요즘의 '품행' 으로 당시에는 학과 교과목 이외에 '조행' 이라는 이름으로 점수를 매겼다.

이 서투른 선생님이 아니었다.

3

해방이 되던 바로 그 이튿날이었다.

여름방학으로 놀던 때라, 나는 궁금해서 학교엘 가 보았다. 다른 아이들도 한 오십 명이나 와 있었다.

우리는 해방이라는 말은 아직 몰랐고, 일본이 전쟁에 지고 항복을 한 것만 알았다.

선생님들이, 그 중에서도 뼘박 박 선생님이 그렇게도 일본(우리 대 일본 제국)은 결단코 전쟁에 지지 않는다고, 기어코 전쟁에 이기고 천하에 못된 미국, 영국을 거꾸러뜨려 천황* 폐하의 위엄을 이 전세계에 드날릴 날이 머지않았다고, 하루에도 몇 번씩 그런 말을 해 쌓던 그 일본이 도리어 지고 항복을 하다니, 도무지 모를 일이었다.

직원실에는 교장 선생님과 두 일본 선생님 그리고 뼘박 박 선생님, 이렇게 네 분이 모여 앉아서 초상난 집처럼 모두 코가 쑥욱 빠져* 가지고 있었다.

우리는 운동장 구석으로 혹은 직원실 앞뒤로 패패로* 모여 서서 제가끔 아는 대로 일본이 항복한 이야기를 하고 있었다.

그때 6학년에 다니던 우리 사촌 언니* 대석이가 뒤늦게야 몇몇 동무와 함께 떨떨거리고 달려들었다. 대석 언니는 똘똘하고 기운 세고 싸움 잘하고, 그러느라고 선생님들한테 꾸지람과 매는 도맡아 맞고, 반에서 성적은 제일 꼴찌인 천하 말썽꾼이

어휘정리

천황 일본의 왕을 이르는 말.
코가 빠지다 근심에 싸여 기가 죽고 맥이 빠지다.
패패로 각기 무리를 지어.
언니 동성의 손위 형제를 이르는 말. 요즘에는 주로 여자 형제사이에 많이 쓴다.

었다. 대석 언니네 집은 읍에서 십 리나 되는 곳이었고, 그래서 오늘 아침에야 소문을 들었노라고 했다.

대석 언니는 직원실을 넌지시 넘겨다보더니 싱끗 웃으면서 처억 직원실 안으로 들어섰다.

직원실 안에 있던 교장 선생님이랑 다른 두 일본 선생님이랑은 못본 체하고 고개를 숙이고 있는데, 뼘박 박 선생님이 눈을 흘기면서 영락없이 일본말로

"난다(왜그래)?"

하고 책망을 했다.

대석 언니는 그러나 무서워하지 않고 한다는 소리가

"선생님, 덴노헤이까* 가 고오상(천황 폐하가 항복) 했대죠?"

하고 묻는 것이다.

뼘박 박 선생님은 성을 버럭 내어 그 큰 눈방울을 부라리면서 여전히 일본말로

"잠자쿠 있어. 잘 알지두 못하면서…… 건방지게시리."

하고 쫓아와서 곧 한 대 갈길 듯이 을러댔다.

대석 언니는 되돌아서서 커다랗게 소리쳤다.

"덴노헤이까 바가(천황 폐하 망할 자식)!"

"……."

만일 다른 때 누구든지 그런 소리를 했다간 당장 큰일이 날 판이었다. 그러나 교장 선생님이랑 두 일본 선생님은 그대로 못 들은 척 코만 빠뜨리고 앉았고, 뼘박 박 선생님

어휘정리

덴노헤이까 '천황 폐하'의 일본어.

도 잔뜩 눈만 흘기고 있을 뿐이지 아무렇지도 않았다. 그런 걸 보면 정녕 일본이 지고, 덴노헤이까가 항복을 했고, 그래서 인제는 기승을 떨지 못하는 모양인 것 같았다.

마침 강 선생님이 땀을 뻘뻘 흘리면서 헐떡거리고 뛰어왔다.

강 선생님은 본집이 이웃 고을이었다.

"오오, 느이들두 왔구나. 잘들 왔다. 느이들두 다들 알았지? 조선이, 우리 조선이 해방이 된 줄 알았지? 얘들아, 우리 조선이 독립이 됐단다, 독립이! 일본은 쫓겨 가구...... 그 지지리 우리 조선 사람을 못살게 굴구 하시* 하구 피를 빨아먹구 하던 일본이, 그 왜놈들이 죄다 쫓겨 가구, 우리 조선은 독립이 돼서 우리끼리 잘살게 됐어, 잘살게."

의젓하고 점잖던 강 선생님이 그렇게도 들이 날뛰고 덤비고 하는 것은 처음 보았다.

"자아, 만세 불러야지. 만세, 독립 만세, 독립 만세 불러야지. 태극기 없나? 태극기, 아무두 안 가졌구나! 느인 참 태극기가 어떻게 생겼는지 구경도 못 했을 게다. 가만있자, 내 태극기 만들어 가지고 나올게."

그러면서 강 선생님은 직원실로 들어갔다.

강 선생님이 직원실로 들어서는 것을 보고 교장 선생님이랑 두 일본 선생님은 인사를 하려고 풀기 없이 일어섰다.

강 선생님은 교장 선생님더러 말을 했다.

"당신들은 인제는 일없어. 어서 집으로 가 있다가 당신네 나라로 돌아갈 도리나 허우."

"......"

어휘정리

하시 얕잡아 낮추어 봄.

아무도 대꾸를 못 하는데, 뼘박 박 선생님이 주저주저하다가

"아니, 자상히 알아보기나 하구서……."

하니까 강 선생님이 버럭 큰 소리로 말한다.

"무엇이 어째? 자넨 그래 무어가 미련이 남은 게 있어 왜놈들하고 대가리 맞대구 앉아서 수군덕거리나? 혈서로 지원병 지원 한 번 더 해 보고파 그러나? 아따, 그다지 애닯거들*랑 왜놈들 쫓겨 가는 꽁무니 따라 일본으로 가서 살지 그러나. 자네 같은 충신이면 일본서두 괄시*는 안 하리."

"……."

뼘박 박 선생님은 그만 두말도 못하고 얼굴이 벌개서 어쩔 줄을 몰라했다. 뼘박 박 선생님이 남한테 이렇게 꼼짝 못하는 것을 보기는 처음이었다.

강 선생님은 반지*를 여러 장 꺼내 놓고 붉은 잉크와 푸른 잉크로 태극기를 몇 장이고 그렸다. 그려 내놓고는 또 그리고, 그려 내놓고 또 그리고, 얼마를 그리면서, 그러다 아주 부드럽고 조용한 목소리로

"여보게 박 선생?"

하고 불렀다. 그러고는 잠자코 담배만 피우고 앉아 있는 뼘박 박 선생을 한 번 돌려다보고 나서 타이르듯 말했다.

"내가 좀 흥분해서 말이 너무 박절했나* 보이. 어찌 생각하지 말게……. 그리고 인제는 자네나 나나, 그동안 지은 죄를 우리 조선 동포 앞에 속죄해야 할 때가 아닌가? 물론 이담에, 민족이 우리를 심판하고 죄에 따라 벌을 줄 날이 오겠지. 그러나 장차에 받을 민족의 심판과 벌은 장차에 받을 심판과 벌이고, 시방 당장 조선 민족의 한 사람으로 할 일

어휘정리

애닯다 '애달프다'의 잘못. 마음이 안타깝거나 쓰라리다.
괄시 업신여겨 하찮게 대함.
반지 얇고 흰 종이.
박절하다 인정이 없고 쌀쌀하다.

이 조옴 많은가? 우리 같이 손목 잡구 건국에 도움 될 일을 하세. 자아, 이리 와서 태극기 그리게. 독립 만세부터 한바탕 부르세."

"……."

뺌박 박 선생님은 아무 소리도 않고 강 선생님 옆으로 와서 태극기를 그리기 시작했다.

그 뒤로 강 선생님과 뼘박 박 선생님은 사이가 매우 좋아졌다.

뼘박 박 선생님은 학과 시간마다 우리에게 여러 가지 좋은 이야기를 많이 해 주었다. 일본이 우리 조선을 뺏어 저의 나라에 속국* 으로 삼던 이야기도 해 주었다.

왜놈들은 천하의 불측한* 인종이어서 남의 나라와 전쟁하기를 좋아하는 백성이라고 했다. 그래서 임진왜란 때에도 우리 조선에 쳐들어왔고, 그랬다가 이순신 장군이랑 권율 도원수한테 아주 혼이 나서 쫓겨 간 이야기도 해 주었다.

우리 조선은 역사가 사천 년이나 오래 되고 그리고 세계의 어떤 나라 못지않게 훌륭한 문화가 발달된 나라라는 이야기도 해 주었다.

뼘박 박 선생님은 한편으로 열심히 미국말을 공부했다. 그러면서 우리더러 졸업을 하고 중학교에 가거들랑 미국말을 무엇보다도 많이 공부하라고, 시방은 미국말을 모르고는 훌륭한 사람이 되지 못한다고 했다.

뼘박 박 선생님은 한 일 년 그렇게 미국말 공부를 하더니, 그 다음부터는 미국 병정이 오든지 하면 일쑤* 통역을 하고 했다. 중학교에 다닐 때에 조금 배운 것이 있어서 그렇게 쉽게 체득했다고 했다.

어휘정리

속국 법적으로는 독립국이지만, 실제로는 정치나 경제, 군사 면에서 다른 나라에 지배되고 있는 나라.
불측하다 생각이나 행동이 괘씸하고 엉큼하다.
일쑤 흔히 또는 으레 그러는 일.

미국 병정은 벼 공출*을 감독하러 와서 우리 뼘박 박 선생님을 꼬마 자동차에 태워 가지고 동네동네 돌아다녔다. 뼘박 박 선생님은 미국 양복을 얻어 입고, 미국 담배를 얻어 피우고, 미국 통조림이랑 과자를 얻어먹고 했다.

해방 뒤에 새로 온 김 교장 선생님이 갈려 가고 강 선생님이 교장이 되었다. 강 선생님이 교장이 된 다음부터는, 뼘박 박 선생님은 강 선생님과 도로 사이가 나빠졌다.

우리는 한 번 뼘박 박 선생님이 미국 담배를 피우고 있는 것을, 교장 선생님이

"자넨 그걸 무어라구, 주접스럽게 얻어 피우곤 하나?"

하고 핀잔하는 것을 보았다.

강 선생님은 교장이 된 지 일 년이 못 되어서 파면*을 당했다.

어른들 말이, 강 선생님은 빨갱이*라고 했다. 그래서 파면을 당했노라고 했다. 또 누구는, 뼘박 박 선생님이 강 선생님을 그렇게 꼬아 댄 것이지, 강 선생님은 하나도 빨갱이가 아니라고도 했다.

강 선생님이 파면을 당한 뒤를 물려받아 뼘박 박 선생님이 교장 선생님이 되었다. 교장이 된 뼘박 박 선생님은 그 작은 키가 으쓱했다.

뼘박 박 선생님은 미국을 침이 마르도록 칭찬했다. 이 세상에 미국같이 훌륭한 나라가 없고, 미국 사람같이 훌륭한 백성이 없다고 했다. 우리 조선은 미국 덕분에 해방이 되었으니까 미국을 누구보다도 고맙게 여기고, 미국이 시키는 대로 순종해야 하느니라고 했다.

어휘정리

공출 국민이 농산물 등을 의무적으로 국가에 내어놓음.
파면 잘못을 저지른 사람에게 직무나 직업을 그만두게 함.
빨갱이 '공산주의자'를 속되게 이르는 말.

우리가 혹시 말끝에 "미국놈……." 이라고 하면, 뼘박 박 선생님은 단박 붙잡아다 벌을 세우곤 했다. 전에 "덴노헤이까 바가"라고 한 것만큼이나 엄한 벌을 주었다.

"이놈아 아무리 미련한 소견* 이기로, 자아 보아라, 우리 조선을 독립시켜 주느라구 자기 나라 백성을 많이 죽여 가면서 전쟁을 했지. 그래서 그 덕에 우리 조선이 왜놈의 압제에서 벗어나서 독립이 되질 아니했어? 그 뿐인감? 독립을 시켜 주구 나서두 우리 조선 사람들 배 아니 고프구 편안히 잘 살라고 양식이야, 옷감이야, 기계야, 자동차야, 석유야, 설탕이야, 구두야, 무어 죄다 골고루 가져다 주지 않어? 그런데 그런 고마운 사람들더러, 미국놈이 무어야?"

벌을 세우면서 뼘박 박 선생님은 이렇게 꾸짖곤 했다.

우리는 뼘박 박 선생님더러 미국에도 덴노헤이까가 있느냐고 물었다. 미국에 덴노헤이까가 있지 않고서야 이렇게 일본의 덴노헤이까처럼 우리 조선 사람을 친아들과 같이 사랑하고, 우리 조선 사람들이 잘 살도록 근심을 하며, 온갖 물건을 가져다 주고 할 이치가 없기 때문이었다(해방 전에 뼘박 박 선생님은, 덴노헤이까는 우리 조선 사람들을 일본 사람들과 같이 사랑하고, 우리 조선 사람들이 잘살기를 근심하신다고 늘 가르쳐 주곤 했다).

뼘박 박 선생님은 미국에는 덴노헤이까는 없고, 덴노헤이까보다 훌륭한 '돌멩이' 라는 양반이 있다고 대답했다.

우리는 그럼 이번에는 그 '돌멩이' 라는 훌륭한 어른을 위하여 미국 신민노세이시(미국 신민 서사)를 부르고, 기미가요(일본의 국가) 대신 돌멩이 가요를 부

어휘정리

소견 어떤 일이나 사물을 살펴보고 가지게 되는 생각이나 의견.

르고 해야 하나 보다고 생각했다.

아무튼 뻠박 박 선생님은 참 이상한 선생님이었다.

중요한 내용 쏙!쏙!쏙!

작품의 시대적 배경

- 이 작품은 일제 강점기에서 시작하여 해방과 그 직후를 배경으로 함
- 작가는 기회주의적인 인물인 박 선생님이 친일파에서 친미 반공주의자로 변모해가는 과정을 통해 해방기 우리나라의 혼란상을 보여주고자 함

구성단계

발단	전개	위기	절정	결말
박 선생님과 강 선생님에 대한 소개	일본말 쓰기를 강요하는 박 선생님과 조선말을 사용하는 강 선생님	일제의 패망으로 조선이 독립하게 됨	박 선생님은 미국을 추종하고, 강 선생님은 빨갱이로 몰려 파면당함	미국을 찬양하는 박 선생님

1인칭 '어린 아이' 서술자의 역할

- 어른들의 심리를 모른 채 대화나 행동을 눈에 보이는 대로만 서술함
- 다소 무거운 주제를 어린 아이의 순수한 시선으로 서술함으로써 작품의 분위기를 무겁지 않고 경쾌하게 만듦
- 어른의 그릇된 태도가 더욱 부각되는 효과가 있음

인물의 풍자

대상을 익살스럽고 우스꽝스럽게 표현하면서 대상에 대해 공격적이고 비판적인 태도를 취함

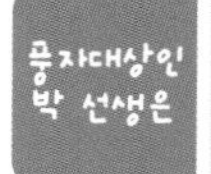

- 친일 행위를 하다가 시대가 변하자 친미 행위로 돌아섬
- 기회주의적인 태도를 과장되게 표현하고 그 속에 비판적인 의식을 담음

1 제목 '이상한 선생님' 의 의미에 대해 생각해 봅시다.

2 작품 속 일화를 통해 박 선생님과 강 선생님의 성격에 대해 생각해 봅시다.

박 선생과 강 선생은 성격과 모습이 다르지요. 책 속의 내용을 바탕으로 박 선생과 강 선생의 모습을 한번 그려볼까요? 박 선생과 강 선생의 성품이 잘 드러나도록 표정을 지어보면 더 재미있는 모습이 되겠네요.

1. 서술자인 어린 아이의 눈에 비친 기회주의적이고 일관성 없는 박 선생님의 태도를 나타낸다.
2. 박 선생님은 성미가 급하고 상황에 따라 자기를 맞추며 주도권을 가진 자에게 아첨을 잘한다. 강 선생님은 여유가 있고 유순한 성격이나 우리 민족의 정신과 문화를 소중히 여기고 정체성을 지키고자 노력한다.

작가의 다른 작품 보기

치숙 주인공 '나'는 일본인 상점에서 점원으로 일하고 있는데 주인의 눈에 들어 일본인 여자와 결혼하여 잘 먹고 잘 사는 것이 꿈이지요. 그런 '나'에게 오촌 고모부가 한 분 계십니다. 일본에서 대학까지 나왔지만, 사회주의 운동을 하다가 감옥에 갇혀 5년 만에 폐병환자가 되어 돌아왔지요. 이제 병이 나아가고 있는데 병이 다 나으면 또 사회주의 운동을 한다는 아저씨가 주인공 '나'가 보기에는 너무 한심해 보이지요. 그런데 오히려 아저씨는 '나'를 딱하다고 합니다.

여러분이 보기에는 누가 한심해 보이나요? 작가는 아저씨를 비판하고 있는 주인공을 오히려 풍자를 통해 비판하는 재미있는 방법을 쓰고 있답니다.

논 이야기 한 생원의 아버지 한태수는 근면하게 일하여 논 열서너 마지기와 일곱 마지기를 마련합니다. 그런데 고을 원님이 한태수에게 동학운동에 가담했다는 억울한 누명을 씌어 논 열서너 마지기를 빼앗아 가지요. 그래서 한 생원은 한일합방이 되어 나라를 잃게 되었을 때, 슬프거나 원통할 것이 없다고 생각했습니다. 성실한 한태수와는 달리 술과 노름을 좋아한 한 생원은 빚을 많이 지고 남은 일곱 마지기의 논을 일본인에게 팔게 됩니다. 나라가 독립하던 날 한 생원은 일본인에게 판 논을 다시 찾을 수 있다고 좋아하지요, 그러나 이미 그 땅은 나라가 관리하는 과정에서 다른 사람이 차지하고 난 다음이었지요. 한 생원은 독립이 되었다고 했을 때, 만세를 안 부르기를 잘했다고 혼잣말을 합니다.

술과 노름으로 잃어버린 땅을 도로 찾을 욕심을 갖는 한 생원도 비판받아 마땅하지만, 독립 이후 새 사회가 되며 생겨난 부조리 또한 비판의 대상이 되겠지요.

전쟁과 다람쥐

수록교과서 : 웅진

이동하 소설가. 1942년 일본 오사카에서 태어나 광복과 함께 귀국했다. 1966년 서라벌예술대학에 입학하고 같은 해 《서울신문》 신춘문예에 단편소설 「전쟁과 다람쥐」가 당선되었다. 대표작으로는 「우울한 귀향」 「숲에는 새가 없다」 「냉혹한 혀」 등이 있다.

감상 길잡이

아끼고 사랑하던 동물의 죽음을 경험하는 것은 참 가슴 아픈 일이지요. 특히 죽음에 대해 잘 모르는 어린 시절의 경험은 오래도록 아픈 상처로 남을 수도 있답니다. 전쟁으로 인해 다람쥐를 잃은 어리고 순수한 욱이의 마음을 헤아려 가며 작품을 읽어봅시다. 또 전쟁이 우리 민족에게 남긴 아픔과 고통도 함께 떠올려 보도록 하세요.

갈래	단편소설	성격	비판적
시점	작가 관찰자 시점	제재	전쟁과 다람쥐
배경	1950년대 6.25전쟁, 경상북도 한 농촌 마을	주제	전쟁으로 인해 겪게 되는 한 소년의 아픈 기억

욱이

순진하고 동물을 사랑하는 아이.
다람쥐의 죽음으로 마음의 상처를 입음

낮에는 피란민들의 행렬이 줄을 이루고, 밤에는 군용차들이 남쪽으로 꼬리에 꼬리를 물고 후퇴를 하는 경상도 어느 마을에 사는 욱이는 다른 날과는 다르게 밤이 되어도 잠을 이룰 수가 없었습니다. 부엌에서는 동네 아낙네들이 후퇴하는 군인들에게 제공할 주먹밥을 만들다가, 침울하게 서 있는 욱이를 보자, 한 아낙이 주먹밥을 주지만, 한 입 베어 물고는 개에게 던져줍니다. 그러다가 결국 어머니 앞에서 다람쥐가 걱정되어 울음을 터트립니다.

오늘 아침 욱이는 다람쥐 한 마리를 잡아 신주머니에 넣어 학교에 갔습니다. 그리고 아이들의 눈에 띄면 좋지 않을 것 같아 교사 서편의 공지에 다람쥐가 든 신주머니를 숨겨 놓습니다. 그런데 그날따라 수업은 야외에서 이루어졌고, 수업이 끝난 후 다람쥐를 찾으러 학교에 갔지만, 학교는 이미 군부대가 점령하여 들어갈 수 없는 곳이 되어 있었습니다. 결국, 다람쥐를 데려오지 못했고, 신주머니에서 굶고 있을 다람쥐 생각에 걱정이 되었던 것입니다. 다음 날 아침 아버지는 그깟 다람쥐는 잊어버리고 학교 근처에는 얼씬거리지 말라고 말합니다. 그러나 욱이는 또 군부대가 된 학교를 찾아가고 한국군인 아저씨의 도움으로 겨우 다람쥐가 든 신주머니를 찾지만, 다람쥐는 이미 막사를 세우기 위해 동원된 불도저에 깔려 죽은 후였습니다.

전쟁과 다람쥐

욱은 걱정이 되어서 잠을 이룰 수가 없었다. 그래서 방을 나와 댓돌* 위에 웅크리고 앉았다.

별이 총총한 밤이었다. 은하가 머리 위를 가로질러 저 앞산 쪽으로 흐르고 있었다. 산발치*를 돌아 하얗게 뻗어있는 신작로에서는 자동차 소리가 끊임없이 들려왔다. 풀과 나무로 위장하고 그 위에 먼지를 자욱이 뒤집어쓴 그 군용차들은 며칠 전부터 밤마다 꼬리를 물고 지나가던 것이었다.

그 자동차의 행렬은 온 밤내 계속된다. 그리하여 날이 밝으면 이번에는 피곤에 지친 인간의 물결이 길을 가득 메우고 남으로 흘러갔다. 다시 밤이 되면 길을 메웠던 인간의 물결은 들로 마을로 잦아지고* 그러면 또 자동차의 행렬은 시작되는 것이었다.

많은 차들이 한꺼번에 그리고 쉼 없이 부르릉거리는 소리, 음색이 다른 여러 가지의 경적, 무거운 바퀴에 짓눌려 돌멩이가 튕겨 나가는 소리……. 그런 음향들이 욱에게는 흡사 어머니의 자장가와 같이 신비롭고 달콤하여 잠자리에 누운 채 가만히 귀 기울여 듣다가는 그만 혼곤히* 잠에 떨어지곤 했다. 그러면 그 온갖 소음이 잠 속으로 파고들어 욱은 밤마다 숱한 꿈을 꾸었었다.

그러나 이제는 그렇지를 못했다. 도시* 그것이 걱정되어 아무래도 잠을 이룰 수가 없는 것이었다.

어휘정리

댓돌 집채의 낙숫물이 떨어지는 곳 안쪽으로 돌려 가며 놓은 돌.
산발치 산의 아랫부분.
잦아지다 느낌이나 기운 따위가 속으로 깊이 스며들거나 배어들게 되다.
혼곤하다 정신이 흐릿하고 고달프다.
도시 도무지.

욱은 두 팔로 다리를 바짝 당겨 안고 그 위에다 턱을 괸 채 눈알만 썸뻑이었다*. 부드러운 바람이 일더니 별똥별 하나가 동구 앞 갯가로 떨어졌다.

욱은 그것이 꼭 신호탄 같다고 생각했다. 저 건너 들머리에 우뚝 솟은 검은 산! 그 꼭대기에서 가끔 신호탄이 쏘아 올려지곤 했었다. 그러면 그것은 어두운 허공에 파란 꼬리를 끌면서 날아와서 마을 뒤 거암산 중턱쯤에서 떨어지는 것이었다. 그러면 이번에는 또 거암산 쪽에서 쏘아올린 신호탄이 마을 위를 지나갔다.

그것인 몇 시간이나 계속되는 때도 있었다. 그리고 그런 날 밤이면 어디선가 희미한 총성이 들려오곤 했다. 여름밤의 반딧불이 쫓기며, 어두운 대숲에서의 참새 잡기, 또는 횃불을 환하게 밝혀 들고 갯가를 뒤져 가재를 옹가지*로 하나씩 잡아내던 불치기 따위는 이제 아무것도 아니었다. 파란 신호탄이 마을 위를 핑핑 날고, 산너머에서부터 총소리가 울려오는 밤이면 욱은 마구 신이 나는 것이었다. 참으로 신비롭고 아름답고 또 조금은 두려운 그런 밤들이 욱은 좋았다.

그런데 이날 밤만은 그 걱정 때문에 자꾸만 우울해지는 것이었다. 또 한바탕 신호탄이 날고, 총소리라도 콩 볶듯 들려왔으면 싶었다.

저 앞산 발치, 달빛이 내리깔린 신작로에는 자동차의 행렬이 여전히 계속되고 있었다. 불도 켜지 않고 묵묵히 그것들은 지나가고 있었다.

욱은 다시 눈을 썸뻑이었다. 아리한 눈시울에 밤기운이 축축하게 스며들었다.

마당 건너편, 생나무 울타리의 어둑선한* 그늘

어휘정리

썸뻑이다 눈꺼풀을 움직여 눈을 아주 세게 감았다 떴다 하다.

옹가지 '옹자배기(둥글넓적하고 아가리가 쩍 벌어진 아주 작은 질그릇)'의 방언.

어둑선하다 무엇을 똑똑히 가려볼 수 없을 만큼 마음에 들지 아니하게 어둑하다.

속에서 복실개 한 마리가 기어 나와 목방울을 딸랑딸랑 울렸다. 해맑은 달빛이 잔등의 복스러운 털 위에 하얗게 부서지고 있었다. 그 달빛이 구름에 갇히어 주위가 갑자기 어두워지자 개는 몇 번, 하늘을 향하여 공공 짖었다. 그리고는 마당을 건너 욱에게로 다가왔다.

고개를 갸웃이 하고 빤히 치어다보는 개를 욱은 덤썩 끌어안았다.

체온이 따스했다. 그러고 보니 좀 추운 것 같아 그는 개를 안고 일어섰다. 댓돌 위에 올라서서 주위를 둘러보았다. 열려 있는 부엌문으로 불빛이 흘러나와 마당 한편을 환하게 비추고 있었다. 욱은 그리로 다가갔다.

별빛이 쓸리는 듯한 바람이 불어 나무 울타리의 그림자들이 흔들렸다. 조금 더 추워지는 것 같았다. 가슴속이 이상해지고 무언가가 자꾸만 목구멍을 넘어올 것만 같아 욱은 입을 꾹 다물었다.

부엌 안은 한창 분주한 때였다.

욱의 어머니와 동네 아낙 몇이서 주먹밥을 만들고 있었다. 뚜껑을 열어 놓은 채로 둔 커다란 쇠솥에서는 흰 이밥*이 김을 피워 올리고 있었다. 아낙들은 소금물에 손을 적셔 가며 주먹만 한 크기로 밥을 뭉쳤다. 부엌 바닥에 놓인 대소쿠리엔 그렇게 하여 만들어진 밥 덩이들이 그득하게 쌓여 있었다.

그것은 오늘 밤 동안 이 마을에 머무르게 된 군인들에게 분배할 밥이었다. 그들은 마을의 모든 사랑방과 교회당과 재실*, 그리고도 남은 사람들은 방공호 속에까지 빼곡히 들어차 있었다. 그곳에서 그들은, 종일토록의 고된 행군에 솜처럼 풀어진 몸뚱이들을 밤새도록 비비다가 다음날 아침이면 주먹밥 한 덩이씩을 받아 들고 다시 남쪽을 향하여 떠날 것이었다. 그러면

어휘정리

이밥 '쌀밥'을 뜻하는 경상도 사투리.
재실 무덤이나 사당 옆에 제사를 지내기 위하여 지은 집.

저녁에는 또 다른 일행이 밀려들 것이었다.

그것은 매일 밤 계속되었다.

이미 수천, 수만의 군인들이 이 마을을 거쳐 갔다. 앞으로도 얼마나 계속될지를 알 수 없었다. 이렇게나 많은 군인들이 남으로 후퇴해 가는 걸 보면 싸움은 이미 뻔한 게 아닌가 하고 마을 사람들은 불안해했다. 동장, 구장, 반장 그리고 몇몇 유지들은 군량미를 타다가 그들 후퇴병의 뒷바라지를 해주면서도 안으로는 피란 준비를 하고 있었다.

욱은 언젠가 한 번, 구장인 아버지를 따라 그들이 들어 있는 교회당엘 가 본 적이 있었다. 그 널따란 교회당이 터져 나가도록 온통 군인들이 차 있었다. 하나같이 거지 같은 입성을 하고 먼지와 땀이 뒤범벅이 된 얼굴에 눈알만 반들거렸다. 그중에는 상처 난 몸을 가누지 못하여 혼잡한 마룻바닥에 마냥 쓰러져 누운 사람도 있었다.

동네 장정 몇이 주먹밥을 날라 왔다. 그러자 그들의 시선이 일제히 모아졌다. 아버지가 무어라고 짤막한 연설을 했다. 한 사람 앞에 꼭 하나씩, 그러지 않고 만약 두 개를 받는 자가 있다면 다른 한 사람은 굶게 된다는—아마도 그런 뜻의 말인 것 같았다.

마침내 밥을 분배하기 시작했다. 허기진 손들이 밥덩이를 움켜쥐었다. 침으로 마른 입술을 축여 가면서 그들은 정말 맛나게 먹었다. 뒤에 있는 사람들이 밥을 받기도 전에 앞에 있는 사람들은 벌써 손바닥에 묻은 밥풀을 떼고 있었다. 욱은 그들을 바라보면서 침을 꿀꺽 삼켰다.

집으로 돌아오기가 바쁘게 부엌으로 달려가 주먹밥 한 덩이를 쥐고 나왔다. 담 그늘에 서서 그들처럼 입술을 침으로 적셔 가며 먹어 보았으나 영맛이 없었다. 결국은 절반도 먹지 못한 채 내던지고 말았다. 그런 후론 주먹밥만 보면 그들이 생각났다.

그런데 지금은 그들보다 다른 걱정이 더 앞섰다. 그건 얼마나 배가 고플까. 욱은 자꾸 목이 메는 듯했다. 분주하게 손을 놀리고 있던 욱의 어머니가 그를 쳐다보았다.

"와? 잠이나 잘 끼지 와 그래 나왔노?"

욱은 아무 말도 않고 부뚜막*에 쭈그리고 앉았다. 풀기 없는 눈으로 아낙네들의 밥 뭉치는 손만 멀거니 바라보았다. 김을 피워 올리면서 여러 개의 손이 분주하게 움직였다. 기름기 흐르는 밥 덩이가 금시 금시 만들어졌다.

"어데가 아픈 갑다. 아가 억시기* 기운 없어 빈다."

욱의 바로 앞에 앉아 있는 아낙네가 그렇게 말했다.

욱의 어머니는 일손을 멈추고 그의 얼굴을 찬찬히 살폈다. 욱은 어머니를 마주 바라보면서 머리를 저었다.

"그러마, 와?"

욱은 역시 말이 없었다. 대소쿠리에 그득히 담겨 있는 밥덩이 위로 시선을 힘없이 떨구었다.

"아—, 이거 하나 묵고 싶어카는구나."

그 아낙이 주먹밥 한 덩이를 내밀었다. 욱은 그것을 한동안 멍하니 바라보고 있다가 기운 없이 받아 들었다.

"진작에 그렇게 말할 끼지, 아도 참."

어휘정리

부뚜막 아궁이 위에 솥을 걸어 놓는 언저리. 흙과 돌을 섞어 쌓아 편평하게 만든다.
억시기 아주(많다)를 뜻하는 경상도 사투리.

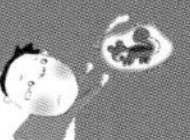

아낙은 거 보란 듯이 만족스레 웃었다. 욱의 어머니도 빙그레 웃고는 다시 하던 일로 돌아갔다.

욱은 자꾸만 서글퍼졌다. 밥 덩이를 입으로 가져가 한 입 베어 물었을 때 그만 "앙"하고 울어 버리고 싶었다. 입 안에 든 밥알을 혀로 굴리면서 밥 덩이를 개에게 통째로 물려 주었다. 개는 기다리고 있었다는 듯 냉큼 받아 삼켰다.

"참 배가 고플 끼라."

욱은 부엌문 밖으로 시선을 돌렸다.

마침 저 앞 산등성이에서 신호탄 하나가 어두운 하늘로 솟아올랐다. 이어 또 하나가.

그 두 개의 신호탄은 파란 꼬리를 끌면서 마을 위로 지나갔다. 거암산 중턱쯤에 가서 떨어졌으리라. 하늘이 더 어두워진 것 같았다. 그 어두운 공간에 바람이 일었다. 마당 건너편의 울타리 그림자가 또 흔들렸다.

욱은 눈 가장자리가 간지러워 옴을 느꼈다. 눈알이 알싸해지면서 그 총총하던 별빛이 뿌옇게 흐려 보였다. 눈을 깜빡이었다. 별빛이 다시 총총해지고 그때 마을 뒤 거암산에서 쏘아 올린 두 발의 신호탄이 앞산을 향하여 파아랗게 날아가는 것이 보였다.

그러나 곧 눈앞이 흐려졌다. 신호탄의 파아란 꼬리며 총총한 별빛이 다시 몽롱하게 보였다. 어두운 허공에 숱한 반점들이 여기저기 생겼다.

"아이, 안 보래이, 울고 있대이?"

욱이의 어머니가 잔뜩 놀란 얼굴을 하고 외쳤다.

"니, 와 그카노? 응? 무슨 일이꼬?"

욱은 눈물이 그렁그렁한 눈으로 어머니를 쳐다보았다. 그리고는 울음 섞인 목소리로 말했다.

"어무이, 다람쥐가, 다람쥐가 배고파 죽는다이."

"머라꼬?"

아낙네들은 일제히 일손을 멈추고 눈들을 둥그렇게 떴다.

욱이 다니는 학교는 나지막한 산등을 둘이나 넘어야만 있었다.

오늘 아침이었다. 욱은 그 학교 길에서 조그만한 다람쥐를 한 마리 잡았다. 등때기에 까만 줄이 있는 새끼다람쥐였다.

욱은 그 놈을 신주머니에 넣어서 학교엘 갔다. 반 아이들의 눈에 띄기만 하면 아무래도 좋지 않을 것 같아 욱은 그것을 어디에다 숨겨 두기로 했다.

운동장이며 교사* 뒤를 빙빙 돌아다니면서 적당한 장소를 찾아보았다. 좀처럼 알맞은 곳이 눈에 띄지 않았다.

한참을 기웃거리며 다니다가 겨우 적당한 장소를 하나 발견했다. 교사 서편의 공지*가 바로 그곳이었다. 거긴 허리께까지 묻힐 만큼 무성한 코스모스들로 온통 뒤덮여 있었다.

욱은 그 한가운데에다 다람쥐가 든 신주머니를 숨겨 두었다.

그런데 그것이 잘못이었다. 하필이면 이날따라 야외 수업을 했던 것이다.

그런 일은 전에도 간혹 있었다. 우중충하고 그늘진 교실에서보다는 사방이 확 트인 들판이나 개울가에서 공부하기를 선생은 물론 아이들도 좋아했다.

그러나 첫 시간부터 야외로 나온 것은 이번이 처음이었다. 더군다나 욱의 반뿐만 아니라 전교생

어휘정리

교사 학교 건물.
공지 집이나 밭 따위가 없는 비어 있는 땅. '빈 땅'으로 순화.

이 다 그렇게 하는 데에는 적잖이 이상했다.

들에, 산에, 개울가에 아이들은 무리무리 모여 앉아 공부를 했다. 이른 가을의 밝은 햇살 아래 아이들의 얼굴이 환해 보였다. 저희들끼리 무어라 무어라 종알거리다가는 다시 선생의 말에 귀를 기울이고, 또 흘러가는 구름을 보곤 했다.

바람도 따사로웠다. 이마를 간질이는 햇살을 흩뜨리는 바람이 여리게 불었다. 언덕 하나 너머 저쪽에 자리 잡은 반에서 구구단 외는 소리가 바람결에 실려 왔다.

욱의 반과 조금 떨어진 곳에 있는 다른 반 아이들이 장난을 걸어 왔다. 괜스레 욱의 반 아이들을 향해 입을 앙, 벌렸다가 음, 했다가 또 쌍판*을 찡그렸다가 주먹을 내밀었다가 했다. 그러면 욱의 반 아이들도 선생 눈을 피해 가며 응수를 했다. 욱도 혀를 쑥 빼물어 용용*을 하다가 그만 시무룩해졌다.

불안했다. 다람쥐를 잃어버릴 것만 같았다. 그렇지는 않더라도 혹 시간이 너무 늦어 다람쥐가 신주머니 속에서 죽어 버리지나 않을까 염려스러웠다. 수업이 얼른 끝났으면 싶었다.

그렇지 않아도 지루하기만 하던 공부 시간이 이날은 숨통이 콱콱 막힐 만큼 답답하고 길었다. 시간표대로 네 시간이 다 끝났을 때 욱은 만세라도 부르고 싶은 마음이었다.

선생은 아이들에게 몇 마디 주의 말을 했다. 그러나 욱은 얼른 다람쥐를 찾고 싶은 마음이 조급하여 그런 말씀은 건성* 듣듯 했다. 빨리빨리 "안녕히

어휘정리

쌍판 '얼굴'을 속되게 이르는 말.
용용 남을 약 올릴 때 내는 소리.
건성 어떤 일을 성의 없이 대충 겉으로만 함.

계십시오!"를 했으면 싶었다.

"학교는 군인들이 사용하게 되었으니 내일부터는 이곳으로 나오라. 비가 오는 날은 오지 않아도 좋다!"

마침내 선생의 말이 끝났다. 욱은 제일 먼저 "안녕히 계십시오!"를 외치고는 냅다 학교로 달렸다.

정오가 훨씬 지난 때였다. 한달음*에 학교까지 달려온 욱은 의외의 광경에 눈을 휘둥그렇게 떴다.

교문에 턱 버티고 서 있는 거인—그는 욱이 간혹 본 적이 있는 양놈이 틀림없었다. 높다란 코, 파란 눈알, 전봇대만 한 키, 욱은 입을 딱 벌린 채 그를 쳐다보았다.

거인은 총을 메고 장승처럼 서서 파란 눈알을 굴리고 있었다. 그 시선이 욱에게 와 섰을 때 욱은 겁이 더럭 났다. 자기도 모르게 뒤로 주춤 물러섰다.

학교 안에서부터 지프가 한 대 굴러 나왔다. 거인이 옆으로 비켜서면서 차 안을 향하여 무어라고 외쳤다. 운전사가 한쪽 손을 들어 보였다.

그 지프가 욱의 앞을 지나 사라져 버리자 이번에는 남쪽으로 뚫린 길에서 수십 대의 GMC*가 나타났다. 그것들은 자갈과 황토흙이 깔린 길바닥 위에 솜뭉텅이 같은 먼지를 피우며 달려와 속속 학교 안으로 굴러 들어갔다.

욱은 그 짙은 먼지에 휩싸여 한동안 눈을 바로 뜨지 못했다. 코가 매캐했다*. 얼굴을 감싸 쥐고 가만히 서 있었다.

이윽고 땅을 뒤흔들 듯하던 자동차 소리가 그쳤

어휘정리

한달음 중도에 쉬지 아니하고 한 번에 달려감.
GMC 미국 G.M.C 자동차 회사에서 제작한 6륜 구동의 군용 트럭을 일컫는다.
매캐하다 연기나 곰팡이 따위의 냄새가 약간 맵고 싸하다.

다. 갑자기 커다란 웃음소리가 들렸다. 퍼뜩 고개를 들고 보니 그 거인이 마구 웃고 있었다.

욱도 따라서 씽긋 웃었다. 그가 자기를 보고 웃는 것 같았기 때문이다. 털이 부스스한 손이 욱을 가리키고 있었다.

욱은 조금 용기가 났다. 그의 앞으로 몇 걸음 다가가 학교 안을 기웃해 봤다. 온통 수라장이었다. 그 널따란 운동장이 자동차와 천막과, 교실에서 끌어낸 책상, 교탁들로 어지러웠다. 그 사이사이를 미군들이 분주하게 뛰어다니고 있는 것을 욱은 멍하니 바라보았다. 욱의 시선이 운동장 건너 교사 서편의 코스모스 밭에 멎었다. 그곳은 아직 아무렇지도 않았다.

대낮의 밝은 햇살이 그 위에 부어지고 있었다. 아직 활짝 피지 못한 꽃망울들이 여윈 목을 가지런히 들고 부드러운 바람에 물결을 지었다.

저기 다람쥐가,

욱은 정신없이 그리로 발길을 내디뎠다.

"억시기 답답했을 끼라. 죽었는지도 몰라."

욱은 온통 그 생각에 빠져들었다. 그래서 갑자기 산이 찌릉 울릴 만큼 커다란 소리가 들려왔을 때 욱은 기겁* 을 하듯 놀랐다.

"갓뎀! 게라웨이!"

돌아보니 그 거인이 퉁방울*만 한 눈알을 부라리며 고래고래 고함을 지르고 있었다. 욱은 구르듯 그 앞을 도망쳤다.

가슴이 내려앉은 것 같았다. 간이 콩알만 해지고 머리끝이 쭈뼛했다. 한참을 내처 뛰다가 그만 풀썩 넘어졌다. 얼른 일어서서 뒤를 돌아다보았다.

어휘정리

기겁 숨이 막힐 듯이 갑작스럽게 겁을 내며 놀람.
퉁방울 품질이 낮은 놋쇠로 만든 방울.

그런데 그 거인 녀석은 웃고 있었다. 뭐가 그리 우스운지 먼저처럼 손가락질을 해 가면서 아주 통쾌하게 웃고 있었다. 그 웃음소리가 어찌나 크던지 떨어져 있는데도 귀가 먹먹할 지경이었다.

욱은 옷에 묻은 먼지를 털 생각도 않고 꼿꼿하게 선 채 그를 잔뜩 노려보았다. 이를 꼭꼭 깨물면서 속으로 막 욕을 했다.

그래도 그 거인 녀석은 자꾸 웃었다. 아주 재미난다는 듯이, 웃지 않고는 도저히 못 배기겠다는 듯이 연방* 손가락질을 해 가면서 껄껄 웃어젖혔다.

욱도 그만 슬며시 웃음이 나왔다. 장난인 것 같다. 그저 장난으로 한번 그래 본 것 같다. 공연히 겁을 집어먹었던 게지.

거인은 웃음을 그치더니 이번에는 손짓으로 오라는 시늉을 했다. 벙글벙글 사람 좋아 뵈는 웃음을 띠고, 그 기다란 팔을 휘이 저어 보였다. 가슴에 달린 포켓을 툭툭 쳐 보이면서 자꾸 오라오라 했다.

같이 쑥스러워진 욱은 어설프게 웃으면서 뒤통수를 긁적긁적 했다. 그리고는 다시 비실비실 다가갔다.가까이 가자마다 거인은 욱을 냉큼 잡았다. 욱은 속았다 싶어 가슴이 덜컹 내려앉았다. 꼼짝없이 잡힌 것이다. 앙, 하고 울음을 터뜨리려 했다.

그러자 거인이 또 한바탕 웃었다. 그리고는 커다란 손으로 욱의 옷에 묻은 먼지를 털어 주었다. 머리를 쓸어 주고, 귓불을 잡아당기고, 볼을 흔들더니 나중에는 껌까지 한통 주었다.

욱은 아주 완전히 안심을 했다. 역시 좋은 사람이다. 내가 공연히 겁을 먹어서 그랬지. 욱은 거인을 쳐다보며 자꾸 웃어 보였다.

어휘정리

연방 잇따라 자꾸. 또는 연이어 금방.

껌을 하나 꺼내어 껍질을 벗기려고 했더니 거인은 날름 받아 말짱* 까서 입에 넣어 주었다. 그리고는 아까는 미안했다는 듯이 욱의 어깨를 정답게 두들겼다. 끝내는 악수까지 했다. 욱은 그에게 머리를 꾸뻑해 보이고는 껌을 우물거리면서 학교 안으로 들어섰다. 이제는 어서 다람쥐를 찾아서 집으로 돌아가야지, 가서 동네 아이들한테 자랑을 해야지 하는 생각에 욱의 가슴은 마냥 부풀었다. 그래 마음이 조급해져 막 뛰어가려는데 누가 또 덜미*를 꽉 잡았다.

역시 그 거인이었다. 욱은 전보다 더 놀랐다. 입만 딱 벌리고 그를 쳐다보았다.

거인은 굉장히 노한 얼굴이었다. 퉁방울만 한 눈으로 잡아먹을 듯이 쏘아보았다. 입은 앙다문 채 말 한마디 없었다. 억센 팔로 욱을 냉큼 들어 문밖으로 나오자 그대로 길바닥에 던져 버렸다.

먼지와 자갈투성이의 길바닥에 떨어진 욱은 그저 멍멍할 뿐이었다. 무어가 무언지 도통 알 수가 없었다. 꼭 도깨비놀음만 같았다. 머리맡 저만큼 굴러가 있는 껌 통을 멍하니 바라보고 있었다.

노랑 털이 부스스 돋아난 손이 그것을 집어 갔다. 곧 벼락 같은 소리가 울려왔다.

"게라! 갓뎀!"

욱은 자신도 모르게 벌떡 일어났다. 그리고는 정신없이 마구 뛰었다. 텅 빈 머리가 어쩐지 무거워졌다. 길바닥이 울퉁불퉁하고 자갈이 움찔움찔했다. 어지러웠다. 머리가 빙빙 돌고 다리가 후둘후둘거리더니 마침내 픽 쓰러

어휘정리

말짱 속속들이 모두.
덜미 목의 뒤쪽 부분과 그 아래 근처.

졌다. 입 하나 가득 황토 먼지가 괴어 들었다*. 매캐한 먼짓내가 코를 찔렀다. 욱은 그 먼지투성이의 얼굴을 들고 저 앞 들판으로 뻗어 나간 길을 바라보았다. 황토흙과 자갈이 깔린 신작로가 들판을 지나쳐 멀리 산발치*를 돌아가고 있었다. 기운 오후의 햇빛 아래 하얗게 굽이쳐 간 그 길이 아득히 사라지는 골짜기엔, 무수한 사람들의 대열이 느릿느릿 움직이고 있었다. 우현역 쪽으로 뚫린 널따란 국도로부터 밀려온 그 인간의 물결은 시방 골짜기를 가득 메우고 흘러넘쳐 저 너머 보이지 않는 남향 대로로 해종일* 밀려갈 것이었다. 전진에 그을린 군복의 물결, 피란민의 대열—언제나 남으로만 흐르는 거대한 강물인 것이었다.

그런 모든 알 수 없는 것들을 욱은 얼마나 신비롭게 생각했는가. 밤하늘을 나는 신호탄의 파란 불꽃, 멀리서 울려오는 희미한 총성, 밤마다의 끝없는 자동차 행렬……. 욱은 참으로 신비로웠던 것이다.

그런데 이처럼 골짜기를 바라보고 있으려니 콧날이 찡해 왔다. 공연스레* 울고 싶어졌다. 자꾸만 울음이 터질 것만 같았다. 그래서 욱은 천천히 일어섰다. 저만큼 굴러가 있는 책보를 주워 들고 터벅터벅 집을 향하여 걸었다. 아주 힘없이 땅바닥만 내려다보며 걸어갔다.

입 안에 먼지와 함께 씹히는 것이 있었다. 혀를 굴려 보니 껌이었다. 퉤, 하고 뱉어 냈다. 길바닥에 떨어진 놈을 발로 싹 비볐다. 그 위에 침까지 탁탁 뱉었다. 그러고는 걸음을 계속했다. 다음날 아침, 욱은 되레 아버지에게 꾸중을 들었다.

"사람들도 지 구실*을 다 못 하고 막 죽어 가는

어휘정리

괴어들다 여럿이 어떤 범위 안을 향하여 오다. (모여들다)
산발치 산의 아랫부분.
해종일 하루 종일.
공연스레 까닭이나 이유 따위가 없이.
구실 자기가 마땅히 해야 할 맡은 바 책임.

이 난리에 그까짓 다람쥐가 머시 그래 중하노. 이 소갈머리* 없는 자석아. 총에 맞아 죽는 사람, 배곯아 죽는 사람들이 부지기순데* 그깐 놈의 다람쥐 하나 죽는 게 머가 그리 애통하노!"

욱은 고개를 떨구고 가만히 있었다.

"……인자, 다시는 코쟁이 앞에 가 얼찐대지 말아. 그카다가는 니 명대로 살도 못하고 죽을 끼라."

욱은 입술만 잘근잘근 깨물고 있었다. 그래도, 그래도, 하는 말이 자꾸만 목구멍을 넘어오려고 했다.

어머니는 차라리 욱을 달래려고 했다.

"다람쥘랑 말이다. 동네 나무꾼들한테 부탁해 갖고 크다란 걸로 잡아다 주께. 그걸랑 잊어 뿌라. 그라고 오늘랑 학교도 가지 말고……. 코쟁이들이 참 무섭다 캐싸더라."

그러나 욱은 학교로 달려오고 말았다. 그 조그만 새끼다람쥐가 인제 참말로 다 죽어 갈 거란 생각에 욱은 참을 수가 없었던 것이다.

자그마한 산등을 둘이나 넘어, 군인과 피란민들로 혼잡한 대로를 거슬러 올라 마침내 학교에 이르자 욱은 걸음을 멈추고 교문께를 눈 주어 보았다.

역시 교문을 지키고 있는 사나이 — 그러나 어제의 그 거인은 아니었다. 얼굴이며 손이며 온통 새까만 검둥이다. 철모 아래 허연 눈알이 번뜩인다. 소름이 쭉 끼친다. 사람 같지가 않다. 툭 튀어나온 두툼한 입술이 영락없는 돼지 주둥이다. 그것이 쩍 벌어지더니 하품을 한다.

새하얀 이빨이 아침 햇빛에 반짝인다.

어휘정리

소갈머리 마음이나 속생각을 낮잡아 이르는 말.
부지기수 그 수를 알지 못한다는 뜻으로, 매우 많음.

욱은 제물에* 뒤로 몇 걸음 물러섰다. 그러고는 잔뜩 몸을 사렸다*. 아무래도 용기가 나지 않는다. 어쩌면 저 검둥이는 사람을 잡아먹기라도 할 것 같다. 그게 또 커다랗게 하품을 한다. 흡사 욱을 보고 아앙, 하는 것만 같다. 햇빛에 번뜩이는 이빨이 몸서리쳐진다.

욱은 무섭기도 하고 다람쥐가 걱정되기도 하여 어쩔 줄을 몰랐다. 어제처럼 다가가 볼 용기는 아예 나지 않았다. 저 귀신 같은 검둥이보다는 차라리 어제의 그 거인이었으면 싶었다. 그랬더라면 내어쫓길 각오를 하고 다시 한 번 얼씬해 보는 건데, 저 검둥이 놈은 잡아묵을라 칼끼라, 싶어 욱은 도시* 가까이 갈 수가 없었다. 어떻게 하면 좋을까. 어서어서 다람쥐를 구해 내야만 한다. 배가 고프고 숨이 막혀 죽어 버리기 전에 빨리 구해 내야만 한다. 그래서 산에 놓아 주어야지. 다시는 잡지 않을 끼라. 욱은 애*가 탔다. 검둥이를 원망스레 바라보다가 학교의 무성한 탱자 울타리를 흘겨보다가, 제자리에서 발을 구르다가 해 보았으나 아무래도 신통한 수가 없었다. 소리 내어 앙앙 울고만 싶어졌다. 다람쥐가 죽고 있단 말이다, 다람쥐가. 그때 학교 안에서부터 한 사람이 나오고 있었다.

얼른 보아서도 자그마한 몸집, 붉은 안색이 양놈*은 아니었다. 야, 우리나라 사람이다, 하고 욱은 속으로 외쳤다. 군복은 걸쳤지만 군인은 아닌 것 같았다. 계급장도 명찰도 아무것도 없었다. 위는 숫제 맨머리 바람이었다. 까맣고 윤이 나는 머리털이 이마에 드리워져 있었다. 그는 검둥이와 무어라 무어라 지껄이더니 함께 웃었다. 그리고는 한쪽 손을 번쩍 들어 보이고 교문 밖을 나섰다.

어휘정리

제물에 저 혼자 스스로의 바람에.
사리다 어떤 일에 적극적으로 나서지 않고 살살 피하여 몸을 아끼다.
도시 도무지.
애 초조한 마음속.
양놈 서양 사람을 비속하게 이르는 말.

욱은 무턱대고 달려고 그 사람의 옷자락에 매달렸다. 흡사 엄마의 치마폭에 엉겨들 듯 그의 군복 소매를 꽉 부둥켜안고 울음 섞인 목소리로 애걸했다.

"아저씨요, 아저씨요. 내 다람쥐 좀 찾아 주이소. 다람쥐가 시방* 죽어 가고 있심더."

그는 의아한 얼굴로 욱을 내려다 보았다. 밑도 끝도 없이 너무나 돌연한 말에 그는 어리둥절한 모양이었다. 반듯한 이마 아래 두 눈이 빛났다.

"학교 안에 있어예. 나는 몬 들어가게 합니더. 아저씨가 좀 찾아 주이소. 펀뜩 안 하마 죽어 삐리예—"

욱은 하고 싶은 말을 한꺼번에 주워섬기느라고* 갈팡질팡했다. 목도 꺽꺽 메이고, 눈물도 나고 하여 말이 잘 흘러나오지가 않았다. 이 사람을 놓쳐 버리면 그 불쌍한 다람쥐는 영영 죽을 수밖에 없다는 생각에서 한사코* 매달렸다.

"예, 진정하고 좀 찬찬히 이야기해 봐. 무슨 말인지 도무지 알아들을 수가 있어야지."

그는 두 손으로 욱의 어깨를 잡고, 자꾸만 횡설수설*하는 말을 막았다. 그리고는 눈을 빛내어 욱의 얼굴을 들여다보며 자초지종을 차근차근하게 물었다.

"그래, 그 다람쥐를 어디에다 두었단 말이지?"

그는 욱의 손을 잡고 교문 앞으로 나서며 다시 물었다. 검둥이가 그들을 조용히 바라보고 있었다.

욱은 눈물이 그렁그렁한 눈을 들어 먼저 그 검둥

어휘정리

시방 지금
주워섬기다 들은 대로 본 대로 이러저러한 말을 아무렇게나 늘어놓다.
한사코 죽기를 기를 쓰고(비슷한말– 기필코)
횡설수설 조리가 없이 말을 이러쿵저러쿵 지껄임.

이부터 쳐다보았다. 아무래도 그가 두려웠던 것이다. 까만 얼굴 한복판에서 커다란 두 눈이 번뜩이고 있었다. 두툼한 입술이 꼭 닫힌 채 아무 말이 없었다.

욱은 시선을 돌려 학교 안 운동장 저 건너 다람쥐가 있는 코스모스 밭을 바라보았다. 눈물이 가리어 잘 보이지가 않았다.

소매 끝으로 눈물을 훔친 다음, 손을 들어 그쪽을 가리켰다.

"저어쪽, 코스모스 밭 복판에……."

그러다 말고 욱은 기절할 듯 놀랐다. 묵중한 불도저 한 대가 그 공터를 갈아 붙이고 있었던 것이다.

벌써 절반쯤은 운동장처럼 말끔히 닦여 있었고, 그 자리에서 깎여 나간 코스모스들이 흙과 함께 울타리 아래 쌓여 있었다. 지금 그 불도저가 막 깎아 나오고 있는 부분은 바로 다람쥐가 숨겨져 있는 곳이었다.

"아, 다람쥐가 깔려 죽는다!"

욱은 이렇게 외치면서 사나이의 손을 뿌리치고 미친 듯이 달려갔다.

"수돕! 수돕! 다람쥐가 죽는다. 수돕."

욱은 마구 고함을 지르면서 텐트와 자동차가 늘어서 있는 운동장 한복판을 달려갔다. 뒤에서 무슨 소리가 들리는 듯했다. 그러나 욱은 다람쥐를 외치면서 그냥 달렸다.

어룽어룽한 눈앞에 분수처럼 하얗게 쏟아지는 햇빛이 일순 확 타올랐다. 고막을 울리는 총성을 들으면서 욱은 허공을 짚고 픽 쓰러졌다. 새까매진 하늘이 한 바퀴 휘그르르 돌고, 빨간 태양이 아득하게 멀어졌다.

그리고는 더 이상 아무것도 알 수 없었다. 무거운 구둣발 소리가 귀를 어지럽게 하고, 어떤 밝은 빛이 눈알을 쓰리게 했으며, 또 몸뚱이의 어딘가 몹시 아픔을 느끼면서 욱은 오랫동안 정신을 차리지 못했다.

그렇게 얼마가 지났는지, 욱이 다시 눈을 떴을 때는 주위가 어둠침침했다. 야트막하게 드리워진 녹색 천이 시야를 가로막고 있었다. 천막 속이었다. 미병사美兵士들이 여럿 서성거리고 있었다.

욱은 자기를 내려다보고 있는 낯선 얼굴들 중에서 예의* 그 한국인을 찾아냈다.

"아저씨요, 내 다람쥐!"

욱은 침대에서 몸을 벌떡 일으키며 외쳤다. 다리가 몹시 아팠다.

"내 다람쥐 우쨌습니꺼?"

그 사람은 입을 꾹 다문 채 아무 말이 없었다. 욱을 조용히 내려다보고 있었다. 하얀 이마 아래 새까만 두 눈이 빛났다. 눈도 깜박이지 않고 한참을 쏘아보고 있더니 어금니를 질겅 깨물었다.

"아저씨요, 다람쥐 좀 찾아 주이소. 예, 다람쥐요. 그양 놔 두마 죽심더, 죽어삐리예."

그는 또 이를 깨물더니 돌아섰다. 곧 천막 구석에서 무언가를 집어왔다. 떨리는 손끝에 달랑 매어 달린 물건. 욱은 두 팔을 내밀면서 기쁜 함성을 질렀다.

"그겁니더, 그거 맞심더!"

신주머니는 흙이 잔뜩 묻어 있었다. 욱이 성급하게 아가리를 열고 마침내 다람쥐를 끄집어 냈다. 그러나 다람쥐의 몸은 이미 굳어 있었다. 부드럽고 색깔이 곱던 털은 엉망으

어휘정리

예의 어떤 일을 잘하려고 단단히 차리는 마음.

로 구겨졌고, 복스럽던 꼬리가 나무토막 같았다. 하얀 솜털이 부스스하게 돋아나 있던 주둥이 언저리도 이제는 딱딱한 나무껍질 같았다. 다람쥐는 이미 죽어 버린 것이었다.

욱은 그 조그마한 시체를 안고 울음을 터뜨렸다. 다람쥐가 죽었다. 나 때문에 다람쥐가 죽었다. 욱은 마구 몸부림을 치며 울었다.

그 침대 가에는 무심한 이방인들의 얼굴이 묵묵히 내려다보고 있었다.

중요한 내용 쏙!쏙!쏙!

소재에 담긴 의미

다람쥐 • 욱이의 순수함을 드러내며, 평화로운 세상을 대변하는 소재

신호탄 • 전쟁에 대한 욱이의 관점이 변화됨을 알려주는 소재
(호기심과 흥미의 대상 → 두려움과 공포의 대상)

불도저 • 전쟁의 참혹함(환경을 파괴)을 드러내는 소재

작품의 구성 방식

역순행적 구성 – 시간의 흐름을 뒤섞이게 배치함
[밤(현재) → 아침(과거) → 낮(과거) → 다음날 아침(현재)]
극적 긴장감을 높임
욱이의 심리 고조 상태를 효과적으로 드러냄

사건 전개에 따른 욱이의 심리변화

전쟁 상황을 호기심 어린 눈으로 신기하게 받아들임(순수함)
↓
등굣길에 잡은 다람쥐를 들고 학교로 감(설렘)
↓
군인들의 학교 점령으로 다람쥐를 구하지 못함(안타까움)
↓
밤새 신호탄 소리와 총성에 다람쥐를 걱정함(불안, 초조)
↓
다람쥐를 구하러 학교에 가지만 다람쥐는 이미 죽음(실망)
↓
다람쥐를 껴안고 통곡함(분노, 절망)

1 제목 '전쟁과 다람쥐'의 상징적 의미에 대해 생각해 봅시다.

2 전쟁에 대한 욱이의 심리 상태가 어떻게 변화해 가는지 생각해 봅시다.

상상더하기 - 전쟁 통에 있는 나의 모습 상상하기

6.25전쟁은 우리 민족에게 씻을 수 없는 상처로 남아 있습니다. 많은 사람의 생명을 빼앗아 갔고, 가족과 집을 잃은 사람들은 슬픔에 빠져야 했지요. 만약 여러분이 지금 전쟁을 겪고 있다면, 어떤 모습으로 어디에서 무엇을 하고 있을까요? 전쟁 통 속에 여러분의 모습을 한 번 상상해봅시다.

확인하기 정답

1. 전쟁은 다람쥐로 비유되는 사람들의 순수함을 파괴하는 참혹함을 나타냅니다.

2. 욱이는 전쟁을 알리는 신호탄을 처음에는 호기심과 설레는 마음으로 반겼지만, 전쟁의 진행과 함께 학교를 점거한 군인들 속에서 두려움과 공포감을 경험하며 결국 다람쥐의 죽음을 통해 씻을 수 없는 마음의 상처를 입습니다.

작가의 다른 작품 보기

사모곡 노인은 아들인 그에게 고향인 경산에 대해 자주 묻습니다. 치매에 걸린 노인은 평소에도 고향과 친구, 친척들에 대해 물었던 말을 금방 잊어버리고 또 묻는데, 오늘처럼 설 명절을 앞두고 귀성차량 행렬을 TV에서 보여주는 날에는 더 자주 묻지요. 고향 생각을 하면 그는 서른일곱 젊은 나이에 천식으로 세상을 떠나신 어머니가 떠오릅니다. 고생을 많이 하며 자라신 어머니는 장손인 그에게 각별한 애정을 쏟으셨지요. 그는 아내를 따라 대형마트에 갈 때면 전쟁 후 가난으로 고통 받으시던 어머니를 떠올립니다. 어머니께 이 풍족한 세상을 보여 드리고 싶지만 그럴 수 없는 현실에 그는 몹시 가슴 아파하지요. 아내와 함께 대형마트에서 장을 보고 돌아온 그는 설 명절 하루라도 단정한 모습을 찾아 드리고 싶어 노인을 깨끗이 씻겨 드립니다. 그리고는 노인 옆에 누워 어머니께서 그를 공부시켜달라는 유언을 남기고 돌아가시던 그날을 상상하다가 눈물을 흘립니다.

돌아가신 어머니와 치매에 걸린 아버지에 대한 그의 사랑이 감동적으로 그려지고 있지요. 부모님께서 살아 계실 때 효도하라는 옛말을 가슴 속에 다시 한 번 새겨 보는 건 어떨까요?

팔각성냥 아이는 일곱 번째 생일날 아버지께 처음으로 용돈을 받습니다. 아이는 그 돈을 들고 시오리나 되는 읍내 장터로 향하고, 어머니는 아이에게 팔각성냥을 사오라는 심부름을 시키십니다. 아이는 무얼 살까 고민하며 장터로 가다가 장타령꾼과 약장수를 만납니다. 또 야바위판을 구경하며 참견을 하다가 꿀밤을 맞기도 하지요. 아이는 여기저기 쏘다니다 시장기를 느껴 꿀떡을 사 먹은 후, 팔각성냥을 사러 잡화점을 기웃거리다가 곡마단 행렬을 만나 따라갑니다. 결국, 아이는 용돈으로 곡마단 구경을 하는데, 말을 타고 재주를 부리는 여자아이에게 호감을 느껴, 여자아이가 팔고 있는 사진도 한 묶음 사지요. 공연이 끝나고, 지치고 배고픈 아이는 남은 동전으로 겨우 팔각성냥을 사 집으로 돌아옵니다.

처음으로 받은 용돈을 손에 쥐고 장터 구경을 나선 아이의 설렘과 기대가 느껴지나요? 처음으로 용돈 받던 날, 처음으로 학교 가던 날, 처음으로 소풍 가던 날, 이런 첫날들이 모여 우리는 점점 세상에 익숙해지는 것이겠지요.

선생님이 권해주는

교과서 소설

중1

선생님이 권해주는
교과서 소설